I0627391

CHRISTOPHER NICOLE

LOS BORODIN VI

Furia y fortuna

SÉLECTOR
ACTUALIDAD EDITORIAL

SELECTOR®
actualidad editorial

Doctor Erazo 120, Col. Doctores, C.P. 06720, México, D.F.
Tel. (01 55) 51 34 05 70 • Fax (01 55) 51 34 05 91
Lada sin costo: 01 800 821 72 80

Título: LOS BORODIN VI. FURIA Y FORTUNA
Autor: Christopher Nicole
Adaptadora: Angélica Monroy López
Colección: Novela

Diseño de portada: Socorro Ramírez Gutiérrez
Ilustración de portada: Shutterstock

© Christopher Nicole, 1984. Publicado originalmente en EUA. Esta edición
se publica bajo licencia con el propietario de los derechos.

Título original: *Fortune and Fury.*

D.R. © Selector, S.A. de C.V., 2013
        Doctor Erazo 120, Col. Doctores,
        Del. Cuauhtémoc,
        C.P. 06720, México, D.F.

ISBN: 978-607-453-154-1

Primera edición: octubre 2013

Sistema de clasificación Melvil Dewey

823
N916
2013

Nicole, Christopher
Los Borodin VI. Furia y fortuna / Christopher Nicole.–
Ciudad de México, México: Selector, 2013.

312 pp.

ISBN: 978-607-453-154-1

1. Literatura. 2. Narrativa. 3. Historia.

Características tipográficas aseguradas conforme a la ley.
Prohibida la reproducción parcial o total de la obra
sin autorización de los editores.
Impreso y encuadernado en México.
Printed and bound in Mexico.

A no ser que los personajes de esta novela
sean identificados históricamente,
son de la invención del autor y no están destinados
a representar personas reales, vivas o muertas.

CAPÍTULO I

LA SALA DE ESPERA EN EL AEROPUERTO INTERNACIONAL DE Idlewild estaba abarrotada de gente: el vuelo número 912 de sas, con destino a Gander, Prestwick y Copenhague y conexiones para Moscú estaba a punto de ser abordado. Pocos de los pasajeros irían a la Unión Soviética, pues, a principios de 1952, la Guerra Fría estaba en su punto álgido. Muchas cosas habían acontecido en los seis años transcurridos desde que Estados Unidos y sus aliados (Rusia, Gran Bretaña, Francia y la República de China) habían proclamado conjuntamente su triunfo sobre las fuerzas fascistas de la Alemania nazi y el Japón imperial. En aquellos seis años, China también había adoptado al comunismo, en tanto que la Rusia soviética y sus satélites habían cerrado filas en una oposición agresiva a las caprichosas libertades permitidas por las democracias para proyectar una estricta disciplina nacional que rechazaba toda idea de derechos individuales contra los del Estado Y, para ello, todos los derechos, incluso los del Estado, eran interpretados por un solo hombre, el jefe del Partido Comunista, Joseph Stalin.

Aquellos estadounidenses que deseaban investigar la dictadura socialista de Rusia, y los mucho menos numerosos que intentaban obtener visas para hacerlo, sabían que sus compañeros los consideraban como exploradores intrépidos o como posibles traidores.

Pero aun los pasajeros rusos se mostraban inquietos. Podían sentir la tensión entre los que esperaban el vuelo y los empleados, y la salida se había retrasado ya media hora, sin explicación alguna. Pero ahora, al fin, algo estaba sucediendo. Un grupo de hombres con sombreros desgarbados y enfundados en abrigos irrumpieron en la sala, hicieron una señal de asentimiento con la cabeza a los trabajadores y se dirigieron hacia la nave aérea de cuatro motores, sin esperar la llamada.

Tan pronto como los recién llegados estuvieron a bordo, el vuelo fue anunciado. En ese instante, un reportero de prensa, quien somnolientamente había estado sorbiendo su café en un alejado rincón cerca de la puerta de carga, había dejado su taza, con la vista fija en la muchedumbre, y después abrió un álbum fotográfico de bolsillo. Contenía una docena de fotografías con los rostros de cada uno de los doce diplomáticos rusos de mayor jerarquía en Estados Unidos, pero el reportero no tuvo que ir más allá de la primera. Era la de un hombre con rasgos suavemente redondeados y una apacible sonrisa, cabello que se estaba volviendo gris y una expresión ligeramente cansada, aunque con un rostro que al mismo tiempo proyectaba una autoridad fácil y segura, que se reflejaba en la manera en que había abordado el avión, el cual, evidentemente, lo había estado esperando.

El reportero se apresuró a la caseta telefónica que había en el corredor y marcó el número de la oficina principal de Publicaciones Hayman.

—Redacción —dijo—, anote esto: el veterano comisario soviético Michael Nikolaievich Nej, embajador ruso ante las Naciones Unidas, abordó esta noche el vuelo 912 de 8A8 hacia Copenhague y Moscú. Léamelo de nuevo.

Escuchó.

—Claro, ya sé que no hay algún reporte de que fuera a salir del país —comentó—. Eso es lo importante, ¿no cree usted? Alguien vio salir de Manhattan la limusina de la embajada, así que me enviaron aquí a averiguar. No, su esposa y su hija no iban con él. Al señor Hayman probablemente le gustará ver esta noticia a primera hora mañana.

—Hum —expresó George Hayman hijo reclinándose en su silla y observando la hoja de papel que tenía en la mano. Era una de las tantas que lo aguardaban sobre su escritorio cada mañana. George Hayman había heredado de su padre los hábitos, lo mismo que su vasto imperio periodístico. Incluso, se parecía a su padre, con su cara alargada y seria y sus meditabundos ojos de color café; su estatura, de un metro ochenta centímetros, igualmente era herencia de los antecesores Borodin de su madre. Con sólo cuarenta años de edad, hijo de un multimillonario y ya reconocido como cabeza del más grande imperio editorial en Estados Unidos, y eso significa del mundo, no revelaba exteriormente que también era hijo de una princesa rusa y bisnieto del príncipe en toda Rusia. De hecho, prefirió olvidar todas estas cosas en la medida de lo posible, por cuanto la historia de su familia estaba íntimamente ligada con los horribles acontecimientos que habían acompañado la caída de los Romanov, el fin de los zares. Pero Rusia, habiéndose convertido, desde la declinación de Gran Bretaña y Francia y la derrota de Alemania y Japón, en el único rival posible de Estados Unidos para obtener la supremacía mundial y habiendo hecho estallar recientemente su propia bomba atómica para declarar que incluso militarmente era igual a Estados Unidos, debía continuar ocupando un primer lugar entre sus intereses. De modo que, si estaba contento, como lo había estado su padre, de dejar la dirección cotidiana de los periódicos a sus muy competentes editores, proseguía teniendo la costumbre de su padre de tener los artículos noticiosos diarios separados en dos pilas sobre su escritorio: una, con los referentes a Rusia, y la otra, con los relativos al resto del mundo.

Además, para George Hayman hijo, Michael Nej era mucho más que un veterano líder comunista —en realidad, el veterano líder comunista, por cuanto su amistad con Lenin era muy anterior a la que sostenía con Stalin— que desempeñaba el cargo de embajador soviético ante las Naciones Unidas y quien se estaba comportando en una forma más bien extraña. Y lo que era más importante, en el impensable levantamiento de aquella remota revolución, cuando para sobrevivir el más elevado debía volverse al abatido, Michael se había convertido, por breve tiempo, en el amante de la madre de George hijo, la princesa Ilona. De ese tormentoso idilio, había nacido John, el medio hermano mayor de George, quien había sido educado como un Hayman. Hayman no podía ver el nombre de Michael Nej sin detenerse para pensar.

Levantó los ojos.

—Creo que lo mejor es que me comuniques con el viejo, Frances —solicitó a su secretaria.

—Lo tengo en la línea, señor Hayman —la joven había trabajado durante varios años para la empresa de los Hayman.

—¡Buenos días, papá! —saludó el joven George—. Espero no haberte sacado de la cama.

—No, pero me sacaste del tercer hoyo —protestó. George Hayman padre podría estar en sus setenta, pero su voz era tajante como siempre y, reflexionó tristemente su hijo, así eran su empuje y su crítica del manejo de los periódicos, cuyo control en realidad jamás había dejado, pese a su retiro oficial.

—Creo que te gustaría saber que Michael Nej salió del país anoche, con una prisa del diablo, con rumbo a Moscú.

—¿Él solo? —preguntó George padre.

—Si lo que quieres saber es si Catalina y Nona iban con Michael, la respuesta es no.

—Bien, bien —dijo George Hayman—. Sería mejor que te mantengas al tanto de este asunto.

—¿Supones que esto pudiera relacionarse con Gregory? —preguntó George hijo.

—No —la voz de George Hayman era apagada. No le agradaba que se le recordara a su sobrino ruso, al que le había tendido la mano de la hospitalidad cuando se suponía que el muchacho estaba buscando sinceramente asilo político con sus primos estadounidenses, y quien había seducido a la propia hija de George antes de que se descubriera que era un espía ruso—. Gregory Nej ha estado en Sing Sing durante dos años, George. Para los rusos, es un sombrero viejo. Si Michael ha sido llamado de repente a Moscú, es que algo grande se está planeando o ya ha sucedido.

—Bueno, esto me preocupa —manifestó el joven George—. Fuera del continuo pleito entre los soviéticos y Tito, todo parece tranquilo allá.

—Mantén los ojos abiertos —recalcó George—. Hazme saber de inmediato lo que indagues. Y no digas nada de esto a tu madre o a John, piensa en ello. Dejemos todo eso tranquilo, hasta que debamos removerlo.

—Multitudes, siempre multitudes —expresó Michael Nej cuando desembarcó en Moscú—. ¡Cómo se nos quedan mirando fijamente!

—Porque son curiosos —sugirió su secretario, un joven serio llamado Gogol—. Están interesados en las idas y venidas de los grandes.

Michael hizo una mueca.

—¿Creerían todas estas personas que no tengo ni la menor idea de porqué estoy aquí, Vladimir Vladimirovich? Bueno, puesto que ya estoy aquí, podrías enviar un telegrama a mi mujer para comunicarle que he llegado sano y salvo. Está muy molesta con todo este asunto.

—¿Tú estás preocupado con este asunto, camarada comisario? —inquirió Gogol.

Michael lo miró. Desde luego, si hubiera sido llamado debido a algún error y fuera a caer en desgracia y a ser posiblemente exiliado a Siberia, los enormes tentáculos de la KGB tratarían también de involucrar a su secretario y a toda su familia. Gogol tenía razón en mostrarse ansioso, pero no mucho. Michael Nej estaba consciente de cuál era su posición en el partido. Como único sobreviviente de los compañeros de Lenin en los días anteriores a 1914, era un caso extraordinario; no sólo había demostrado su capacidad para sobrevivir, sino que había dado pruebas, una y otra vez, de lo útil que era para Stalin. Sabía que tal utilidad se debía, al menos en parte, a su amistad con el editor estadounidense George Hayman, amistad que se había iniciado hacía casi cincuenta años, en 1904, cuando Hayman había llegado como corresponsal a Puerto Arturo para observar a la guarnición rusa durante los últimos meses de sitio, antes de rendirse a los japoneses. Hayman, como estadounidense rico, había entablado amistad con la principesca familia Borodin y, como republicano, también se había hecho amigo de sus sirvientes. De esta extraña reunión había surgido el gran idilio entre George Hayman e Ilona Borodina, que había abarcado continentes y ocasionado tanta actividad diplomática como en una guerra. Y, de aquel romance, cuando Ilona, apasionada y decidida, se imaginó que le habían robado al hombre que amaba y la habían condenado a casarse con un hombre que odiaba, había florecido el extraño y segundo idilio entre la princesa y el *valet*, que era en aquel entonces Michael. Ambos habían procreado un hijo y producido más estragos de los que habían pretendido o supuesto que eran posibles. Y, no obstante, aun luego de que Ilona se las había ingeniado para volver a ganarse a George y había volado con él hacia la riqueza y la seguridad en Estados Unidos, había seguido la amistad con Michael Nej, tanto por parte de Hayman como de su mujer. Incluso, había logrado sobrevivir a la destrucción de la casa de la familia de Ilona en Starogan efectuada por el ex sirviente de los Borodin, Iván, el hermano más joven de Michael, como había sobrevivido al crecimiento del régimen soviético hasta su presente forma monolítica, un crecimiento que había conducido tanto a Michael como a su hermano —aunque temporalmente— a la antesala de los grandes.

De esa manera, su designación como embajador permanente ante las Naciones Unidas había sido inevitable; de todos los integrantes más antiguos del Politburó, él era el que más sabía acerca de los estadounidenses y de Estados Unidos. Pero Michael había asumido el cargo casi en el momento en que su sobrino Gregory —hijo de Iván y de Tatiana Borodina, hermana de Ilona— había sido denunciado y arrestado como espía. En ese entonces, los compañeros de Gregory ya habían alcanzado su propósito de conseguir los secretos atómicos y él, Michael, no había sabido nada de la intriga que había finalmente puesto a los Hayman en contra suya, lo que Michael lamentaba. Había supuesto que cuando él, su esposa Catalina y su hija Nona se hubieran establecido en Nueva York, frecuentarían mucho a los Hayman y más aún a John, el hijo que había engendrado con Ilona. Lo que los Hayman habían considerado como traición de Gregory, había arruinado esto; John se había vuelto demasiado estadounidense para perdonar. Durante los últimos años, Michael no había hablado con algún miembro de la familia. Pero esto no había menguado su efectividad como embajador ruso.

Asimismo, había estado ausente del Consejo de Seguridad cuando Estados Unidos logró imponer su momentánea resolución de oponerse a la agresión comunista en Corea. Así, no había podido vetar la medida y los estadounidenses y sus aliados habían podido dar una extraordinaria demostración de fuerza y unidad. Pero esa guerra se había atascado en la nieve, el hielo y las negociaciones, y Stalin jamás había parecido muy preocupado por el hecho de que los estadounidenses se hubieran involucrado en esa remota región del mundo. Ahora habían transcurrido ya dos años desde el estallido de la guerra coreana. A partir de entonces, todo se había estado desarrollando de acuerdo con los planes, excepto los continuos altercados con la Yugoslavia de Tito. De modo que esta llamada... Michael frunció el ceño cuando Vyacheslav Molotov cruzó la sala y se dirigió hacia él, con aquella fría sonrisa y el brazo extendido. Como comisario responsable de Asuntos Exteriores, Molotov era, técnicamente hablando, el superior de Michael, aunque todo comisario en Rusia sabía que Michael Nej sólo admitía a Stalin como tal.

—Michael Nikolaievich —pronunció Molotov besándole primero en una mejilla y después en la otra—. Me alegra mucho verte. Por Dios que sí —continuaba tomando a Michael por el brazo y lo llevó a toda prisa hacia la salida—. Debemos darnos prisa, no hay tiempo que perder.

—Mis cosas...

—Las traerán luego. Debemos apresurarnos —acompañó a Michael hasta la puerta de la limusina negra que los esperaba con el motor en marcha.

Michael se hundió en la tapicería de piel dando un suspiro. Por lo menos no había sido recibido por algún hombre de la KGB de Lavrenti Beria. La crisis, si había alguna, aparentemente no lo afectaba en lo personal.

—Tal vez quieras decirme lo que ha sucedido.

Molotov susurró:

—Se trata de la catástrofe que hemos temido durante tanto tiempo. Michael Nikolaievich, Joseph Vissarionovich ha sufrido un ataque al corazón.

Michael se volvió bruscamente, y los dientes de Molotov brillaron en la oscuridad del automóvil.

—Fue un ataque cardiaco, Michael Nikolaievich. Se ha recobrado, pero aún está en cama. Sin embargo, es algo muy serio. No debemos olvidar que Joseph Vissarionovich ya tiene setenta y tres años de edad. Sé que es un gigante entre los hombres, pero, de acuerdo con las leyes de la naturaleza, no puede esperar continuar así por mucho tiempo. No obstante, todavía no designa sucesor.

—Tampoco lo hizo Lenin —observó Michael.

—De acuerdo, y todos recordamos el caos que se ocasionó tras su muerte. En cualquier caso, por así decirlo, Lenin fue tomado por sorpresa. ¿Quién iba a esperar que un hombre como él muriera a los poco más de cincuenta años? Joseph Vissarionovich ha tenido tiempo suficiente para estipular quién espera que lo reemplace como secretario del partido y no lo ha hecho.

—¿No supondrás que quiere dejar esta decisión al partido? —inquirió Michael.

Molotov volvió a sonreír. Ingenuidades de este tipo eran las que siempre habían mantenido a Michael Nej alejado del poder real.

—El asunto nos está agotando a todos, Michael —indicó.

—¿Nos está agotando?

—¡Oh... bueno, a Lavrenti Beria y a mí!

A dos del triunvirato que eran los pilares en los que descansaba el poder de Stalin, reflexionó Michael. Pero dos pilares muy disímiles: Molotov era, como él, un revolucionario conservador acérrimo. Y si, a diferencia de él, jamás se había involucrado en algunos asesinatos importantes, había sido, pese a ello, uno de los pistoleros del partido en los viejos tiempos anteriores a la Primera Guerra Mundial, que asaltaban trenes y robaban bancos para proveer de fondos a Lenin. En comparación, Beria era un recién llegado a la cumbre y era el jefe de la KGB, la policía secreta. Un hombre muy poderoso.

Pero la palabra efectiva era triunvirato.

—Así que enviaron por mí —dijo suavemente.

—En realidad, no —respondió Molotov.

Michael levantó las cejas.

—Ciertamente, quisimos mantenerte informado —añadió Molotov apresuradamente—. La carta que te enviamos va rumbo a Nueva York. Pero, por supuesto, no estarás allí para recibirla.

—Exacto —contestó Michael con frialdad—. ¿Estas cartas eran para ponerme al tanto de sus decisiones?

—Para pedirte consejo, Michael Nikolaievich —respondió Molotov—. Consideramos que hacerte venir equivaldría a darle a todo el asunto un aire de crisis y no pretendíamos eso. Sin embargo, dado que ya estás aquí...

—El asunto ya tiene un aire de crisis —destacó Michael—. Puedo garantizártelo. Pero si tú no enviaste por mí, Vyacheslav Mikhailovich, ¿quién lo hizo?

—Hombre, Michael, el mismo Joseph Vissarionovich. Él fue quien quiso que vinieras, tan pronto como pudiera arreglarse.

El cuarto estaba a oscuras, las cortinas corridas. Sólo una lámpara alumbraba en un rincón. Médicos y enfermeras, lo mismo que algunos integrantes del Politburó, llenaban la habitación, pero Stalin hizo un movimiento con la mano.

—Déjennos solos —ordenó—. Quiero ver al comisario Nej. Tú también, Vyacheslav Mikhailovich. Déjanos solos.

Los presentes se miraron unos a otros y aclararon gargantas. Pero nadie en aquella habitación estaba preparado para discutir con Joseph Stalin. Poco a poco, el gentío desfiló y se cerró la puerta. Michael se aproximó al lecho y bajó la vista para ver a su jefe.

Era difícil concebir que a este hombre le hubiera acontecido algo tan grave como un ataque cardiaco, pero en parte se debía a que era difícil imaginar que a este hombre pudiera sucederle algo alguna vez. Su cabello cortado casi al rape ahora era casi gris, aunque jamás había sido oscuro por completo; su bigote estaba totalmente blanco, pero lo poblado de él seguía ocultando su labio superior y, en efecto, disfrazaba su expresión, dejando su rostro, como siempre, como una máscara cordial para los pensamientos y planes que vagaban detrás de aquellos ojos sombríos. Sus rasgos grandes y redondeados tampoco se habían modificado en los tres años que Michael había dejado de verlo. Sus mejillas estaban pálidas, pero no más. Y su voz era tan fuerte como siempre.

—Michael —expuso cuando la puerta terminó de cerrarse y estuvieron a solas—. ¡Si supieras el gusto que me da verte!

—El gusto es mío, Joseph —mencionó Michael—. Después que supe...

—¿Lo que han tratado de hacerme?

Michael frunció el ceño.

—Pero... fue un ataque al corazón, ¿o no? Vyacheslav Mikhailovich...

—Molotov es un imbécil —aseguró Stalin sin emoción—. Ciertamente, es un hombre fiel, pero, aun así, es un imbécil. Me envenenaron.

Michael acercó una silla y se sentó. Él sabía mejor que nadie que no se podía reñir con este hombre. Además, sabía que lo que Stalin decía era factible.

—Pero, ¿quién haría tal cosa, Joseph Vissarionovich?

—¿Quién dirías tú, Michael?

—Bueno, Molotov no.

—Yo tampoco lo creo —admitió Stalin.

—Bueno, ¿entonces... Malenkov? ¿Khrushchev? Realmente no sé...

—¿Qué podría esperar obtener cualquiera de ellos sin eliminarte a ti y a Molotov y también a Beria? Tienes toda la razón; así que descartémoslos. Pero no has mencionado a Lavrenti Pavlovich —la voz de Stalin era más suave que nunca.

—¿Beria? Pero... ¡Dios mío!

—Exactamente —asintió Stalin—. El jefe de mi propia policía secreta.

—¿Tienes alguna prueba?

—Por desgracia, no. Esa prueba, no obstante, debe obtenerse; pero, obviamente, debemos ser muy cautelosos. Beria es el jefe de la KGB. Reconozco que es mi culpa, pero tengo tan poco tiempo para cuidar de los asuntos internos de este gran país, y, en realidad, Beria es muy eficiente... —suspiró—. Bueno, en resumidas cuentas, es que en la práctica opera un Estado dentro de otro. Jamás sabe uno quién es integrante de la KGB y quién no y, por tanto, quién está trabajando para Beria y quién no.

Michael Nej asintió con la cabeza.

—Desde hace mucho, he pensado que la KGB se estaba volviendo demasiado poderosa.

—Sí —contestó Stalin, un poco cansadamente. Si Michael tenía algún defecto, era su tendencia a decir "te lo dije"—. Ésta es una situación que debe corregirse tan pronto como sea posible. Pero, primero, tenemos que encargarnos de Beria. Ése es el motivo por el que te he mandado llamar,

Michael Nikolaievich —luego sonrió—. Por lo menos puedo estar seguro de que tú no trabajas para Beria.

—Más bien, yo soy el hombre olvidado de la revolución —afirmó Michael sin amargura.

—Te subestimas —replicó Stalin—. Además, te necesito para rehabilitar al único hombre que puede encargarse de Beria, sin desgarrar este país.

Michael alzó la cabeza.

—¿Iván? ¿Quieres volver a llamar a Iván?

—No vislumbro otra opción.

—Pero... Joseph Vissarionovich, permíteme que proteste de la manera más enérgica contra esta medida.

—¿Contra la rehabilitación de tu propio hermano?

—Por la reinstalación de un hombre cuyo solo nombre está relacionado con, bueno...

—Las purgas de los años treinta —declaró Stalin reflexivamente—. Hizo lo que debía hacer. Iván siempre hará eso. En ello estriba su valor.

—Tu imagen...

—Prefiero estar vivo y preocupado por mi imagen, que muerto y con Beria al frente del país —aseguró Stalin.

Michael se levantó y fue y vino por la recámara.

—Joseph Vissarionovich, por lo que he podido enterarme, casi parece seguro que Iván ordenó la muerte de Tatiana Borodina...

—A lo mejor —señaló Stalin— hizo lo que tenía que hacer.

Michael continuaba hablando.

—Su propia mujer y tal vez la bailarina más grande que Rusia haya producido. Y... —las palabras de Stalin penetraron en su cerebro, y se detuvo, frunciendo el ceño como si una monstruosa sospecha cruzara su mente: todo lo que Iván había hecho durante las purgas de los años treinta había sido por órdenes de Stalin.

Stalin proseguía sonriendo.

—Se encuentra en Tomsk —informó—. Yo lo envié allá.

—Exactamente —replicó Michael, dispuesto a discutir hasta el fin y a intentar aclarar lo que se le acababa de decir—. Lo enviaste a Tomsk, Joseph Vissarionovich, no sólo debido a sus crímenes, sino porque ya no era lo que había sido alguna vez. ¿Supones que cuatro años en Tomsk lo habrán regenerado?

—Creo que bien pueden haberlo hecho —respondió Stalin—. Pero el hecho es, Michael Nikolaievich, que no sólo estoy buscando volver a llamar a Iván. A dondequiera que vaya, también irá Anna Ragosina.

—¿Piensas —Michael volvió a sentarse— volver a usar a esa vampiresa?

—Creo que es la única persona en el mundo a la que Beria teme en verdad. Creo que su presencia en Moscú, en Lubianka, puede forzarlo a actuar a la luz pública.

—¿Realmente supones que él le tema ahora? ¿No la enviaste a Tomsk como asistente de Iván, luego de que ella lo puso bajo arresto y lo "interrogó"? ¿Tienes alguna idea de lo que significa ser interrogado por Anna Ragosina?

Stalin sonrió ampliamente.

—Me temo que no. ¿Y tú?

—No, Joseph Vissarionovich, pero debo pedirte que dejes a esa perra donde está. De cualquier forma, Iván ya la habrá destruido desde hace mucho tiempo.

Stalin movió la cabeza de manera negativa.

—La información que tengo es que eso no ha sucedido. De cualquier modo, eso es lo que deseo que averigües.

—¿Yo?

—¿Por qué otro motivo crees que te mandé traer desde Nueva York? —interrogó Stalin, quien, de repente, se incorporó en la cama y dijo con voz penetrante—: Tenemos que combatir a Beria. Lo derrotaremos rodeándolo con nuestra gente. Conozco muy bien a Lavrenti Pavlovich. Cuando se imagine que está rodeado, perderá su aplomo y hará un movimiento que lo ponga en evidencia. Una vez que lo haga, ya lo tenemos. Supuesto, claro, que contemos con las personas apropiadas en el lugar adecuado. Irás a Tomsk y verás a Iván y a Anna Ragosina, te doy carta blanca. Averigua cómo están tras cuatro años de exilio. Si consideras que están domados, vuelve aquí solo. Si crees que aún son tan eficaces como lo fueron, tendrás cartas mías que te autorizan a rehabilitar a Iván como comisario delegado para Seguridad Interna, y a Anna Ragosina como coronela de la KGB. A continuación, les ordenarás que retornen a Moscú tan rápido como sea posible.

—¿No pondrá Beria alguna objeción?

—Puede ser que sí y, entonces, podrá traicionarse. De cualquier modo, no puede hacer nada al respecto. Iván cometió un error y ha sido castigado por él. Este castigo ya está cumplido y tiene derecho a reanudar su carrera. Lo mismo Anna Ragosina. No olvides que muchos de los operarios en la KGB eran personalmente leales a Iván antes de que cayera en desgracia y que un gran número de ellos también fueron capacitados personalmente por Ragosina. Entiendo que es una mujer difícil de olvidar una vez que alguien... la ha conocido.

—Es —Michael hizo un ademán— una arpía engendrada por el infierno —completó, sonrojándose al recordar su propia participación en el melodrama.

—Al contrario —expresó Stalin—, ella fue engendrada, casi literalmente, por tu hermano. Él la sacó de la escuela, pues quería que alguien le calentara la cama cuando Tatiana lo abandonó. Lo que ella es ahora, se lo debe a él. Ella sola vale por todo un ejército. ¡Traémelos, Michael Nikolaievich! No puedo enviar a nadie más porque ningún otro es capaz de juzgarlos con objetividad, y porque Iván sospecharía que su reincorporación es una trampa si viene de otra persona que no seas tú. Arreglaré que seas sustituido en Nueva York. Debemos cerrar filas, Michael Nikolaievich, contra este cáncer que crece entre nosotros. Y si tenemos cuidado y buena suerte, lo aniquilaremos.

Michael Nej no había estado al este de los Urales desde 1918 y no era un viaje que hubiera esperado volver a emprender. La línea del ferrocarril a Tomsk pasaba por Sverlovsk, una ciudad que originalmente se llamó Ekaterinburg en honor de Catalina la Grande, y que después de la revolución fue rebautizada, ya que Ekaterinburg guardaba demasiados recuerdos aun para Lenin. A Ekaterinburg fue adonde Michael había ido en 1918, con una orden en su bolsillo, para la ejecución del zar Nicolás II y de toda su familia. Michael jamás lamentó esta acción. Para él, entonces y ahora, el zar y su mujer habían sido sanguijuelas que sólo merecían la muerte. Pero, en aquel viaje, se había reunido con Ilona Borodina Hayman y con Judith Stein, ambas implicadas desafortunadamente en la tragedia de los Romanov. Ilona, la mujer que lo había abandonado, y Judith, quien estaba destinada a abandonarlo. Retornar a Sverlovsk sólo podía traerle una desagradable mezcla de sueños y pesadillas.

—¿Estuviste exiliado alguna vez en Siberia durante los malos tiempos? —inquirió el secretario, Gogol, observando el aire reflexivo de su jefe.

—No —contestó Michael.

—Pero, ¿no fuiste detenido por la Okhrana tras el asesinato del primer ministro Stolypin?

—Sí, claro —concedió Michael—; pero, como resulté culpable, fui sentenciado a muerte, no al exilio.

—Y escapaste —dijo Gogol con admiración.

—Sí —Michael no vio razón para recordarle al joven que su escape había sido urdido por George Hayman. Su problema era que había contraído demasiadas deudas y que no todas eran compatibles con su honorable situación actual. Aún estaba en deuda con su hermano Iván y, de hecho, ésta no era una deuda de gratitud. Pero, además, tenía una deuda con Stalin, y tal vez más de una. Y él había elegido seguir la estrella de Stalin entre todas las que habían brillado, brevemente, en el caos que sobrevino a la muerte de Lenin. Al principio, con cierta renuencia, y más frecuentemente con repulsión, pero con una convicción cada vez mayor de que aquí estaba el hombre, quizá el único que haría que la revolución tuviera éxito.

Esta convicción se había convertido casi en un culto al héroe después de la gran guerra patriótica, cuando lo único que se había interpuesto entre Rusia y la derrota fue la gran voluntad de Stalin. Pero, ¿a qué precio? Tal vez nunca lo había calculado lealmente. Michael siempre había reconocido a su maestro como un hombre despiadado y por eso lo había respetado. Ahora, estaba cada vez más convencido de que Stalin había ordenado la ejecución de Tatiana Borodina, de que simplemente había mandado que pareciera un accidente y de que había encomendado esa tarea a Iván, sabedor de que él odiaba a la mujer que lo había abandonado.

Pese a ello, la idea resultaba repugnante. De todos los rusos que habían adorado a Tattie Borodina y eran sus partidarios, Stalin era el que parecía adorarla más. Al igual que los demás, había sido cautivado tanto por el desinhibido erotismo de sus danzas como por la igualmente desinhibida exuberancia de su personalidad. Pero, ¿quién podía decir lo que le había sucedido a Tattie durante la guerra? Había pasado cuatro años detrás de las líneas alemanas, combatiendo con denuedo junto con los partisanos, pero... para una figura internacional como ella, colaborar con los nazis, por ejemplo, hubiera sido muy sencillo. Y Tatiana, a pesar de su evidente aceptación del comunismo, era, sin embargo, la hermana de Peter Borodin, el antiguo príncipe de Starogan, y todavía un opositor vehemente y decidido del bolchevismo. Y la hermana de Tattie era Ilona Hayman, la esposa de un estadounidense millonario.

¿Quién podría decir lo que Stalin podría haber descubierto de ella y había hecho forzosa su muerte?

Era una idea de pesadilla, porque Michael había amado a Tattie de una manera casi fraternal; pero Stalin comerciaba en pesadillas, eran parte del perpetuo subconsciente ruso, que había aprendido a manipular. Así, ahora había ordenado a Michael que resucitara a otras dos criaturas de pesadilla, por el bien del Estado. Y Michael jamás había dudado de que lo que Stalin pensaba era lo mejor para el Estado. Habiéndose convertido en un seguidor de Lenin, debido a que había puesto en duda al régimen zarista, había comprendido que lo único esencial para el triunfo de un político revolucionario era saber que lo que hiciera, sin importar qué tan terrible o desagradable fuera, era por el bien de la revolución. Así, tal vez la revolución estaba atrasada treinta y cinco años. Esa revolución sería, sin duda, suplantada por otra, en el caso de que Beria reemplazase a Stalin como dictador. Y a aquella primera revolución era a la única a la que él le debía lealtad. Si Iván y Anna Ragosina podían impedir esa catástrofe, entonces, ¿quién era él para sentir disgusto por el hecho de que se les empleara?

Suponiendo, por supuesto, que Iván y Anna aún eran útiles. El tiempo que habían pasado en Tomsk debe haber sido un mal sueño. Desde Sverlovsk, en las faldas de los Montes Urales, el tren descendía a un nivel monótonamente llano. Aquí, la región estaba dominada por la taiga, más de mil kilómetros de bosques de pinos cuya invariabilidad no rompía ni siquiera una ligera elevación del terreno, y sólo estaba interrumpida por trechos de tierra pantanosa aún más monótona. Estaba iniciando la primavera, así que la temperatura era casi soportable. En el verano, se hubiera elevado a -15°F a la sombra; en invierno, hubiera descendido a -50°F o menos. Tomsk se ubicaba más adelante en un ramal de la línea férrea. Aquí, durante los últimos años, las dos personalidades más temidas en Rusia habían languidecido, pues habían disgustado a Stalin o le habían fallado. Michael se preguntaba qué sería lo que iba a descubrir.

—¿Michael? —Iván Nej casi se cayó de su silla giratoria cuando se levantó—. ¿Michael Nikolaievich? —su mirada se volvió a su hermano, en apreciación de Gogol, como la de un conejo que viera una víbora.

Iván Nej era más joven que su hermano; tenía sesenta y tres años. Poseía una nariz larga y encorvada y una barbilla sobresaliente. Con sus espejuelos y su bigote caído, a Michael le recordaba a León Trotsky; por supuesto, la comparación era insultante para Trotsky. Michael, estalinista hasta la médula de los huesos, había desempeñado su papel en la caída de Trotsky, pues admitía que esa caída era inevitable sencillamente porque Trotsky era intelectualmente más brillante y comunistamente más ambicioso que cualquiera de los otros izquierdistas para luchar por el supremo poder luego de la prematura muerte de Lenin. Iván era un limpiabotas con los instintos de un criminal, a quien se le había permitido, al iniciarse la revolución, desarrollar tales instintos al grado de que ellos se apoderaran de toda su personalidad. Pero siempre había sido temido. Esta desagradable característica, aunada a su casi omnipotente poder como verdugo privado de Stalin, lo había convertido en un objeto absolutamente despreciable a los ojos de quienes estaban lo bastante seguros para verlo así, y en un monstruo para los que se habían visto en alguna de sus celdas. En la actualidad, el temor a Iván estaba muy cerca de la superficie.

—Michael —repitió—. Michael Nikolaievich —rodeó su escritorio para abrazar a su hermano, dirigió de nuevo su mirada hacia Gogol y concluyó que aquel secretario de buenos modales era por lo menos un verdugo—. Yo... no entiendo.

—¿El que yo haya venido a visitarte? —preguntó Michael, sentándose y cruzando las piernas descuidadamente, al tiempo que recorría con la mirada aquella diminuta oficina en la que apenas podía respirarse, en lo que era un minúsculo edificio sin aire, en un pueblo provincial sin ninguna gracia, localizado en la interminable llanura siberiana. El último imperio de Iván, pensó: cuatro asistentes y ocho secretarios, diez millones de mosquitos y una aburrición incalculable—. ¡Oh!, te presento a Vladimir Vladimirovich Gogol, mi secretario —indicó Michael.

Iván no hizo el menor intento de extender su mano para saludar; ello podía ser la señal de su muerte inmediata. Saludó con una inclinación de cabeza y esbozó una cadavérica sonrisa.

—¿De Nueva York? —preguntó ansiosamente.

—De Tiflis —informó Michael.

Iván abrió desmesuradamente los ojos y se sentó. La noticia de que Gogol era un georgiano, lo mismo que Stalin, no era nada tranquilizante.

—Jamás había estado antes en Tomsk —observó Michael—. ¿Hay mucha actividad aquí?

—Bueno... tenemos una universidad —contestó Iván—. La más antigua universidad en Siberia y una escuela de maestros. Y una gran cantidad de buena madera.

—Me refería a si has tenido mucho que hacer en estos últimos años —aclaró Michael.

—Bueno... —Iván cruzó los dedos de las manos—. Gente dedicada al mercado negro, principalmente. Como sabes, éste es un delito grave, Michael; se castiga con la pena de muerte. Y luego, los universitarios... siempre hay algunos que quieren cambiar el mundo. Pero los descubrimos, claro que los descubrimos. Ah y tú, ¿de vacaciones? —nuevamente observó a Gogol y el sudor escurrió por su cuello y se introdujo por el ya sucio cuello de su camisa. Éste, pensó Michael, es el hombre que Joseph Vissarionovich busca para luchar contra Lavrenti Beria, de acerados ojos, urbano e inteligente.

—Sí —dijo y sonrió—. Estoy de vacaciones en Siberia, Iván Nikolaievich. Siempre he deseado pasar vacaciones en Siberia. ¿No lo desean todos? Pero me alegra mucho volver a verte para asegurarme con mis propios ojos de que estás bien y prosperando. Sí, ciertamente. Me hospedo en el hotel. Tal vez desees que comamos juntos —y después, pensó, "podré tomar el próximo tren de vuelta a Moscú y comunicarle a Joseph Vissarionovich que debe buscar otra persona que lo ayude".

—Sería muy grato para mí —manifestó Iván Nej—. De veras que me daría mucho gusto.

—A las ocho en punto —determinó Michael y se puso de pie. Pero se le había pedido que llevara a cabo un trabajo y jamás había dejado de cumplir con lo que se le encargaba—. Entiendo que Anna Ragosina está aquí en Tomsk contigo.

—Sí —afirmó Iván—. Adonde yo voy, Anna Ragosina va conmigo —y sonrió maliciosamente.

—No creo haberla visto jamás —aseguró Michael—, pero he escuchado hablar mucho de ella. Me gustaría conocer a Anna Ragosina, Iván Nikolaievich.

Iván asintió con la cabeza.

—La llevaré conmigo al hotel.

—¿Dónde está ahora?

—Ah... está trabajando. Anna siempre está trabajando.

—Me gustaría verla trabajar —expresó Michael—. ¿Me podrías llevar con ella ahora?

Iván mismo condujo el viejo jeep del ejército de Estados Unidos fuera de la ciudad y tomó un camino que se internaba en un bosque de pinos.

—No tenemos las instalaciones apropiadas aquí —explicó—, Anna es incansable; no sé lo que haría sin ella; pero en nuestras pequeñas oficinas... Cuando ella realmente debe enfrentarse a un problema, se viene al bosque.

Hablaba, pensó Michael, con una extraña mezcla de reverencia y desprecio. Lo que, ciertamente, no hubiera esperado; pero entonces no tenía la menor idea de qué era lo que esperaba. ¿Qué podía esperar hallar, considerando lo que había encontrado en Iván?

—¿Qué fue eso? —gritó Gogol, quien iba sentado en el asiento trasero junto al asistente de Iván.

—Ah, Anna está trabajando —explicó Iván y detuvo el jeep. Se ubicaban a varios kilómetros del pueblo, y el cielo estaba casi oculto por los pinos que se elevaban sobre el áspero y sucio camino. Entre ellos había resonado el terrible grito.

—¿Madame Ragosina hizo ese ruido? —preguntó Michael.

—No, no —aclaró Iván—. Debe haber sido el hombre con el que ella está. Anna debe estar por allí.

Entre los árboles que se localizaban a su derecha había aparecido una mujer; más bien una niña, regordeta y rubia, que llevaba un uniforme y que los observaba con unos binoculares.

—La asistente de Anna —acotó Iván y le hizo una seña para que se aproximara.

La joven se acercó a ellos.

—¿Ocurre algo malo, camarada comisario?

—No, no —contestó Iván—. Viene conmigo un antiguo comisario de Moscú que desea hablar urgentemente con madame Ragosina.

La joven dudó, observó a Michael y después a Gogol.

—Madame Ragosina está muy ocupada —anunció—. Y no le gusta que la interrumpan cuando está trabajando —Iván bien podía haber sido un empleado que le estaba dando lata.

—La veré ahora —declaró Michael.

La joven dudó de nuevo y se mordió el labio, indecisa.

—Quédense aquí todos —solicitó Michael, y comenzó a caminar junto con ella por entre los árboles, preguntándose por qué su corazón palpitaba violentamente. Estaba a punto de encontrarse frente a frente con un horror andante que se disfrazaba con un nombre de mujer... Una rama crujió y Michael se dio media vuelta, llevándose por instinto la mano hacia el bolsillo.

—Será mejor que tengas un buen motivo, camarada, para estar aquí —la voz era como una música suave y líquida que resonaba en sus oídos—. Porque si no lo tienes, te mataré.

Michael sintió el extraño deseo de alzar las manos, pero las mantuvo pegadas a su costado, con un gran esfuerzo.

—Yo soy el comisario Michael Nikolaievich Nej —expuso, esforzándose también para conservar serena su voz—. Estoy aquí para cumplir con una misión encomendada por el primer ministro Stalin: verte a ti, madame Ragosina.

Hubo un instante de silencio antes de que ella manifestara:

—Entonces, sin duda, he cometido un error, camarada comisario. ¿Tienes alguna identificación?

Michael se volvió despacio hacia ella. Pensó que sería una arpía de mediana edad. Lo primero que observó fue el rostro más perfectamente formado que hubiera visto alguna vez, tranquilo, con rasgos afinadamente cincelados, nariz recta, barbilla puntiaguda, una boca tal vez ligeramente delgada, pero unos ojos negros magníficos y profundos, complexión pálida, todo enmarcado en una cascada de cabello negro como el azabache que le caía a uno y otro lado de una raya abierta exactamente en el centro; aunque vestía un uniforme de coronel de la KGB, iba con la cabeza descubierta. Le hizo pensar en las pinturas maravillosamente pinceladas que había visto de una madona. Podía haber tenido cualquier edad, entre los quince y los treinta años. Cuarenta era imposible. Más que voluptuosa, su figura era elegante; medía aproximadamente 1 metro y 58 centímetros y su pesado uniforme desvanecía todas sus curvas, excepto las esenciales de la cadera y los senos. Sus piernas estaban ocultas en botas que cubría la falda. Michael no dudó de que serían tan excelsas como todo lo demás.

—¿Tú eres Anna Ragosina? —interrogó, molesto consigo mismo por la trivialidad de la pregunta.

—¿Tú eres Michael Nikolaievich Nej? —respondió ella, con un suave tono burlón—. Debes serlo, pues es obvio que eres el padre de John Hayman. Yo trabajé y combatí junto con tu hijo durante varios años, camarada comisario. Era un hombre muy valiente.

—¿Y más recientemente?

Los ojos de Anna se convirtieron en negros pozos sin fondo llenos de ira.

—Se transformó en mi enemigo —advirtió—. En nuestro enemigo, camarada comisario. En el enemigo de la Rusia soviética —sonrió—. Pero un hombre no es totalmente responsable de su hijo. Me agrada recibir tu visita, camarada comisario —Anna trató de no tenderle la mano, al descubrir que aún empuñaba el revólver, y lo enfundó sin turbarse—. He escuchado muchas cosas de ti, camarada comisario.

—Como yo también de ti —añadió Michael—. Ahora, me agradaría ver lo que estás haciendo.

Al igual que su asistente, Anna titubeó y, a continuación, murmuró:

—Como desees —Anna se volvió y él percibió una ligera oleada de perfume. Esto lo asombró; pero, puesto que era una bella mujer, ¿no debería estar consciente de su belleza? Michael contempló la ondulación de su cabello oscuro cuando ella se volvió, el ligero balanceo de sus caderas, la huella de húmedo sudor en sus axilas y en la parte central de su espalda. Pensó que podía tener algo de sangre tártara en su árbol genealógico. Catalina, su propia mujer, tenía una gran cantidad de sangre tártara en sus venas. Pero Catalina jamás había sido hermosa.

Por otro lado, Catalina jamás había sido un monstruo. Michael debía recordarse este dato, si necesitaba recordarlo. Anna Ragosina había llegado a un pequeño claro y allí se detuvo.

—Este individuo es un agente que trabaja en el mercado negro —explicó.

Michael miró al hombre. Estaba descalzo y sin calcetines y atado a un tronco de madera que llevaba sobre la espalda. No era muy viejo y parecía estar sano y robusto, y no se veía que hubiera sufrido algún daño; su cuerpo desnudo aparecía un poco más rojo que lo normal, pero ello podía deberse a que la sangre bombeaba con furia por sus arterias, puesto que se estaba retorciendo y contorsionando contra la áspera madera, como si se estuviera quemando. Hizo un ruido, además, y estaba tratando, evidentemente, de hacer un ruido mucho mayor, para repetir el alarido que habían oído antes, pero le habían metido en la boca un pañuelo de lino blanco y sólo podía emitir un agudo gemido.

—¿Qué le has hecho? —inquirió Michael.

—Uso pimienta —expresó Anna—. Es mi sistema. Pimienta roja, camarada comisario. Es muy efectiva. El dolor que ocasiona es casi insoportable.

—¿Cómo lo sabes? —preguntó Michael, intentando mantener su respiración bajo control—. ¿La has sentido tú alguna vez?

Ella lo miró con sorpresa.

—Por supuesto que no, camarada comisario. Pero he observado sus efectos con suficiente frecuencia. En realidad... —Anna sonrió y esto la hizo verse aún más joven—, la sentí una sola vez. Cuando todavía estaba en el orfelinato, me pelee con otras niñas, y ellas... me untaron con pimienta cuando dormía. Es algo... casi insoportable, pero no deja huella, a menos que se use con negligencia. Utilizada sin cuidado, puede llegar a matar. Además del dolor, como ves, camarada comisario, en las partes del cuerpo excepcionalmente delicadas, provoca una gran hinchazón, la cual demora muchos días en desaparecer; días en que las funciones naturales no pueden efectuarse.

Michael estaba de pie junto a ella y contempló el cuerpo torturado.

—¿Y este hombre?

—¡Oh!, vivirá para ser ejecutado. Ha transcurrido mucho tiempo desde que maté a alguien por equivocación.

—¿Cuál es su delito? —la mente de Michael parecía haberse quedado en blanco.

—Ya te lo dije, camarada comisario, ha estado involucrado en el mercado negro. Sólo es un eslabón de una cadena, pero el estúpido no quiere decir los nombres de sus cómplices. Aún no; aunque, finalmente, lo hará —se inclinó y jaló la oreja del hombre en broma—. Tú sabes que lo harás, Igor Igorovich. Pero sigue obstinado. No tengo prisa —Anna se detuvo y recogió la pimienta cortada que había dejado sobre el suelo—. Te voy a hacer una demostración, camarada comisario. Creo que la última aplicación ya está desapareciendo.

—No quiero una demostración —indicó Michael. Ella era un monstruo, todo lo que él hubiera podido esperar, salvo por la belleza. Se le había sugerido, pero no había podido creer que fuera posible en semejante criatura. Mas todavía no podía convencerse de que ella fuera en realidad lo que Stalin estaba buscando. Resulta muy fácil ser eficazmente destructivo y despiadadamente cruel cuando la víctima yace atada a un tronco a los pies de uno, como en esas circunstancias es también sencillo ser impresionantemente valiente. Y la única razón de su existencia estaba en el empleo que sus superiores pudieran hacer de su eficiencia, crueldad y valentía. Careciendo de tal uso, era un crimen que a semejante criatura se le permitiera respirar una sola bocanada de aire o tomar un pedazo de alimento con el que pudiera alimentarse a alguien más. Su tarea era averiguar si ella era todo lo que parecía ser, si podía oponerse con éxito a Lavrenti Beria—. Aléjate de mí —ordenó.

Anna Ragosina arqueó las cejas.

—Déjame solo con este hombre —repitió Michael—. Debo hacerle una pregunta —se volvió y señaló—. Vete y quédate allí entre esos árboles —el lugar que Michael había indicado estaba a unos cincuenta y cinco metros aproximadamente—. Quédate allí, con la espalda vuelta hacia mí.

Anna vaciló, con las cejas aún levantadas y los labios levemente separados. Pero él era de los hombres más poderosos en Rusia. Asintió con la cabeza, se volvió y se alejó, y después se mantuvo mirando hacia el bosque, con la cabeza rígidamente erguida.

Michael la miró durante varios segundos y luego se detuvo al lado del hombre, conteniendo la respiración para no aspirar el hedor del sudor-dolor y del sudor-miedo.

—Escúchame —le dijo—. Voy a quitarte la mordaza, pero no debes gritar ni hacer ruido. Entiende esto: si lo haces, te devolveré a madame Ragosina.

El hombre se le quedó viendo, pero, en definitiva, el dolor estaba menguando. Michael sacó el pañuelo de la boca, y arrugó la nariz al percibir que, pese al tiempo que había estado puesto en aquel lugar, el pañuelo todavía despedía un olorcillo al perfume de Anna. El hombre jadeó con alivio.

—¿Odias a la camarada Ragosina? —preguntó Michael.

El hombre se le quedó mirando fijamente.

—¿Sabes quién soy yo, Igor Igorovich? —interrogó Michael—. Soy el comisario Michael Nej. Ya has oído hablar de mí, camarada. Sé que has cometido un delito contra el pueblo de Rusia y que mereces enfrentarte a un pelotón de fusilamiento; no obstante, deseo darte una oportunidad de vivir, por lo menos hasta tu próximo delito. ¿Te gustaría tener esta oportunidad, camarada?

El hombre inhaló con dificultad.

Michael sonrió.

—Y para que te vengues, voy a desatarte y te proporcionaré un arma. Quiero que mates a la camarada Ragosina por mí. Si lo haces, te pondré en libertad. ¿Me has comprendido?

El hombre lo miró fijamente durante varios segundos. A continuación, asintió con la cabeza; aunque continuaba con el ceño fruncido. Estaba demasiado confuso para ser eficaz.

—Ella ha sido condenada a muerte —explicó Michael—. Y yo he sido designado su verdugo, pero preferiría que muriera de esta forma. Recuerda que es una mujer extremadamente peligrosa. Debes actuar con rapidez y con exactitud. ¿Me comprendes?

—Sí —afirmó el hombre—. Te entiendo, camarada comisario— se lamió los labios.

—Bien —dijo Michael. Sacó su pistola, la colocó sobre el pasto a poco más de un metro y medio de distancia, después sacó su navaja de bolsillo y dejo al hombre en libertad—. Ahora —ordenó y se arrodilló detrás del tronco.

Igor Igorovich se incorporó y luego se lanzó. Sus manos tomaron el arma.

—¡Anna! —gritó Michael—. ¡Detrás de ti!

Igor se enderezó, con la pistola en la mano. Hubo cinco explosiones, una tras otra, con tal rapidez, que se escucharon casi de manera simultánea.

Michael se levantó, saltó sobre el tronco y miró tendido a Igor Igorovich. El hombre yacía de costado, la sangre le brotaba del cuerpo repentinamente pálido y de la mano había caído la pistola. Michael se detuvo, recogió el arma, la examinó. Igor había disparado sólo una vez. Y ahora Michael podía observar que había cuatro heridas de bala en el pecho destrozado.

Se incorporó de nuevo, miró el barril del revólver de Anna Ragosina.

—Me quedan dos balas, camarada —comunicó ella.

Michael le sonrió.

—Entonces, ¿por qué no vuelves a cargar?

Anna lo contempló frunciendo el entrecejo, con la cabeza vuelta algún tanto al escuchar los gritos de Iván y de Gogol y de los otros, cuando corrían por el bosque.

—¿Querías que lo matara?

—Si él no podía matarte primero —expuso Michael.

Anna avanzó despacio hacia él.

—Te necesito —comentó Michael—, si eres tan buena como dicen.

—Y ahora ya sabes que lo soy. Siempre supe que enviarían a buscarme —aseguró ella—. No podían mantenerme encerrada aquí para siempre. ¿Qué es lo que quieres que haga, camarada comisario? —Anna miró hacia Igor; ni siquiera se había alterado su respiración—. ¿A quién más quieres que mate?

Michael descubrió que su corazón estaba apaciguándose. Después de todo, iba a volver a dejar en libertad a ese monstruo, con invaluables resultados para Rusia. Ella tenía que ser controlada con alguna clase de brida.

—Te diré lo que quiero que hagas —dijo—, a su debido tiempo. Pero siempre estarás trabajando con mi hermano y bajo sus órdenes, como antes. ¿Comprendes esto?

Anna Ragosina lo miró y después sonrió.

—Por supuesto, camarada comisario. Será un placer —se alejó de él. Caminó unos cuantos pasos y luego miró sobre su hombro, casi tímidamente—. Ahora que sé que tiene un hermano que aún es más despiadado que yo, será un placer.

—No puedo creerlo —manifestó Iván Nej, reclinándose en los cojines de su compartimiento privado de primera clase, y estirando las piernas. Observaba a Anna Ragosina; Michael había retornado a Moscú y se encontraban solos—. Sencillamente no puedo creerlo. Cuando me enviaron a Tomsk, supuse que sería de por vida. Te diré algo, Anna Petrovna: cuando mi hermano vino por mí la semana pasada, pensé que lo habían enviado para ejecutarme.

—¡Tonterías! —declaró Anna despectivamente—. ¿Cómo podrían ejecutarme a mí o a ti? Somos demasiado valiosos, como Stalin ha podido averiguarlo.

—Beria —musitó Iván—. Sí, destituir a Beria será un placer. Pero también hay otras muchas cosas que resultarán placenteras. He tenido tantos sueños durante estos últimos cuatro años...

Anna miraba hacia fuera por la ventanilla. Sueños era lo único de lo que él realmente era capaz. En algún tiempo, había sido una figura temible, la sola mención de su nombre había reducido a la gente a ruinas. Ella aún podía recordar aquel día, en el orfelinato de Moscú, cuando había sido llamada a la oficina de la directora porque el comisario Iván Nej deseaba verla. A la edad de sólo dieciséis años, Anna había sabido instintivamente que algo terrible estaba a punto de sucederle.

Bueno, ella suponía que a los ojos de la mayoría de la gente algo terrible había ocurrido: se había convertido en Anna Ragosina. Alguna vez en lo único en que había soñado era en vengar el asesinato de sus padres por hombres que vestían el mismo uniforme que ella portaba ahora. Pronto debió asumir que eso era pura fantasía; pero había hallado un sustituto muy aceptable. Si no podía vengarse de tales criaturas, se les uniría y las dominaría, y mediante ellas, se vengaría de todo el mundo. De cualquier modo, ella detestaba a todo el mundo.

Con el tiempo, había llegado a odiar a este hombre más que a cualquier otro. Él había dominado su juventud y la había asqueado aun cuando ya la había aterrorizado. Luego, cuando después de su egoísta codicia por Ilona Hayman, la millonaria estadounidense, él había puesto en peligro su propia carrera, la había sacrificado sin el menor titubeo y la había enviado a un campo de concentración durante cinco años. Años en los que ella se percató de que nunca antes había comprendido el significado de la palabra odio. Sin embargo, cuando la gran guerra patriótica contra los alemanes parecía más inminente, ella había tenido que ser traída al triunfo, a la fama y fue puesta como el modelo de la heroína de la Unión Soviética. Había estado junto a John Hayman el día en que ella recibió la medalla, pues él también había sido honrado por las hazañas llevadas a cabo con los partisanos. Tras aquello, todo habían sido triunfos que culminaron con su designación para dirigir la organización estadounidense. Sólo ella, Stalin lo había sabido, pudo conseguir las fórmulas atómicas que le otorgarían a la Rusia soviética la igualdad militar con Estados Unidos.

Anna había triunfado en todo eso, y luego había tenido que verse cara a cara con John Hayman de nueva cuenta y había visto desmembrada su organización y a ella misma caída en desgracia. Y, como castigo, había sido devuelta a Iván. Debía reconocerlo, aunque sólo ante sí, que cuando había oído aquella sentencia, casi se había desesperado. No obstante, habiendo sobrevivido tanto tiempo, no había considerado el suicidio, se había preparado para cualquier cosa que Iván pudiera estar esperando de ella... y se había encontrado como propiedad de los restos de un hombre. Ella casi había completado su destrucción y había disfrutado el placer de hacerlo. Y había pensado en algo todavía mejor. Anna había aprendido, después de veinte amargos años, que una mujer puede lograr poco en su peculiar profesión, sin el respaldo de un hombre. Si había cometido algún error personal, había sido por no haberse tomado la molestia de asegurarse tal respaldo, pues no había comprendido su importancia. Así, su instinto le había dicho que sólo emergería de nuevo de la oscuridad a la fama y el poder con la ayuda de un hombre. Y, ahora por lo menos, ese hombre iba a ser Iván Nej, simplemente porque no había otro disponible en Tomsk. Y, además, ya que tenía él un hermano que aún era poderoso en la Tierra y porque había tenido alguna vez buena reputación.

Sólo había sido un asunto de paciencia. Paciencia para desempeñar sus deberes lo mejor que podía, y paciencia para ganarse de nuevo la sumisión de Iván. Esto no le había sido fácil a Anna. Ella sabía más de lo que los hombres querían que cualquier otra mujer en el mundo; había invertido demasiado tiempo de su vida en causar dolor y éxtasis, y en explorar, con objetividad clínica, ese mundo gris que yace en medio de esos dos extremos y que tantos hombres hallan atractivo. Iván había supuesto —y actualmente suponía que cada persona llegada de Moscú, incluso su propio hermano— que ella había sido enviada para ejecutarlo. Cuando había descubierto que Anna iba a ser de nuevo su asistente, ella había percibido que sus ojos se opacaban, como si hubiera principiado a preguntarse qué podría hacer, qué se atrevería a hacer, para vengarse de la humillación que ella le había infligido cuando lo había detenido. Y él había estado perdido cuando Anna sonrió y dijo:

—Así que me tienes, Iván Nikolaievich, arrastrándome ante ti. ¿Por qué no me rapas y me golpeas y después me montas y me haces aullar de dolor?

Después de aquello, no había habido problemas con Iván. Ella había incluso disfrutado, pues aquel mundo nunca jamás gris de dolor provocado por el éxtasis o de éxtasis producido por el dolor era tan fascinante para ella como para cualquiera; asimismo, razonaba, si no experimentaba, de cuando en cuando, al menos un leve dolor, ¿cómo podría saber lo que estaba haciendo por otros? Y ahora, sólo dos años más tarde, su raciocinio, su enfoque lógico, había demostrado ser tan preciso como antes. El hermano de Iván había venido para reclamarla; no hubiera venido sólo por Iván. Vino para reclamarla para el poder y la grandeza. Beria era nada. Anna lo conocía bien y sabía que estaba temeroso de ella —cuando había trabajado un breve lapso con él y se había acostado con él, se había puesto tan nervioso, que se había visto impotente— y ella sabía, además, que Beria era más despreciable que temible. Lo principal era que Stalin se había percatado de que la necesitaba. El futuro era todo de ella. Esta vez, no cometería errores.

—Gregory —musitó Iván—. Ahora puedo hacer algo por él.

Anna volvió la cabeza para mirarlo como si fuera una lagartija.

—¿Ese niño estúpido? —inquirió.

—Es mi hijo —declaró Iván con dignidad—. Mi único hijo.

Lo cual, por supuesto, no era cierto. Iván había tenido hijos con su primera esposa, pero se les había dejado desaparecer: Iván no tenía el menor deseo de recordar a su primera esposa, hija de un maestro de escuela. Gregory era su hijo engendrado por Tatiana Borodina y el último recuerdo vivo de la mujer que había asesinado porque jamás pudo poseerla.

—Es un traidor de la Rusia soviética —aseguró imparcialmente Anna.

—No puede ser así. Está cumpliendo una sentencia en una cárcel estadounidense por espiar.

—Porque es un idiota, pero aun así es un traidor. Su traición, su enamoramiento con esa señora Hayman, fue la razón de mi arresto. Espero que se pudra en la cárcel.

Iván sacudió la cabeza.

—Cometió errores. Era demasiado joven para la misión. Lo reconozco abiertamente. Yo le hubiera advertido contra ella, pero tú lo elegiste en mi ausencia.

Anna volvió a mirar por la ventanilla. No le gustaba que le recordaran sus errores.

—Debemos hacerlo volver —indicó Iván—. No debe ser complicado.

La cabeza de Anna se volvió rápidamente.

—Será imposible —informó—. El mismo primer ministro Stalin intentó hacer un intercambio, supongo que por algún sentimiento de lealtad a la memoria de Tatiana, y los estadounidenses no se mostraron interesados. Tú no entiendes el fuerte resentimiento que tienen hacia él. Lo recibieron creyendo que era un desertor sincero. Todo Estados Unidos supuso que era sincero, y dado que es una nación irremediablemente romántica, simpatizaron con su aspecto agradable y su aire de inocencia. Y después descubrieron que había seducido a su propia prima y que era un espía. En Estados Unidos, debe ser el hombre más odiado. Jamás lo dejarán salir. Además... —su labio se curvó despectivamente— piensan que es importante. Consideran que es casi tan importante como yo. Nos dijeron que no tenemos a nadie por quien valga la pena intercambiarlo.

Iván la miró durante algunos segundos, luego pareció perder interés en la conversación. En cambio, buscó en su bolsillo y sacó un trozo de lo que parecía ser un cartón, y se puso a estudiarlo.

El ceño de Anna se hizo más profundo. No le gustaba que Iván tuviera secretos con ella.

—¿Qué es eso?

—Una fotografía.

Anna se puso de pie y, a continuación, se sentó junto a él y miró el grupo familiar.

—Michael me la dio —le comentó Iván—. ¿No forman un cuadro hermoso?

Anna contempló los rostros, las expresiones, tan insufriblemente confiadas y arrogantes, las ropas, tan impensablemente costosas y llevadas de manera tan casual, los perros en el frente y la casa en el fondo, los automóviles a uno y otro lados, las joyas en los dedos, en los cuellos y en las orejas de las mujeres.

—Los Hayman —dijo, con su voz casi áspera.

—Mis parientes —mencionó Iván suavemente—. Al menos por matrimonio. Parientes de Gregory y gente importante. No considero que en Estados Unidos haya gente más importante que los Hayman. Los presidentes pueden ir y venir, pero los Hayman, con su dinero y su poder en sus periódicos, que controlan Wall Street y la opinión pública, están allí para siempre. Esto debe ser muy reconfortante y muy significativo para los estadounidenses.

—O nauseabundo —interrumpió Anna—. Es un crimen contra la humanidad que una familia posea tanto mientras otras... —estaba buscando a Felícitas Hayman, la amante de Gregory, la mujer a la que ella le había disparado y, por desgracia, no había matado; pero Felícitas no estaba en la fotografía. En cambio, ubicó a John Hayman, de pie junto a su madre, y sonriéndole—. Ellos seguirán el camino que sigue toda carne, Iván Nikolaievich —afirmó—. Es mejor olvidarlos.

—¿No es bella? —preguntó Iván, como si ella no hubiera hablado—. Ésta.

Anna observó a la joven que estaba en el centro del grupo. Calculó que tenía tal vez veinte años de edad. Frunció el entrecejo. Estaba viendo a una mujer exquisitamente bella en embrión, pequeñita y frágil, con facciones delicadas, soberbiamente grabadas por algún artista inmortal y el cabello tan lacio y negro como el de Anna.

—¿Quién es ella? —inquirió Anna con desprecio—. ¿Una de tus preciosas nietas de tu Raquel Stein?

—Es una Hayman —respondió Iván.

—¡Tonterías! —exclamó Anna—. ¿Con esa apariencia?

—La heredó de su madre —detalló Iván—. La esposa de George Hayman hijo. Esta niña, Diana, es su única hija. ¿Comprendes lo que esto significa, Anna Petrovna?

—No —señaló Anna con aire de aburrición. Iván debería dejar de dar rienda suelta a sus fantasías de adolescente—, tendrás que decírmelo.

—Simplemente que esta pequeña niña algún día será la mujer más poderosa en Estados Unidos, pues ella será la dueña de Publicaciones Hayman. Y ella es, por tanto, el tesoro más valioso que los Hayman poseen.

—¿Y tú sueñas con poseerla? Algún día tendrá que crecer, Iván Nikolaievich. No olvides que vamos de regreso a Moscú para desempeñar una misión importante por encargo del primer ministro Stalin.

Iván prosiguió mirando la fotografía.

—No será fácil —expuso—. No será tan difícil como dices traer a Gregory de vuelta. Pero esto tampoco será difícil, Anna Petrovna —alzó la cabeza y le sonrió, al tiempo que volvía a poner la fotografía en su bolsillo—. Si los estadounidenses no estiman que poseamos a alguien de suficiente importancia para intercambiarlo por Gregory, bueno, entonces... sólo debemos capturar a alguien con la importancia suficiente. ¿O no?

CAPÍTULO II

LA COMIDA DEL DOMINGO EN COLD SPRING HARBOR ERA TODA una tradición de los Hayman. Tan importante, según creía George Hayman con cierta satisfacción, para los integrantes más jóvenes de la familia, como para Ilona y para él mismo. Llevaban una vida tan diversa y tan ocupada, que estas reuniones eran la única oportunidad que tenían de verse con sus hermanos y hermanas, tíos, tías y primos, en una atmósfera informal y relajada. Aquí, sin importar sus funciones en el gran mundo exterior, todos eran Hayman.

Sonrió a través de la mesa. Jamás había tratado de convertirse en un patriarca. Su juventud la había gastado en aventuras. Como corresponsal de guerra para el periódico de su padre, el *People* de Boston, había cubierto conflicto tras conflicto, primero como soldado en Cuba, en 1898, después cabalgando con los Boers en Sudáfrica, dos años más tarde y, por último, con los rusos en Manchuria, en 1904. Allí se había enamorado y allí había, sin saberlo, colocado sus pies en la escala patriarcal.

Ahora, se dijo, incluso debería verse como un patriarca. Tenía setenta y cinco años de edad y, aunque conservaba la mayor parte de su cabello, no quedaba rastro del que había sido negro en medio de la maraña blanca, en tanto que sus grandes y afables facciones estaban sobrecargadas de arrugas. No se imaginaba que tuviera algo más de un metro noventa centímetros de altura, aunque el encogimiento podía atribuirse a haberse inclinado demasiado en el campo de golf para hacer tiros largos. Estaba consciente de achaques y dolores en varias regiones de su cuerpo, donde nunca los había tenido antes, y de la necesidad de ser por lo menos un poco cauteloso acerca de lo que comía y bebía. Pero su corazón y su cerebro estaban tan bien como siempre. De hecho, si no hubieran estado así, no estaría padeciendo de una manera tan aguda la mayor calamidad de la ancianidad: el aburrimiento. Suponía que era más rico que la mayoría. Si había abandonado con renuencia la presidencia del enorme imperio periodístico que había erigido sobre el modesto cimiento puesto por su padre, a nadie le quedaba la menor duda en Hayman Newspaper Incorporated de que aún tenía mucho que ver en el negocio. Jamás interfería, pero le encantaba proponer y aún era socio mayoritario. En alguna ocasión, Ilona hacía ella misma alguna sugerencia, lo que no le agradaba a George hijo. Pero George no tenía la menor duda de que George hijo y los otros millares de empleados de la compañía, recibían con agrado sus ideas.

De cualquier forma, reflexionaba, ¿cómo puede un hombre aburrirse con una familia como la que podía reunir en torno suyo cada domingo?

Podía ver, en primer lugar, a dos de sus tres hijos, pues a John Hayman, el hijo de Ilona y de Michael Nej, lo consideraba como suyo. John tenía ahora cuarenta y cuatro años y, sin duda, era parte del clan Hayman. Si se había colocado al margen de los asuntos familiares, aquello había sido inevitable. John sabía que no tenía cualidades para presidir una compañía editorial y se negaba a dar el más leve indicio de querer meterse en la herencia de George hijo. Durante algún tiempo, tras sus hazañas en la guerra contra la Alemania nazi, había parecido confundido. George estaba feliz de haber podido encaminarlo hacia una profesión en la que sus talentos podían aprovecharse al máximo y aún estaba más contento de que fuera un secreto que sólo ellos compartían en la familia; todos los demás, incluso, Natasha, la esposa de John, creían que éste era lo que pretendía ser: un ejecutivo de publicidad.

George hijo era muy evidentemente hijo de su padre: alto y comunicativo, de rasgos prominentes y aficionado a las bromas, pero uno de los cerebros más agudos y el hombre de negocios más astuto que George hubiera visto alguna vez. Los dos hombres se comprendían a la perfección. Cuando el más joven de los Hayman hubo llegado, George lo había mirado con las cejas levantadas, y George hijo se había encogido de hombros. De modo que todavía no había nada concreto sobre Rusia. Michael Nej había retornado a Nueva York en marzo; en los dos meses que habían transcurrido desde entonces, todo había sido normal.

La silla de Felícitas estaba vacía. Hoy era el día de visita en Sing Sing. Era inútil recordarse o recordarle a Ilona que la silla de Felícitas rara vez había estado ocupada durante la comida del domingo, incluso antes de que Gregory Nej hubiera venido a Estados Unidos. Pese a su belleza, inteligencia y riqueza, la suya había sido una vida infeliz. Por Felícitas lo único que podían hacer era esperar y orar. Y él, personalmente, sólo podía intentar brindarle toda la felicidad que pudiera. George era el que le había conseguido el permiso para visitar a su primo una vez por semana en la cárcel. Nadie lo había aprobado; menos aún la familia. Los viajes frecuentes de Felícitas a lo largo del río Hudson hasta Ossinigg eran una fuente constante de tema para cualquier reportero o de fotografías para cualquier fotógrafo escaso de historias y que, por supuesto, no trabajara para algún periódico de la cadena Hayman. Pero esos viajes eran lo único que alegraba a Felícitas.

De sus nueras podía sentirse más orgulloso. Natasha siempre había sido su adoración. Con su pelo rojo oscuro y su espigado cuerpo, era la que menos se parecía a la rubia y voluptuosa Tattie Borodina; por su talento y el hecho de que había sido la mejor alumna de Tattie y, finalmente, la había reemplazado como danzarina principal, era un recuerdo constante de la gloria que alguna vez había llenado los escenarios europeos. Y también era una joven de extraordinario valor. Al lado de John, había combatido en la guerra de los pantanos del Pripet, había aprendido lo mismo a matar que a sufrir, y a sobrevivir, y no obstante, ahora sostenía un cigarrillo en su elegante mano, mientras gustaba a sorbos el brandy de después de la comida. Sin embargo, su inglés todavía tenía un acento ruso que no había podido eliminar por completo.

Elizabeth, la mujer de George hijo, también se salía del molde Hayman-Borodin: delgada y de baja estatura, con el pelo negro y los ojos castaños, era un manojo de nervios, movía constantemente las manos al hablar y parecía dibujar en el aire para completar lo que decía con sus palabras y hacía recordar con frecuencia los cuadros que tan brillantemente pintaba con el pincel, habilidad que la había convertido en una de las más afamadas retratistas de Nueva York. Estaba sentada junto a Ilona y no cesaba de hablar mientras Ilona sonreía con su enigmática y melancólica sonrisa y escuchaba. La amistad entre ambas mujeres, que había empezado por un aborrecimiento mutuo, al no encontrar Elizabeth Dodge ningún fondo, o lo que ella llamaría fondo, en una princesa rusa que había abandonado todo por amor, y al no poder creer posible Ilona, como princesa rusa, que una bella joven que dibujaba hombres y mujeres desnudos pudiera ser una buena esposa para su hijo, representaba uno de los mayores deleites de George. Pero todo lo que tenía que ver con Ilona era un placer. Con su largo cabello plateado recogido sobre la cabeza —jamás lo había cortado, pues las princesas rusas nunca se cortan el pelo—, con la tranquilidad de sus magníficas facciones y la actitud reposada de su aún magnífica figura, envuelta en el sencillo lujo de sus joyas y su vestido, era, sin la menor duda, la mujer más elegante de las que se encontraban en el salón.

Sorpresiva, y lamentablemente, entre todas ellas sólo habían engendrado tres nietos. Y no parecía que, al menos pronto, hubiera alguna posibilidad. Alex, el mayor de los hijos de John y Natasha, tenía diez años de edad y su hermana Olga solamente dos, y ocupaba una silla alta discretamente separada de la mesa del comedor. Pero Natasha ya tenía cuarenta y un años y, quizá, ya no tendría otro hijo. Debido a los compromisos de su carrera como bailarina, se había casado tarde con John. Aparentemente, George hijo y Elizabeth nunca quisieron más de un hijo y, de hecho, no tendrían otro en este momento.

Pero, al menos, reflexionaba George, esa niña era Diana.

—Quiero hablar contigo acerca de Diana —expresó Ilona.

Elizabeth encendió un cigarrillo. Sabía que eso sucedería. La comida había terminado e Ilona había hecho salir a toda la familia para que jugaran *cricket*, al tiempo que sugería que ella y Elizabeth tomaran otra taza de café. Pero ella había sabido que esto iba a ocurrir incluso antes de salir de Nueva York para dirigirse aquí esta mañana.

—No me parece nada propio, aparte de que me parece mal, que una niña como ella viaje sola a Europa —especificó Ilona.

Elizabeth suspiró y se preparó para la batalla. No dudaba de que saldría triunfante. Sabía que Ilona pensaba de acuerdo con las estrictas normas de la lógica. Por tanto, comprendía también que a su suegra había que darle respuestas lógicas, una por cada punto que se fuera presentando.

—Ella no va a ir sola —replicó.

—Janice Corliss —hizo notar Ilona con tono de desaprobación—. Ni siquiera conozco a esa chica. ¿Tú la conoces?

—Sí, conozco a sus padres. Me agradan. Me encargaré de que Janice venga acá para que la conozcas, si lo deseas.

—Te lo agradecería —respondió Ilona—. Pero esta gente no es realmente, bueno...

—¿Millonaria? No, pero Janice ha sido durante años una de las mejores amigas de Di. Tienen mucho en común: son artistas, tienen ganas de explorar el mundo.

—¡Explorar el mundo, Dios mío! Dos niñas.

—Madre —respondió Elizabeth pacientemente—, Diana tiene casi veinte años de edad.

—¿Y no es una niña?

—Yo estuve en París cuando tenía veinte años —indicó Elizabeth reflexivamente—. Y antes que tú los cumplieras, ya estabas casada.

Ilona le lanzó una mirada. Casada con Sergei Roditchev, como todo el mundo sabía. Casada porque ella había sostenido una aventura con George Hayman y debía casarse de inmediato so pena de un ostracismo total. Decidió cambiar de estrategia.

—De cualquier modo —acotó—, este asunto del arte es algo absurdo.

—El arte no es totalmente absurdo —declaró Elizabeth, empezando por fin a tomar la ofensiva.

—No quiero decir que sea absurdo en sí mismo, querida —afirmó Ilona suavemente—. Quiero decir, para Diana. Su futuro está en los periódicos, no en el arte.

—Tal vez ella espera hacer periodismo en una forma artística —manifestó Elizabeth sonriendo—. Lo siento, madre, pero no estamos en 1905, y Diana no es una princesa rusa. Ella es una joven estadounidense llena de vida y extrovertida.

—Exacto —comentó triunfalmente Ilona—. ¿Y está suficientemente informada de lo que es la vida, Beth? En estos días y en esta época... y ella es una chica muy hermosa.

—Te puedo garantizar que Diana sabe perfectamente lo que es la vida —contestó Elizabeth un poco frívolamente—. En ocasiones, sospecho que sabe más de ella que yo misma.

Por supuesto, Ilona no tenía idea de lo que le acababan de decir.

—Pero, ¿está consciente de que es la principal heredera de la fortuna de los Hayman? —preguntó—. Esto es lo que en realidad importa. Quiero decir, bueno, supongamos que la raptaran o algo parecido.

Elizabeth arqueó las cejas.

—Debo decirte que eso es extremadamente improbable, madre. No se ha hecho publicidad acerca del viaje; nadie, fuera de la familia, sabe que ella se va a ir. Y Diana jamás se ha comportado como heredera. Si no fuera por el nuevo auto que tiene, cualquiera pensaría que es pobre. Nunca ha aparecido en alguna columna de chismes. Te apuesto a que si detienes a cualquiera en la calle y le preguntas quién es Diana Hayman, te dirá: "Diana ¿qué?" Claro que sabemos que es vulnerable y que cada vez se va a ir haciendo más. Ya lo hemos señalado, una y otra vez, George y yo. Pero ambos estamos decididos a que Diana no viva una vida falsa, sólo por el hecho de que algún día será la dueña de los periódicos Hayman. Ella tiene derecho a vivir como cualquier otra persona. Pienso que ir a París y a Londres durante un año para estudiar arte es una buena idea. Y creo, y puedo decir con toda certeza, que Diana sabe cómo cuidarse —a través de la ventana miró cómo su hija lograba un choque chino para enviar hasta los rododendros que bordeaban el campo de *cricket* la bola que su tío John había lanzado—. Diana no es la delicada florecita que parece.

—¿Emocionada por tu viaje? —le preguntó George Hayman a su nieta.

—Así lo creo —el juego de *cricket* había concluido y Diana se sentó junto a su abuelo en una de las bancas que se encontraban bajo los sicomoros. Sabía que su abuelo disfrutaba mucho con su compañía.

—Pero no estás segura —observó.

—Por supuesto que lo estoy —se le quedó mirando y le dedicó una de sus encantadoras medias sonrisas—. Tal vez no quiero hacerme demasiadas ilusiones.

—Muy prudente —George se reclinó. Había muchas cosas que pensaba que tenía que decirle a esta niña. Había tantas cosas que quería decirle, mas nunca le había dicho nada. Y sospechaba que tampoco lo habían hecho Elizabeth o George hijo.

Jamás se había encontrado a nadie tan reservado. Quizá incluso sigiloso, excepto que uno dudaba en utilizar un término tan despectivo a propósito de una joven tan amable y tan sincera. Y ella era sincera. Tenía un gran sentido del humor, que la hacía aparecer mayor de lo que era; podía ponerse en cuatro pies sobre el suelo para jugar a los soldaditos con el pequeño Alex o hacer ladrillos con Olga y, cinco minutos más tarde, podía estar comentando con toda seriedad la última sesión de las Naciones Unidas con su padre. Parecía poseer pocos de los vicios de la juventud: no fumaba y bebía muy poco, y si se había sentido a gusto recientemente manejando un Ferrari, no había recibido ninguna multa por exceso de velocidad. Desde luego, con una muchacha como Diana, siempre había hombres jóvenes a su alrededor, pero parecía verlos a todos con cierta frialdad.

A pesar de ello, no había modo de saber lo que en realidad pasaba dentro de su cabeza. Sus ojos azules parecían zafiros estupendamente cortados, muy brillantes debido a lo negro de su pelo, pero, además, eran, si no tan duros como los zafiros, ciertamente tan impenetrables como ellos. Por supuesto, a los diecinueve años no tenía, presumiblemente, ningún secreto que guardar, pero George pensaba que todos aquellos jóvenes y guapos ejecutivos, quienes aguardaban el día en que el jefe fuera una bella mujer, iban a llevarse una sorpresa.

—¿Irás a ver a tu gran tío Peter? —preguntó.

—¿Debo ir a verlo?

—Yo creo que no tienes que hacer nada en este mundo que no quieras hacer, Di, simplemente pienso que podrías ser curiosa.

—Bueno, a lo mejor lo soy —expresó ella—. Quizá deba serlo. Aún no he tomado una decisión. ¿Crees que es malo para mí?

—¿Qué, exactamente?

—Bueno... no preocuparme mucho del príncipe. De toda la situación de Rusia.

—Me parece que es muy sensato de tu parte —expuso George—. Aunque sospecho que tu abuela se disgustaría al escucharte hablar así. ¿Jamás te ha hablado ella de los viejos tiempos?

—¿Quieres decir, acerca de Starogan y de los siervos y de los millares de acres de campos sembrados de trigo...

—Ya no eran siervos —interrumpió tranquilamente George—. Ya no en el tiempo de Ilona.

—Todavía lo eran, abuelo. Pudieron haber sido emancipados oficialmente, pero continuaban siendo siervos. De todas maneras, eso es historia. Seguramente, cuando yo tenga la edad de mi abuela, espero tener una gran cantidad de recuerdos y me gusta oírla hablar de ello; pero es como si estuviera leyendo en voz alta *El jardín de los cerezos* o *La guerra y la paz* o alguno de esos libros. Yo jamás podré vivir así.

—Y también puedes esperar, y pedir, no tener nunca que sufrir alguna desgracia como la que ella sufrió —concretó George.

Diana lo miró.

—Sí —opinó—, es verdad. Por eso estamos aquí y no en Rusia, ¿no es verdad, abuelo? —después, sonrió. Era como si un millón de focos se hubieran encendido repentinamente detrás de sus ojos y de su boca. Diana miró hacia las puertas francesas que conducían al salón de recepción y exclamó—: ¡Aquí está ya mi tía Felícitas!

Diana era, recordaba George, esencialmente una romántica, siempre había apoyado a Felícitas y su extraña y triste aventura amorosa con un primo que era siete años menor que ella y que también era un espía ruso. Para todos los demás, que habían vuelto la cabeza rápidamente hacia la puerta de la casa, Felícitas Hayman parecía casi como un reto.

Aunque no físicamente, Felícitas era una auténtica Borodin, alta y voluptuosamente formada. A pesar de sus treinta y nueve años, se movía con una gracia atlética, y no sería difícil imaginársela acompañando a su tía Tattie en una de aquellas danzas eróticas llenas de giros, con la falda flotante, la boca sonriente y el pelo agitándose de un lado a otro. Excepto que la boca de Felícitas rara vez sonreía y ahora llevaba el cabello corto. Y donde Tattie e Ilona habían mirado siempre al mundo y a la gente que lo poblaba con una expresión vagamente sorprendida, como preguntándose de qué modo podía impresionar su conciencia toda esta vulgaridad, Felícitas miraba cara a cara, desafiante, como un animal perseguido preparado en cualquier momento para ser acorralado.

—¡Felícitas! —exclamó George hijo besándola en la mejilla—. Como siempre, te has perdido de la comida.

—Comí un sándwich —contestó con la voz un poco agitada—. No quiero interrumpir tu juego.

—Ya terminamos —informó Diana, corriendo a abrazarla—. De cualquier forma, vendrás a la comida de la próxima semana, ¿o no tía? Para mí, será la última durante un año. Quiero decir, aquí.

—Entonces tal vez venga —refirió Felícitas. Su mirada pasaba de un rostro al otro, y sus fosas nasales se dilataron al observar a su medio hermano, a cuya desafortunada injerencia ella atribuía el derrumbe de su mundo, y se volvió para mirar a su madre y a Elizabeth, quienes acababan de salir de la casa—. Gregory les envía saludos —anunció—. A todos —después, entró en la casa y subió a su recámara.

—John Hayman. Entre, Hayman, y siéntese —Allen Dulles no era más bajo que su hermano más famoso, pero proyectaba una imagen menos agria—. Ed Hoover me ha estado hablando mucho de usted.

—Y me imagino que no del todo bien —John Hayman se sentó con cautela en la silla que se hallaba frente al escritorio de caoba. Y no era que padeciera un complejo de inferioridad, ello no era posible para alguien educado como un Hayman y absolutamente consciente de que la princesa Ilona Borodina era su madre; aunque jamás podría olvidar que Michael Nej era su padre y que era un bastardo. Pero, debido a estos antecedentes, que esperaba que nadie creyera a pie juntillas, todos deseaban utilizarlo, entre ellos, ciertamente, este hombre; Allen Dulles ahora era su jefe. Tras la guerra, el viejo George lo había involucrado dentro del FBI sobre todo para que el conocimiento que John tenía de Rusia y de los rusos pudiera emplearse para tamizar supuestos inmigrantes a Estados Unidos. Debido a tal conocimiento, había podido identificar a Anna Ragosina y acabar con sus espías, pero esta relación con J. Edgar Hoover siempre había sido difícil. Una vez más, a causa de sus antecedentes, John encontró dificultoso admitir que las reglas eran más importantes que las directivas, y a Hoover le agradaban las reglas. Así, luego de su victoria con Anna Ragosina, Hoover mismo había sido el que había sugerido su transferencia a esta nueva organización, la Agencia Central de Inteligencia (CIA), que, como el jefe del FBI había observado irónicamente "inventa sus reglas sobre la marcha". En los dos años que había estado aquí, ocupado en su antiguo trabajo de infiltrarse en las filas de los emigrantes rusos, John había visto en muy pocas ocasiones que las reglas se hicieran o se quebrantaran. Pero ésta era la primera vez que había sido llamado a la oficina del director adjunto.

—¿Fuma usted? —preguntó Dulles.

John negó con la cabeza.

—Deberíamos habernos reunido antes —aseguró Dulles, reclinándose en su silla—. Quiero decir que usted debe ser la papa más caliente en todo este grupo. ¿Tiene usted alguna idea de lo que diría el gran público estadounidense si supiera que esta organización estaba usando al hijo del hombre que es la mano derecha de Stalin? —John permaneció en silencio. Puesto que Dulles lo estaba empleando, supuso que la pregunta era retórica—. No es probable que ocurra —prosiguió diciendo Dulles—, sencillamente porque aún nadie sabe que existimos. Lo descubrirán con el tiempo, por supuesto. Pero, por el momento, tenemos el plan de que las cosas continúen como van. Usted ha estado con nosotros durante dos años, sabe cuáles son nuestros objetivos —luego, hizo una pausa.

—Combatir a los enemigos y favorecer las políticas de Estados Unidos por todos los medios a nuestro alcance —agregó John—. Y nueve de cada diez estaremos ojo por ojo con los rojos.

—Lo que significa que usted puede ser llamado algún día a hacer algo cuya finalidad sea ocasionar algún daño a su viejo. ¿Qué opina de esto?

—Ya he elegido mi camino —contestó John—, no trate de confundirme. No puedo afirmar que amo a mi padre, no lo conozco lo suficiente para eso; pero lo respeto como a un hombre que yo considero que está haciendo lo que honestamente cree que es mejor para Rusia. No estoy de acuerdo con él; así que asumo que esto me deja en libertad para hacer lo que yo también pienso que es mejor para Rusia, que es oponerse al comunismo.

Dulles se le quedó mirando.

—Es una respuesta muy bien pensada —expresó finalmente—. Y, de hecho, usted viene muy bien recomendado. Ahora, hábleme de su padre adoptivo.

—George piensa que aún estoy trabajando para el FBI —mencionó John—. Él sabe de esto, fue él quien me metió aquí.

Dulles asintió con la cabeza.

—Él es muy influyente. Quiero que usted se las arregle para que siga pensando eso.

John suspiró con pesar. También él había disfrutado compartir un secreto tan grande con George.

—¿Qué hay del resto de su familia?

—Ellos han creído la pantalla de que trabajo con una agencia de publicidad —comunicó John con una mueca de sonrisa—; es una buena pantalla. Incluso, hago algún trabajo de publicidad.

—Así debe ser una pantalla: tan real, que es real. ¿Qué hay de su mujer?

—No me gusta mentirle —declaró John.

—Pero, ¿ella lo acepta también? Esto es bueno. Es como debe ser, ¿o no?

—Sí.

—¿Y su hermana?

John alzó las cejas.

—Usted está implicado en la detención de su novio —le recordó Dulles.

—Yo estaba cerca y fui responsable —afirmó John—, no implicado, es cuanto ella sabe. La empresa lo manejó bastante bien. Parece que yo conseguí esa fotografía de Anna Ragosina en el apartamento de un amigo, la reconocí como a la agente de elevado rango de la KGB con la que luché durante la guerra y me sentí obligado a ir al FBI. Felícitas me odia por eso; pero aún me odiaría más si supiera que yo sólo estaba cumpliendo con mi trabajo. Pero no lo sabe.

Dulles lo observó fijamente un momento más largo. A continuación, golpeó con los dedos una carpeta que tenía sobre el escritorio.

—Quiero que usted realice un viaje —John esperó—. Hemos sabido indirectamente de Peter Borodin, su tío —señaló Dulles—. ¿Conoce usted sus actividades?

—Sí —respondió John y su cerebro comenzó a funcionar con mayor rapidez.

—Bueno, aún sigue soñando en derrocar a los rojos —Dulles esbozó una rápida sonrisa—. ¿No lo hacemos todos? Ahora, él quiere ponerse en contacto con el Departamento de Estado. Asegura que tiene información que podría ser muy valiosa. Tal vez está buscando financiamiento para alguno de sus disparatados proyectos; pero uno nunca sabe. Quiero que usted vaya a Inglaterra y averigüe qué es lo que quiere y qué tiene que decir.

—¿Está usted consciente, señor Dulles, de que mi tío es un orate? —preguntó John.

—Reconozco que tiene una fobia.

—Así es —agregó John—. Tiene usted que entender cómo funciona su cerebro: fue príncipe de Starogan. A menos que hubiera sido un Romanov, no podría haber iniciado la vida en un lugar más encumbrado. Después, los bolcheviques lo despojaron de todo. Él los odia como…, demonios, como Torquemada debe haber aborrecido a los herejes o viceversa. En realidad, no está en su sano juicio cuando empieza a hablar de la Rusia soviética.

—Eso no implica que no haya encontrado algo que merezca saberse. Evidentemente, tiene agentes en todos los lugares. Me gustaría saber de dónde le viene el financiamiento.

—De los emigrados rusos que comparten sus sentimientos —expuso John—, aún hay muchos de ellos por todos lados y en su gran mayoría consideran al príncipe de Starogan como a su líder natural.

—Así, pues, hable usted con él —insistió Dulles—. En estos momentos, algo grande está aconteciendo allá. O quizá ya ocurrió. De todas las idas y venidas al Kremlin, podría deducirse que hay una agitación considerable en la jerarquía soviética. Incluso, se corre ya el rumor de que el viejo Pepe puede estar de salida. Si ése fuera el caso, queremos enterarnos de ello antes que cualquiera. Ésta es, a lo mejor, la información que su tío desea vendernos. El asunto es que usted lo conoce a él y conoce también su fobia. Mejor que cualquier otro agente que yo pudiera enviar, usted sabrá si tiene alguna información o simplemente está diciendo tonterías.

John suspiró.

—Tengo que decirle, señor Dulles, que alguna vez trabajé para mi tío. Fue cuando… bueno, se me hizo creer que yo era hijo del primer esposo de mi madre, el príncipe Roditchev.

—Lo recuerdo. ¿No era el jefe de la policía secreta del zar?

—Correcto —asintió John—. Era un verdadero monstruo. De cualquier forma, yo llegué a pensar que era su hijo y heredero; como usted sabe, fue asesinado cuando los rojos triunfaron y, cuando yo era niño, pensé que quería vengar su muerte y recobrar mi herencia, lo mismo que el tío Peter. De modo que, por algún tiempo, fui uno de sus agentes.

Dulles afirmó con la cabeza.

—Todo está en su expediente. ¿No llegó usted a ser arrestado alguna vez por la NKVD? ¿Por su amiga Ragosina?

—Es cierto —confirmó John.

—Y su verdadero padre consiguió sacarlo. Usted ha tenido una vida romántica, Hayman. Precisamente esos incidentes pasados son los que lo hacen tan valioso para nosotros.

—Lo que estoy intentando decir, señor, es que el tío Peter y yo nos disgustamos cuando descubrí quién era mi verdadero padre. Desde entonces, no hemos vuelto a hablarnos. El que yo vuelva súbitamente tras veinte años, hará que sospeche de mí.

—No, si lleva una buena razón. Si usted fuera a pasar unas vacaciones en Inglaterra, lo más lógico sería que fuera a visitarlo.

—Tal vez, pero si yo estuviera pasando vacaciones en Inglaterra, lo más lógico es que llevaría a Natasha y a los niños conmigo —John aguardó con expectación.

Dulles movió negativamente la cabeza.

—Demasiado riesgoso. Sería mucho mejor que usted hiciera un viaje de negocios enviado por su compañía de publicidad. Pero, ¿no va a ir su sobrina allá por una o dos semanas, en una especie de gran gira?

John frunció el ceño.

—¿Cómo diablos está usted enterado de eso?

Dulles se tocó con los dedos la nariz.

—Mi negocio es saber todo lo que sucede. O tratar de saberlo. Si se encontrara usted en Londres en viaje de negocios, asuntos de publicidad, por supuesto, al mismo tiempo que Diana Hayman, ¿no iría usted con ella a visitar a su gran tío? Creo que debería usted hacerlo.

—Eso sería involucrar a Diana con un lunático completo. Tendría yo que pensarlo...

—Piénselo —sugirió Dulles—. Usted estará allá. ¿Qué podrá pasarle a ella con usted a su lado? Dígale que su tío es un chiflado. Persuádala. Ella sólo tiene que visitarlo una vez. Así, usted puede presentar y oír lo que él tenga que decir.

—Por lo visto, lo tiene todo calculado.

—Al menos lo intentamos.

—¿Y si yo dijera que no me gusta ni pizca? Cuando yo me uní a este grupo, lo menos que tenía en mente era involucrar a mi propia familia.

—Yo diría que usted se ha unido a este grupo, Hayman. Y nosotros, usted y yo, tenemos un trabajo que hacer. Un trabajo cuyo resultado final es salvar a este mundo, a este país, Estados Unidos, del comunismo, recuérdelo. Esto significa un lugar seguro también para su sobrina. Así que, manos a la obra —esbozó una sonrisa y extendió su mano—. Y que tenga un buen viaje.

—¿Vas a ir a Europa? ¿En verdad irás? —quiso saber Ilona, abrazando a su hijo mayor—. ¡Oh, John, es una estupenda noticia! Me da tanto gusto. ¿Ya se lo dijiste a Diana?

—En realidad, no —confesó John—. ¿Crees que le importe mucho?

—¿Por qué no habría de importarle? —preguntó Ilona.

—Se pondrá más triste que una gallina mojada —contestó George sonriendo.

—Sí —concedió John—. Sospecho que puedes tener razón. Debemos convencerla de que es mera coincidencia que yo vaya a viajar con ella.

—Le encantará —aseveró con decisión Ilona— que su apuesto tío la luzca por todo Londres, ¿qué más puede desear cualquier chica?

—Bueno —dijo John con cierta duda—, no te olvides de que yo voy en viaje de negocios para mi compañía. Pero si ella quiere que la lleve a algún sitio mientras estoy allá... —después titubeó—. Pienso que podríamos ir a visitar al tío Peter, puesto que voy a estar allá de cualquier manera.

—¡Oh, John!, ¿lo harías? —interrogó Ilona—. Te estaría muy agradecida. Como sabes, le escribo de vez en cuando, pero jamás me responde. No sé lo que está haciendo y...

—No me cabe la menor duda de que está haciendo lo mismo de siempre —interrumpió George—: conspirando y haciendo planes.

—Ya sé que está chiflado —admitió Ilona—. Pero pensar que él siempre está solo allá... es mi único hermano, como sabes. Te agradeceré que le hagas una visita, John. Estoy segura de que le agradará ver a los niños.

—No voy a llevar a los niños —explicó John—, ni a Natasha. Éste es un viaje de negocios, madre. Debes meterte eso en la cabeza. Puesto que Di va a viajar en el mismo barco y yo estaré en Londres al mismo tiempo que ella, estaré al pendiente de ella; pero yo voy a trabajar. No obstante, pensé que si voy a ir a visitar al tío Peter, le gustaría acompañarme.

—Pienso que sería maravilloso —declaró Ilona—. Estoy convencida de que le gustará mucho.

—Sí —añadió George secamente. Y acompañó a John hasta el automóvil—. ¿A algo especial? —preguntó.

—Nada, en realidad —contestó John—. Un asunto de rutina. George lo estudió con detenimiento y John sintió que tenía las orejas rojas.

—De modo que no me incumbe —manifestó George—. Aunque tú sabes, casi tuve el presentimiento de que Peter podía haber vuelto a su viejo truco. Después, pensé que no podía ser, pues tú no ibas a poner en riesgo a

Diana sabiendo cómo ese sinvergüenza disfruta manipulando a su propia familia.

—Exacto —asintió John, intentando esbozar lo que esperaba fuera una sonrisa.

—De cualquier forma —continuó diciendo George—. Estaré en comunicación con Hoover cuando vaya a Washington la semana próxima.

—Y él no sabrá nada —indicó John, rogando que eso fuera cierto. Pero su sonrisa era triste cuando se introdujo en el Studebaker y puso en marcha el motor. Se sentía como el hombre más solitario en el mundo o quizá todos los agentes de la CIA eran hombres solitarios.

Y por lo menos había otra persona tan solitaria como él, reflexionó, enfilando el auto hacia una orilla del camino para recoger a una figura que caminaba.

—¿Puedo llevarte a algún lugar?

Felícitas no volvió la cabeza.

—Me gusta caminar.

—Debe ser así —concedió John, pensando en los cinco automóviles que había en la cochera de los Hayman detrás de él—. Felícitas, ¿no podríamos intentar hacer las paces? —y siguió conduciendo junto a ella a baja velocidad.

—¿Intentar qué? —ella aún no volvía la cabeza, pero de repente se le fue la respiración y sus mejillas se sonrojaron.

—¡Felícitas! —dijo John, adelantándosele un poco esta vez y abriendo la portezuela—. Hice lo que tenía que hacer, por el bien de todos. Por el bien de Estados Unidos.

Ella se le quedó viendo.

—Bueno —dijo John—. De modo que todos nosotros somos una cuadrilla de piojosos capitalistas y tú preferirías vivir en Rusia. Mira, Felícitas, yo jamás hubiera detenido a Gregory, tú lo sabes. Él mismo se entregó, por ti; porque Anna Ragosina te hubiera matado. Él se portó de una forma muy noble y valiente. Todos lo saben; pero la realidad es que estaba espiando contra nosotros, luego de haber sido aceptado como un desertor ruso, después de haber solicitado la ciudadanía estadounidense. Nos apruebes o no, él quebrantó nuestras leyes.

—Y ahora está pagando por ello —espetó Felícitas—. ¿No estás satisfecho?

—Quiero que seamos amigos, Felícitas. Tú eres mi hermana, ¿lo recuerdas? Mi única hermana.

—Supongo que mi madre está de acuerdo contigo —adujo ella—. Opina que debo dejar de visitar a Gregory. Dice que es un escándalo. ¿Crees que me importa un comino si esto está ocasionando un escándalo? Él está encerrado en Sing Sing, un hombre de treinta y dos años, enjaulado día tras día, mientras todos estamos libres. ¿Haciendo qué? ¿Haciendo dinero? ¿Jugando *cricket*? ¿Imprimiendo periódicos? ¿Anunciando chatarra? Me enferma todo eso.

John suspiró.

—Lo siento por el muchacho, en realidad lo siento. Pero no hay nada que tú o yo podamos hacer al respecto.

—Sí lo hay —dijo fieramente—. Podemos demostrar al mundo que pensamos que está equivocado. Por lo menos, yo sí puedo.

—De modo que vas a seguir yendo a visitarlo el resto de tu vida, ¿no es así? —preguntó John, principiando a enojarse.

—Hasta que sea puesto en libertad, sí.

—¿Y cuándo supones que sea eso?

—Él calcula que puede salir después de diez años. Ya sólo restan ocho.

—¡Por todos los diablos! —exclamó John—. ¿Ocho años? Tú tendrás casi cincuenta, Felícitas. Y cuando él sea liberado, ¿qué va ocurrir entonces? Será deportado a Rusia.

—Entonces, iré con él.

—¿Harás qué?

—Si eso es lo que va a suceder —expresó Felícitas—, entonces eso es lo que va a suceder. Pero, adondequiera que él vaya y ocurra lo que ocurra, yo voy a ir con él. Nadie me detendrá. Así que, ¿por qué no vuelves a tus negocios importantes y me dejas caminar en paz?

—No me guarden cena, madre —indicó Diana Hayman—. Comeré una hamburguesa con Janice.

—¿Después de la clase de arte? —preguntó Elizabeth.

—Exacto —Diana se contempló en el espejo del vestíbulo del ático de la Quinta Avenida y retocó la línea de las cejas con un dedo ensalivado. Vestía un suéter blanco de cuello de tortuga y pantalones de color azul claro, mocasines con calcetas cortas, y su cabello iba recogido atrás en forma de cola de caballo. Y se las ingeniaba, en ese estado poco elegante, para parecer absurdamente bella.

—Diana —Elizabeth se mordió el labio.

—¿Sí, madre? —dijo Diana y se volvió a mirarla.

Elizabeth suspiró. Siempre estaba intentando sostener una conversación en serio con su hija, cuando se presentaba la oportunidad. El problema era que jamás la había. Bastaba que Diana la viera con aquella arrolladora mirada suya, y las charlas serias se convertían en un desconcierto imposible.

A la vista de todo el mundo, daban la impresión de comprenderse mutuamente, sin que en realidad hubiera comprensión alguna, al menos por parte de Elizabeth. Ella comprendía que Diana nunca hubiera podido superar aquella desastrosa aventura amorosa de dos años antes. Richard Mailing había sido un muchacho de buena familia, muy adinerado y, aunque ambos eran bastante jóvenes, Elizabeth y George habían estado en favor de aquel compromiso. Y, después, había sucedido aquello cuando una tarde, al volver más temprano que de costumbre de una sesión, abrió la puerta de la recámara de Diana sin pensar y los sorprendió juntos en la cama. Elizabeth se había escandalizado mucho menos de lo que había aparentado. Como una artista joven en la ciudad de Greenwich, ella había perdido su virginidad en circunstancias mucho menos aceptables. Se lo había confesado a George cuando él había pedido su mano y a él no le había importado mucho. Además, ése era el hombre con el que Diana iba a casarse. Tampoco la chica parecía estar disgustada en lo más mínimo. Y, no obstante, dos semanas más tarde, había anunciado que no volvería a ver a Richard. Y así fue. Elizabeth casi le había suplicado, echando mano de frases anticuadas tales como "pero ya te has entregado a él", sin ocasionarle la menor reacción. Por supuesto, ella se recriminaba. Apariencias aparte, obviamente, su interrupción los había desconcertado profundamente a ambos y, sin duda, causó una discusión. Sin embargo, aunque tal cosa pudiera ocurrir, evidentemente, Richard no era el hombre para Diana. Eso podía ella admitirlo.

Lo más preocupante era que, desde aquel día, Diana no había vuelto a tener otro amigo. U otra amiga, con excepción de Janice Corliss. Por supuesto que había cientos de citas y parecía coquetear como cualquier otra muchacha; mas nunca había llevado a ningún otro joven a su casa, y rara vez había salido con uno más de una o dos ocasiones. Era como si este *coitus interruptus* le hubiera quitado de la mente para siempre a todos los hombres. Incluso, Elizabeth había comentado el asunto con George.

—¿Crees que sería bueno que consultara a un psiquiatra? Quiero decir que no pretendo que vaya a la cama con todo muchacho que la invita a salir. No quiero que se acueste con nadie hasta que se case; pero deseo que tenga ganas de hacerlo. No sé si me entiendes. Y ella no parece tenerlas.

—De modo que es melindrosa —había expresado George con ese tonito suyo tan marcadamente sereno que a ella casi la ponía a las puertas del psiquiatra—. Debes ser la más extraordinaria de las madres que hay en Estados Unidos. A la mayor parte de ellas les preocupa precisamente el que sus hijas siempre vayan a la cama con un hombre. Yo no obligaré a Di a que vaya con un psiquiatra. La idea queda absolutamente descartada.

George no parecía comprender y ella no sabía en realidad cómo explicarle que sospechaba que podía haber un bloqueo psicológico en la mente de Diana. Esas cosas suelen ocurrir; ella las había palpado durante su juventud en Greenwich Village. Y, aunque a Diana se le consideraba como la más sana y sensible de las jóvenes, no podía negarse el hecho de que tenía ascendencia rusa; no podía saberse qué problemas emocionales o fobias podían haber venido ocultándose de generación en generación. Por ejemplo, Elizabeth jamás había visto a Tatiana Borodina, pero, por todo lo que se decía, parecía haber sido una excéntrica. Y qué decir de ese notable viejo, el tío Peter, al que todos descuidadamente describían como chiflado...

Pero, ¿qué debería hacer? No podía ni siquiera pensarse en imponerle a Diana una solución, ya que a ésta simplemente no podía obligársele a nada. Le faltaba poco más de un año para cumplir los veintiuno y en disponer de su fideicomiso y de una entrada de medio millón de dólares al año. Para entonces, sería una persona adulta, con un solo amigo. Desde el día en que Elizabeth le había echado una mirada al portafolio de Diana y lo había encontrado lleno de estudios al desnudo de Janice Corliss, todo lo que se le había ocurrido a las dos de la mañana, cada vez que había tenido una noche de insomnio, era difícil de enumerar y absolutamente imposible de mencionar a George. Así había pasado el deseo de Diana de estudiar arte en Europa durante un año, había escrito cartas a los amigos para asegurarse de que buscaran y entretuvieran a la chica y que ésta pudiera conocer a todos los jóvenes británicos y franceses que fueran un buen partido. Y, acto seguido, Elizabeth había descubierto, consternada, que también iba a ir Janice. Por supuesto que todos habían quedado encantados; como había dicho Ilona, a una niña de diecinueve años no debe dejársele ir sola al otro lado del océano. Cuando Edna Corliss había manifestado que aquello era maravilloso, pues las dos podrían compartir un apartamento y acompañarse mutuamente, lo único que Elizabeth pudo suponer era que Edna jamás había visto el portafolio de Janice.

Pero ella había tenido que mostrarse tan fascinada como todos. Simplemente no podía imaginarse cuáles serían las reacciones de Ilona si le confesara sus verdaderos temores, si ello hubiera significado también tener un altercado con la querida anciana. Pero no podía expresar sus temores con nadie.

Y menos con Diana.

Así que le dijo:

—Me estaba preguntando si te molestó mucho el hecho de que tu tío John viajará contigo.

—Te lo diré cuando vuelva —le informó Diana—. Él es un amor; así que ir con él probablemente será divertido. Pero si yo creyera que alguien lo está enviando como chaperón... —dijo y se quedó mirando a su madre.

—Nadie —contestó rápidamente Elizabeth—. Es un viaje de negocios.

—Bueno, entonces —afirmó Diana besando a su madre en la mejilla—, nos vemos —la puerta se cerró de golpe y, un instante después, Elizabeth percibió el zumbido del elevador que conduciría a Diana a la cochera del só tano y a su Ferrari. Regresó al salón de recepción y miró por la ventana, golpeándose pensativamente los dientes con un lápiz. "John Hayman", pensó. Él había tenido mucha experiencia y muchos problemas en la vida, posiblemente podía tomar a Diana en serio, sin que le chocara o desdeñara la idea. Y, obviamente, era un hombre que a Diana le agradaba y cuyo consejo podría aceptar. Descolgó el teléfono.

CAPÍTULO III

EL FERRARI BAJÓ HASTA LA ESQUINA DE LA AVENIDA DONDE Janice Corliss aguardaba.

—Lamento llegar tarde —indicó Diana—. Mi madre empezó a hablar.

Janice se deslizó hasta el asiento del pasajero. Era algunos centímetros más alta que Diana y poseía una figura voluptuosa que destacaba su cabello rubio, rizado y corto. Era una linda muchacha, pero desde hacía mucho tiempo se había resignado a desempeñar un papel secundario junto a su amiga, y no sólo por lo que respecta a riqueza o posición, puesto que ningún hombre que miraba a Diana, veía otra cosa.

—¿A propósito del viaje? —preguntó.

—No exactamente. Ya hablaremos de ello luego —el automóvil se alejó despacio de la acera.

Janice suspiró.

—Pienso que estás loca. ¿Jamás utilizas el teléfono?

Diana condujo lentamente por el Central Park.

—Tú sabes que no puedo hacerlo, Jan.

—¡Oh!, por supuesto. Cuando tú rompes con un hombre, debes mirarlo fijamente a los ojos. ¿Y qué ocurre a continuación? Él comienza a juguetear contigo y de lo siguiente que te enteras es de que estás tirada de espaldas dispuesta a hacer el amor.

Diana salió del parque y entró en una calle lateral, halló un sitio donde estacionarse, se acomodó, apagó el motor y se quedó viendo a los jóvenes que la estaban mirando desde el otro lado de la calle; ni Ferraris ni Dianas Hayman eran cosa común en el vecindario.

—Por esta vez, no —dijo—. Aquí es donde entras tú.

—Te haría más bien sacándote de inmediato de aquí —señaló Janice.

Diana volvió la cabeza.

—¿Te gustaría?

—¿Qué?

Diana se encogió de hombros.

—Eso que mi madre dice que hacemos todo el tiempo.

—¿Estás bromeando?

—Ella piensa que somos lesbianas, lo creas o no.

—¿De veras, Di?...

—De veras. Yo creo que se debe a que posas para mí más que para cualquier otro. Ella sigue intentando hablarme de eso, como esta noche. Sé que no puede hacerlo, pues tiene miedo de que yo responda que sí, que somos lesbianas. Y, en ocasiones, tú sabes, me pregunto si no es ésa la respuesta —Diana abrió la portezuela y salió—. Diez minutos —comunicó—, ni un segundo más. Y, si esos chicos empiezan a molestarte, en la cajuela de guantes hay un silbato de policía. Diez minutos.

Diana cruzó la calle antes de que Janice pudiera protestar y sonrió a los mirones.

—¡Hola! —saludó—. Si se quedan ahí, se van a mojar cuando empiece a llover.

Ellos se le quedaron mirando. Su total autosuficiencia, los dejó conjuntamente sin habla, por el momento. Ya había llegado a la tienda de artículos deportivos antes de que uno de ellos le lanzara un chiflidito de conquistador.

En la puerta, Diana titubeó, mordiéndose un labio. Si aquellos tipos supieran... Empujó la puerta y entró cuando en la parte trasera de la tienda se escuchó un timbre.

—¡Hola! —exclamó cuando el propietario salía de la oficina—. Estoy buscando unas calcetas para tenis, número cinco, blancas con ribetes rojos.

—Llegaste a tiempo —respondió él—. Estoy a punto de cerrar —y lo hizo, dando un portazo y bajando la cortina, antes de volverse para tomarla del brazo cuando ella principiaba a inspeccionar el aparador donde estaban las calcetas—. Pensé que jamás vendrías.

Como Janice había predicho, ella estaba ya en sus brazos. Casi, pero colocó sus manos sobre el pecho de él y lo alejó. Era grande y joven y con mirada penetrante, y tenía una mandíbula prominente... pero no opuso resistencia. La amaba demasiado.

—¿Qué te sucede, Di?

Diana suspiró. Había hecho eso ya tantas veces en el pasado, que no podía comprender por qué cada vez le costaba más trabajo. Tal vez porque nunca creía que ésa fuera a ser la última. ¿Era una ninfómana? No creía serlo. Físicamente era supersensible. Era como si le faltara esa capa extra de inconciencia que la mayor parte de las personas parecían tener. Ella estaba excitada todo el tiempo. Su problema radicaba en que ella quería compartir esa excitación todo el tiempo, por lo que juguetear con ella misma no le había aportado más que una satisfacción temporal. Pero lo que en realidad quería era amar y ser amada. Lo segundo no era difícil: la mayoría de los hombres se habían enamorado de ella a primera vista. Y ella siempre se había imaginado que, entre todos esos hombres amantes, tenía que haber uno al que ella pudiera devolver amor. Aquí era donde el problema iniciaba. Cuando un hombre la tocaba, saltaban chispas. Ella correspondía. Durante cinco minutos. Y después... El ciclo había comenzado con Richard Mailing. Se habían encontrado, él se había sentido naturalmente atraído hacia ella, ella había sentido la misma atracción, habían empezado a acariciarse y ¡lotería! Ella se había portado salvajemente. Pobre Richard. Él se había mostrado muy renuente a llegar al final, aunque ella había aportado todo el equipo necesario. Aunque el embarazo ya no era un riesgo, él pensaba que era algo malo. Cuando su madre los había sorprendido, él se había asustado enormemente. Ella había tenido que decirle, una y otra vez, que su madre jamás había mencionado el asunto y que nunca lo haría, por lo menos a sus padres. Pero, para entonces, el ciclo ya había principiado. Ella se había sorprendido pensando: "Pero, ¿qué estoy haciendo? De modo que él me excita. Entonces, ¿qué? Tiene que haber algo más que esto". Y no había nada más. A ella ni siquiera le atraía él ni nada que tuviera que ver con él: ni la ropa que usaba ni su acento ni su conversación ni su sentido del humor.

Nadie había podido comprender por qué había roto aquel compromiso tan conveniente. Y menos que nadie, su madre, aunque Diana había decidido reemplazarlo por otro, tan pronto como fuera posible. Deseaba que los hombres le hicieran el amor, pero quería poder devolverles ese amor. Ella no podía decidir qué tenía que llegar primero, y el amante siempre parecía hacerlo. De repente, se había desesperado; tal vez había decidido que era incapaz de amar. Podía confiar en Jan, pues Jan daba la impresión de comprender, quizá sin comprender en realidad todo. De hecho, Jan pensaba que Diana estaba en camino de convertirse en ninfómana, pero había aceptado de manera voluntaria el papel de perro guardián, aunque no con todo éxito. La desesperación de Diana la había hecho pasar por nueve hombres en dos años. Nueve aventuras. La lógica y el sentido común le seguían sugiriendo que, puesto que sólo tenía diecinueve años, tenía todo el tiempo del mundo para hallar a alguien a quien amar, pese a que dejara de buscar, pero todo el tiempo sabía que jamás dejaría de buscar.

Con los tres primeros hombres, Diana había descendido una clase social. Con éste, dos. Eso lo había hecho deliberadamente: a lo mejor los hombres del nivel superior —el suyo— tenían algo que a ella le causaba repulsión. Así que ahora le correspondía su turno a Ben. Ella lo había conocido jugando tenis; era un buen tenista y un magnífico amante. Pero su personalidad, sus hábitos y su vestimenta la habían aburrido y repelido tan rápidamente como los demás.

En realidad, Ben había sido la última gota. Diana era consciente de que debía salir de Nueva York y de Estados Unidos. Tenía que tomar aire y pensar. Su madre había estado en favor de la idea, sin comprender en lo más mínimo la situación. Había mostrado menos entusiasmo cuando se enteró de que Janice también iría. La pobre no podía meterse en la cabeza que ésta era un perro guardián muy necesario.

Diana lo miró.

—Vengo a despedirme.

—¿Adiós? —lucía completamente desconcertado.

—Me voy a ir por algún tiempo.

—¿Te vas a ir? —estaba pasmado—. ¿Adónde?

—A Canadá —le dijo mirándolo a los ojos. Sabía que era una buena oportunidad para que él cerrara su negocio y la siguiera adonde fuera.

—Jamás me comentaste.

—Te lo estoy diciendo ahora, Ben —aclaró ella.

Él se le acercó, la tomó por las muñecas y la atrajo hacia sí.

—Pero, ¿por qué?

—Porque... porque debo hacerlo —explicó—. Ben..., por favor, suéltame.

—Tu madre es la que desea que vayas, ¿no es así? —inquirió Ben, acercándola más hacia él—. Descubrió lo nuestro y quiere desbaratarlo. Diana, ¡oh, Diana...! —ahora estaba besándola, estrechándola contra sí y acariciándola—. Diana, ¿por qué no nos casamos? Al diablo con tu madre y con tu herencia y con todas esas malditas cosas. ¡Cásate conmigo! Si quieres, te llevaré a Canadá. Pasaremos nuestra luna de miel en Niágara. Todo lo que tú quieras. Diana, todo lo que quieras.

Como de costumbre, oleadas de excitación recorrían su cuerpo. Como de ordinario, sus ojos se habían cerrado y de lo único que se daba cuenta era de su excitación, de su pasión creciente y del éxtasis y de la certeza de que iba a decir sí, y de que nada le importaba excepto que este hombre la tocara...

El timbre sonó.

—¡Por el amor de Dios! —refunfuñó Ben—. Métete ahí dentro —murmuró, señalando hacia la oficina, antes de alejarse.

Diana retrocedió hasta el mostrador, respirando profundamente, y vio cómo abría la puerta.

—¡Por el amor de Dios! —exclamó él, de nuevo—. ¿Qué desea, usted?

—Si no nos vamos ahora, vamos a llegar tarde —declaró Janice, y pasó junto a él para dirigirse hasta donde estaba Diana acomodándose el suéter—. ¿Ya dijiste lo que tenías que decir?

—¿Qué cosa? —preguntó Ben—. ¿Que se va a ir? No lo permitiré. Yo...

Janice miró a Diana.

—Fue idea tuya —le recordó a su amiga—. Yo pertenezco a la brigada de llamadas telefónicas.

Ben miró a una y luego a la otra.

—¿Qué es esto?

Diana respiró largo y dejó de apoyarse en el mostrador.

—Vine pare decirte adiós, Ben —expuso—. Mi madre no me está enviando a ningún lado. Voy por decisión propia. No volveré a verte.

—¿No estarás —dijo mirándola fijamente— hablando en serio?

—Estoy hablando en serio, Ben —Diana se puso de pie junto a Janice.

—Pero..., ¿por qué? Nos amamos mutuamente. Nosotros...

—No nos amamos mutuamente, Ben. Yo no te amo. Me gustó hacer el amor contigo por algún tiempo, pero ya no me gusta. Lo siento, Ben, pero ésa es la verdad.

Él se le quedó mirando y Janice abrió la puerta de la tienda.

Diana salió, casi corrió sobre el pavimento y se arrojó al asiento del Ferrari y puso en marcha el motor. Janice se puso de un salto junto a ella y se perdieron en la noche.

—¿Piensas que yo soy —murmuró Diana—, que yo sea la peor provocadora que haya existido?

—No —contestó Janice—. Honradamente, no puedo describirte como una provocadora; pero, si alguna vez veo que mi hermano sale contigo, te romperé la crisma con un martillo —después, sonrió y apretó la mano de Diana.

—Sólo tiene catorce años, así que deja de preocuparte. Por ahora, no tiene la edad suficiente para suplirte, alguien deberá sustituirte.

—¡Dios mío!, en realidad hace casi cuarenta años que visité por última vez Starogan —John Hayman conversaba con cierta inquietud, mientras caminaba entre las dos chicas por la cubierta de primera clase del *Queen Mary*, observando las cabrillas ocasionales que irrumpían en la noche iluminada por la luna de junio. Si alguien le hubiera dicho que se iba a encontrar en un estado de constante desconcierto teniendo que entretener a dos jóvenes extraordinariamente amables durante cuatro días, se habría reído a todo pulmón; no obstante, esto había resultado diez veces más complicado de lo que se había podido imaginar. Y ello se debía a la comida con Elizabeth, por supuesto; sin embargo, la verdad era que tenía mucho miedo de dejar de hablar—. En realidad, es algo que me provoca confusión —prosiguió exponiendo—. Recuerdo mucho espacio, kilómetros y kilómetros de espacio. No sólo afuera. Afuera uno podía recorrer kilómetros y kilómetros sin jamás salir de la tierra de los Borodin; pero también adentro.

Como saben, nosotros pensamos que la casa en Cold Spring Harbor, por ejemplo, es un espacio muy bello. Pero no tenemos idea: toda la planta baja en Cold Spring Harbor podía haberse tomado de la sala de recepción de Starogan y nunca se habría echado de menos. ¡Y los siervos! Adonde se volviera uno y siempre que quería hacerlo, había un sirviente a su lado para evitarle hacer cualquier esfuerzo.

—Suena maravilloso —afirmó Janice—; sencillamente maravilloso. Como usted sabe, he leído de lugares como ésos, mas nunca creí que existieran en realidad.

Con toda seguridad, pensó, Elizabeth se había imaginado todo el asunto. Las dos muchachas eran las mejores amigas y, sin duda, muy íntimas. Pero, si fueran amantes, deben haberlo sido por un tiempo muy largo. Brillaban totalmente por su ausencia las miradas, los toques deliberadamente accidentales y las sonrisas furtivas que los amantes recientes no pueden disimular.

John hubiera disfrutado del viaje mucho más si Janice no hubiera estado allí, pensaba con cierto resentimiento. Así, tal vez quiso molestarla un poco cuando expresó:

—Por otro lado, no debemos olvidar que esos mismos sirvientes fueron los que arrastraron a la cuñada de mi madre por los cabellos antes de cercenarle los pechos y arrojarla a un montón de basura para que se desangrara y muriera. Era la princesa Irina.

—¡Dios santo! —exclamó Janice—. Aún es más increíble que tales cosas ocurran.

¿Qué diría esta joven si supiera, aunque fuera una pizca, de las cosas que él había experimentado durante la guerra?, reflexionó John. ¿De los jóvenes soldados alemanes, que aún vivían un poco, luego de que Anna Ragosina había terminado de castrarlos? ¿O de su prima Svetlana, hermana de Gregory Nej, una masa sanguinolenta después de que la Gestapo había acabado con ella? Pero el placer de impresionar a la gente tenía un límite.

—Hacían cosas como ésas porque eran siervos que, de repente, quedaron hartos de ser tratados como basura —Diana se detuvo y se apoyó en la borda. John y Janice siguieron su ejemplo. John estaba cayendo en la cuenta de que Diana había vivido como una reina, sin preguntarse jamás por los que estaban a su lado. Se percataba de que, en realidad, nunca había conocido a Diana antes: en las comidas en Cold Spring Harbor, el efecto que ella producía siempre había sido opacado por el de las otras grandes personalidades de la familia Hayman.

En la cual él era el verdadero renegado. Pero no podía permitir que Diana lo estampara en el polvo.

—Cuando yo estuve allí, no había siervos —aseguró.

—Eso es exactamente lo que el abuelo decía. Un siervo es un siervo, tío John, ya sea por ley, ya sea por deudas. Los seres humanos no querían ser siervos, lo resentían. Y, después de soportarlo por algún tiempo, hacen algo al respecto.

—Estás empezando a hablar como tu tía Felícitas o como mi propio padre a este respecto. Esperamos que jamás tengas que saber de primera mano lo que es un siervo acabado de emancipar.

Ella sonrió.

—Estoy convencida de que no me gustaría nada ser arrastrada de los cabellos y que luego me cortaran los pechos. Uno u otro, ¿o tal vez ambos? —Diana lo besó en la mejilla—. Créeme que puedo entender los motivos que puede haber tenido el gran tío Peter para chiflarse. Créeme que ya estoy pensando muy en serio en ir a visitarlo.

—¡Ah! —murmuró John. Había tocado el tema de Peter desde el primer día, en el desayuno, pues había pensado que era su deber. De hecho, aquello no era parte de las instrucciones que había recibido de Elizabeth, que consistían en asegurarse de que Diana conociera a tantos jóvenes guapos "pero agradables, muy agradables", como fuera posible. Suponía que no habría algún hombre guapo y simpático en torno de un viejo lunático que desvariaba; pero, puesto que había que ir a verlo, cuanto más pronto mejor.

—¿De veras está loco? —preguntó Janice.

—Paranoico —explicó Diana—. Quiere que le sean devueltas todas sus posesiones, como Starogan. ¿No es así, tío John?

—No lo creo —respondió John—; de cualquier manera, él quería recuperar Starogan al principio, cuando eso parecía posible. Ahora... creo que simplemente odia todo lo que sea comunista. En realidad, no me gustaría que cualquiera de ustedes dos tomara en serio todo lo que él dice. Quiero que me prometan que no lo harán.

—Tío John, te prometo no tomar en serio nada de lo que se relacione con este viaje —aseguró Diana, con toda seriedad—. Estoy aquí para descansar, sólo para descansar. Y considero que es lo que estoy haciendo. Mañana será el gran baile, ¿o no?, puesto que desembarcaremos pasado mañana.

—Es cierto.

—Entonces, pienso que debemos acostarnos temprano. ¿Vienes, Jan?

Diana le envió desde lejos un beso a su tío y se dirigió hacia la escalera, seguida obedientemente de Janice. Ellas iban juntas a todas partes y era inútil que John recordara que tenían cabinas separadas, pues éstas estaban una frente a la otra.

Lo más perturbador era que ya llevaban tres días en alta mar y Diana no había manifestado el más mínimo interés en alguno de los muchos jóvenes, entre oficiales y pasajeros, que se habían mostrado muy interesados en ella.

¡Vaya enredo por resolver para un agente de la CIA en medio de una difícil misión! "Bueno —pensó John—, Peter tendrá que ser abordado de inmediato, de modo que puedo concentrarme en Diana un día o dos".

—Por supuesto, tú eres Diana —expresó el príncipe Peter Borodin de Starogan tomando a Janice por las manos y atrayéndola hacia sus brazos.

Janice lanzó un terrible chillido al desaparecer prácticamente. Peter Borodin había puesto una gran cantidad de peso y semejaba un enorme oso blanco.

—No, no, tío Peter —aclaró John—. Ésta es Diana.

—¿Ésta? —Peter Borodin parecía tener alguna dificultad en ubicarla—. ¿Tu hija, quieres decir?

—Yo soy la hija de George y Elizabeth Hayman, tío Peter —explicó Diana finalmente—. Y, si continúas fingiendo no saberlo, me iré.

Peter Borodin se le quedó mirando con la boca abierta.

—La joven que en este momento estás sofocando es mi amiga, Janice Corliss —comentó Diana—. Ahora, ¿quieres besarme?

—¡Dios mío! —exclamó Peter Borodin—. ¡Dios mío! —después, miró a John, quien se encogió de hombros, al tiempo que trataba de ocultar una sonrisa. Cautelosamente, Peter Borodin, habiendo soltado a Janice, abrazó a Diana—. Por supuesto, puedo ver que eres una Borodin —indicó—. Lo veo en tus ojos; pero en el resto de tu cuerpo... tu madre debe ser una india...

—Mi madre es una estadounidense —especificó Diana—. Y no puede conseguirse nada mejor que eso. ¿Para qué son todos esos alfileres? —estaba llegando a la conclusión de que, después de todo, no le agradaba mucho a su gran tío. Ciertamente, si aquello iba a tratarse de rebajar al otro, ella no tenía la menor intención de ser golpeada. Se separó de él para observar un enorme mapa de Europa y de Rusia que se encontraba en la pared del estudio, cubierto con numerosos alfileres.

—Mi centro de operaciones —explicó Peter con orgullo—. El centro de la guerra contra el comunismo.

—Entonces, ¿para qué están esos alfileres allí?

—Bueno... —Peter rodeó los hombros de Diana con su brazo—. El alfiler rojo representa el paradero de veinte de los líderes rusos más importantes, según las últimas informaciones de las que he podido disponer. Observarás que la mayoría de ellos están concentrados en Moscú. Pero no todos. Y algunos... —señaló—, estos dos, por ejemplo, están, como verás, sobre la línea férrea que procede de Tomsk. Son Anna Ragosina e Iván Nej —Peter hizo una pausa expectante.

—¿Son muy importantes? —preguntó Diana.

Peter vio a John con las cejas levantadas.

John se encogió de hombros de nuevo; de pronto, estaba disfrutando enormemente.

—No creo que Diana haya leído alguna vez las memorias que escribí para el periódico —expuso.

—¡Santo cielo! —comentó el príncipe Peter—. Existen muchos viejos enemigos de tu familia, querida. Ahora, mis agentes me han comunicado que ellos salieron de Tomsk desde hace tres meses y que viajan hacia el Occidente. Esto sucedió tras una entrevista con Michael Nej, tu padre, John, quien viajó a Tomsk para verlos. Suponemos que fueron a Moscú, pero nadie ha informado aún haberlos visto allí; así que tiene toda la apariencia de ser un movimiento secreto. Aunque el hecho de que hayan salido de Tomsk es muy interesante, ¿no te parece?

—¿Por qué? —preguntó Diana.

Peter se volvió de nuevo hacia John.

—¿No lo consideras de ese modo?

—Supongo que sí. Eso quiere decir que mi padre se las ha ingeniado para rehabilitar a Iván, sospecho. Se supone que la sangre es más gruesa que el agua o que un conocimiento de los delitos. Y, adonde va Iván, también va Anna Ragosina.

—Y todo esto, ¿no te interesa?

—Me interesa, ya te lo mencioné, pero dudo de que le importe a Diana.

—Ese hombre —Peter señaló hacia el alfiler como si éste tuviera vida, mientras sus facciones Borodin brillaban con una mezcla de whisky e indignación— asesinó a tu tío, a mi mujer, a mi madre, a mi abuela.

—Entonces, no puede ser una blanca paloma —observó Diana. Había decidido que tendría que ser cruel para ser amable o la noche declinaría en una sentimental historia familiar—. ¿Y esos alfileres con colores claros?

Peter le había quitado de encima su brazo.

—Ellos son otros líderes internacionales de importancia —manifestó reprimiéndose—. Y los alfileres con cabeza blanca son, por supuesto, mi gente.

Diana recorrió con los ojos el mapa.

—Algunos de ellos están dentro de Rusia.

—Por supuesto.

—¿Los rusos lo saben?

—Claro que no —respondió Peter mordazmente.

—Pero... tienes este mapa colocado aquí, donde se encuentran todos los lugares donde se localizan, ¿para que cualquiera lo vea y se entere de todo?

—¿Para que se entere de todo? —inquirió Peter—. Nadie entra aquí, a no ser que él o ella pertenezca a mi organización o sea un amigo de absoluta confianza. O un pariente —Peter la miró frunciendo el entrecejo, como preguntándose si ella pudiera quedar incluida en la última categoría. Después, sonrió—. Pero vengan, quiero presentarles a algunos jóvenes —se dirigió antes que ellos a las dobles puertas y las abrió.

—Tienen razón —murmuró Diana al oído de su tío—. Es un chiflado. Un completo chiflado. Pero... también hay cierta nobleza en él.

John apretó su mano.

—Recuerda que la mayoría de las personas que conocerás caen dentro de la misma categoría, sin tener, probablemente, la nobleza.

Para gran sorpresa de John, en la sala se estaba celebrando una fiesta, y para su asombro también, la edad de los invitados oscilaba desde los más jóvenes hasta los de mediana edad. Diana quedó igualmente sorprendida, pero obviamente satisfecha cuando Peter los introdujo al salón más grande.

—Mi sobrina —especificó Peter Borodin al grupo allí reunido, agitando la mano alegremente— y su amiga. Y mi sobrino, John Hayman. Por supuesto, ustedes han escuchado hablar de John Hayman. Solía trabajar con nosotros, allá por los años veinte, antes de... —miró a John especulativamente— que se extraviara. Chicas, preséntense ustedes mismas. John, ven acá, deseo presentarte a Roger Corby. Él es el jefe de mi Estado Mayor.

—Aguarda un segundo —dijo John—. ¿Quieres decir que toda esta gente trabaja para ti?

—Yo no diría que para mí. Trabajan conmigo, por el bien común.

—¿Quieres decir que todos son emigrados rusos?

—¡No, por todos los cielos! Los únicos emigrados rusos que hay aquí esta noche somos tú y yo, y Diana, desde luego.

John desistió de discutir el punto. Estaba demasiado interesado.

—Estas personas son, en su mayor parte, ingleses; uno o dos franceses. Los he reclutado a todos ellos escrupulosamente. O mejor dicho, los hemos reclutado, ¿no, Roger?

—Así es —Corby estrechó la mano de John—. He oído hablar mucho de usted, señor Hayman, y leí sus memorias. Yo estaba entonces con los comandos de la Marina Real. Creo que tuvimos una dura guerra.

—John se encuentra aquí en misión oficial —aseguró con voz retumbante Peter—. Será casi como en los viejos tiempos.

John miró a derecha e izquierda con cierta alarma.

—Se supone que esto es confidencial, tío Peter.

—Aquí todo es confidencial. Tenemos que hablar largo. ¿Te quedarás a comer?

—¿Y las chicas?

Peter Borodin volvió la cabeza y recorrió con la vista todo el salón hasta encontrar a Diana y a Janice rodeadas por completo de jóvenes muy interesados en ellas.

—Me imagino que encontraran algo que comer —observó.

—Mi nombre es Robert Loung —informó el joven—. ¿Y usted es...?

Diana lo estudió. Era mucho más alto que ella. Era joven y tendría aproximadamente unos veinticinco años, calculó; un poquito musculoso en los hombros, lo que revelaba algún tipo de actividad atlética como el futbol, y tenía una nariz aguileña; el rostro era afilado, pero muy enérgico. Sus ojos eran azules, como los de ella, y el cabello igualmente oscuro y ondulado. Tenía una amplia sonrisa, la que estaba mostrando en ese momento, y buenos dientes. Su voz se escuchaba como la de un locutor de la BBC, lo que probablemente significaba que había estado en alguno de esos peculiares establecimientos ingleses conocidos como escuela pública, a pesar de que son absolutamente privados.

A ella le pareció extremadamente atractivo.

—Yo soy Diana Hayman —anunció y le permitió estrechar su mano.

—Eres la sobrina del viejo.

—La sobrina nieta.

—Bueno, estoy verdaderamente encantado de conocerte. Sobrina nieta... —hizo un gesto de sorpresa deliberadamente artificial—. Esto debe significar que tu abuela es Ilona Borodina, la princesa.

—Yo la conozco como Ilona Hayman.

—Perdona, pero el príncipe Peter nos habla a menudo de la aristocracia rusa. Y no nos recuerda con frecuencia los nombres que ha acumulado con los años. ¿Permanecerás mucho tiempo en Londres?

—Unas cuantas semanas —Diana terminó su bebida. La había tomado de una bandeja que le había ofrecido otro chico, y no tenía ni la menor idea de lo que había bebido.

—¿Otra copa? —preguntó Robert Loung.

—¿Por qué no? Y, a propósito, ¿qué es?

—Oporto y limón.

—¿Qué dijiste?

—Vino de oporto y limonada.

Diana se quedó mirando el vaso.

—¿A las siete de la noche? —pero reflexionó: este oporto apenas podía ser un poco menos parecido al Cockburn 1928 de su abuelo, cariñosamente sacado al final de la cena.

—¿En dónde te alojas?, si no me estoy pasando de atrevido.

—No lo estás haciendo. Me hospedo en el hotel Savoy. ¿Lo conoces?

—El hotel... —Robert tragó saliva—. Debes ser muy rica, señorita Hayman.

¿Sería posible que él jamás hubiese oído hablar de la cadena de periódicos Hayman? Diana miró a Janice atrás de él, haciéndole todo tipo de señas con las cejas porque ella había prometido, solemnemente prometido, que no volvería a ver dos veces a nadie con pantalón en seis meses.

Y, asimismo, había prometido no dejar saber quién era ella en realidad. Esto para ahorrarles la molestia de tener que deshacerse de los parásitos o gorrones.

—Mi madre es Elizabeth Dodge —explicó ella.

Robert Loung esperó.

—La artista —explicó Diana.

—¡Oh!, por supuesto.

—Jamás has escuchado hablar de ella, ¿o sí?

—Bueno... no estoy muy al tanto en asuntos de arte moderno.

—Yo —dijo Diana con apasionamiento— soy estudiante de arte.

—¡Oh! Debí haberlo pensado. Tal vez puedas hablarme de ello. Y acerca de tu madre. De sobremesa. Me temo que no pueda subir al restaurante del Savoy, pero conozco una pequeña y limpia fonda italiana... o quizá no te gustan los espaguetis.

—Me encantan —aseguró Diana—. Pero tendremos que preguntarle también a mi amiga.

Robert Loung miró a un lado y al otro.

—Creo que podríamos formar un cuarteto —declaró.

—Entonces, vendré, si me prometes decirme por qué trabajas para una persona tan desagradable como el gran tío Peter.

El rostro de Robert se endureció.

—El príncipe Peter es un gran hombre —indicó—. Uno de los pocos que realmente se dan cuenta de la amenaza que entraña el comunismo internacional. Rusia soviética en particular.

—¿Quieres decir que tú crees eso?

—Por supuesto. Todos nosotros lo creemos o no estaríamos aquí.

Era demasiado ingenuo, aunque encantador. Y ella podía decir que era una simple masa de músculos ondulantes, pero había algo más... una cierta innata rudeza en él, pese a sus modales delicados, que sugería que podía valerse por sí mismo en un combate. De modo que ella no tenía la intención de luchar contra él. Pero también sugería que podía ser un delicioso compañero en la cama.

—Bueno, estoy esperando oír todo acerca de eso —comentó ella—. Y te diré un secreto: sólo estaremos en el hotel un par de noches, hasta que nuestro apartamento esté listo. Nos vamos a mudar a él el jueves —Diana vio detrás de él a Janice, y le hizo una seña con la ceja.

—Necesitas que te examinen la cabeza —recomendó fríamente Janice Corliss—. Y también algunas otras partes de ti.

La comida había terminado y ellas se presentaron al tocador de las damas. Por lo menos Janice, que no se había divertido, había escapado. Diana había sido arrastrada, más bien, a pesar suyo.

—Es realmente muy agradable —confesó ella—. Jamás me había encontrado antes a un caballero inglés, o al menos ninguno de mi edad. Sólo visitantes que mi madre y mi padre recibían.

—¿Y no crees que él sea como los demás? —inquirió Janice—. Él va tras tu cuerpo y después tras tu dinero. Ponte a pensar en ello, Diana, aunque puedo estar equivocada en cuanto al orden.

—¡Oh!, vamos —dijo Diana—. Ni siquiera sabe quién soy.

—Ése es el truco más viejo en el mundo —aseguró Janice—. Por supuesto que sabe quién eres. Tu gran tío debe habérselo dicho. Para empezar, significa que es un mentiroso. Y es un hombre. Y tú prometiste... —se mordió el labio, porque la puerta se había abierto para dar paso a otro comensal femenino.

—Dijeron que iban a llamar a un taxi —mencionó Diana y salió apresuradamente.

—El taxi nos está esperando —Robert la tomó de la mano cuando salieron del restaurante—. ¿Qué vas a hacer mañana?

—Bueno... —Diana se había sentado junto a él en el asiento trasero. Al entrar, Janice y su acompañante los empujaron y arrinconaron. El brazo de Robert rodeaba los hombros de Diana y su mano colgaba peligrosamente sobre él pecho derecho de la joven. Ella sabía que no la tocaría, ya que era un caballero, y que simplemente dejaría la mano allí—. En realidad, todavía no hemos decidido nada. Faltan varias semanas para que nos inscribamos en alguna escuela de arte.

—Permíteme llevarte a algún lugar: a la Torre de Londres, un paseo en barco por el Greenwich, al zoológico. Un paseo por Hyde Park, Regent, Green. Tú elige.

—Bueno... —el taxi dobló en una esquina y los dedos de Robert la rozaron de manera accidental. De inmediato, él los retiró—. Tal vez sería mejor que me llamaras mañana.

—Lo haré a primera hora. ¿A las ocho en punto? ¿O es demasiado temprano?

El taxi estaba dando vuelta en un pequeño callejón sin salida para dirigirse al hotel, y los dedos de Robert volvieron a tocarla. Ahora, Diana comprendió que la primera vez no había sido un mero accidente. Pero había sido en forma tan delicada, que un escalofrío recorrió su columna vertebral.

—Estaré lista a las ocho —anunció.

—Pasaremos juntos todo el día —su boca estaba contra la oreja de Diana y su otra mano descansaba sobre el muslo de la joven, y ésta estaba temblando como gelatina—. ¿Crees que podríamos deshacernos de tu amiga? —le susurró al oído.

—Voy a pensarlo —respondió ella también en voz baja y volvió la cabeza. Él la besó en la boca... Sus lenguas se tocaron y, una vez más, casi pareció un accidente. Diana jamás se había encontrado a nadie tan atrevido y a la vez tan gentil. Por otro lado, como le había dicho a Janice, nunca se había topado con un inglés de su misma edad; siempre había escuchado que eran muy flemáticos. Entonces, ¿cómo explicar aquel beso?

La puerta se abrió y Diana por poco y se cae.

—Perdón, señorita —se disculpó el portero.

—No pasó nada —le dirigió a Robert una rápida sonrisa y desapareció por la puerta giratoria. Cruzó a toda prisa el vestíbulo y se quedó mirando las cintas de télex que corrían en el aparato que estaba en la pared, mientras Janice iba a recoger la llave de su habitación.

—Vi lo que ocurrió —advirtió Janice cuando se acercó a ella tras haber recogido la llave—. Eres imposible.

—Janice, creo que estoy enamorada.

—¡Oh, Jesucristo! —dijo Janice—. Subamos.

En el ascensor, se quedaron mirando frente a frente.

—Lo estoy —aseveró Diana—. Él es tan, tan...

—Lleva pantalones —declaró Janice tajantemente.

Avanzaron por el corredor.

—No tiene nada de malo —explicó Diana—. Mañana va a llevarme a la Torre de Londres. Y luego daremos un paseo en barco por el río. Y después...

—¿No tiene algún trabajo?

—Trabaja para el tío Peter.

—Lo que lo hace demasiado sospechoso. Y cuando haya terminado de mostrarte Londres, te acompañará a tu apartamento y te hará el amor —completó Janice, abriendo la puerta de su suite.

—No, no lo hará —aclaró Diana—. No, no, no.

Janice entró con ella y cerró la puerta.

—¿En verdad lo crees?

Diana se sentó, dejando caer sus manos entre sus rodillas.

—No quiero eso, Jan —lo que, por supuesto, era una mentira—. De veras. Es sólo que... es tan agradable.

Janice se sentó junto a ella.

—Si sales mañana con ese hombre, Diana, tomaré el próximo barco que salga para Nueva York, porque no puedo ayudarte si tú no quieres oírme.

Diana suspiró.

—¡Oh!, pienso que tienes razón, Jan; pero no puedo quedarme aquí.

—Diremos a la administración que no pase ninguna llamada.

—Lo que quiero decir es que no puedo quedarme aquí en Londres —levantó el auricular del teléfono—. Habla Diana Hayman. ¿Podría usted reservarme dos lugares en el próximo tren que salga para París, por favor?

—El tren sale de Victoria a las ocho horas con quince minutos, mañana por la mañana, señorita Hayman.

—Me parece bien.

—Y... —la mujer que se encontraba en la administración, obviamente, estaba consultando algo—. Usted tiene una reservación con nosotros para mañana por la noche.

—¡Cancélela! —ordenó Diana—. Claro que la pagaré, pero no deseo estar aquí. Sólo consígame un sitio en ese barco con rumbo a Calais —y colgó.

—Pero... —Janice se escandalizó—. ¿Y qué de tu tío John? —¿Qué hay de él? Como sabes, él no es mi chaperón. Lo único que sucede es que anda por aquí.

—Sí, pero... también está lo del departamento. El piso, como has estado llamándolo toda la noche.

—Es una palabra inglesa —explicó Diana—. También lo cancelaremos desde París. Ya te lo dije. No puedo permanecer aquí.

Peter Borodin sirvió brandy, ofreció puros, cosas ambas que aceptaron Roger Corby y John Hayman; tomó uno él mismo y se sentó, dando un suspiro de alivio, en un sillón muy acojinado. Sólo ellos tres se quedaron, pero el salón olía a buen tabaco y a buen whisky y ahora, también, a buen brandy.

—¿Qué opinas de ellos?

—Parecen un buen grupo —expresó John.

—Bien —dijo pensativamente Peter—. Lo son y están dedicados a mí. Bueno, a la causa —alzó su copa—. ¡Por la caída de Stalin y de toda su pandilla!

—Así que ahora estás con el Departamento de Estado —observó Peter—. Eso está bien, muy bien.

—Yo no estoy con el Departamento de Estado, tío Peter —especificó John—. Trabajo en una compañía de publicidad. Espero que la carta que te di te explique eso —él, por supuesto, la había leído, pero no quería que Peter se enterara.

—Pero estás trabajando para ellos temporalmente —interrumpió Corby.

—Correcto. Puedo decir que renuentemente; pero ellos consideran que cualquier otra persona, alguno de su propia raza, por ejemplo, pudiera no estar capacitado para valorar en forma adecuada lo que ustedes tienen que ofrecernos.

—Lo que yo tengo que ofrecerte —corrigió Peter reflexivamente—. ¿Estás de acuerdo con que he tenido razón desde el principio acerca de los soviéticos, John?

—Bueno...

—Por supuesto que la he tenido. En 1918, todo el mundo creía que se trataba de una guerra civil. Yo dije entonces que había que aplastar a los rojos, antes de que se consolidaran. Me ofrecí a hacer el trabajo. Todo lo que requeríamos eran municiones, armas y dinero. Apelé a los británicos y a los franceses y, en particular, a los estadounidenses, y ellos dijeron que no podían interferir, que su pueblo estaba cansado de combatir y que tampoco les agradaban los zares. ¡Esto, después de que el zar había dado la vida por ellos! Así que perdimos ese asalto, y los soviéticos crecieron y crecieron, como yo había pronosticado que lo harían: como un monstruo mítico que se alimenta de sí mismo. Pero, al fin, su revolución se agrió, como yo sabía que debía ser, y, así, en 1938, me acerqué a Roosevelt y le señalé que ya era tiempo de aplastarlos de una vez por todas. Se habían desgarrado con aquellas purgas en 1937, su ejército estaba en ruinas. Me dijo que yo estaba loco. Entonces, fui a ver a Hitler. Bueno, tal vez fue un error, jamás sospeché que iba a apoderarse de todo el mundo. Si sólo hubiera invadido Rusia... De cualquier forma, el hecho es que, todavía hubiera ganado, hubiera barrido a los soviéticos de la faz de la Tierra, si ustedes, los estadounidenses, no hubieran empezado a proporcionar armas y dinero a Stalin. El apoyo que ustedes rehusaron al general Denikin y a mí hace veinte años.

Luego, hubo otra oportunidad en 1946. De nuevo, le di a conocer los hechos a Truman. Ustedes tenían la bomba atómica. Ellos, no. Entonces, era la oportunidad de enviarlos a todos ellos a la perdición. No quiso hacerlo. De modo que, ¿a qué nos enfrentamos ahora? Rusia también cuenta con armas nucleares. Y déjame decirte algo, John: cuando Stalin considere que les lleva la delantera, no se va a tocar el corazón para usarlas.

—Creo que lo que nos corresponde es asegurarnos de que Rusia jamás tome la delantera, tío Peter —John se preguntaba si estaría perdiendo el tiempo: había oído todos estos discursos en muchas ocasiones—. Pero no considero que el Departamento de Estado vaya a recomendar al presidente que comience a barrer gente de la faz de la Tierra sólo porque no estamos de acuerdo con su sistema de gobierno. Estoy aquí para escuchar. Queremos saber qué tienes que decirnos y lo que consideres valioso. ¿Tiene algo que ver con esos extraños movimientos dentro de la Unión Soviética?

Peter Borodin lo miró absolutamente perplejo.

—Tío Peter —dijo John gentilmente—, por lo que sé, tú escribiste al Departamento de Estado exponiéndole que tenías una información muy valiosa que venderles. Créeme, están interesados en ella, lo suficientemente interesados como para ponerse en contacto conmigo y pedirme que viniera a verte. Pero no van a soltar ningún dinero hasta que sepan qué están adquiriendo.

Roger Corby rió brevemente.

—¡Ustedes —comentó—, ustedes los estadounidenses! Todo lo reducen a dinero. Se preocupan por quién está yendo, adónde y cuándo. Ciertamente, durante los últimos meses ha habido considerable movimiento dentro de la Unión Soviética. ¿Ya sabes que tu padre va a salir de las Naciones Unidas?

—No —contestó John—, no lo sabía.

—Bueno, pues saldrá. Va a volver a un puesto todavía no determinado en Moscú. Al igual, por lo que parece, que Iván Nej y Anna Ragosina. Esto sólo puede significar una cosa: que Stalin está planeando una nueva purga, un nuevo apretón de su mano sobre el país.

—Pudiera ser —manifestó John—; pero ésa no es una noticia que haga temblar la Tierra. Supongo que eso iba a suceder alguna vez.

—Así que quiero hacerle una proposición a tu gobierno —añadió Peter Borodin.

—¿Sí? —dijo John sin mayor entusiasmo.

Peter se levantó y empezó a dar vueltas por el estudio, mientras Corby lo observaba con admiración.

—Supongo que no puedo esperar mucha cooperación por parte de Truman —advirtió—; pero, ¿es verdad que ha anunciado que no volverá a lanzarse como candidato a la presidencia?

—Eso dice.

—Si es así, ¿quién será su sucesor?

John se encogió de hombros.

—El que va a la cabeza por los demócratas es Adlai Stevenson.

—Hum —murmuró Peter—. No lo conozco. ¿Y si los republicanos fueran a participar?

—Es una posibilidad. No tengo idea de quién sería el candidato que nominaran.

—¿Qué hay de Eisenhower? Renunció a su puesto de mando aquí en Europa hace seis semanas. ¿Para qué supones que lo hizo? Los periódicos de aquí están convencidos de que va a competir para presidente.

—Ésa también es una posibilidad, pero remota. El pueblo estadounidense no ha elegido a un militar profesional como presidente en lo que va del siglo, a menos que pueda llamarse a Roosevelt un militar profesional.

—¿No es posible que el pueblo estadounidense pudiera estar un poco más consciente de lo que se necesita, que sus llamados intelectuales?

—Ya dije que era posible.

—Aunque improbable. Bueno, supongo que lo mejor que podemos hacer es tratar con Truman. Más vale malo por conocido que bueno por conocer, ¿no? De cualquier manera, no puedo arriesgarme a esperar más tiempo. Ya tengo setenta años de edad. ¿Sabes que soy casi tan viejo como Stalin? Y jamás me he sentido mejor en mi vida —a continuación, observó fijamente a John—. ¿Qué nos dice esto?

—Que, después de todo, tal vez los puros y el buen whisky son el secreto de la longevidad.

Peter Borodin agitó la mano con impaciencia.

—Nos dice que Stalin también puede sentirse mejor que nunca en su vida. Según parece, sufrió un calvario de enfermedades esta primavera, pero en sus fotografías recientes se ve rebosante de salud. Eso nos transmite que quizá debamos soportarlo otros diez años.

—Yo pienso que la Rusia soviética va a durar un periodo mucho más largo que ése —indicó John.

—Tonterías. Sin Stalin, todo el paquete de cartas se diseminará. Suponiendo que se le dé un buen empujón.

—Es una teoría. Tendremos que esperar y ver.

Peter Borodin le lanzó otra larga mirada y, acto seguido, volvió a recorrer todo el salón.

—He consagrado toda mi vida a la caída del bolchevismo y de todas sus ramificaciones y, en especial, a la del monstruo Stalin. Si yo muriera mañana, tendría que decirse de mí que fui un fracaso rotundo. ¿No es así?

—Bueno...

—Aunque sin ninguna culpa de mi parte —prosiguió Peter—. Simplemente, debido a que jamás pude persuadir a nadie para que me apoyara y siguiera mis ideas. Quiero decir, a nadie con la fuerza suficiente para poder ser efectivo. Cuando Lenin falleció, supe que era nuestra oportunidad. Yo sabía que habría varios años de aniquilación mutua entre sus sucesores. Podríamos haberlos barrido como a las migas de pan de una mesa; mas nadie se mostró interesado. Bien, estoy decidido a que mi vida no sea un fracaso.

John lo miró con el ceño fruncido y depués volvió los ojos a Corby. Pero Corby estaba en éxtasis oyendo a su jefe.

—Yo podría vivir otros diez o quince años —declaró Peter—, probablemente los viva. Pero, ¿con qué propósito, me pregunto, si jamás puedo convencer a tu gobierno de que actúe? Y el tuyo es el único que puede actuar, ahora, para llevar ante la justicia a este montón de carniceros. Así que me he decidido a actuar, unilateralmente, con la esperanza de que el gobierno de Estados Unidos pueda verse obligado a seguir mi ejemplo.

—¿De qué estás hablando?

—Pero aún pienso sacar el mayor provecho de mi acción —prosiguió, haciendo caso omiso de la interrupción—, y, por tanto, estoy otorgando al gobierno de Estados Unidos esta oportunidad de saber lo que haré o, por lo menos, en términos generales, lo que pretendo, y por tanto, de que esté listo para actuar cuando la señal se dé.

John dejó sobre la mesa su copa de brandy —deseaba no haber bebido tanto de él— y apagó su puro cuando se sentó.

—¿Qué quieres decir exactamente con eso de actuar unilateralmente? ¿Estás pensando en montar una especie de "invasión de Rusia blanca" sobre todos nuevamente? ¡Eso es una locura!

Peter sonrió y volvió a sentarse. Su rostro se había relajado súbitamente como si estuviera contemplando una visión.

—Una invasión blanca. Sí, eso sería algo. Necesitaríamos diez millones de hombres. Pero uno o dos hombres pueden ir adonde no puede hacerlo un millón.

John estiró el brazo para asir su copa de brandy y tomó un sorbo. Ahora, lo necesitaba.

—¿Tú?

—Por supuesto. Yo siempre he ido adelante, nunca atrás.

—¿Y realmente piensas que los rusos te dejarán entrar?

—Sí, así lo creo. He ideado una estrategia mediante la cual me recibirían con los brazos abiertos, sin sospechar mis propósitos, desde luego.

—¿Y una vez que estés dentro, suponiendo que te lo permitan por el loco plan en el que estás soñando, les declararás la guerra?

—Piensas en una forma infantil, John. Una vez que esté allí, llegará el tiempo, más pronto que tarde, en que conseguiré una entrevista con Stalin. Cuando ello suceda, lo mataré. Entonces, ¿estará el gobierno de Estados Unidos preparado para actuar en ese momento?

CAPÍTULO IV

DURANTE ALGUNOS SEGUNDOS SÓLO PUDO QUEDARSE MIRANDO con horror a su tío. A continuación, dijo:

—No puedes estar hablando en serio.

—Le aseguro a usted, señor Hayman, que el príncipe Peter Borodin está hablando muy en serio, ciertamente que sí —adujo Corby.

—Y usted..., ¿está de acuerdo con la idea?

—Es la idea del príncipe —contestó Corby, con aire de suficiencia y despectivamente.

—Ahora, en realidad, tío Peter...

—En realidad, ¿qué? —preguntó Peter—. ¿Cuáles son tus objeciones? ¿Que yo moriré ciertamente? Soy un soldado de primera línea. Siempre lo he sido, dispuesto a morir por el zar y la nación, si fuera necesario. Me parece que lo único que me queda por ofrendar es mi vida. ¿Por qué habría de echarme para atrás ahora? ¿Supones que le tengo miedo a la muerte? Lo único a lo que en realidad le temo es a ser inútil, y pido a Dios que jamás lo sea.

John respiró profundamente. No le cabía la menor duda de que su tío estaba hablando totalmente en serio; todo lo que sabía de él lo confirmaba. Para Peter Borodin, todos los problemas de la vida eran simples y exigían la misma solución. Elegir entre la vida y la muerte no era un problema más difícil que los demás; la vida y la muerte de otras personas no tenía mayor trascendencia que la de cruzar o no el camino y, quien muriera en este cruce o qué accidentes o catástrofes acontecieran debido a esa simple decisión, era algo que correspondía dilucidar única y exclusivamente al destino.

—Yo, por supuesto, transmitiré al Departamento de Estado lo que me has dicho —expresó.

—¡Pero pronto! —replicó Peter—. ¡Lo más pronto que puedas! Ya hemos hecho los planes y estamos listos para ir. No podemos retrasarnos demasiado.

John miró a Corby, quien asintió entusiastamente con la cabeza.

—Y usted, ¿está planeando acompañar al príncipe Peter en su misión suicida? —inquirió.

Corby enrojeció.

—Por supuesto que no —respondió Peter Borodin—. Roger es el jefe de mi Estado Mayor. Necesito que permanezca aquí para hacerse cargo de la organización.

—Ya veo —dijo John—. Bueno, volveré a Washington y presentaré mi informe tan pronto como llegue allá. Pero debo advertirles que el gobierno de Estados Unidos no tendrá nada que ver con su plan. Es absurdo y criminal.

—¿Quieres decir que no recomendarás mi propuesta?

—¿Recomendarla? ¡Dios mío! —exclamó John poniéndose de pie—. A mí no me corresponde recomendarla. Mi obligación consiste en informar de ella lo más completamente posible. Así que tendrás que explicarme cómo piensas introducirte en Rusia y lograr que te acepten.

Peter esbozó una fría sonrisa.

—¿Me tomas por un loco? ¿No supones que sé que si no consigues convencer al Departamento de Estado de que me regrese, les recomendarás que comuniquen a los rusos de mis planes? En torno tuyo siempre hay un hedor a traidor.

John lo miró.

—¿Y no crees que aún puedo serlo?

—Te daré el número telefónico de la embajada soviética —comentó Peter—. Úsalo, si te atreves —su sonrisa se hizo más amplía—. Y conviértete en un traidor para toda la humanidad.

John dudó, mordiéndose un labio. Luego, se dio vuelta y salió del salón.

—Ya sé que es su sobrino, príncipe Peter —advirtió Corby—; pero no cree usted que yo debería seguirlo y...

—¿Y hacer que te cuelguen por asesinato? —preguntó Peter.

—Estoy dispuesto a morir por el movimiento como cualquier otro, señor —aseguró Corby con dignidad—. ¿Cree usted que él iría a la embajada rusa?

—No lo hará —aseveró Peter, sirviéndose otro brandy y volviendo a llenar la copa de Corby como si esto se le hubiera ocurrido un poco tarde—. John Hayman es un hombre completamente confundido y tiene razón para estarlo con los intrincados antecedentes que tiene. Pero, en realidad, no es un traidor. Detesta el comunismo tanto como nosotros. Su confusión se refiere a la manera en que debe tratarlo. En realidad... —Peter se sentó y cruzó las piernas, encendió un nuevo puro—. Me sorprende que el Departamento de Estado lo haya enviado, habiendo tantas otras personas, consciente como debe estar de las desavenencias que hemos tenido en el pasado y del escepticismo con el que Johnnie ha visto siempre la mayoría de mis planes. Supongo que esto pone de relieve que también ellos han decidido ser escépticos. Es una lástima que no quiera escuchar. Sería mejor que hubiéramos podido convencerlo y, por medio suyo, a George Hayman y a su hijo... Ellos son dos de los hombres más poderosos en Estados Unidos, como bien sabes, Roger. Los presidentes vienen y van, pero Publicaciones Hayman siempre permanece. Y, ciertamente, ellos están interesados a causa de Ilona en lo que sucede en Rusia. El respaldo que podrían aportar a nuestros proyectos... Pero son meros sueños, y ya hemos superado esta etapa. En realidad, no considero que ninguno de ellos vaya a prestarnos atención.

"Los estadounidenses, al igual que los británicos y los franceses antes que ellos, continúan mirando el mundo a través de sus ojos; es decir, los ojos de las personas que los miran a ellos como la cima del progreso del hombre, como la personificación del espíritu humano, del espíritu cristiano. Esos pobres locos son incapaces de comprender que su civilización, su cristianismo, sólo tiene influjo en una diminuta porción de la población de la Tierra. Saben tan bien como tú o como yo que los soviéticos abolieron el cristianismo en 1918. Saben tan bien como tú y como yo que cuando Gran Bretaña y Francia ya alardeaban de naciones civilizadas y de regirse por juicios morales y éticos Rusia aún estaba gobernada por los khanes de la Horda Dorada, que no reconocían ningún dios ni ninguna ética. Sé todo eso, Roger; estamos hablando de mis propios ancestros. Ahora, ocurrió que unas cuantas familias, alentadas por Pedro el Grande, como los mismos Romanov, los Menshikov, los Borodin, se maravillaron de la cultura occidental y la aceptaron y pensaron trasladarla al pueblo ruso como un todo. Y fracasaron, debemos reconocerlo. Fracasaron porque exageraron la medida de su éxito. Fueron superados por su fuerza bruta primitiva.

"Rusia no será gobernada jamás sino por la fuerza bruta, porque, en el fondo, no es sino un Estado tártaro, una descendiente directa de los imperios de Tamerlán y Gengis Kan. Y, como sabes, sólo estamos hablando de cuatrocientos cincuenta años desde Timur. Quince generaciones. No es mucho tiempo. Estos oscuros hombres levantados por la revolución no han cambiado mucho de sus ancestros que recorrían las estepas. Todo lo que un líder ruso dice o hace está encaminado al bien del Estado; esto es, a su propio bien. Tú declaras que lo negro es blanco y, si le conviene estar de acuerdo contigo, jurará que lo negro es blanco. Tú demuestras que lo blanco es blanco y, si no le conviene estar de acuerdo contigo, o más todavía, si le conviene disentir de ti, él dará pruebas de que estás equivocado. Pese a ello, los británicos y los franceses, y ahora los estadounidenses, siempre han intentado negociar con ellos como pudieran hacerlo entre sí. ¡La ética cristiana! ¡Cómo deben reírse en el Kremlin cuando los estadounidenses hablan piadosamente de acuerdos y tratados y entendimientos y confianza y respeto mutuo! Todo eso no son más que palabras, fichas sobre el tablero, para Stalin, lo mismo que lo fueron para los tártaros quienes sólo respetaban dos cosas: la mera fuerza y el poder de la vida y de la muerte. Eso me enferma y me llena de desesperación. Pero jamás debemos permitir que eso nos desvíe de nuestro objetivo.

"No puedo hacer que nuestra causa sea mejor ahora. Estoy demasiado viejo y estoy siendo olvidado. Lo único que puedo decidir es la manera más útil en que puedo morir. Ya he tomado mi decisión y no cambiaré de parecer. Todo lo que resta es afinar los detalles, y esto debe hacerse lo más pronto posible, pues pienso actuar de inmediato."

—¿Teme usted que el Departamento de Estado vaya a intervenir?

—Ciertamente, existe la posibilidad de que se pongan en contacto con los británicos y les soliciten que mantengan un ojo sobre mí. Tal vez hasta que confisquen mi pasaporte. No, no tengo tiempo que perder; pero debo tener un ayudante. Créeme, Roger, preferiría hacerlo yo solo. No deseo llevar a la muerte conmigo a ninguno de nuestros magníficos jóvenes; no obstante, acepto mis limitaciones. Sin duda, al principio, los rusos me tratarán con reserva. Seré observado, investigado y acosado durante semanas hasta que crean lo que tengo que decir o me dejen como a un loco inofensivo. Mis armas deben ser introducidas en el país por un ayudante absolutamente confiable. Y lo que es más importante: lo necesito a mi lado cuando me entreviste con Stalin, para el caso de que yo no sea suficientemente fuerte para efectuar mi misión. La edad resulta algo terrible, Roger. Ahora, recomiéndame...

—Bueno... —Corby se frotó la barbilla—. La elección del grupo recae en el joven Loung.

—Esperaba que dijeras eso. Estoy de acuerdo contigo. Jamás he visto a nadie que dispare con tal rapidez y precisión. Ni tampoco que tenga tanto valor.

—Un momento —prosiguió Corby—. No estoy diciendo que vaya a resultar sencillo para nosotros convencer a un hombre joven como Robert, por muy entusiasmado que esté por la causa, de que cometa prácticamente suicidio. Porque esto es lo que usted va a pedirle que haga.

—Sí —Peter se frotó la barbilla a su vez—. Quizá sea necesario emplear cierto tipo de subterfugio.

Corby frunció el ceño.

—¿No sería eso, más bien, bueno... traicionero, cuando la vida de un hombre es lo que está en juego?

Peter se le quedó mirando fijamente.

—¿Qué es una vida? ¿Qué son varias vidas cuando lo que se encuentra en juego es algo mucho mayor? ¿No estoy planeando sacrificar unas cuantas vidas, inclusive la mía, para que los rusos primero me crean y después para destruirlos? No me hables de una sola vida, Roger, cuando millones de ellas pueden estar en juego.

—¡Oh!, muchas —Corby enmudeció, avergonzado.

—Así que haz que Robert venga a verme aquí, mañana por la tarde —ordenó Peter—. Debemos hacer que las cosas se muevan en seguida. Mañana por la tarde, Roger, tenlo aquí.

John Hayman estaba recostado en su cama de hotel, con las manos cruzadas por atrás de la cabeza y miraba hacia el techo. No estaba alojado en el Savoy, y como era una noche calurosa y no había aire acondicionado en la habitación, tenía abiertas las ventanas, por donde el incesante ruido del tránsito londinense penetraba en su cuarto. Pero no era el fragor callejero lo que lo mantenía en vela.

¿Peter Borodin estaba hablando en serio? ¿Podría haber hablado en serio? No podía convencerse a sí mismo de que hubiera sido en otra forma, por totalmente absurdo que el plan pudiera parecer, Peter siempre había sido afecto a los grandes gestos y casi todos le habían salido siempre muy mal. En una ocasión, John lo recordaba con tristeza, había raptado a su propia hermana, la famosa bailarina Tatiana Borodina, simplemente porque ella había salido de Rusia en una gira y él quería impedir que retornara. John mismo había sido persuadido de involucrarse en aquello, todavía lo recordaba con mayor tristeza porque en aquel tiempo había sido uno de los jóvenes admiradores que estaban pendientes de cada una de las palabras de Peter Borodin.

Pero, recordando aquel fiasco y los otros muchos que habían sucedido desde entonces, ¿de qué había que preocuparse? ¿Se le permitiría siquiera a Peter acercarse a Stalin? Ciertamente, nunca con un arma sobre su persona. De modo que...

Mas Peter debía saber eso mejor que nadie. Podía estar chiflado, pero no era realmente incapaz de analizar una situación. Así que, ¿qué estaba pensando hacer? ¿Estrangular al hombre con sus propias manos? Aquello era absurdo. Sin embargo, estaba pensando hacer algo... ¿O era ésta la artimaña inicial de una elaborada negociación? Pero el mismo Peter había descartado la posibilidad de alguna.

Bueno, entonces, ¿los rusos le permitirían entrar en el país? Peter Borodin era un nombre que todos los comisarios rusos y posiblemente también todos los policías rusos, los guardias fronterizos y los funcionarios de inmigración conocían tan bien como el suyo propio. Era un traidor y un enemigo del Estado soviético que debía ser detenido y conducido directamente a la prisión de Lubianka. No obstante, él parecía pensar que todo lo que tenía que decir era: "Estoy dispuesto a volver a casa", y todos aplaudirían de júbilo.

Bueno, sin duda lo harían, pero no para concederle una entrevista con Stalin.

Una vez más, todos ésos eran hechos de los que Peter estaba consciente. Y, pese a ello, él continuaba confiado. Por tanto, debe tener, o creer que tiene, algo que ofrecer a los rusos a cambio del derecho de regresar a su tierra natal. ¿Qué podría ser eso? Tratándose de Peter, no podía descartarse ni siquiera el acto más siniestro, si él pudiera convencerse de que era para bien de la causa.

Así pues, ¿propondría traicionar a todo su grupo, a cada uno de los rusos blancos emigrados que lo estaban apoyando con dinero y permitiéndole vivir tan cómodamente en Londres, sin un centavo de ingresos personales? Si se combina esto con el valor que tendría la propaganda de haber hecho que el príncipe Peter Borodin de Starogan viera la luz y cayera en la cuenta de que el comunismo soviético era la única esperanza del mundo, tal vez Stalin pudiera hallar un motivo para permitir que Peter volviera. Y la organización en Londres quedaría como una serpiente sin cabeza, coleando débilmente, y con todos sus integrantes a la espera de ser aniquilados por los pistoleros de la KGB. Todos aquellos vehementes jóvenes que John había visto la noche anterior en casa de Peter, dos de los cuales habían acompañado a Diana y Janice a cenar.

¡Diana y Janice! La luz del día entraba de lleno por su ventana, lo que no significaba mucho en Londres, en junio. Miró su reloj; eran las siete y media de la mañana. No había podido pegar los ojos ni un segundo. Pero, sin duda, Diana aún dormía en el Savoy, muerta para el mundo.

Saltó de la cama y empezó a pasear por la habitación. La traición al grupo era una posibilidad. Trágica, sin duda, pero no algo que personalmente pudiera evitar. Aunque sólo era una posibilidad. Porque, de igual modo, era factible que Peter hubiera conseguido realmente alguna información que pudiera ser vital para los soviéticos. Disponía de una extensa red de agentes e informantes, muchos de ellos en Inglaterra, como había podido observar la noche anterior. Por tanto, era probable que se hubiera enterado de algún plan estratégico británico... Pero también debe tener agentes en Estados Unidos.

El hecho era que Peter Borodin estaba tramando algo no sólo siniestro, sino quizá también muy riesgoso. Luego, estaba el factor personal. Aparentemente, Michael Nej había sido llamado a Rusia por órdenes de Stalin. De hecho, era el socio más confiable de éste. ¿Quién podría decir que no estaría junto a Stalin cuando Peter intentara asesinarlo, suponiendo que las cosas llegaran tan lejos? ¿Podría ser Michael Nej uno de los blancos de Peter? Ésa podría ser una razón por la que Peter no iba a revelar sus planes a John.

No había la menor duda de que Peter Borodin debía ser arrestado. John estaba muy tentado de acudir a Scotland Yard; pero él no era un ciudadano privado. Era un agente de la CIA en misión, debía tener eso en mente. Mas no tenía tiempo que perder en Londres; eso era algo que Dulles debía saber de inmediato. Pero, ¿dónde dejaba eso a Diana? Bueno, él no era su perro guardián. El que él estuviera aquí era mera coincidencia. Por otro lado, Elizabeth le había suplicado que vigilara a la chica. John sospechaba que ella preferiría ver a Diana de regreso en Nueva York, que dejarla sola a un día de su llegada a Londres.

Bueno, ella tendría que modificar sus planes. Telefoneó a la administración.

—Es urgente —dijo—. ¿Podría usted reservarme tres lugares en el primer avión que salga a Nueva York?

—Sí, señor —contestó la empleada—. Hay un vuelo esta mañana, a las diez, que llega a Idlewild esta tarde a las seis, tiempo local. ¿Quiere que pregunte si hay lugares disponibles?

—Estaría muy bien —respondió John—. Ahora, comuníqueme con el hotel Savoy —mientras aguardaba, tamborileó con los dedos sobre la mesa—. Con la señorita Hayman —le dijo a la joven—. Habla su tío. Si tiene que hacerlo, despiértela. Es urgente.

—Hum... Me temo que la señorita Hayman ha salido, señor.

—¿Que ha salido?

—No hace ni diez minutos, señor.

—Pero, ¿adónde?

—No creo que pueda revelarlo, señor.

—¡Por Dios! —gritó John—. Soy su tío, su chaperón. ¿Adónde ha ido?

—Bueno... Ella y la señorita Corliss tomaron el tren-bote a París. Llega a Dover a las diez en punto.

—A París. Ella y la señorita Corliss. ¡Gracias! —John colgó el auricular y fijó la vista en la pared. ¿Dónde demonios se encontraba ahora el diablillo? ¿En París? ¿Deshaciéndose deliberadamente de él?

El teléfono repiqueteó.

—¿El señor Hayman? Tenemos suerte, señor. Hay tres lugares disponibles en el vuelo de esta mañana, los he reservado a su nombre. Puede recoger los boletos en el aeropuerto, pero antes de las nueve y media.

John titubeó. Presumiblemente, podía detener a Diana en Dover, haciendo numerosas llamadas telefónicas o rentando un auto y yendo él mismo hacia allá. Cualquiera de las opciones, significaría perder su vuelo. Y cualquier travesura que Diana y Janice fueran a llevar a cabo, ciertamente, no ponía en peligro la vida de nadie, incluyendo la de ellas. Elizabeth tendría que enviar otro chaperón.

—Está muy bien —dijo—. Pero, después de todo, sólo necesitaré un asiento.

—¡Ah!, Robert —dijo Peter Borodin al muchacho—. Pasa, pasa y siéntate. ¿Quieres cerrar la puerta por favor, Roger? —su sonrisa cambió en un ligero ceño mientras estudiaba el rostro sonriente del joven que tenía frente a sí—. Te ves inusualmente alegre esta mañana.

—Sí, príncipe Borodin. Quisiera, con su permiso, tomarme una semana de vacaciones.

—¿Una semana? ¿Para qué?

—Para ir a París.

—¿A París? Mi estimado jovencito... —el ceño de Peter se hizo más profundo—. ¿Qué tienes que hacer en París?

—Reunirme con Diana. Su sobrina nieta, señor. Ella fue allá esta mañana. Lo supe cuando ya había salido.

—¿Mi sobrina nieta? ¿Fue a París? Bien, bien. Pero dime, ¿por qué te interesa esto a ti?

Robert se ruborizó.

—Yo, bueno... estoy enamorado de ella, señor.

—¿Tú?... —Peter se reclinó en su silla y observó a Corby, quien se encogió de hombros un poco desconcertado—. ¿Cuánto tiempo hace que la conoces?

—Desde anoche, señor.

—Y ya estás enamorado de ella.

—Si, señor, lo estoy. En realidad lo estoy. No he podido dormir pensando en ella. Creo que es la mujer más bella que he conocido en toda mi vida.

—Y una de las más ricas que hayas pensado encontrarte también, ¿eh? Esta vez fue Robert el que frunció el ceño.

—¿De veras, señor? No lo sabía. Sé que su madre es una especie de artista y que ella es su sobrina nieta, pero... —hizo una pausa, bastante desconcertado. Todo el mundo sabía que Peter Borodin vivía de la caridad de amigos emigrados.

—No toda mi familia ha tenido la decisión de luchar —declaró severamente Peter—. Mi hermana se contentó con la riqueza. Su hijo es el padre de Diana y el presidente de Publicaciones Hayman.

—¡Santo Dios! —exclamó Robert.

—No parece que ella se haya enamorado de ti a primera vista —apuntó Peter— escapándose a París.

—Yo creí que ella... bueno me había tomado simpatía —afirmó Robert—. A su amiga fue a la que no le caí bien. Estoy seguro de que ella es la responsable de su salida tan repentina. Pensé que podría ir tras ella...

—¿Y hacer qué cuando las encuentres? Si las encuentras...

—¡Oh! Las encontraré. Sé qué tren tomaron. Y dos muchachas tan lindas... Las encontraré, príncipe Peter. Y cuando lo haga, bueno... voy a pedirle que se case conmigo.

—¿Vas a qué?

—Bueno... —Robert parecía muy avergonzado—. Sé que es su sobrina nieta, señor, y que yo no soy nadie. No tenía la menor idea de que su familia fuera sumamente rica. Por supuesto, si usted considera que no tengo derecho... —dijo mirando fijamente al príncipe.

Peter le devolvió la mirada como investigándolo, en tanto que Corby principió a fruncir el ceño. Él ya había visto antes esa expresión en el rostro de Peter Borodin.

—¿No era tu padre un brigadier? —preguntó súbitamente Peter.

—¡Oh!, no, señor. Fue un mayor en el Royal Army Service Corps. Fue despedido, como usted recuerda, por...

—Sí, sí, sí —respondió Peter—; pero estoy convencido de que hubiera llegado a brigadier al cabo de unos cuantos años si no hubiera sido por aquel desafortunado negocio con binoculares alemanes en el mercado negro. De cualquier modo, no puedes culparte por eso. Ni puedes ir por la vida avergonzándote por los errores de tu padre. Ése no es el camino para subir por la escalera del triunfo. No ciertamente. Y puedo asegurarte que, por sugerencia del señor Corby, te he elegido para trepar por esa escalera —y sonrió.

Robert miró a Corby con sorpresa. Y no encontró la clave en el obvio disgusto de Corby.

—Así, personalmente, no puedo pensar en ningún hombre del mundo al que yo prefiriera tener como marido de mi sobrina nieta. No, no puedo. Creo que debes ir a París. Con mi bendición. Quédate allá todo el tiempo que quieras. Solicítale al señor Corby el dinero que necesites. Diana esperará ser muy bien atendida. Y no te olvides de decirle que tu padre fue un brigadier. En la guerra y en el amor, todo está permitido, ¿eh? Lo principal es que consigas el sí.

—Señor, esto es muy amable de su parte —expresó Robert—. En realidad, no sé qué decir.

—Entonces, escucha —Peter se inclinó repentinamente sobre su escritorio—. No resultará fácil. No estoy hablando de Diana, sino de su familia. Es muy probable que ella pueda corresponder a tu... pasión, pero considero que no puede aceptar tu propuesta, pues sabe que su familia sospechará que no eres más que un caza-fortunas. Eso es lo que ellos pensarán. Puedo garantizártelo. Y no debes olvidar que Diana aún no tiene veinte años. Tal vez no tenga derecho legal a casarse sin el consentimiento de sus padres. En cualquier caso, ellos tratarán de no reconocérselo.

—¡Oh!, podemos esperar su consentimiento —manifestó Robert—. No estoy planeando una fuga.

—Mi querido muchacho, debemos planear una fuga —Peter casi gritó—. Supongamos que Diana te acepta sin titubeos y que les comenta a sus padres lo que pretende hacer. Seguramente, ellos le negarán su permiso. Ella puede jurarles que su amor por ti no morirá, pero ellos se asegurarán de que tú y ella no se vean por un año, un año en el que la rodearán de los mejores partidos en Estados Unidos, hasta que ella se enamore de alguno de ellos. Pero, supongamos que dicen que sí. Puedo afirmarte que son las personas más hipócritas sobre la faz de la Tierra. Lo sé, una de ellas es mi hermana. Muy bien pueden decir sí, sólo para evitar una discusión, y luego comenzar a trabajar sobre ella, haciéndole la vida miserable hasta que rompa el compromiso —Robert lo miraba consternado—. Aquí —acotó triunfalmente Peter— es donde yo entro. Después de todo, sigo siendo la cabeza de la familia. Nadie puede negarlo. Ahora escúchame, Robert, vete a París, encuentra a Diana, cortéjala y conquístala. Tan pronto como lo hayas conseguido, telefonéame a nuestro número en Francia. Yo iré dentro de unos días y esperaré allí, para estar a la mano. Por supuesto, no le dirás a Diana nada de esto. Mi aparición parecerá ser una coincidencia. Telefonéame; aunque te rechace, yo me presentaré y le hablaré para que te acepte. Luego, arreglaremos una pequeña y tranquila boda, tras la cual tú y ella desaparecerán durante algunas semanas para celebrar su luna de miel. Conozco un sitio donde nadie pensará en buscarte. Aunque ustedes estén lejos, yo me pondré en contacto con la familia y les informaré lo que ha ocurrido, les explicaré que el matrimonio tiene mi bendición y haré que estén de acuerdo también. Además, puesto que tú ya llevarás casado algún tiempo cuando puedan dar contigo, no habrá mucho que puedan hacer. ¿Qué opinas de todo esto?

—Pues... que estoy verdaderamente asombrado de que usted vaya a tomarse tantas molestias —el tono de Robert era una mezcla de gusto y desconcierto.

—No te preocupes por nada —indicó Peter—; lo hago por uno de mis muchachos más brillantes y por mi sobrina nieta favorita. No puedo recordar haber recibido mejores noticias en mi vida —se puso de pie, rodeó el escritorio y abrazó al joven—. Estoy verdaderamente encantado. Ahora, ve con el señor Corby, quien te dará los fondos necesarios. Tienes la oportunidad de tu vida, y conquista a Diana —sonrió—. Y, después, llámame por teléfono. Estaré aguardando.

—Temo no haber comprendido, príncipe Peter —el tono de Corby cuando volvió al estudio y cerró la puerta era serio.

Peter le dirigió una sonrisa.

—¿Ya se ha ido Loung?

—¡Oh!, por supuesto. Como un perro con dos colas. Creo que piensa cruzar en el barco que zarpa mañana por la mañana. Pero...

—Hemos puesto a rodar la bola, Roger. Ahora, todo encajará en su lugar.

—Pero... —Corby se sentó—. Usted va a utilizar a Loung...

—Estoy utilizando a Loung en forma tal que, no importa lo que el futuro le depare, por lo menos tendrá algunos días felices para recordar. Pienso que esto es muy hermoso. En realidad, las cosas no habrían podido presentarse mejor. Estoy plenamente seguro del triunfo final.

—No comprendo, señor.

—¿De qué estuvimos hablando anoche, Roger? —le preguntó Peter—. ¿No fue acerca de lo mucho que nos beneficiaría involucrar a los Hayman en nuestros planes? Pues bien, hay más de una manera de involucrarlos.

Corby se le quedó mirando fijamente.

—¿Quiere usted decir... por medio de esa chica?

—El joven Loung cortejará a Diana y se casará con ella. Después, será necesario, como se lo dije, que pasen su luna de miel en algún lugar donde no puedan ser localizados, mientras yo trato con la familia de Diana. Esto significa que debemos ir a un lugar donde a nadie se le ocurra buscar. ¿Por qué no Rusia?

De nuevo, Corby se le quedó mirando fijamente.

—Ya sé que no será fácil —aseveró Peter—. Pero sólo es cuestión de afinar los detalles; solamente los detalles. Se me ocurrió como un relámpago mientras Loung me estaba platicando acerca de su absurdo amor a primera vista. La boda se llevará a efecto en París. Por tanto, la operación iniciará en París. Mejor que mejor. Yo saldré para París dentro de unos cuantos días, pero tú me reservarás boletos para... Gotemburgo, como si fuera a ir a Estocolmo; a continuación, simplemente tomaré el ferry para Calais. Esto implica que incluso en el caso de que John persuada al Departamento de Estado de poner en movimiento a la cancillería, no sabrán dónde hallarme. Ahora, por lo que toca a la joven pareja...

—Visas —murmuró Corby.

—Te dije que he pensado en ello. ¿No está aún el joven Evans entre el personal de la embajada?

—En un lugar muy útil —dijo Corby, moviendo todavía su cabeza, incrédulo.

—Bueno, ponte en comunicación de inmediato con Evans. Por mensajero. Sería mejor si no me involucro allí. Dile a Evans que deseamos que se soliciten inmediatamente visas rusas para Robert y Diana. Proporciónale todos los datos, pero dile que no podemos esperar una semana o más por los pasaportes. Él tiene contacto con aquella mujer en la embajada rusa, ¿no?

Puede arreglar con ella que se expediten las solicitudes, de modo que, cuando los pasaportes estén listos, él pueda enviarlos para que se les pongan las visas en veinticuatro horas.

—Supongo que puede arreglarse —mencionó Corby con cierta duda—. Todavía no veo...

—Después, quiero que vayas a comprarme dos de las maletas de piel más costosas que puedas encontrar. Haz que les pongan en letras repujadas con hoja de oro las iniciales R.L. en una y D.L. en otra. Y tráemelas.

—¿Maletas?

—Mi regalo de bodas para la feliz pareja —le comentó Peter—. Una vez que tengamos las maletas aquí, lo más sencillo del mundo será... prepararlas, ¿eh? Ni Robert ni los aduaneros rusos tendrán una idea de lo que en realidad contienen. Luego, verás partir a Robert y a Diana rumbo a Rusia para pasar su luna de miel. Yo me acercaré a la embajada rusa en París y negociaré la venta de mi información. Sé que habrá poco tiempo, pero, si no consigo obtener la entrada a Rusia con la suficiente rapidez, tendrás que ponerte en comunicación con Dimitri y decirle que se ponga en contacto con Robert, dondequiera que se hospede en Moscú, para que le recoja el material y lo ponga en un lugar seguro hasta mi llegada. El punto es que todo lo que yo necesite esté en Rusia y, eventualmente, yo también lo estaré.

—Príncipe Peter, debo protestar.

—Es un plan estupendo —declaró Peter—. ¡Oh!, si Loung está verdaderamente enamorado de mi sobrina nieta, puede molestarse mucho al descubrir que ha sido utilizado para transportar explosivos plásticos al otro lado de la frontera; tal vez incluso podamos perderlo. Pero esto ya no tendrá ninguna trascendencia. Él no nos traicionará, pues no es un traidor. Y no puede traicionarnos porque no tiene la menor idea de lo que pretendemos hacer. Como ves, Roger, ése es el secreto de mi plan. La mayor simplicidad unida a la mayor determinación. Nadie creerá que sólo quiero cubrirme y cubrir mis ropas con explosivos plásticos antes de entrar en la oficina de Stalin. Es una idea demasiado aterradora para que las mentes ordinarias puedan captarla. ¡Horrible! ¿Qué hay de horrible acerca de ella? Una vez que oprima este detonador, ya no sabré nada más de ella.

—Con todo respeto, príncipe Peter —adujo Corby—, es horrible. Estoy hablando de utilizar a una joven inocente como la señorita Hayman..., ¿puede usted imaginarse lo que le hará la KGB si descubren lo que va en el forro de sus maletas?

—Le preguntarán dónde las consiguió, y no podrá decírselos, ya que no lo sabrá.

—¿Y luego?

—Ellos le meterán un electrodo por ese pequeño y precioso trasero. Le pueden hacer un gran bien. Todos pueden ver que es una mocosa increíblemente echada a perder.

—Pueden matarla, príncipe Peter. O reducirla a tal estado que preferiría estar muerta.

—Hay riesgos que deben correrse —expresó Peter a la ligera.

—Ciertamente, les dirá que usted le regaló la maleta.

—Ése es otro de los riesgos que debemos afrontar. Ningún plan es totalmente seguro. Pero también estás suponiendo las peores posibilidades. ¿Por qué la KGB debería investigar en su equipaje? Y, de cualquier manera, Roger, lo esencial es que los Hayman se vean involucrados. Y ellos involucrarán al gobierno de Estados Unidos, y cuando el globo suba... todo es posible.

Corby se levantó.

—Debo protestar, señor, en la forma más enérgica, pues involucrar a espectadores inocentes no redunda en prestigio de nuestra organización. Además, cuando arriesgamos la salud, incluso la vida de una joven que nada tiene que ver con nuestras metas... a un inocente absoluto...

—¿Quién es tan encantador también para mirarlo? Roger, quizá el joven Loung no es el único que debe crecer. Pensé que anoche había aclarado esto. ¿Cuántos inocentes espectadores supones que se van a ver involucrados si Rusia llega a dejar caer una bomba atómica sobre Nueva York? Por lo que respecta a Diana, puede ser absolutamente inocente, pero su inocencia no podría durar, créemelo. Puede ser que todavía no lo sepa, pero ella ha estado en primera línea desde el día en que nació, sólo por ser nieta de George Hayman. Y mi sobrina nieta. Ha llevado una vida de niñita rica en Estados Unidos durante cerca de veinte años. Bien, déjala salir y pagar un poco por todo ese lujo. Te garantizo que nadie derramará una sola lágrima por lo que le ocurra a Diana Hayman. En realidad, más bien, el pensamiento de verla en una cárcel de Lubianka me atrae.

Corby titubeó, pero sabía que no podría ganar una discusión ética con su patrón porque Peter Borodin sólo aceptaba como algo digno de sostenerse la caída de la Rusia soviética. Suspiró.

—¿No estamos siendo demasiado optimistas al suponer que Loung tendrá éxito en llevar este súbito noviazgo a una venturosa conclusión?

Peter Borodin sonrió.

—Él tendrá éxito. Está persiguiendo a la joven por todo el camino a París para proponérselo. ¿Qué idiota romántica podría resistir eso? Y Diana, ciertamente, es romántica. ¿O no lo crees así, Roger?

Diana Hayman se arrojó sobre la enorme cama doble y se quitó los zapatos.

—Sinceramente —manifestó—, jamás me he aburrido tanto en mi vida.

Janice Corliss había llegado a meterse directamente en la tina del baño; en junio, París era caluroso y bochornoso. Ahora, estaba de pie en la puerta de un amplio baño para contemplar a su amiga, a cierta distancia, puesto que el cuarto de baño estaba a una escala desmesurada. Se estaban hospedando en el hotel George V, en la calle George V, que conectaba con los Campos Elíseos mediante el dique del Sena. Simplemente, a Diana Hayman no se le había ocurrido ir a parar a ningún otro lugar; el George V podría compararse con el Savoy en mobiliario y servicios, un poco más amplio, y como el Savoy, era donde sus padres solían hospedarse cuando estaban en Europa.

Estirando un poco el cuello desde la ventana, podían apreciar la Torre Eiffel; caminando unos cincuenta metros en dirección contraria, podían admirar el Arco del Triunfo; la noche anterior, habían estado en el Lido, la mañana la habían ocupado en hacer compras y después habían disfrutado de una costosa comida en un restaurante del bulevar. Ahora, iban a descansar durante un par de horas antes de ir a cenar al Maxim's, y mañana por la noche tenían programado ir al Moulin Rouge. Aún no habían principiado a explorar la Isle de la Cité o la Catedral de Notre Dame ni habían pensado en subir a la colina del Sacre Coeur o a la misma Torre Eiffel y, por supuesto, aún no habían visitado el Museo del Louvre; y ella sabía que Diana estaba planeando una excursión a Versalles en un futuro próximo.

—¿Aburrida? —preguntó.

—Bueno... París es tan romántico —contestó Diana— Quiero decir anoche, observando todos esos senos desnudos... debería haber sido excitante. Hubiera sido excitante, si hubiera habido por allí un hombre.

—Remedios como éste se conocen como pavo frío —espetó Janice, envolviéndose en una de esas grandes batas de baño proporcionadas por el hotel y dirigiéndose hacia la ventana—. De repente, una mañana, te despertarás y dirás: "¿Qué vi en los hombres?"

Diana se levantó apoyándose en el codo, con ojos llenos de melancolía.

—¿Quiero sentirme así?

—Para empezar, te diré que sí —Janice le dirigió una sonrisa—. Porque sólo sí te sientes así podrás mirarlos de manera objetiva y decidir cuál de ellos te gusta en realidad, sin que el sexo se interponga en el camino. Es obvio que probablemente no puedas amar a un hombre hasta que sepas primero si te gusta.

—Esto es ridículo —expuso Diana—. Sólo Dios sabe lo que les sucedería a todas las grandes novelas si las mujeres se comportaran en verdad en esa forma lógica cuando se enamoran.

Janice suspiró y, no hallando brisa ni siquiera en la ventana abierta, agitó la bata de baño abriéndola y cerrándola en un intento por ayudar al proceso de secado.

—Y yo que realmente pensé que estabas dándole vuelta a una nueva página. Fuiste tú quien desairó a aquellos jóvenes anoche.

—Bueno, mi francés no es muy abundante, y estaba cansada. De cualquier modo, no quiero hacer el amor con cualquiera, Jan, no importa lo que pienses. En realidad, quiero hacer el amor con Robert.

—¡Oh, no volvamos a lo mismo!

—En este momento, yo debería estar en sus brazos —indicó Diana pensativa—. Sé que él estaría haciendo ahora algo especial. Diferente. Algo, ¡oh!... fabuloso.

—Sabes que eres una ninfómana —dijo Janice.

—No lo soy, pues no existe tal cosa. Estuve leyendo un libro acerca de eso en el barco. Soy extremadamente sexual y eso no es un delito.

—Exageradamente sexual.

—Pudiera ser; pero, como sabes, eso tampoco es infrecuente. Aunque, por supuesto, muy pocas mujeres lo admitirían. El caso es que me siento, en este preciso instante, absolutamente desolada —se sentó—. ¡Jan!, haz el amor conmigo.

Janice se había vuelto de espaldas a la ventana. Ahora veía toda la habitación de nuevo.

—¿Hacer qué?

Diana se estaba desvistiendo con gran rapidez.

—Lo necesito. Me estoy volviendo loca pensando sólo en Robert. Muy bien, tú dices que no puedo tenerlo. Entonces, debes tomar su lugar. No puede ser cualquiera, Jan. Debe ser alguien a quien en realidad yo ame. No quiero que sea una cosa ordinaria. Tiene que ser algo diferente. Fabuloso. Estoy convencida de que lo será entre tú y yo. Sólo déjame tomar un baño antes.

Janice, con la boca abierta, observó a su amiga que entraba al cuarto de baño, y sin embargo, no se sorprendió mucho, aun cuando sabía que Diana no estaba bromeando. Diana rara vez bromeaba.

Eso era algo que ella había estado viendo venir desde los últimos cuatro días. Pensaba que el detonador había sido el encuentro de Diana con su gran tío. Diana y aquel anciano se habían disgustado mutua e instantáneamente. Eso era evidente. Odio como ése a menudo se disfraza de enorme atracción, que ambas partes pretenden rechazar. Janice Corliss, filósofa. Pero invertía gran parte de su tiempo observando la vida, en particular la de Diana, y podía decir que ésta había sido excitada por el viejo sinvergüenza. No sexualmente, por supuesto, sino emocionalmente. Él era una reliquia de aquel pasado considerablemente romántico que colgaba sobre su familia como una nube. Y, a diferencia de las fotografías en un álbum, o de los recuerdos después de la tercera copa de brandy, él era demasiado real. ¿Qué clase de sentimientos podía haber suscitado él en alguien tan insegura de sí misma como Diana?, porque Janice sabía lo insegura que Diana era, por su aire de gran suficiencia, la forma en que podía dominar tan fácilmente una conversación o a otra personalidad. Diana jamás estaba segura de si era una princesa rusa de incógnito o una muchacha estadounidense que representaba un papel. Sabía que era extraordinariamente rica, pero no valoraba lo que ello significaba; gastaba dinero como agua, sólo porque no comprendía su valor. A pesar de eso, ella deseaba vivir como cualquier otra chica de diecinueve años; su vida era una mezcla absurda de ganas de poseer Ferraris y de comer hamburguesas en cualquier fonda.

Y, sobre todo, quería ser amada, físicamente, para ser acariciada, constantemente como un gato, pues jamás había conocido la realidad. Y porque, sospechaba Janice, le tenía miedo a la realidad. Su serie de aventuras no había sido ocasionada por defectos en los hombres, como Diana pretendía, sino por su propio miedo a rendirse, a dejar de buscar al amante perfecto, quizá al amante modelo, demasiado pronto. Pero cada búsqueda tenía que terminarse. De aquí su desagrado de tener que huir de Robert Loung.

Diana era totalmente amoral. Janice estaba segura de ello, simplemente porque en realidad nadie le había enseñado valores morales. Su notable familia había supuesto que un Hayman nacería con valores morales, aunque todo el tiempo llenaba la cabeza de los hijos con recuerdos de su pasado más inmoral, principiando con las escapadas de la abuela Ilona. Y, por mucho que Diana pretendía rechazar todo esto, Janice sabía que había absorbido una gran cantidad de ello. Lo más desastroso de todo había sido el episodio cuando su madre la había sorprendido a ella y a Richard Mailing y sencillamente había salido de la recámara, sin haber comentado nada, según Diana. Entonces, ¿qué moralidad a los diecisiete años?

Sin embargo, Diana siempre había deseado mantenerse dentro de ciertos límites. Janice se había estado dando cuenta poco a poco de eso durante las últimas cuarenta y ocho horas, simplemente estando en su casa. Diana estaba confundiendo el amor con la búsqueda de sensaciones, y siempre lo había hecho así, aunque permanecía emocionalmente fría y narcisistamente enamorada de su propio cuerpo. Pero, en Nueva York, donde había crecido, sus deseos más profundos habían sido mantenerse vigilada, tal vez inconscientemente, pero con mucha efectividad. Al otro lado del océano, tales controles ya no pudieron mantenerse más tiempo.

Resultaba sugestivo determinar que lo que Diana en realidad requería era encontrarse con alguien que tomara sus emociones lo mismo que su cuerpo y los hiciera pasar por el escurridor. Aunque, incluso entonces, Janice sospechaba que la otra persona sacaría la peor parte. Ciertamente, un joven educado como Robert Loung la sacaría.

Y ése era su problema, suponía ella, al menos por lo que durara este viaje. Además, ¿no se habían aflojado un poco sus inhibiciones estando en París?

—Me siento… viva —afirmó Diana, de pie bajo el agua de la regadera, con el cabello apretado dentro de una gorra de plástico.

Janice estaba en la puerta.

—Haré lo que quieras que haga, Di —aseguró—, si es lo que quieres —Diana cerró la llave del agua y Janice rápidamente añadió una cláusula—. Pero no sé nada de ello. Quiero decir, de lo que pasa.

—¡Por el amor de Dios! —expresó Diana, sacudiendo su cabello.

—Quiero saber si tú deseas que yo te lo haga o tú quieres hacérmelo a mí, o qué.

—Pienso —dijo Diana—, que debemos dejar que las cosas tomen su curso. Yo pondré mis brazos alrededor de ti, así… —su cuerpo estaba húmedo y Janice acababa de secar el suyo, pero se mordió los labios y guardó silencio—. Y oprimimos nuestros pechos uno contra el otro, y nos besamos… oh, mmmm… —el teléfono repiqueteó—. ¡Oh, Jesucristo! —Diana soltó a Janice, se dirigió a la mesilla y alzó el auricular, mirando a su amiga con ojos ardientes, que de repente parecieron arrojar fuego—. ¿Aquí? —inquirió elevando la voz—. ¡Oh, dígale que suba! —colocó el auricular en su lugar—. ¡Robert! —exclamó—. ¡Robert! —gritó—. Está aquí en París, nos siguió y nos encontró. Va a subir. ¡Oh, él me ama, Jan! Me ama real y verdaderamente.

—Y, por tanto, tú vas a corresponder a ese amor —hizo notar Janice, con una mezcla de disgusto y tristeza, mientras volvía a ponerse su bata de baño—. Aunque sea brevemente.

—¡Oh, sí! —contestó Diana—. ¡Oh, sí!

—Pese a haber recorrido todo este camino para parar en esto.

—Recorrí todo este camino para encontrar algo, Jan —aclaró Diana—. Y pienso que ya lo he encontrado. ¡Oh, sí! He encontrado lo que quería —le envió un beso a su amiga—. Así que voy a tomarlo.

CAPÍTULO V

—CIERRA LA PUERTA —ORDENÓ JOSEPH STALlN—. Y DESPUÉS toma asiento, camarada.

Anna Ragosina obedeció, consciente de que su corazón estaba un tanto alterado. Ello no se debía sólo a que este hombre, su jefe, fuera, posiblemente, el individuo más poderoso en el mundo; sino a que era la primera vez que estaba a solas con él. En realidad, lo había visto unas cuantas veces en su vida. La primera fue cuando él le prendió sobre su blusa la medalla de Heroína de la Unión Soviética en 1945; la segunda, cuando le ordenó detener a Iván Nej, tras la extraña muerte de la esposa de éste en un accidente automovilístico, pocas semanas antes. La tercera, cuando la designó para dirigir la operación estadounidense. Cuando retornó de dicha misión —victoriosa, al menos según su propia opinión—, fue llamada a su oficina en varias ocasiones, pero, como ella sabía ahora, ya había perdido su favor debido a sus indiscreciones durante su estancia en Washington. Y, la última vez que lo vio, él la envió exiliada a Tomsk.

Anna había vuelto por órdenes suyas desde hacía tres meses, pero ésta era la primera ocasión que había enviado por ella. Anna sabía que, con el tiempo, esto tendría que suceder. Se había preparado para ello y aún se sentía sin aliento.

Anna cruzó las piernas y aguardó.

—Has estado retirada por algún tiempo —señaló Stalin—. No te he buscado antes deliberadamente, pues quería que tuvieras la oportunidad de echar una mirada alrededor y de sacar algunas deducciones, y porque no deseaba que... iah!, la oposición sospechara que mis motivos para reinstalarte en tu antiguo puesto tuvieran que ver con algo más que la apropiada decisión de poner fin a tu exilio —sonrió—. Lo que, en primer lugar, fue tal vez una sentencia demasiado dura. ¿Me comprendes?

—Por supuesto —respondió Anna.

—Pero una sentencia, un exilio, del que tú, como de costumbre, has salido triunfante —prosiguió Stalin—. Jamás te he visto de mejor aspecto. O más amable, Anna Petrovna.

—Gracias, Joseph Vissarionovich.

¿Él estaba haciendo una primera jugada sexual? Ella sabía muy bien que de lo que Stalin dijera o aparentara decir podía esperarse cualquier cosa.

—Dime, ¿cómo está la situación en Lubianka?

—Tensa —contestó ella.

—Y, ¿cuál es tu opinión?

Anna sólo titubeó un segundo.

—Sin duda, el camarada Beria es un hombre ambicioso que busca la muerte en beneficio propio.

—¿Lo suficiente para desear apresurarla?

—Yo diría que sí.

—¿Tienes alguna prueba?

—Aún no —indicó Anna—; pero la buscaré, se lo aseguro.

Stalin se reclinó dando un suspiro.

—Eres un tesoro, Anna Petrovna. Como sabes, Iván Nikolaievich todavía no ha conseguido decir nada definitivo. Iván Nikolaievich —sin advertirlo, sus ojos se cerraron y apenas si parecía respirar. Podría haber caído en un profundo sueño.

Anna se percató de que ella misma empezaba a fruncir el entrecejo y rápidamente serenó su frente. Aquí había una posible oportunidad de promoverse y de denigrar a Iván, y no pensaba perderla, sin importarle lo cansado que Stalin pudiera estar.

—Iván Nikolaievich tiene otras cosas en su mente, Joseph Vissarionovich —aseguró Anna.

Los ojos de Stalin se abrieron aunque con renuencia.

—¿Qué otras cosas?

—Su primera prioridad parece ser la de lograr el intercambio de su hijo, Gregory, el traidor que fue la verdadera causa del derrumbamiento de mi red estadounidense.

Ahora los ojos de Stalin estaban definitivamente abiertos.

—Recuerdo a Gregory Nej —expuso—; pero siempre tratamos de llevar a cabo su intercambio y los estadounidenses no se mostraron interesados.

—Le he dicho eso a Iván Nikolaievich —adujo Anna—, pero no me ha escuchado. Me temo que le vaya a dar una prioridad mayor a eso que al asunto relacionado con el camarada Beria.

—Es una lástima —suspiró Stalin—. ¿Estás diciendo que Iván Nikolaievich no ha podido enfrentarse a la vida en Tomsk como tú lo has hecho?

Anna sonrió.

—Iván se conservó cuerdo sólo porque yo estuve a su lado.

Stalin la revisó somnolientamente. Después, expresó:

—Debo pensar que tú mantendrías cuerdo a cualquier hombre mientras estuvieras a su lado, Anna Petrovna. ¿Tienes alguna idea de cómo se las ingeniará Iván Nikolaievich si los estadounidenses no se muestran interesados?

—Mucho me temo que intente secuestrar a alguien por cuya recuperación los estadounidenses estén dispuestos a pagar.

—¿Existe aquí en Rusia tal persona?

—No, Joseph Vissarionovich —aclaró Anna. No quiso hablarle de la fotografía que, evidentemente, jamás abandonaba el bolsillo de Iván. Sí éste era lo suficientemente loco como para tratar de raptar a una Hayman, ella ni siquiera quería saber nada del asunto, hasta que se efectuara; por instrucciones de Iván, ella había raptado a Ilona Hayman en Varsovia, veinte años atrás. Y aquello le costó cinco años en un campo de concentración.

—Hum, mantén un ojo sobre Iván Nikolaievich, Anna Petrovna. Puede ser que yo haya cometido un error al tratar de reinstaurarlo en su antiguo puesto. Puede ser que ya no tenga edad para ello. Averigua si es así o no. Infórmame, aquí, personalmente, cuando tengas algo en particular que decirme. Ahora, dame tu mano.

Anna frunció el entrecejo, pero se inclinó sobre el escritorio y le tendió la mano, y tuvo que hacer un gran esfuerzo para no retirarla: los dedos de Stalin eran como bloques de hielo.

—Recuerda que fui yo quien te trajo de vuelta, Anna. Y que soy yo el que puede enviarte de nuevo. Pero también soy yo quien puede elevarte a las alturas con las que siempre has soñado. Sólo yo puedo hacer eso. Apórtame pruebas de lo que Beria pretende y dale a Iván cuerda suficiente para que él solo se cuelgue. Haz todo esto por mí, Anna, y la KGB será tuya. ¡Recuérdalo! Sólo yo puedo darte esto. Cualquier otro en el Politburó te odia y te teme. Así que, si deseas triunfar, no me falles.

Lentamente, Anna retiró su mano.

—¿No crees que yo haría todo esto por el bien de la patria, Joseph Vissarionovich?

Stalin sonrió.

—No, Anna Petrovna, no lo creo. Tú harás todas estas cosas por el bien de Anna Petrovna Ragosina. Y por temor a mí; pero se que las harás.

Aunque Anna era soltera, y tenía toda la intención de permanecer así, se le había dado, como a un comisario veterano, uno de los departamentos de tres piezas en el edificio que se ubicaba en la orilla sur de Moscú. Ése era su castillo, la única prueba tangible de su posición privilegiada. Era un mundo extremadamente privado, en el que nadie era admitido y en el que sólo vivían su gata, Tabasco, y ella misma. Tabasco era una reliquia del pasado: era una gata estadounidense, adquirida cuando su ama había tenido un lujoso —para los niveles rusos— departamento en Washington, D.C. como miembro del personal de la embajada. Aquellos tres años fueron los más felices de la vida de Anna y, el hecho de que hubieran finalizado en desastre, no los volvía menos felices vistos a distancia. Y, de cualquier modo, ella había podido tener consigo a Tabasco en Tomsk, y después, traerla también consigo. Las dos se comprendían y se adoraban mutuamente.

Los placeres de Anna eran pocos. En Estados Unidos había sucumbido a los señuelos de la televisión y de las comidas instantáneas envueltas en papel de aluminio. De éstos, sólo la televisión estaba disponible en Rusia —como comisario veterano, era una de las pocas personas que contaban con un aparato—, pero los programas eran insuperablemente aburridos. A Anna le agradaban las comedias y el beisbol, y sobre todo, el futbol americano. Los programas de noticias la aburrían, pues las noticias jamás informaban lo que en realidad estaba ocurriendo, sino sólo lo que el gobierno decía que estaba sucediendo, por lo menos en Rusia; el ballet y la música le parecían decadentes. Pero, siquiera, ahora que estaba viviendo de nuevo en Moscú, podía, una vez más, permitirse uno de sus mayores placeres, otra reliquia de los tres años pasados en Washington. En esa época, nunca había portado un uniforme, pues parte de su papel como secretaria en la embajada era aparecer tan frágilmente femenina como fuera posible.

Habiendo sido entrenada en la KGB, habiendo aprendido a matar a un hombre con tres golpes bien dirigidos de sus acerados dedos mucho antes de que hubiera aprendido a hervir un huevo, había quedado un poco sorprendida e incluso perturbada por el placer que había hallado en aquel nuevo papel, por la delicia que había descubierto en la ropa interior de encaje, en los preciosos vestidos ligeros, en los bolsos de mano y en los zapatos de tacón alto. Éstos eran lujos que había decidido no descartar jamás, y se había llevado consigo a Tomsk su guardarropa. Pero, allí, la ropa le había proporcionado muy poco placer. Tomsk era demasiado pequeño y ella, demasiado conocida. Aun con vestido de verano y tacones altos, Anna Ragosina era aún Anna Ragosina. Aquí, en Moscú, las cosas eran distintas. Oficialmente, nunca se había divulgado que ella había vuelto, como tampoco jamás se había comunicado que hubiera sido desterrada. De cualquier forma, no mucha gente en Moscú la había visto o sabía cómo era. La mayoría, eran integrantes de la KGB como ella, que nunca la delatarían; las otras eran personas que ella había tenido en sus celdas en Lubianka; y ninguna de ellas andaba por allí para descubrirla. En las calles de Moscú, y en especial sin uniforme, era totalmente anónima.

Y era pleno verano. Así, todas las tardes, cuando salía de Lubianka, Anna iba a su departamento, se quitaba la blusa y la falda de color verde oscuro y las igualmente desagradables bragas de dril verde —no se consideraba necesario que los miembros femeninos de la KGB llevaran sostén, pues el peso de la blusa aplastaba todo lo que hubiera debajo—, arrojaba las botas y colgaba el cinto para el revólver, se bañaba... y a continuación, con todo cuidado, se colocaba la ropa interior de encaje, sus medias de nailon y pequeños zapatos de tacón alto, añadía un vestido ligero de nailon de color crema, rosa o azul pálido —transparente cuando se veía contra el sol— con volantes, con corpiño de cucú, y salía a dar un paseo. Sabía que despertaba mucho interés y que, sin duda, provocaba muchos comentarios. Pero lucía su ropa y caminaba y se movía con tal arrogancia que, incluso los jóvenes, tenían miedo de acercársele, aunque sus mayores, más astutos, cometían la equivocación usual de suponer que tenía unos diez años menos que los que en realidad tenía y llevaban su error más adelante y suponían que era la amante de algún comisario muy importante. Anna disfrutaba de ello, ya que, en realidad, le hubiera gustado ser la amante de alguien como Stalin o Molotov o Michael Nej. Este último la había impresionado.

En alguna ocasión, Anna había supuesto que iba a ser precisamente eso: una amante. Hasta que había descubierto que Iván Nej no era más que un pequeño hombre y que siempre lo sería.

Pero la ilusión, creada en tantas mentes, no era muy distante de la realidad. Sus paseos eran la mejor parte de sus días y, mientras caminaba, podía pensar, sin temor a que la interrumpieran.

En particular, pensaba en cosas agradables y pasajeras, como en hombres. Si no podía ser la amante de Stalin, entonces ya era tiempo de que se consiguiera un amante. Y esto no porque sintiera necesidad de ser amada, aunque gozaba del acto físico, sino debido a que le gustaba poseer, observar cómo un hombre caía de rodillas, enamorado de su belleza y de su sensualidad. En su tiempo, cuando poseía el completo poder sobre la vida y la muerte de aquellos desafortunados que habían caído en sus garras, había podido poseer mujeres lo mismo que hombres, y había disfrutado ambos sexos. Pero menos con las mujeres, porque éstas se rinden con facilidad. Tenían umbrales físicos menores para el dolor real. Los hombres trataban de sostenerse; no podían, mas hacían el intento.

El hecho era que, en tres años, no había tenido un amante interesante de cualquier sexo. En Tomsk, no podían encontrarse amantes interesantes y, de hecho, no podía obtenerse ningún placer de esa blusa vieja de Iván Nej, ni en la cama ni fuera de ella. Ella sentía una necesidad. Por supuesto, tendría que ser probablemente alguien de la misma KGB, algún teniente joven y vigoroso que quedara en éxtasis al ser notado por Anna Ragosina y lo suficientemente viril como para satisfacer su enorme lujuria, y al mismo tiempo, suficientemente inexperto para llorar o incluso suicidarse cuando ella le dijera que bastante era bastante. Pero ese hombre debía ser elegido con cuidado... pensó mientras caminaba.

Porque otros pensamientos seguían imponiéndose. Pensamientos importantes. Y bastante espantosos. Emanaron de la sensación al tocar la mano helada de Stalin y de su obvia extinción. Anna no sabía si Beria había intentado envenenar al anciano o no el último invierno; pero, ciertamente, sabía que pronto moriría de algo.

Y ¿después? "Los otros miembros del Politburó te odian y te temen", había declarado, y ella sabía que eso era verdad. Iván y, a través suyo, ella misma, eran vistos como reliquias de los años treinta y de las purgas, y aun antes de entonces, de la eliminación masiva de los kulaks, aquellos granjeros que se habían atrevido a sacar ventajas personales. Ambos habían actuado, en aquellos dos casos, por órdenes de Stalin, y en esta forma se habían irrevocablemente identificado con el dictador y sus políticos. En Rusia había hombres, como Malenkov y Khrushchev, en los peldaños más elevados del partido y, de hecho, posibles sucesores, que pensaban que esos políticos habían estado equivocados y que no habían conseguido otra cosa que haber dado al mundo una imagen de la brutalidad soviética. Había hombres que pretendían liberalizar el régimen —aunque sólo fuera ligeramente— y llegar a un acuerdo con el Occidente, más que percibirlo como a un enemigo perpetuo. Ésa era una peligrosa desviación en el pensamiento leninista que Anna, personalmente, no deseaba considerar. Pero no podía haber duda de que, con el tiempo, afectaría su personalidad. Si Malenkov o Khrushchev iban a relevar a Stalin, no dudaba ni por un instante de que su primer acto sería acabar con Anna Ragosina e Iván Nej. Y sólo había una manera segura de lograr eso: un paredón y un pelotón de fusilamiento.

De repente, Anna sintió frío en una calurosa noche de verano. El pensamiento, que había estado tratando de entrar en su mente desde antes de su entrevista con Stalin, se apoderó súbitamente de ella. Él le había prometido la luna si le mostraba pruebas de la traición de Beria. Anna se había comprometido a brindárselas, aunque tuviera que fabricarlas. Pero, ¿con qué fin, si Stalin muriera dentro de un año y otro tomara su lugar?

Aunque Michael Nej o Molotov tomaran el poder, ella estaba liquidada, primero porque eran mucho más jóvenes que Stalin y, segundo, porque la odiaban tanto como cualquiera.

Anna se percató de que estaba inmóvil, observando a la gente que pasaba junto a ella, sin mirar a nadie. Se había imaginado que el mundo estaba a punto de caer en sus manos. Y todo el tiempo se había estado cayendo a pedazos bajo sus pies. No obstante, ¿qué iba a hacer ella? No darle a Stalin lo que él quería y no aceptar su recompensa significaría, por lo menos, otro exilio en Siberia. Darle lo que quería y aceptar su recompensa, ¿significaría prepararse a morir en un par de años a lo más?

La que tenía que hacer era una elección imposible.

—¡Anna! ¿Anna Ragosina?

Ella se volvió. En ese momento, alguien había quebrantado las reglas y la identificó en la calle.

Anna miró al intruso con un gran disgusto que lentamente fue pasando a incredulidad.

—¿Anna? —volvió él a preguntar, contemplando su vestido y sus tacones altos—. ¿Realmente eres tú?

—¿Nikolai? —preguntó ella a su vez—. ¿Nikolai Ivanovich?

Nikolai Nej dio un paso hacia ella y luego se detuvo, mirando a diestra y siniestra a los transeúntes que se mostraban interesados en el diálogo. Se parecía mucho a su padre, por su baja estatura y sus facciones agudas, y por su indecisión. Pero Anna no estaba dispuesta a enojarse con Nikolai Nej.

—Aquí no —señaló ella—. ¿Tienes algún departamento?

Otra vacilación.

—Lo comparto con otros dos.

Le tocó el turno de dudar a ella. Pero era una oportunidad muy buena como para desperdiciarla. ¡Nikolai Ivanovich Nej! Era hijo de Iván y de la primera mujer de éste, Zoé Geller. Por lo que Anna recordaba, en realidad, Iván había tenido dos hijos de su primera mujer. Pero los había dejado desaparecer con su madre en el torbellino de la revolución; para él, Zoé Geller, la hija del maestro de escuela rural en Starogan, ya no era de utilidad, pues estaba decidido a poseer a Tatiana Borodina, y se había acostumbrado a decirle a todo el mundo que Zoé estaba muerta, como lo estaría con el tiempo, aunque no hasta después de que Iván se había convertido en bígamo al casarse con la hija de su amo. Lo que le había sucedido al hijo mayor, nadie había podido descubrirlo aún. Sin duda, como su madre, había sido uno de los diez millones que habían fallecido de hambre o de enfermedad durante la guerra civil. Como tampoco a nadie le había importado lo que le había acontecido al hijo menor, condenado a crecer en un orfelinato estatal, como había ocurrido con Anna. Pero su orfelinato, a diferencia del de ella, había sido para los niños abandonados por los miembros del partido, lo que había representado la diferencia en lo que respecta a su destino.

Se habían conocido a principios de los años treinta, cuando Anna había estado trabajando por primera vez para Iván, y Nikolai había sido un vehemente jugador de ajedrez. Él era uno o dos años mayor que ella, pero para entonces Anna había aprendido a odiar a su depravado Svengali. Seducir a su hijo le había parecido una especie de desquite natural, casi inevitable, especialmente puesto que Nikolai también odiaba a Iván. Pero, poco tiempo después, había ocurrido su primera desgracia y sus primeros cinco años en un campo de trabajos forzados. Había visto brevemente a Nikolai cuando ella había retornado, poco antes del inicio de la gran guerra patriótica; luego, ambos habían sido sorprendidos por los acontecimientos. Desde entonces, Anna había supuesto que Nikolai había muerto. Pero aquí estaba, con apariencia andrajosa, aunque en perfecto estado de salud y continuaba siendo hijo de Iván Nej, un hombre que todavía odiaba a su padre tanto como ella, y aún estaba sano y viril... y, puesto que sabía ya muchas cosas de ella, era un hombre con el que ella podía descansar.

Podía haber sido hecho a la medida.

—Entonces, iremos a mi departamento —decidió Anna—. No te preocupes, no lo comparto con nadie, excepto con mi gata —a Anna no se le ocurrió permitirse una pequeña plática o coqueteo. Sabía lo que quería, y aquí estaba el hombre que podía satisfacer ese deseo.

Pero él se mostraba titubeante.

—Estoy en camino del Club Campestre de Ajedrez. Hay un torneo.

—¿Aún te gusta el ajedrez?

Él sacudió la cabeza.

—No en los grandes torneos. Jamás llegué a ser maestro. Soy periodista.

—Entonces, puedes tomarte la tarde, por una vez —ella lo tomó de la mano, como cualquier chica con su galán; Anna realmente disfrutaba de estos gestos—. Creí que estabas muerto —expresó ella cuando caminaban sobre el pavimento, mientras los corazones latían como anticipando lo que habría de venir—. ¿No fuiste reportado como desaparecido en Krusk?

—Fui hecho prisionero.

Ella volvió la cabeza.

—¿Fuiste prisionero de los nazis?

—Durante dos años —él interpretó correctamente su mirada—. No fue sencillo.

—Estabas muerto —dijo ella— y has resucitado. Estoy muy contenta de verte, Nikolai.

—Pero tú... Leí lo que hiciste en el Pripet y cómo te convertiste en la heroína de la Unión Soviética. Pero, después... Intenté encontrarte y ya te habías ido. Dijeron que te habían enviado a Crimea. No obstante, cuando me las ingenié para ir allá el año pasado, tampoco estabas allí.

—Asuntos de Estado —indicó Anna—. He tenido varias misiones en el extranjero.

—Y has prosperado, como siempre —aseguró él con admiración y suspiró—. Supongo que todavía ves mucho a mi padre.

—Aún trabajamos juntos —expuso Anna con cautela.

—Y él está...

Anna lo empujó hacia el ascensor.

—Él está bien, Nikolai Ivanovich. Viejo, pero bien.

—¿Habla alguna vez de mí?

—No —contestó ella. Anna no deseaba que hubiera una reconciliación entre ambos. Además, Iván jamás hablaba de él. El ascensor se detuvo y ella lo condujo al vestíbulo y abrió su puerta—. No te traje a mi casa para que habláramos de tu padre. Quiero que sepas que eres el primer hombre que entra en mi casa desde que vivo aquí.

—Anna... —Nikolai la siguió adentro y lanzó a su alrededor una mirada de admiración y envidia—. Que me recuerdes y todavía desees...

—¿Cómo podría olvidarte alguna vez? —inquirió ella y se plantó frente a él para tomarlo en sus brazos, y lo besó lenta y persistentemente—. Te he esperado, Nikolai Ivanovich, durante años.

—No puedo creerlo —expresó él—. No puedo... ¿qué es ese ruido?

—Tabasco. Está encerrada en la recámara y espera que le lleve su comida. La sacaremos y, en su lugar, nos encerraremos nosotros en mi habitación —Anna tomó a la gata, le dio su plato con leche, la sacó de la recámara y se quitó su vestido, el que cuidadosamente guardó en el armario.

—Anna —dijo Nikolai—, pareces de película. Esas ropas...

Anna se paseó ante él con su ropa interior de encaje.

—E incluso tengo whisky escocés —anunció y regresó a la estancia para traer la botella y dos vasos—. Tengo todo, excepto a ti. Pero ahora también te tengo a ti.

—Anna... —Nikolai la besó otra vez—. Anna. ¡Dios mío! —la retiró de él—. Me han mordido —se sentó en la cama, se quitó los zapatos y se bajó los calcetines para observar la sangre que brotaba de su tobillo—. ¡Madre santa!

Como muchos rusos, pensó Anna, en los momentos de depresión él retornaba a su pasado religioso, olvidado desde hacía mucho tiempo.

—Debe haber regresado cuando abrí la puerta —Anna levantó a Tabasco—. ¡Gatita traviesa! —la sacó nuevamente y cerró la puerta—. Es muy celosa —se arrodilló junto a él, movió sus manos, tomó su pie y chupó la sangre.

—Te la tragaste —mencionó consternado.

—¿Por qué no? Tabasco tiene los dientes muy limpios —Anna le besó los dedos de los pies—. ¿Y un poco de sangre va a impedir que me tomes en tus brazos? —Anna se sentó junto a él—. Pronto te morderé yo también.

—¡Dios mío, Anna! —susurró Nikolai—. ¡No sabes cómo te he extrañado...! —sus dedos estaban desgarrando el encaje y ella rápidamente desabrochó su sostén y se quitó la ropa. En Moscú, eran irremplazables esas medias de nailon que ella estaba dispuesta a sacrificar cuando rodaron juntos sobre la cama...

Tras haber disfrutado de Nikolai, como siempre lo había hecho, hubo una relajación completa. Estaba contenta de poder pensar en él por unos cuantos segundos. Nikolai era un personaje extraño, uno de los hombres más gentiles y menos agresivos que había conocido. Era difícil imaginárselo en un ejército y mucho menos pensar que había podido sobrevivir dos años como prisionero de la ss. Su adoración por ella no era menos rara. ¿No sabía que había matado y que continuaría haciéndolo? Si no lo sabía, tenía que ser un perfecto inocente. Si lo sabía, no parecía preocuparle mucho.

Nikolai podía mantenerla feliz hasta que ella hallara algo mejor, y Anna podría regresar a Iván al mismo tiempo... Aún pensaba que podría decirle a Iván la próxima vez que él quisiera hacerle el amor que acababa de venir de los brazos de Nikolai y que estaba, por tanto, satisfecha. Iván no podría ahora causarle daño; no mientras estuviera cerca de Stalin y fuera tan importante para él.

Anna se quedó sentada cubierta de un sudor frío y Nikolai la hizo rodar de nuevo con un gruñido. Durante un momento, ella se había olvidado de la situación.

—¿Anna? —preguntó Nikolai—. ¿Qué te ocurre?

Ella lo miró, pero no vio su rostro, pues, de repente, la respuesta fue transparentemente obvia. Debe haber sido obvia todo el tiempo, sólo que Anna no había caído en la cuenta de ello. Podía agradecer a este descanso sexual el haberle aclarado la mente. Podría tener la esperanza de sobrevivir sólo si el hombre que reemplazara a Stalin fuera tan despiadado como él para que las cosas prosiguieran como estaban y tuviera, asimismo, tanto que agradecerle a ella, que le diera el mando de la KGB. Ésa era su única esperanza.

Y, por supuesto, sólo había un hombre en Rusia que pudiera y quisiera hacer eso.

—Hey, Anna —Iván Nej se reclinó en su asiento y colocó los pies sobre la mesa—. Entra, entra.

Anna entró en la oficina más suspicazmente que cuando había entrado en la de Stalin, unos cuantos días antes. Pensaba que Iván debía haber descubierto que, de nueva cuenta, se estaba viendo con Nikolai, lo que era molesto; ella había decidido decirlo hasta que estuviera preparada. Además, era igualmente incómodo ser llamada a su oficina, como si ella fuera algún empleado subalterno. Pero la enemistad paciente era uno de sus grandes valores en la profesión. Los días de Iván ya estaban contados. Cerró la puerta y se sentó.

—¿Qué opinas de esto? —Iván le arrojó un periódico doblado. Era un diario sueco y Anna no hablaba este idioma, pero era suficientemente buena lingüista internacional para captar la esencia del titular que estaba bajo la fotografía que Iván quería obviamente que estudiara. Era algo así como: "Representantes Judíos en la Conferencia Sionista". Anna observó la fotografía que era de cuatro hombres y tres mujeres, quienes estaban juntos en el vestíbulo de un hotel en Estocolmo, pensó. La calidad de la impresión era pobre, pero no le fue muy difícil reconocer a la mujer que estaba en medio de las otras dos y que era la más alta, la más vieja y la más llamativa. Anna sabía que andaba en los sesenta y cinco años y que su cabello era gris, pero sus facciones eran orgullosamente bellas como siempre y aún se mantenía erguida, al mismo tiempo que llevaba ropa muy buena, consciente tanto de que era muy buena como de que sabía cómo lucirla.

—Judith Petrovna —señaló.

—Exactamente —Iván parecía contento, lo que Anna no podía creer. Para él, Judith Petrovna, quien había sido famosa como Judith Stein antes de su matrimonio con Boris Petrov, siempre había entrañado fracaso. Primero como la amiga de las jóvenes Borodin antes de la Primera Guerra Mundial, cuando él había tenido que lustrar sus propios zapatos; más tarde, como la amante de su propio hermano durante la guerra civil, cuando, de nueva cuenta, pese al odio que sentía por ella, había debido reconocerle un estatus social superior y, por último, como la decidida sionista que había importunado a Stalin y que se le había escapado de las manos, una y otra vez. El desastre final había ocurrido cuando Stalin lo había enviado a Israel con el encargo de traerla e Iván había fracasado. Luego de aquello, había venido el exilio en Tomsk. Iván aún había intentado vengarse de esta mujer que siempre lo había burlado encerrando a su esposo, Boris Petrov, en un manicomio. Pero también había fracasado en eso porque, cuando su hijo Gregory Nej había sido sentenciado a muerte por espía en Estados Unidos, George Hayman se las había ingeniado para persuadir al presidente Truman de que conmutara la sentencia de muerte a cambio de la libertad de Boris Petrov, entre otros judíos, y del permiso para que pudiera reunirse con su mujer en Israel.

Anna hubiera pensado que la mente de Iván se le cuajaría con el solo pensamiento de Judith Stein; pero continuaba sonriendo.

—Observarás —indicó— que está al frente de los asuntos, como de costumbre. Parece encabezar la delegación.

Anna devolvió el periódico al escritorio de Iván.

—¿Te interesa?

—Mucho. Judith Petrovna parece haberse convertido en una especie de embajadora itinerante de buena voluntad por parte de los israelíes. Supongo que el gobierno de Tel-Aviv está consciente de su prestigio internacional y lo está empleando a toda su capacidad. ¿Podrían ellos dejar de utilizar también su gran experiencia en el espionaje internacional?

Anna frunció el ceño.

—Ella jamás fue espía.

—Llámale como quieras: un agente provocador, agitador contra la Unión Soviética.

—Bueno —dijo Anna—, supongo que nos detesta. ¿No ejecutó la Cheka a su madre y a su padre por órdenes tuyas?

—Por supuesto. Los Stein ayudaron a Peter Borodin a escapar de ser capturado en 1918. Merecían la muerte. Esto no cambia los hechos. Judith Petrovna es una mujer cuyas acciones están encaminadas contra la Unión Soviética.

—Ahora no puede ocasionarnos mucho daño.

—¿Crees que no? —Iván la estaba mirando fijamente.

Anna le devolvió la mirada y comprendió su significado.

—¿Puedo recordarte, Iván Nikolaievich —dijo ella— que estamos aquí para desempeñar un trabajo y no para enredarnos en venganzas o sueños personales?

—¡Bah! —exclamó Iván—, sabes tan bien como yo que no hay ninguna prueba contra Beria. Debemos aguardar a que cometa algún error. Lo hará; no tengo la menor duda al respecto, y luego lo pescaremos. Ya le he comentado esto a Stalin. Entre tanto, la vida debe seguir. Regresar a Judith Petrovna a territorio ruso será un triunfo. Para mí, ciertamente. Se me escapó en Jerusalén, en 1947, y fue el origen de mi desgracia. No le he perdonado esto. Y ahora... No olvides que, además de haber sido alguna vez amante de Michael, también lo fue de George Hayman durante algún tiempo y, antes de haberlo sido de ambos, además lo fue de Peter Borodin. Ella es importante para todos, pero en especial para los Hayman. Cuando sea detenida bajo el cargo de dirigir las operaciones de espionaje israelí contra la Unión Soviética...

—Jamás obtendremos pruebas de ello.

Iván sonrió.

—Te propongo que regresemos a los primeros principios, Anna; los principios en los que yo fui educado y que te enseñé. ¿Recuerdas? Primero la arrestamos y después dejamos que nos diga en qué actividades está implicada. Porque, a que nos dirá todo lo que queramos luego de que la hayamos tenido encerrada por algún tiempo. De cualquier manera, no importa lo que nos diga. Cuando los israelíes y los Hayman y todo el mundo empiecen a solicitar su libertad, nos mostraremos deseosos de doblegarnos a la opinión mundial.

—¿A cambio de Gregory?

—Exacto.

Anna abrió la boca y luego la cerró. Iván todavía era más estúpido y más loco a propósito de su ridículo hijo, de lo que ella había calculado. Pero, ¿no se estaba poniendo Iván completamente en sus manos? Independientemente del placer que su nueva desgracia le brindaría a Anna, su preocupación con este plan loco la dejaría a ella en libertad para perseguir su propio objetivo con toda dedicación.

—Éste es toque maestro —expresó ella—, absolutamente genial. Pero yo te pediría que no me involucres en él. Pienso que esa mujer trae mala suerte, al menos para mí. Dudo que puedas manejar el asunto con buenos resultados.

—Por fortuna —los labios de Iván se curvaron con desprecio— no voy a necesitar que lo manejes, Anna Petrovna —informó—. No quiero que interfieras en ninguna forma.

Anna se puso de pie.

—No interferiré, Iván Nikolaievich —aclaró—. Te doy mi palabra de honor, no interferiré.

Lavrenti Beria caminaba sobre la acera de la calle Lubianka, al lado de Anna Ragosina.

—En realidad no veo, camarada Ragosina, por qué yo tengo que inmiscuirme en cosas tales como problemas de reclutamiento y adiestramiento —protestó—. Se supone que tú posees el control completo de tales actividades.

—Sólo lo tengo; pero tú eres mi comandante, camarada Beria —le recordó ella. Y, como comandante suyo, pensó Anna con desprecio, la podía haber despedido con unas cuantas palabras escogidas. En cambio, estaba actuando como ella deseaba. Y esto porque ella lo aterraba, en particular ahora que representaba la voluntad de Stalin. En verdad era extraordinario. Físicamente, no podía haber mayor contraste entre Beria e Iván Nej. En tanto que Iván era bajo de estatura, Beria era muy alto. Iván tenía una gruesa capa de pelo, Beria era totalmente calvo. Iván lucía un grueso bigote, el rostro de Beria estaba desnudo. La cara de Iván era toda montañas y valles; la de Beria era grande, plana y tersa. Pero tenían una cosa en común: los dos jefes de la policía secreta más temida del mundo le temían a ella. Sin embargo, Beria, al menos, había tenido evidentemente la inteligencia para labrarse un futuro, y ella estaba en posibilidades de asegurar que también tenía el valor para actuar. Y, si no, lo tenía para darle ese valor—. Quiero que veas con tus propios ojos —explicó— la pésima calidad del material con el que debo trabajar ahora. Cuando pienso en los muchachos y muchachas que entrené antes de la guerra... y después la forma en que fueron desperdiciados para encabezar grupos de partisanos detrás de las líneas alemanas, la manera en que fueron torturados y asesinados por los nazis... me dan ganas de llorar.

Beria la miró con escepticismo.

—Ciertamente, los hubiéramos podido utilizar ahora, camarada comisario —aseguró—. Los jóvenes de ahora son demasiado blandos —admitió—. No comprenden que, para triunfar en esta vida, uno debe ser duro.

—Exacto —asintió Anna—. Es el sistema, camarada, el sistema. La vida ha sido demasiado buena dentro de Rusia durante estos últimos años. Míralo con tus propios ojos —abrió la puerta del gimnasio y lo condujo adentro, donde el olor de piel y resina, y sobre todo de sudor humano, invadía la enorme habitación subterránea y carente de ventilación.

Toda la actividad que había en el salón se interrumpió cuando entraron los dos comisarios, pero los cuerpos relucientes de los reclutas y los pechos jadeantes demostraban lo duro que habían estado trabajando hasta ese instante. Había doce reclutas: ocho muchachos y cuatro muchachas, ninguno de los cuales pasaba de los veinte años. Había distintas formas y tamaños, desde el alto hasta el bajo, desde el musculoso hasta el delgado, pero ninguno de ellos, después de unas cuantas semanas en el gimnasio de Anna, retenía un solo gramo de grasa superflua. Esto era fácil de comprobar, pues todos estaban desnudos, que era como a Anna le complacía que estuvieran.

—¿Cuántas vueltas? —preguntó Anna.

—Treinta, camarada comisario —replicó el instructor en jefe.

—Déjeles dar cinco más —ordenó Anna, y el instructor puso al pequeño grupo otra vez en movimiento—. Observa esto cuidadosamente —le advirtió Anna a Beria, quien, de hecho, estaba mirando a los reclutas cuidadosamente; en concreto, a las cuatro chicas. Anna se sonrió, pero aún no estaba preparada para anticipar su triunfo. Nunca hacía eso.

Los doce reclutas corrieron alrededor del salón otras cinco veces. Los otros dos instructores se habían colocado junto a una mesa sobre la que había doce revólveres. Éstos empezaron a ser arrojados a los alumnos. Tres de los jóvenes y una de las chicas capturaron sus armas. Los otros ocho, obviamente distraídos por la presencia de las dos personas que controlaban todo su futuro, dejaron que el acero volante se les resbalara de las sudorosas manos y las armas chocaron con el piso; de inmediato, los muchachos se pusieron a gatas y comenzaron a tratar de recobrarlas. Los que ya tenían las armas en la mano principiaron a disparar sobre los blancos, cada uno de los cuales representaba a un hombre que corría en el extremo más alejado del gimnasio, tal vez a unos treinta metros de distancia. El salón retumbó con el eco de las explosiones y se llenó con el olor de la pólvora. Luego de que terminó la muy desigual descarga y la última muchacha se las arregló para disparar nueve segundos después del joven que lo hizo primero, Anna fue a inspeccionar los blancos.

—¿Ves, camarada? —le hizo ver a Beria. De los doce blancos, tres tenían agujeros de bala en el mismo cuerpo, pero sólo uno en el pecho, y éste en la parte superior del lado derecho. Dos más habían sido asestados alrededor de las piernas, y siete no estaban marcados—. De haber sido esto real, y de haber estado armados estos pedazos de cartón, hubieran devuelto el fuego y toda la patrulla habría sido exterminada —hizo chasquear sus dedos— así.

—Bueno —manifestó Beria con cierto desdén—, debe ser muy difícil disparar exactamente cuando se tienen las manos húmedas y el corazón agitado, cuando está uno jadeante y con los músculos extenuados.

—¿Y no son ésas las condiciones ordinarias en las que uno debe disparar, camarada comisario? —inquirió Anna—. Aquí, estamos hablando de defensa propia, no de asesinato. El problema es pura falta de concentración, lo que simplemente es falta de fuerza mental. ¿Podría demostrarte cómo debería hacerse?

—¿Tú? —Beria estaba sorprendido.

—Retrocedan —ordenó Anna—. Todos —se desvistió con su rapidez usual y se paró frente a ellos. Evidentemente, confiaba en que los años pasados en Tomsk no habían marchitado aquel cuerpo perfecto.

Comenzó a correr con más rapidez que la que había desarrollado cualquiera de los alumnos.

—Cuenta las vueltas —solicitó al instructor, quien obedeció con una mueca de sonrisa, al tiempo que oprimía un botón para que bajaran todos los blancos excepto uno. Había visto a su jefa demostrar sus talentos anteriormente. Anna corrió alrededor del gimnasio, una y otra vez, recorriendo en cada vuelta unos cien metros, desapareciendo entre columnas, caballos de arzones, agachándose bajo cables colgantes y trapecios, saltando sobre barras de pesas dejadas sobre el suelo, mientras el sudor emanaba de su frente y sienes, de sus hombros y sus axilas, de sus ingles y sus muslos, haciendo que sus pies desnudos dejaran huellas oscuras sobre el piso de piedra. Jamás volteó a ver a Beria, pero no tenía la menor duda de que él la estaba mirando.

—Treinta —anunció el instructor.

Anna se detuvo, jadeante, volvió su cabeza hacia la mesa, desde donde su revólver ya estaba describiendo arcos por el aire. Lo tomó con ambas manos, con la culata hacia el frente, le dio vuelta, apuntó y disparó.

—Un punto, cinco segundos —informó el instructor.

Beria se adelantó para mirar el blanco. La bala había entrado exactamente en el centro del pecho.

—Muy bien —declaró—, muy bien ciertamente —su admiración parecía sincera.

—Salgan —ordenó Anna a los alumnos—. Ustedes también —pidió a los instructores—. Pueden tomarse el resto del día.

Intercambiaron miradas de asombro, pero obedecieron, recogieron sus ropas y salieron del gimnasio hacia las regaderas. Volviendo con todo cuidado a controlar su respiración, Anna se dirigió hacia la mesa y sacó los casquillos vacíos antes de volver a cargar su arma.

—Muy bien —dijo de nuevo Beria—. Sigues siendo la mejor, ¿eh, Anna Petrovna? Ahora, debo volver a mi oficina.

Anna cerró el revólver recargado y volvió la cara hacia Beria.

—No te vayas aún, Lavrenti Pavlovich. Te traje aquí para hablar contigo en privado. ¿No te has dado cuenta de eso?

Beria observó el cuerpo desnudo de Anna.

—¿Estás consciente de que estoy bajo las órdenes del camarada Stalin para destruir? —interrogó Anna.

La mandíbula de Beria descendió; aunque ella no tenía la menor duda de que él estaba al tanto de ello, jamás podría haberse imaginado algo tan brutalmente abierto. Su mano se dobló pues había en su propio cinturón una pistola automática enfundada. Pero sabía que no tenía alguna esperanza de disparar mejor que Anna, sobre todo cuando el revólver de ésta le estaba apuntando.

—Tú... —Beria miró a un lado y al otro como buscando un refugio.

Anna sonrió.

—Si intentara ejecutarte, Lavrenti Pavlovich, ¿te lo hubiera dicho primero? —inquirió ella—. Sí, posiblemente lo haría. Me agrada que la gente sepa lo que va a sucederle. Les provoca más temor; mas yo no te traje aquí para eso. Cuidadosamente, dejó el revólver sobre la mesa. Los ojos de Beria la seguían como hipnotizados. Anna podía leer su mente con facilidad; sabía todavía que él no podría sacar su arma y dispararle con la misma rapidez con que ella podría tomar su pistola y matarlo—. ¿Puedes realmente pretender que no conocías la intención de Stalin al llamarnos de Tomsk a Iván Nikolaievich y a mí?

Beria se humedeció los labios con la lengua. Anna pensó que estaba calculando qué tan riesgoso sería admitir eso.

—Yo... él dijo que ya habías sufrido bastante.

—¿Sufrido? —el labio de Anna se curvó. A continuación, se alejó de la mesa para aproximarse a él, lentamente. Esto era peligroso por cuanto Beria podría tal vez sacar y disparar antes de que ella llegara a él, por rápida que fuera. Pero Anna no estimaba que fuera tan certero al disparar y él debía saber que, si ella lo alcanzaba, pese a que él tenía el doble de altura y de peso, lo aniquilaría. Además, todo negocio entraña un riesgo enorme. Anna disfrutaba los riesgos; hacían que su adrenalina fluyera como ningún otro estimulante—. Por supuesto, Stalin quiere que se haga en la forma ordinaria. Voy a proporcionarle pruebas de que intentaste asesinarlo el pasado febrero.

La boca de Beria se abrió y se volvió a cerrar. Pero el peligro había pasado; ella se encontraba ahora a un metro de distancia de él. Anna se detuvo, sonriéndole, y alzando una mano para quitarse de la frente y de los hombros algunos mechones de cabello húmedo.

—Por supuesto que eres inocente —aseveró—. Pero igualmente, como es de suponerse, yo aportaré tales pruebas, en caso de que decida hacerlo así.

Los hombros de Beria se hundieron.

—Pero he estado pensando —expresó ella— qué increíblemente estúpido serías si hicieras algo semejante, cuando Joseph Vissarionovich se está extinguiendo rápidamente. Todo cuanto debes hacer es esperar.

—¿Esperar? —su voz ronca—. Me odian, todos ellos. Me odian.

—Lo sé —asintió ella—. Porque eres el comandante de la KGB; también a mí me aborrecen.

Él la miró y Anna se acercó más, hasta casi tocarlo. Ahora él podía oler su sudor mezclado con su perfume.

—Aun así, sugiero que esperes. Considero que ambos debemos esperar, siempre dispuestos a actuar, en el instante en que Stalin exhale el último suspiro.

—¿Actuar? ¿Tú? Si pudiera...

—¿Si pudieras creer qué? Créeme, Lavrenti Pavlovich. Cree también que, si así lo deseas, me consagraré por completo a ti. No disfrutaste la última vez que estuvimos juntos. A lo mejor yo no estaba dispuesta; ahora, sí lo estoy. Puedo ofrecerte la lealtad de todos esos jóvenes que acabas de ver. Puedo darte mi devoción completa y puedo proporcionarte muchos como ellos.

—Pero, ¿por qué? —quiso saber él.

—Porque, aunque sé que no puedes sobrevivir sin mí, también sé que sin ti puede ser difícil que yo consiga mis metas.

—¿Metas?

—Cuando seas el jefe de Estado, yo quiero la KGB, siempre seguirá siendo un instrumento de tu política, Lavrenti Pavlovich. Pero yo quiero el mando de ella.

—¿Una mujer?

Anna le echó los brazos al cuello y permitió que las puntas de sus senos dejaran húmedos círculos sobre la chaqueta de su uniforme.

—¿Puedes pensar en un hombre que fuera más eficiente? ¿O que estuviera más ansioso de complacerte?

El beso de Anna fue largo y lento. Y victorioso.

Hasta que él la tomó por las muñecas y la obligó a separarse de él.

—¿Iván Nej? —inquirió—. ¿Dónde encaja él en tus metas?

Anna sonrió.

—Cuando llegue el momento oportuno, Lavrenti Pavlovich, puedes entregarme a Iván Nej.

"En realidad, había resultado absurdamente sencillo", pensó Anna. Querer es poder. Obviamente el camino por andar estaba lleno de baches en los que el imprudente podía caer. Anna debía mantener una apariencia de antagonismo hacia Beria y tenía que convencer a Stalin de que en realidad estaba trabajando para obtener las pruebas de la traición, sin tener aún mucho éxito. Consideraba que no tenía que preocuparse de Iván Nej, quien estaba totalmente absorto con su absurdo plan acerca de Judith Petrovna, planes que le acarrearían a Iván una nueva desgracia y lo ponían en sus manos, posiblemente incluso antes de que Stalin falleciera. Pero, ciertamente, debía mantener a Beria convencido de su sinceridad, sin olvidar jamás que él era tan traicionero como cualquier otro ser en la Tierra. No pensaba que aquello fuera a ser fácil; por otro lado, recordando lo que ambos se habían hecho ayer por la mañana en el gimnasio, tampoco calculaba que fuera a ser muy complicado.

En cualquier caso, le gustaba recordar las palabras del presidente estadounidense Harry Truman referentes a que aquellos que no pudieran soportar el calor no deberían estar en la cocina. Durante los años que había vivido en Washington, se había empapado de muchos americanismos y ése era su favorito. Estaba muy dispuesta a soportar el calor, ya que pretendía ser un día la cocinera en jefe. "¿Una mujer?", había preguntado Beria. Pero su dedo meñique era más valioso que todos los dedos de cualquier hombre que ella hubiera conocido.

Levantó la cabeza cuando se abrió su puerta, tras un breve toquido, y vio a su secretaria, una preciosa rubia. A Anna le gustaba rodearse de bellas rubias; su propia belleza morena resaltaba con el contraste.

—Bien, ¿qué hay, María Feodorovna? —preguntó.

—Un asunto, camarada comisario —respondió la joven—. En alguna ocasión, me diste una lista de nombres y me pediste que, si alguno de ellos aparecía en relación con la Unión Soviética, debía traértelo de inmediato.

—Es verdad —reconoció Anna.

—Hay una mujer apellidada Hayman, que ha hecho una solicitud para una visa de visita a la Unión Soviética —informó María.

Anna frunció el ceño.

—¿Hayman?

—Cuando llegue, ya estará casada. Creo que viene a pasar su luna de miel. Su nombre será entonces el de señora de Robert Loung. Pero ahora su nombre es Diana Hayman.

Anna la miró y, poco a poco, el ceño fue desapareciendo.

—No sé si es importante, camarada comisario, pero... —su voz se fue apagando; se percató de que su comandante no estaba escuchando.

¿Diana Hayman? ¿La chica de la fotografía? No podía ser. Simplemente no podía ser. Pero si fuera... Diana Hayman, que iba a Rusia. A caer en sus garras con la inocente arrogancia de su cuna y de su posición. A caer en los brazos de Iván. Sería un instrumento con el cual destruirlo por completo. Aunque, tal vez, un instrumento innecesario, si iba a involucrarse realmente con Judith Petrovna. No obstante, la joven podría ser valiosa en muchas otras formas. Era la sobrina de John Hayman, la nieta de George Hayman y, como Iván había mencionado, debido a que era la principal heredera, podría considerarse como el miembro más importante de toda aquella condenada familia.

Si pudiera ser cierto...

—¿Hay datos particulares sobre esa mujer? —indagó.

María consultó su libreta de notas.

—Un metro sesenta y cinco centímetros de altura. Cincuenta y un kilos de peso. Cabello negro. Ojos azules. Cicatrices visibles, ninguna...

—¿Cuándo nació?

—El 6 de marzo de 1933, en Nueva York.

—¿Sus padres?

—George y Elizabeth Hayman.

Era verdad, pensó Anna. Realmente era cierto. Diana Hayman estaba viniendo hacia ella. Súbitamente, se le ocurrió que, por una vez, al fin, había salido y había tomado su futuro por el cogote; el destino estaba a punto de recompensarla más de lo que se había atrevido a soñar. Ciertamente, aunque no tuviera una idea clara de lo que pretendía hacer con tal premio, dejar pasar una oportunidad así hubiera sido criminal y jamás podría repetirse.

Si se atrevía. Lo que ella estaba considerando era lo que Iván podía haber propuesto. Lo que propondría, si supiera lo de la solicitud de visa. Y casi cualquier plan que Iván había pensado se había convertido en un desastre. Pero, ¿qué riesgo corría ella? La joven estaría dentro de Rusia, donde podía colocarse en su equipaje, e incluso en su propia bolsa de mano, cualquier cosa.

John Hayman, pensó. Ésa sería su forma de castigarlo.

Sólo que Iván jamás debería saberlo, hasta que ella estuviera preparada.

Se inclinó hacia adelante.

—Escúchame cuidadosamente, María Feodorovna —solicitó—. En primer lugar, que nadie, excepto tú, yo y los funcionarios que te la pasaron, vea esta solicitud. ¿Me comprendes?

—Por supuesto, camarada comisario.

—Bueno, ¿ya se sabe cómo va a entrar a Rusia esta mujer?

—La solicitud es para un viaje por tren, camarada comisario, que se inicia en París.

—Ese tren viene por Berlín, Varsovia, Brest-Litovsk y Smolensk. María Feodorovna, quiero que averigües la fecha en que sale el que ella abordará, que tomes dos hombres y lo esperes en Brest-Litovsk. Allí, trasladarán a esa mujer, a su esposo y su equipaje. Usen el procedimiento acostumbrado. Después, tráiganlos a Moscú, en secreto. ¿Comprendes?

—Claro, camarada comisario —afirmó María, obviamente sin comprender del todo—. ¿Esta mujer es muy peligrosa?

—¡Oh, sí!, muy peligrosa —aseguró Anna—. Muy peligrosa ciertamente.

—Pero, entonces, ¿por qué no se le niega la visa?

Anna sonrió.

—Porque es más peligrosa fuera de Rusia que dentro de ella. La queremos aquí, María Feodorovna, donde podamos vigilarla. Le entregaremos esa visa de inmediato.

CAPÍTULO VI

ALLEN DULLES OBSERVÓ A JOHN HAYMAN DURANTE ALGUNOS SE-
gundos luego de que John terminó de hablar. A continuación, dijo:

—¿Y usted cree que realmente intentará asesinar a Stalin?

—Lo creo.

—¿Aun cuando no pueda imaginarse cómo vaya a introducirse en la
Unión Soviética y mucho menos cómo se le vaya a permitir estar en la presencia de Stalin con un arma?

—Estoy absolutamente convencido de que lo ha preparado todo.

—Pero, ¿reconoce que está loco?

—La gente que no está en sus cabales, señor Dulles, es extremadamente
ingeniosa.

—No lo estoy negando —echó rápidamente una mirada al informe escrito que tenía sobre su escritorio—. Creo que esto tiene que ir al Departamento
de Estado, aunque no me imagino qué vayan a hacer con él. Tenemos una
elección en puerta. Ahora, Harry no está jugando como candidato, pero, seguramente, espera que Adlai Stevenson sea el ganador. Y debe saber que, si
este informe que usted me ha entregado se llega a infiltrar, mucha gente dirá
que es mera propaganda electoral para demostrar lo honestos que son los
demócratas, en un momento en el que todos en esta nación se morirían de
risa al escuchar que el viejo Pepe detuvo una bala. Además, les proporciona-
rá a los republicanos un completo día de campo si Truman ofrece a los soviéticos el informe que usted me ha dado. De cualquier manera, gran parte
de su estrategia parece consistir en alegar que hay demasiados funcionarios
del nivel más elevado en el gobierno que le están dando con el pie a los rojos.

—¿Cree usted que lo que hemos descubierto es un poco más importante
que la política de partido?

—¿Cree usted que bajo ese encabezado hay algo más pequeño que una
guerra?

—¿Y usted?

Dulles sonrió brevemente.

—Una de las reglas de nuestro trabajo es que está sobre la política. Y tal vez este informe también deba estarlo. Lo siento, John. Ha hecho un gran trabajo; pero lo que ha descubierto es una papa caliente.

—Con todo respeto, señor —adujo John—, si no queremos hacer nada al respecto y el príncipe Peter llega adonde desea, podemos estar en camino a la Tercera Guerra Mundial. Los rusos estarán convencidos de que él fue enviado.

—Sin decisiones —manifestó Dulles— la vida sería terriblemente aburrida. Debemos hablar con los ingleses. Nuestra mejor esperanza es que ellos lo mantengan en secreto, por lo menos hasta después de las elecciones.

Yo pienso —dijo en tono de queja Elizabeth Hayman jugueteando con la cucharilla de su café— que podrías haber intentado averiguar adónde estaban yendo en París y lo que estaban tratando de hacer.

John suspiró. Demasiadas actividades asociadas con el espionaje tenía ya en su vida para aceptar otras con el propósito de complacer a su cuñada. John había propuesto ir a visitarla, pero Elizabeth había insistido en que se vieran en esta cafetería de la parte baja del lado oeste, donde destacaban como pulgares adoloridos.

—Ya te dije, Beth —explicó él— que debo volver apresuradamente. Asuntos de negocios.

—Tampoco entiendo esto —comentó Elizabeth—. Yo tenía la impresión de que iban a estar en Inglaterra una o dos semanas.

—Bueno, yo creí que por lo menos iba a estar allá una semana; pero, después, se presentó algo.

—Entonces, ¿qué hago ahora? —preguntó Elizabeth—. No puedo dejar que mi única hija ande por allí lejos, sin tener la menor idea de dónde está o de qué anda haciendo. O a lo mejor con una idea demasiado clara de lo que está haciendo.

—¿No crees que le estás concediendo demasiada importancia al asunto? —interrogó John—. En primer lugar, en mi opinión, no hay nada, digamos anormal, en la relación entre Diana y Janice Corliss.

—¡Ah! —exclamó Elizabeth.

—Y, en segundo lugar, ¿no iban a ir a París de todos modos?

—¡Oh, claro!, el año entrante. Después de pasar un tiempo en esa escuela de arte londinense en la que se habían inscrito.

—Pero ese curso no comienza sino hasta septiembre. Así que lo único que ha sucedido es que han invertido sus planes. Y ello probablemente debido a que yo iba detrás de ellas como su sombra. Quizá estarán de vuelta en

Londres a tiempo para iniciar las clases. Entre tanto, si en verdad quieres hacerlo, podrás hallarlas con relativa facilidad.

—Por supuesto, puedo contratar un detective privado. Entonces, Diana realmente se volvería loca.

—Quiero decir que podrías enviar un telegrama a cada uno de los hoteles donde pudieran estar alojadas. Simplemente un saludo para mantenerse en contacto o algo parecido. Alguno de ellos podría tener respuesta.

—¡Oh, John!; en realidad, hay miles de hoteles en París. ¿No supondrás que se hospedarán en el George V o en algún sitio semejante si tiene la intención de hacer algo ilícito?

—No considero que ella tenga la intención de hacer algo ilícito. Y creo que puede haber ido al George V o a algún lugar por el estilo. Di sólo conoce una forma de vida. Enviar un cable allá no puede provocar ningún daño. Y, a cualquier otro sitio en el que pienses que pueden estar, como ya señalé —John se inclinó sobre la mesa y besó a Elizabeth en la frente—. Desde mi punto de vista, estás tomando las cosas demasiado en serio. Diana se pondrá en contacto cuando esté lista, debo irme.

John salió con premura hacia la calle en busca de un taxi. Suponía que George hijo era un hombre muy afortunado, pero, en lo personal, no podría vivir con aquella mujer durante veinticuatro horas sin volverse loco. Quería controlar todo lo que Diana hacía, al mismo tiempo que temía que Diana lo descubriera, pues sabía que, si esto llegaba a acontecer, podía perder a la chica para siempre. Nadie de la familia Hayman dudaba en lo más mínimo de la fuerza de voluntad de Diana o de su capacidad para disgustarse seriamente.

Qué cosa más ridícula podría ser perder el sueño por una pobre niña rica, cuando el mundo podría estar al borde de una catástrofe. Porque, si Peter Borodin llegaba a Moscú y llevaba a cabo su amenaza, seguramente, los rusos sospecharían que se trataba de una conspiración británica o estadounidense, y entonces... pero, con toda seguridad, los británicos apreciarían ese punto.

Unos cuantos días después, John se encontraba sentado en su escritorio mirando los edificios fronteros a través de su ventana y el repiqueteo de su teléfono lo volvió a la realidad.

—Su corredor pidió que lo llamara usted, señor Hayman.

—¡Corredor! —John marcó el número privado.

—Pensé que le gustaría escuchar la última noticia —comunicó Allen Dulles—: según informaciones británicas, Peter Borodin salió de Inglaterra ayer en la mañana con destino a Gotemburgo, Suecia.

—¡Dios mío! —exclamó John—. Ha iniciado su plan.

—Lo único que podemos hacer es cruzar nuestros dedos y tratar de convencer a los suecos —expuso Dulles—. El problema es que están tan decididos a permanecer neutrales, que se mostrarán renuentes aun a dar la apariencia de que están colaborando con nosotros. Después de todo, estimo que éste va a ser un otoño excitante.

Robert Loung se incorporó en la cama y vio al príncipe Borodin con sospresa.

—¿Príncipe Peter? Pero...

—Tu conserje me permitió entrar —Peter recorrió con la vista la pequeña recámara y su nariz se iba frunciendo conforme la vista se topaba con el papel tapiz desteñido, la alfombra raída y la tina de baño resquebrajada—. ¿Corby no te dio suficiente dinero?

—Bueno, yo no quería desperdiciarlo —Robert saltó de la cama y puso una cafetera sobre la estufa.

—Mi sobrina nieta no ha estado aquí, ¿o sí?

—¡Desde luego que no!

—¡Gracias a Dios por ello! Tú sencillamente debes recordar que ella se utiliza para lo mejor.

Robert hizo café y mantuvo el ceño fruncido.

—Debe usted saber, señor, que yo no envíe por usted...

—Ya lo sé, mi estimado muchacho —Peter quitó el polvo de una silla y se sentó—. Ésa es la razón por la que estoy aquí. Dime con exactitud cuál es el problema.

Robert le sirvió una taza de café y se sentó sobre la cama.

—No hay ningún problema.

—Has estado aquí casi una semana —observó Peter—. ¿Cuántas veces has visto a Diana?

—Todos los días. Dos veces al día. Salimos por la mañana para conocer la ciudad y, después, por lo regular, asistimos a algún espectáculo por las tardes. Como esta mañana; vamos a ir al Louvre. Ya hemos estado allí dos veces, pero Diana desea verlo todo. Esta noche iremos al Crazy Horse.

—Y ella sigue negándose a tu propuesta, ¿no es así?

—Por supuesto que no, señor. Yo... bueno, aún no se la he hecho.

Peter se le quedó mirando.

—¿Todavía no le has pedido que se case contigo?

—Uno debe ir en estos asuntos por el camino apropiado —explicó Robert—. En especial con una chica como Diana.

Peter continuaba observándolo como si fuera un ser anormal.

—¿Ya has dormido con ella?

—¡Santo Dios, no!

—Mi querido Robert —expresó Peter—, te estás comportando como cualquier chico enamorado. Eso no funcionará. Si yo hubiera pensado por un solo instante que tú fueras como cualquier muchacho enamorado, no te tendría entre mi gente. En cualquier caso, no hay fondos para sostener más tiempo esta vacilación. Sugiero que le pidas a Diana que se case contigo esta noche. Más aún, propongo que a esta petición anteceda el hacer el amor con ella. Jamás olvides que ella es una completa romántica, que sin duda ha vivido una vida muy protegida. Ahora está en París. ¡El alegre París! El lugar con el que todas las muchachas han soñado. No rompas este sueño comportándote como un típico inglés con frenillo. Tienes que salir y conseguirla, Robert.

—Bueno... —Robert se veía confundido y desconcertado a la vez—. Usted lo hace aparecer como un ejercicio militar.

—Lo es —Peter sonrió—. Debe serlo. Cortejar a una mujer hermosa, Robert, es un ejercicio militar. Y, en todos los ejercicios militares, llega un momento en el que hay que enviar a la caballería. Mi querido muchacho, tengo grandes planes para ti. Pero, primero, deseo verte felizmente casado. Créeme, yo sé lo complicado que es concentrarse en el trabajo al que ha dedicado uno su vida cuando está infelizmente enamorado. Yo he estado en esas mismas circunstancias. Haz tu juego, seguro de que estoy ciento por ciento detrás de ti. Vamos, yo soltaré la brida. Pero debes apresurar el asunto. Ahora, o a lo menos esta noche. Recuérdale que tu padre era un brigadier. Y no importa lo que ella conteste, invítala mañana a desayunar conmigo... y contigo, por supuesto. Mas, bajo ninguna circunstancia, le menciones esta breve conversación. Ahora, manos a la obra muchacho.

Janice Corliss colgó el auricular.

—La administración —dijo—. La lata está en el vestíbulo. Temprano, como siempre. Así que, ¿adónde vamos a ir esta noche? No me digas, al Crazy Horse. Otro espectáculo desnudista.

—¡Oh!, en realidad, Jan, difícilmente puedes describir los espectáculos del Lido o del Moulin Rouge como desnudistas —protestó Diana, sentándose frente al espejo en salto de cama y haciéndose muecas a sí misma mientras se pintaba los labios.

—Ciertamente que no —concedió Janice—. Habrá otra artística y magnífica extravagancia en la que ninguna mujer vaya vestida del busto hacia arriba y sólo esté decentemente vestida del busto para abajo.

—Bueno —Diana se pasó por la boca un pañuelo de papel y observó el resultado—. Si no quieres, no es forzoso que vengas con nosotros.

—Claro que no —repitió nuevamente Janice—. Puedo subir y bajar por los *Champs Elysées* como cualquier otra prostituta, esperando ir a toda velocidad al último grado de la sífilis.

—Estás de mal humor —percibió Diana.

—Incluso las ruedas de repuesto se cansan de vez en cuando.

—Hum... —Diana tomó sus manos—. Estoy tan apenada. Creo que si tú te encontraras a alguien, también...

—No vine aquí para encontrar un hombre —declaró Janice—. Vine acá para evitar que tú encontraras uno. Y he sido un rotundo fracaso. Está bien, de modo que Robert parece ser superior a los demás, pero no me digas que verdaderamente es distinto de los otros. Simplemente es aburrido. Y esto, porque es inglés.

—Sí —Diana miró por la ventana—. En realidad... —se volvió— Jan, ¿hay algún sitio adonde pudiéramos ir después del espectáculo?

—¿Qué dices?

—Bueno, mientras estábamos en el Louvre, esta mañana, Robert dijo, bueno, me preguntó si sería posible que pudiera verme a solas un rato. Creo que tiene algo que decirme.

—Está bien, puedes tomar una copa con él en el bar antes de que salgamos para el espectáculo. Yo bajaré unos minutos después.

—No creo que sea esto lo que él tiene en mente —indicó Diana.

—Quieres decir que no es esto lo que tú tienes en mente —corrigió Janice—. Por fin, él está dispuesto a hacer un movimiento, piensas y deseas alistarte a la pelea.

—Si quieres verlo en esa forma, sí. Han pasado varias semanas...

—Desde la última vez que hiciste el amor y te sientes lujuriosa.

Diana le lanzó una mirada helada.

—Si quieres considerarlo en esa forma, sí.

—Di, lo siento. Es sólo que...

—Mira, Janice, ocurre que quiero mucho a Robert. Creo que yo pudiera estar enamorada de él y, durante las últimas semanas, ha demostrado ser todo un caballero. Tal vez, como tú dices, por ser inglés. Estar con él es una delicia. Ahora, él ha decidido ya que, quizá, yo soy la mujer apropiada para él y que le gustaría llevar nuestras relaciones un poco más adelante. Y yo estoy dispuesta a eso.

—Eres una arrastrada —gritó Janice llena de súbita furia—. Vives para el sexo y solamente para el sexo. Está bien, me esfumaré. Me iré y me sentaré en los *Champs Elysées* y beberé café hasta que me salga por las orejas. Y no volveré antes de la madrugada. Y, cuando regrese, ¿sabes lo que haré? Me iré directamente a Londres y tomaré el primer barco que salga para Nueva York. Tú puedes permanecer aquí y hacer el amor con todos los hombres de París, con todos los de Francia, con todos los de Europa, ¡por el amor de Dios!, si quieres... De ahora en adelante, me importas un verdadero comino —y se arrojó a la cama y rompió en llanto.

Diana la miró durante varios segundos, se aproximó como para tocarle el hombro; después, cambió de parecer, se puso el vestido y movió hacia arriba el cierre automático. Se dirigió hacia la puerta, la abrió y titubeó una vez más, volviendo el rostro para ver sobre su hombro, luego salió y cerró suavemente la puerta tras ella.

—Es terrible, bueno, burlarse de tu amiga para quedarse afuera así —advirtió Robert Loung.

Estaba a un lado del ascensor mientras éste subía. Diana se hallaba en el otro, observándolo. Cuán poco, reflexionó, sabía de él, aun después de toda una semana de cortejo constante. Antes, jamás le había parecido importante. Ella tendía a llegar a conocer a un hombre luego de acostarse con él o mientras estaba acostada con él. Era imposible conocerlo antes de eso; la Biblia tenía razón a este respecto. Pero ello se debía a que todos los hombres que Diana había conocido habían tenido un medio ambiente similar al de ella. Por supuesto, no todos eran ricos, pero su educación no era muy distinta a la suya: habían aprendido las mismas cosas en la escuela, habían ido a patinar al Central Park y a las películas que exhibían en Radio City, habían viajado en el Staten Island Ferry y, probablemente, en una ocasión o en otra, habían estado en el mirador del Empire State. Esto, por lo que se refería a la nacionalidad.

Pero Robert Loung nunca había hecho alguna de estas cosas, así como ella jamás había ido a ver el cambio de guardia en el palacio de Buckingham o a conocer las joyas de la corona en la Torre de Londres. Nunca había ido a los juegos de tenis en Wimbledon y jamás había ido a patinar a Richmond Rink. Robert había hecho todas esas cosas.

Ahora, en París, se encontraban en un campo neutral. Lo que ella estaba haciendo por primera vez, él también lo estaba haciendo por primera vez. Y, pese a ello, por primera vez en su vida, Diana estaba nerviosa con un hombre. ¿Porque ambos sabían lo que estaban a punto de hacer y ella no sabía cómo lo haría él? O ¿porque ella aún no sabía si él lo haría? Robert le había solicitado verla a solas, mas no había hecho más que tomarle la mano durante el breve viaje de regreso; el Crazy Horse estaba a una cuadra del hotel.

Ahora, evidentemente, Robert estaba esperando algún tipo de pequeña conversación.

—Jan es una buena deportista —aseguró ella, sin el menor convencimiento. Había sido muy obvio durante toda la noche que ella y Janice no habían estado realmente hablando.

Gracias a Dios, el elevador se estaba deteniendo. Diana llevó a Robert silenciosamente por el alfombrado pasillo y le dio la llave de la puerta. Él tuvo que hacer tres intentos para quitar el pasador. Bueno, la primera vez a ella también le había llevado mucho tiempo, pero ella todavía tenía un claro sentimiento del inminente desastre.

—Hay un bar aquí —mencionó—. Preparémonos un trago —Diana se quitó los zapatos y le agradó escuchar el salto del corcho de la botella de champaña. Al encargado de piso le correspondía mantener bien surtido el bar, con todo lo necesario, desde jugo de limón hasta media botella de champaña, pero la selección de Robert fue la que le agradó. No todos hubieran iniciado con lo mejor.

Eso era prometedor. Diana chocó su copa contra la de Robert.

—Bueno —dijo él—. Este lugar es magnífico para... bueno, para todo.

Una vez más, decepción. Diana se sentía exactamente igual que un nadador que, habiendo cubierto alguna distancia en aguas profundas, contempla la orilla a una distancia razonable y bajo sus pies con la esperanza de encontrar arena y no halla sino agua. Estaba comenzando a sentirse vagamente disgustada. Si él hubiera sido la causa de ese pleito entre Janice y ella por nada...

—Hay algunas cosas que me gustaría que supieras —expresó él formalmente.

Totalmente sorprendida de nuevo, Diana se sentó en la cama.

—Te comenté que mi padre era brigadier, ¿recuerdas? Pues bien, no lo era. Era un mayor en el Royal Army Service Corps y fue destituido, despedido, en 1945 por contrabandear en el mercado negro con binoculares alemanes. Eran Zeiss, ¿sabes? Los mejores y muy valiosos.

Hizo una pausa y la miró. Diana se percató de que tenía la boca abierta y rápidamente la cerró.

—Pensé que deberías saber esto —indicó—. Además, quiero que sepas que estoy consciente de que un día serás muy rica. Yo no sabía eso cuando me enamoré de ti, pero tu tío Peter me lo confesó antes de que yo viniera a París. Me temo que yo tengo nada más que mi sueldo, y no es mucho. Te estoy entreteniendo con dinero prestado. Y el gran hotel en el que me hospedo es una pensión de mala muerte.

Diana se dio cuenta de que su copa estaba vacía. Y sólo había media botella. Se puso de pie y se dirigió hacia el teléfono y marcó el número del cuarto de servicio.

—Envíeme, por favor, una botella de Bollinger —ordenó—. No, mejor dos, por favor... No, no me importa qué año sea, mientras tenga un año —colgó el auricular.

—¿Dos botellas? —preguntó él.

—¿Dijiste "me enamoré de ti"? —preguntó ella.

—Lo tercero que quiero que sepas —prosiguió Robert— es que tu gran tío está anormalmente ansioso de que nos casemos. Y la única explicación que se me ocurre es que quiere desquitarse de tu familia de alguna manera. Sé que piensa que siempre lo han defraudado y, ciertamente, que tus abuelos lo han defraudado al no brindarle el uno por ciento del apoyo al que considera que tiene derecho. En realidad, yo no quiero tomar partido, pues desconozco toda la historia. Pero esto es lo que el príncipe opina.

Alguien llamó a la puerta. Diana la abrió y el mesero entró con dos botellas en una bandeja, cada una en su propio cubo de hielo. Miró en torno suyo con un aire de cierta sorpresa al observar sólo a dos personas en la habitación.

—¿Abro la botella, *mademoiselle*?

Diana hizo un signo negativo con la cabeza. No estaba segura de cómo se hubiera escuchado su voz. El mesero asintió, presentó la nota para que la firmara, se inclinó y salió.

Diana se recargó contra la puerta.

—¿Dijiste que debíamos casarnos? —ella había tenido razón; su voz era inusualmente alta y chillona.

—Por desgracia —continuó diciendo Robert como si no hubiera habido ninguna interrupción—, yo trabajo para él. No quiero que saques conclusiones equivocadas de eso. Trabajo para él y pienso seguir haciéndolo, pues creo en lo que está haciendo. Como mi esposa, bueno... tendrías que involucrarte... Creo que debes saber todas estas cosas, porque no quiero que te cases conmigo bajo falsas impresiones. Ni deseo tampoco que te cases conmigo sólo debido a que a tu tío le agrada la idea.

Robert hizo una pausa para respirar. Su copa también estaba vacía. Pero ella no suponía que en realidad estuviera acostumbrado a descorchar botellas de champaña. Así que lo hizo ella misma, dejó salir el corcho y contempló cómo éste arrancaba un pedazo de techo de la habitación.

—Yo debía haber hecho eso —protestó él y se inclinó rápidamente hacia delante para recibir un chorro de espuma cuando ella volvió la botella hacia él.

—¡Oh!, en verdad lo siento —se disculpó ella y vertió un poco en su copa.

—Fue mi culpa.

—No digas eso... —Diana no podía encontrar su copa, de modo que bebió de la misma botella y eructó—. ¿Casarnos?

—Ésa es la razón por la que te seguí hasta París —explicó él—. Para pedirte que te cases conmigo.

—¡Oh! —dijo Diana. Bebió un poco más de champaña.

—¿Eso significa que quieres o que no quieres?

Diana se sentó sobre la cama.

—¿Cómo saber que me amas? —preguntó—. Cuando tú jamás... bueno, has estado conmigo en la cama. En realidad, ni siquiera me has besado.

—¿Debo hacer eso para saber que te amo?

Ella reflexionó.

—Pienso que no; pero a la mayoría de los hombres les gusta averiguar primero algo de la parte física.

—¿Y lo han hecho contigo?

Diana alzó la cabeza.

—Pienso que es una confesión que yo debo hacerte a ti. Robert se arrodilló junto a ella.

—¿Piensas que en verdad me importaría?

—No —Diana sonrió, ya que nunca había pensado en esa pregunta—. Además, siempre supe que no quería casarme con ninguno de ellos.

—¿Y qué piensas de mí?

—Bueno... —Diana tampoco había considerado eso. Ni el matrimonio, ni siquiera la idea de él, habían cruzado por su cabeza. Tomó la cara de Robert entre sus manos y lo besó en la boca; después, se arrodilló contra él, tirando la botella en ese movimiento—. A propósito del matrimonio, no sé —expuso—, pero quiero hacer el amor contigo. ¡Oh, no sabes cuánto lo deseo!

Robert se veía azorado. Sin duda, pensó, ninguna mujer le había dicho esto antes. Pero no iba a detenerse ahora; no podría hacerlo. Diana le deshizo el nudo de la corbata y le desabotonó la camisa.

—Di —susurró él con dificultad.

—Tengo que saber —señaló ella y lo besó de nuevo— si aún puede ser posible.

Janice Corliss se detuvo junto a la cama y miro a su amiga.

Diana estaba desnuda, lo que no era extraño; ella siempre dormía desnuda. Pero, obviamente, no había dormido sola. Sus piernas estaban extendidas como si fueran brazos y tenía una almohada sobre el rostro; su pecho se movía cuando respiraba y roncaba tenuemente. Parecía totalmente abandonada, porque, cuando hacía el amor, Janice estaba segura de que se abandonaba por completo.

Pero también se veía, incluso en su sueño, enormemente feliz y exageradamente bella.

Janice suspiró, entró en el baño, mojó una esponja, regresó a la habitación y la exprimió sobre el rostro boca arriba. Por un instante, no sucedió nada; a continuación, Diana lanzó una exclamación ahogada y se volvió sobre su estómago.

Janice exprimió la esponja sobre su espalda.

—Este lugar huele como a una cervecería —aseveró. Con el pie, golpeó algo que estaba debajo de la cama y se detuvo para sacar una botella de champaña vacía—. Van a tener que lavar la alfombra.

Diana se incorporó sobre sus rodillas, pero por el momento no pudo ponerse en pie.

—¿Fue tan bueno como habías pensado?

Diana suspiró, dejó que sus rodillas se deslizaran y rodó de nuevo sobre su espalda, pero sus ojos ya estaban abiertos.

—¡Oh!, sí —afirmó—, ¡Oh!, sí... Bueno, en parte. En realidad, fue un poco raro. Al principio, yo tuve que hacer todo. Y después él, de repente, tomó la iniciativa. Tú sabes... bueno... tal vez será mejor que no te comente nada.

Janice se volvió y se alejó, sacó su maleta del fondo del guardarropa y la abrió sobre una silla. Luego, empezó a sacar su ropa interior de los cajones de la mesa de noche.

—¡Jan!

—Pienso que soy tan superflua, que ni siquiera debería respirar —espetó Janice.

—Pero Jan... nos vamos a casar.

Janice volvió la cara para verla, lentamente.

—Bueno —explicó Diana—, él me lo pidió.

—Y tú respondiste que sí.

—Bueno, algo así. En realidad, no tuve tiempo para pensar, anoche. Quiero decir, va a haber problemas. Como mamá, por ejemplo.

—Tienes toda la razón —recalcó Janice—. Tu mamá, para nombrar sólo unos cuantos cientos, y tu papá. Y tu abuelo y abuela. La explosión va a hacer que la bomba atómica parezca un fuego artificial. Llegas aquí y en seguida te enamoras de un cazafortunas itinerante...

—Él no es un cazafortunas —afirmó Diana.

—¿Acaso es rico?

—Bueno... no.

—Entonces, ¿qué tiene?

—Bueno... en realidad, nada. Él mismo me confesó que está aquí con dinero prestado. Es exageradamente honrado. Incluso, me confesó que su padre no era de ninguna manera general, sino sólo un mayor, quien fue dado de baja en el ejército por contrabando después de la guerra.

—¡Oh, Dios mío! —exclamó Janice—. No sigas. En verdad no deseo saber que su madre fue detenida por robar en las tiendas y su abuelo fue colgado o alguna otra cosa por el estilo.

—Supongo que todo esto te parece muy divertido —observó Diana, pero se sentía más herida que enojada—. Simplemente te estoy intentando explicar que él... bueno, no podría ser un posible cazafortunas.

—¡Oh!, por supuesto. Y claro que también te confesó que no tenía ni la menor idea de quién eras hasta que tú se lo dijiste.

—Bueno... hasta que tío Peter se lo dijo.

—Y tú, desde luego, se lo creíste. Porque él es tan honrado...

Para su sorpresa, Diana todavía no perdía los estribos. Por el contrario, saltó de la cama, se dirigió hacia el cuarto de baño y metió la cara bajo el grifo de agua fría durante algunos segundos.

—¿Está por ahí la otra botella de champaña?

Janice la vio sobre la mesa.

—Sí, pero el hielo se ha derretido.

—Puede ser que aún esté frío. ¿Quieres servirme un poco, por favor?

Janice titubeó y, acto seguido, hizo lo que Diana le pedía.

—Mummm —Diana bebió—. Sírvete una.

—No, gracias.

—¿Porque te vas a ir definitivamente?

—Sí.

—Yo tenía cierta esperanza de que fueras mi dama de honor, si me decido a hacerlo.

—Lo que quieres decir es que tenías cierta esperanza de que yo te dijera que era la gran idea. Me pondré de tu lado —le contestó Janice—. Bueno, no es una gran idea. Apesta fatal. De todos modos, no puedes hacerlo. A tus padres les dará un ataque.

—No estoy tratando de casarme hoy ni siquiera mañana —replicó Diana—. Sólo estoy pensando en comprometerme. Nos casaremos en Nueva York, por supuesto.

Janice se encogió de hombros.

—Comprométete, pues. Vete a vivir con él. Después de lo de anoche, ya no tiene relevancia. Para eso, ya no me necesitas aquí. Pero yo no quiero tener que ver nada con esto. En especial, no deseo tener nada que ver con el incumplimiento de promesa que vas a tener cuando tu mamá te ordene que rompas con él.

—¡Oh!, en realidad, Jan...

—¿No puedes ver que este hombre anda tras el dinero? Si puede atraparte, tiene garantizada la comida para toda la vida. Pero, aunque no lo consiguiera, debes saber que sólo hay una remota posibilidad de que esto funcione, tiene que haber pensado en una manera de obtener algo de todo esto.

—Eso no es verdad —reclamó Diana.

Janice se sentó junto a ella sobre la cama.

—Di, escúchame. Él te ha infundido grandes bríos. Como decías, lo necesitabas, lo buscaste y lo conseguiste. No lo justifico, pero puedo explicármelo. Así, tal vez pueda brindarte un poco más de vitalidad esta noche y otra poca mañana. No obstante, al final vas a volver al punto de partida, queriendo deshacerte de él. Y, en tanto, puesto que parece ser un poco más listo que los otros pelmazos que has acumulado con los años, va a sacarte todo lo que pueda. Cristo Todopoderoso, aunque él no hubiera en realidad obtenido algo, tendrá un día de campo arrastrándote por los tribunales. ¡Di! Voy a hacer un trato contigo: permaneceré aquí contigo durante dos días y dos noches más. Y los pasaré lejos de aquí, de manera que puedas hacer el amor con él desde que oscurezca hasta que amanezca. Pero, mientras tanto, no aceptes su propuesta. Y, al cabo de tres días, levantemos nuestras tiendas tú y yo y vayámonos discretamente a algún sitio donde este sujeto Robert no pueda seguirnos. ¡Por favor, Di, por favor!

Diana se le quedó viendo a Janice durante varios segundos. A continuación, señaló:

—No lo has comprendido. No voy a casarme con Robert. Lo sé. Él es... bueno, es distinto. Es sincero y es... bueno... honrado, Jan. Te lo juro, él me ha pedido que me case con él. Pero no quiere que me precipite. Sabe que vamos a tener problemas más adelante y considera que deben ser enfrentados antes de que tomemos alguna decisión. Y ¿sabes qué? Él ha investigado que el tío Peter está en París en viaje de negocios. Se puso en contacto con él y lo puso al tanto de la situación, y el tío Peter dice que desea vernos a los dos. Hoy vamos a desayunar con él. El tío Peter es su jefe, recuerda. Ahora, él sabe que Robert está enamorado de mí y parece que no le disgusta en nada. A Robert eso no le agrada mucho. Teme que pueda haber un motivo ulterior, alguna especie de enemistad de familia que se remonta a un par de generaciones. Así que vamos a enfrentarnos a este primer obstáculo y a ver si podemos sortearlo. ¿Eso te suena a un cazador de fortunas? Si lo piensas un poco, verás que te estás comportando de una forma absurda.

Janice se puso de pie y continuó empacando.

—¡Diana! ¡Mi querida niña! ¡Qué hermosa luces hoy! —Peter Borodin se levantó de la mesa y se acercó para tomar las manos de Diana y besarlas una tras otra—. Pero, pensé que íbamos a ser cuatro. ¿Dónde está tu amiga, la señorita Corliss?

—Ella regresó a casa —informó Diana.

—¿Debido a Robert? ¡Santo cielo! El joven sinvergüenza me ha estado diciendo cómo te ha estado importunando.

Ése no era exactamente el planteamiento que Diana había esperado. Ella podía percatarse de que la personalidad del tío Peter se volcaba sobre ella como una ola casi sólida. Esto, pensó ella, no había sido tan evidente en su primer encuentro. Entonces, él había estado más interesado en el tío John. Ahora se mostraba interesado en ella.

—Quieres decir que él ha estado ocupándose de mí, tío Peter —corrigió ella, dándole un beso en cada mejilla—. No sé qué hubiera hecho sin él.

—¡Ah! —Peter se sentó y sirvió champaña de una botella ya abierta.

—No más champaña —murmuró Diana—. Me saldrá hasta por las orejas.

—De manera que ya han estado celebrando, ¿eh?

—Bueno... —Diana le sonrió a Robert, quien se veía claramente ansioso—. En cierto modo —concedió.

—¿Quieres decir que has aceptando su propuesta?

—Bueno...

—Tú no deseas casarte con él. ¡Oh!, muy prudente.

—No, no —protestó Diana sin pensarlo—. Es que... pensaba en si estarías entusiasmado con la idea.

—Lo estoy. Por él; pero no si tú tienes más sentido común.

—¡Oh!, yo... —Diana sintió que comenzaba a sentirse algo confusa, como si el vino fresco enviara su alcohol rápidamente a su cabeza, donde ya había bastantes residuos—. Hay tantas cosas qué considerar, tío Peter. Bueno... tú debes saber algunas de ellas.

—Desde luego. Tú eres una princesa de Rusia.

—Una... ¡Buen Dios! No. ¿Lo soy? No puedo serlo.

—Caracoles —solicitó Peter Borodin al capitán—. Tomaremos *lescargét*, ¿eh, hijos míos? Y luego filete. ¡Bien! Una botella de Pouilly-Fumé para iniciar y después dos de ¡Château Batailley, 1945! Ni un año posterior. Querida, no ha habido un buen claret desde 1945; pero, por supuesto, tú sabes eso.

—No —respondió ella—, no sabía. Tío Peter esto va a ser una orgia.

—Por supuesto. Para una princesa rusa.

—Tío Peter...

—Estoy bromeando, claro —indicó Peter—. Ya no existen cosas tales como princesas rusas. Han sido prohibidas por el camarada Stalin. Y, aunque las hubiera, tú no eres mi hija. Y yo tuve una hija.

—Por supuesto —añadió Diana—. Ruth Brent.

—Ruth Brent —repitió Peter desdeñosamente—. Sí, primero se casó con un ex nazi, ¿lo creerías y que su madre era una judía? Y, a continuación, cuando él fue ejecutado, como debió haberlo sido desde mucho tiempo atrás, ella se casó con un policía inglés, quien eligió vivir en un kibutz israelí. ¿Puedes creerlo? ¡Una princesa rusa! Así que te diré esto, mi querida Diana: si yo estuviera en posesión de todos mis estados, hubiera desheredado a esa muchacha loca y, después, ¿a quién podría dejarle mi fortuna? Hubiera pensado en un sobrino varón, obviamente. Pero no hay ninguno apto. Mi hermana más joven está muerta. Su hijo varón está encerrado en una prisión estadounidense. Mi otra hermana ha tenido dos hijos, mis sobrinos. Uno es el hijo de un comisario, ése es tu tío John, mi querida niña. El otro es tu propio padre. Mas sospecho que para tu padre es más valioso ser presidente de los periódicos Hayman que ser príncipe de Starogan. De modo que sólo quedas tú —el mesero había servido ya el Pouilly-Fumé, y el príncipe alzó su copa—. Hago este brindis por la princesa más bella que Rusia haya visto alguna vez.

—Vamos, tío Peter... —Diana se dio cuenta de que el rubor se le había subido a las mejillas, y esto no era normal en ella. Entusiasmada como estaba, Diana decidió recordarle que ella, también, algún día, sería presidenta de la cadena periodística Hayman y que, quizá, también decidiría que eso era más trascendente que ser la princesa de Starogan.

—Por quien desea casarse con el protegido —agregó Peter—. Por el joven al que reconocería como mi hijo, si aún tuviera estados que heredarle.

—¿En verdad lo harías, tío Peter? —Diana sonrió a Robert, quien asimismo se había sonrojado, y ahora se veía más confundido que nunca. Ella apretó de nuevo su mano, animándolo—. ¡Oh!, yo deseo casarme con Robert. Lo amo, pero, ¿qué dirá mamá?

—¿Mamá?

—Mi madre.

—Jamás he visto a tu madre —declaró Peter solemnemente, dejando entrever que esta omisión se debía a Elizabeth y que iba también en detrimento suyo—. Pero aún soy la cabeza de la familia Borodin. Mis decisiones son las que cuentan.

—¿Realmente lo crees así?

—Por supuesto —aseguró Peter—. Tú quieres casarte con Robert. Tienes mi bendición. No puedo pensar en una unión más feliz.

—Pero... —sólo unos cuantos minutos antes, él había afirmado que ella sería prudente al no casarse con Robert. Diana deseaba poder tener unos cuantos minutos a solas para pensar.

—*Voilà!* —exclamó Peter—. Está hecho.

—Quisiera que fuera tan sencillo —adujo Diana—; pero, como sabes, todavía no cumplo los veintiún años, y...

—¿Eso tiene alguna importancia? Veinte años es una terrible edad para casarse. Todas las princesas rusas se casaron antes de los veinte años, a menos que eligieran entrar en un convento.

—¿En verdad lo hacían así? En Nueva York es legal hacerlo a los dieciocho años, pero no sé lo que estipule la ley francesa.

—¡La ley francesa! —observó Peter con mucho desprecio—. Las leyes para los plebeyos, no para las princesas. Tu madre es una plebeya, ¿estoy en lo correcto?

—Bueno, yo no diría eso —respondió Diana lealmente—. Pero el hecho es que ella no me envió acá para que me comprometiera; ni siquiera con la idea de que eso pudiera suceder. Pensé, tal vez, que debería escribirle y comentarle acerca de Robert y, después, si en realidad deseas ayudar, tío Peter, quizá podrías escribirle tú también y decirle... bueno... —Diana observó a Robert y nuevamente se ruborizó—, que tú lo conoces y que trabaja para ti y que realmente no hay nada falso sobre el proyecto... ya sabes a lo que me refiero.

—Estás pensando en el padre de Robert. Ésa fue una verdadera desgracia. Nosotros tenemos un tío abuelo que murió en el cadalso por traición. Se había casado con una mujer polaca y prefirió luchar al lado de ellos contra las fuerzas del zar en 1863. Una pésima persona, puedo asegurártelo.

—Más bien, suena a un acto de valentía —comentó Robert.

—Se lucha por el zar o por el representante del zar —corrigió Peter severamente— o se es un traidor —sonrió—. Estoy ahondando en la historia. Pero lo que intento decir es que en el armario de cualquier familia hay esqueletos. Sin embargo, ello no impidió que tu madre se casara con tu padre, ¿eh?

—No creo que supiera nada de eso. Y de cualquier forma... —Diana se mordió los labios. No era el momento para puntualizar que oponerse a un zar tiránico en favor del pueblo oprimido fuera equiparable con el delito de robar unas cuantas docenas de binoculares.

—Por supuesto, escribiré a tu madre, si lo deseas. Pero, ¿eso la hará cambiar de parecer? —Peter Borodin volvió a llenar su copa y apretó la mano de Diana—. Conozco a estas madres, créeme. Yo tuve una alguna vez. Era un verdadero dragón. Sólo le importaba la familia. ¿Sabes lo que hubiera hecho en estas circunstancias? Hubiera dicho: "Claro, querida, si lo amas, debes casarte con él". Y, de inmediato, hubiera comenzado a tratar de separarlos de alguna manera.

—¡Oh!, pero... —Diana volvió a morderse los labios. No podía negar que eso sería exactamente lo que su madre haría. Ella siempre estaba tratando de manejar las cosas para manipularlas, sin que jamás salieran a la luz. Por otra parte, recordó de pronto que la principal preocupación de su madre durante los dos últimos años era la ausencia de un compromiso y el pensamiento de que su única hija pudiera tener deseos no muy ortodoxos. ¡Si supiera!

No obstante, por el otro lado, cuando su madre pensaba en un compromiso, se trataba de alguien que reemplazara convenientemente a Richard Mailing. Ella vería a Robert como un don nadie y, para colmo de males, ni siquiera estadounidense.

¡Qué confuso es el mundo!

—Llega un tiempo —prosiguió Peter— en que, como dice el poeta, debes tomar la vida por los cuernos —hizo una pausa, frunciendo el ceño, consciente de no haber hecho la cita apropiada. Después, sonrió brillantemente—. Eres joven y estás enamorada. ¿Qué puede haber más hermoso que eso? Pero, además, eres una heredera y el hombre que amas no es rico. Todas las fuerzas reprobatorias de la ley, el orden, la propiedad y la familia se reunirán para impedir que esto ocurra. Te parecerá imposible creer que ello pueda ser cierto, que en realidad puedas amar a otro ser humano de otra clase social y económica. ¿Amas a Robert?

—Bueno... por supuesto que sí.

—¿Deseas ser su mujer?

—Sí —respondió ella casi desafiante.

—Entonces, sugiero que te cases tan pronto como sea posible. Esta tarde, tan pronto como terminemos de comer.

—Pero... esto no es posible.

—¿Por qué no es posible? Robert ya tiene una licencia.

Diana volvió su cabeza bruscamente.

Robert se ruborizó.

—Bueno, el príncipe Peter sugirió que pidiera una... si se daba el caso.

—Pero... mi edad...

—Por recomendación mía, él anotó veintiún años. Aquí no hay demasiados detalles acerca de estas cosas —explicó Peter—. Asimismo, mencionó que ustedes dos han estado residiendo en París, estudiando arte, durante varios meses. Otra vez, es improbable que traten de verificarlo.

—Pero... mi madre...

—Las madres requieren que les presentes un *faît accompli* —le advirtió Peter—. Aparécete en Nueva York anunciando que estás comprometida con un hombre que se halla a cuatro mil y pico de kilómetros al otro lado del Atlántico, y ellos dirán, al menos para sí mismos, ¡jamás! Aparécete en Nueva York, bien y verdaderamente casada, con un esposo a tu lado y tal vez incluso embarazada, y ellos aceptarán la situación.

Diana sacudió la cabeza despacio.

—Tú no conoces a mi madre, tío Peter. Ella hará que lo anulen. Reunirá todas las fuerzas de la ley, el orden y la propiedad, de las que hablaste antes.

—Entonces, debemos hacer fracasar su propósito. Repito, ¿quieres casarte con Robert?

—Sí —afirmó ella, habiéndose convencido a sí misma de que no había nada en el mundo que deseara más que eso.

—Entonces, considéralo hecho, Robert tiene una licencia. Yo soy el pariente vivo más viejo. Te casarás esta tarde, en mi presencia y con mi bendición. Después, les diré lo que harán: se irán de viaje de luna de miel adonde nadie pueda localizarlos. Una larga luna de miel; digamos cinco semanas, al cabo de las cuales, si yo conozco a mi Robert, estarás embarazada —le guiñó un ojo al muchacho, quien estaba cada vez más desconcertado—. Ahora, durante ese tiempo, me pondré en contacto con tu madre así como con Ilona. Si es necesario, yo mismo iré a Estados Unidos para verlas. Asumiré toda la responsabilidad por lo que ha acontecido y las convenceré de que es lo mejor que podría haber ocurrido.

—¡Oh!, pero... ¿lo harías, tío Peter? ¡Oh, si lo hicieras! Pero, ¿adónde podríamos ir?

—Tengo aquí —comunicó Peter solemnemente— dos boletos de ferro-carril, de primera clase, para Moscú.

—¿Para Moscú? —inquirió Diana.

—¿Para Moscú? —preguntó Robert.

—Para Moscú —recalcó Peter —. Es el único lugar adonde jamás pensa-rían en buscarlos. Además, tengo una reservación para la luna de miel en el hotel Berlín y una cartera llena de cheques de viajero para que Intourist les proporcione guías para dondequiera que el que visita Moscú debe ir. Adonde quiera que deseen ir, por supuesto. No dejen que los bolcheviques interfieran con su privacidad.

—Pero... esto es imposible —expuso Diana—. Para Moscú... necesitamos visas y...

—Las visas ya están arregladas —le explicó Peter—. Lo único que deben hacer es darme sus pasaportes y se los devolveré mañana con las visas ya adheridas. Los rusos las pegan, como ustedes saben, y después las arran-can cuando ustedes salen. Gente muy suspicaz. Pueden pasar la noche en el George V... Dices que tu amiga ya se fue. Y, luego, mañana...

—¡Moscú! —exclamó Diana—. Siempre soñé con visitar Moscú; pero mamá y papá no querían escuchar hablar nunca de eso.

—Sorpréndelos.

Robert seguía con el ceño fruncido.

—Creo que usted y yo deberíamos discutir este plan, señor.

—¿Discutirlo? ¿Tú y yo? Lo que quieras discutir de ahora en adelante, mi querido joven, deberá ser discutido frente a Diana, que será tu mujer.

—Estoy de acuerdo con eso —apoyó Diana.

—Bien, señor... —Robert enrojeció—. ¿No considera usted que podría resultar un poco peligroso?

—¿Peligroso? ¿Para quién? No pretenderás repartir propaganda sub-versiva, ¿o sí? ¿O matar a alguien? —sonrió.

—Quiero decir que, bueno, Diana es de ascendencia rusa...

—Mi querido amigo, un gran porcentaje de la población del mundo tiene ascendencia rusa. Estoy consciente de que el sobrenombre de Diana es bien conocido por los rusos, motivo por el cual solicité su visa con su nombre de soltera. Si no quisieran a una Hayman en Rusia, simplemente hubieran de-vuelto la solicitud; pero han informado a la embajada británica aquí en París que la visa ha sido concedida.

—Porque seré la señora Loung —expresó Diana, dándole un apretón de mano a Robert.

—Tal vez no hayan tenido tiempo de cambiar el pasaporte, por supuesto; pero no te preocupes por ello. Tendrás un certificado de matrimonio y los rusos son muy comprensivos para este tipo de cosas.

—Sigo pensando... —murmuró Robert.

El príncipe Peter terminó su último caracol, se sirvió el resto de la botella de vino blanco y dio la señal para que trajeran el rojo.

—Ya sé lo que tiene él en la mente. ¿Comprendes que Robert trabaja para mí, Diana?

—Desde luego.

—Yo estoy dedicado a la destrucción del Estado comunista y Robert también; aunque, claro, nadie sabe esto en relación con él. Sin embargo, él estima que no es correcto que visite como turista un país cuyo gobierno está dedicado a derrocar. Ahora, ¿le ves algún sentido a eso? ¿No debería estar ansioso de ver por sí mismo a sus enemigos?

—¡Oh!, sí —contestó Diana—. Incluso, puede llegar a descubrir que en realidad no son enemigos y, después, no tendrá que destruirlos.

Peter la miró desde abajo de sus cejas arqueadas.

—Bueno —dijo ella—, destruir a la gente está un poco pasado de moda ahora, ¿o no? ¿Sabes qué, tío Peter? Creo que tú también deberías ir a Rusia y constatarlo por ti mismo. Luego, tal vez, cambies de opinión.

—Yo he estado en Rusia —aseveró Peter—. Viví allí los primeros cuarenta años de mi vida. Te puedo garantizar que no hay ninguna probabilidad de que cambie de parecer. En todo caso, jamás me dejarían entrar —sonrió, olió el corcho del claret y asintió. Cuando estuvo servido, levantó su copa—. Pero puedes intentar convencerme cuando vuelvas, si gustas. Así, pues, un brindis por el señor y la señora de Robert Loung.

—Podemos brindar por eso —apoyó Diana—. Yo también propondré uno: ¡Por Rusia! —apretó la mano de Robert—. No te pongas tan renuente, querido, creo que es una buena idea.

—Sabía que aceptarías —manifestó Peter—. Así que esta tarde, en el hotel de Ville. Pero, debido a todo lo que estamos haciendo por adelantado, como tener la comida de bodas antes del matrimonio, tengo algo qué mostrarles ahora: un regalo que pueden utilizar en su viaje de bodas.

—¡Oh!, ¿qué es? —preguntó Diana, mezclando el vino rojo con el blanco, como ya había combinado éste con el champaña para darle a todo el día un magnífico toque rosa.

Peter chasqueó los dedos e hizo una seña con la cabeza al capitán del hotel.

—¡Mi regalo de bodas! —anunció—. Lo compré esta mañana, pues sabía que se iban a casar. Yo siempre he pensado en dar regalos útiles, querida.

—¡Oh, son estupendas! —exclamó Diana poniéndose de pie cuando el mesero se acercó llevando, una en cada mano, un par de grandes maletas de piel, con una inicial en hoja de oro.

CAPÍTULO VII

—¡OH! —EXCLAMÓ DIANA, MIENTRAS UNA LLUVIA DE PÉTALOS DE rosa descendía sobre ella. El tamaño de la muchedumbre la había tomado por sorpresa. El vestíbulo del hotel estaba atiborrado de personas, a ninguna de las cuales Diana recordaba haber visto en su vida. Eran principalmente camareras y mensajeros, todos con pequeñas cestas cuyo contenido estaban ahora esparciendo sobre su elegante vestido azul pálido, que ella había escogido pues había podido encontrar un sombrero con velo que le hiciera juego—. ¡Oh, tío Peter!

Peter Borodin sonrió, y la tomó por la mano izquierda; la mano derecha de Diana estaba firmemente oculta en la de Robert. Éste se veía tan orgulloso, pensó ella, y tan feliz. Bueno, ¿no estaba ella también contenta?

De pronto, se estaba percatando de que esto era lo que ella había querido toda su vida. La noche anterior, se habían amado, amado, amado. Y había sido algo diferente, ya que ella había sido su esposa. Y ahora...

—Estas cosas exigen un poco de organización —explicó Peter—, pero el hotel tiene experiencia en bodas y en lunas de miel.

—Tú también debes tener experiencia —susurró Diana cuando los tres entraron en el taxi—. Nada de esto hubiera sucedido, nada de esto pudiera haber ocurrido, sin ti, tío Peter. No sé cómo podré pagártelo alguna vez.

—Ha sido un gusto para mí —le respondió él, y la besó en la mejilla—. Y me lo pagarás siendo feliz. A la estación del norte —ordenó al conductor del taxi.

—¡Oh!, ¡cómo me hubiera gustado que Janice se quedara! —expresó Diana—. Realmente hubiera gozado cada uno de los segundos que duró; pero creo que ahora ya se halla a la mitad del Atlántico —miró a su tío súbitamente alarmada—. ¡Camino a casa para avisar a mi madre!

Peter continuó sonriendo, tomando su mano.

—Janice no llegará a casa por lo menos en otros tres días, querida —aclaró— y, en ese lapso, yo llamaré a Ilona por el teléfono trasatlántico y le explicaré la situación y, sin duda, también hablaré con tu madre.

—No puedo evitar pensar que yo debería haber hecho eso —externó Diana.

—Y como sigo diciendo, ése hubiera sido un tremendo error. Están en su luna de miel, no deben pensar en otra cosa que en disfrutar la una del otro. Todo lo demás, déjenmelo a mí.

No tardaron mucho en llegar a la estación y Peter se les adelantó para organizar a los maleteros y dar órdenes para que tuvieran cuidado con el equipaje.

—En cierto modo, él se hace cargo de las vidas —explicó Robert apologéticamente—. Es su forma de ser.

—Estoy muy contenta de que ésa sea su manera de ser —aseguró Diana—. Muy contenta. O no estaríamos aquí.

—¡Por aquí! —Peter les iba haciendo señas para guiarlos a su vagón—. Este carro sigue con el tren hasta la estación central de Moscú. Ustedes están en el número tres. No es el Expreso de Oriente, pero es el mejor que los rusos tienen en la actualidad. Ahora, recuerden esto: diviértanse.

La puerta se cerró y unos cuantos minutos más tarde el tren principió a moverse. Peter estaba de pie en el andén despidiéndolos hasta que se perdieron de vista. A continuación, se abrió paso vigorosamente entre la multitud y salió de la estación hacia el sitio donde estaba esperándole el taxi.

—¡Muy bien! —dijo—. En verdad, muy bien. Ahora, lléveme a la embajada soviética, por favor —se arrellanó en los cojines, tarareando.

—Debo revisar sus boletos, por favor —informó el conductor en un francés bastante bueno:

—¡Oh!, sí. Aquí están —Robert sacó su cartera de viaje.

—Y sus pasaportes.

—Sí —encontró el suyo, observó a Diana, quien le dio también el suyo. El conductor los hojeó lentamente—. Estamos casados —explicó Robert—. Ayer. Tengo un certificado, pero no hubo tiempo para que modificaran los pasaportes, usted sabe.

—Me quedaré con éstos —comunicó el conductor.

—¿Eh?

—Cruzaremos la frontera esta noche y nuevamente mañana. Ustedes estarán durmiendo. Me quedaré con ellos y me haré cargo de las formalidades por ustedes.

—Bueno, está bien, si usted quisiera... sería muy amable de su parte.

—Ahora —dijo el conductor— les mostraré las camas. Estas correas, eh...

—No necesitaremos la litera superior —indicó Diana.

El conductor levantó las cejas, pasó la mirada de uno a otra, como comparando el tamaño combinado de ambos con la anchura de la litera.

—Estamos pasando nuestra luna de miel —comunicó Diana.

—Lu-na-de-mi-el —repitió el conductor sin saber aparentemente lo que significaba. Se encogió de hombros y se dirigió a la puerta—. Si desean té, llamen, ¿eh? Tengo té.

La puerta se cerró. El tren iba incrementando su velocidad conforme dejaba atrás París. Diana echó un vistazo a los cuatro grupos de instrucciones que estaban sobre la puerta del lavabo.

—Pero... ninguna está en inglés.

—Es un tren ruso —le recordó Robert—. Así que están en ruso y, supongo, que las siguientes están en polaco. Pero no te apures, las otras dos están en alemán y en francés.

—Aún no hablo muy bien el francés —Diana apretó su mano—. Deberás venir conmigo al tocador para mostrarme cómo funciona.

—Yo hablo alemán y ruso —dijo Robert—. Tu tío nos hizo aprenderlos. Pero... ¿tú no hablas ruso?

—¿Por qué debía hablarlo?

—No hay ningún motivo, supongo —se sentó y le dirigió una sonrisa—. Hay tantas cosas que no sé de ti.

Diana se sentó a su lado.

—Y muchas que yo ignoro de ti, querido; pero esto es lo que vamos a hacer durante las siguientes cinco semanas. Averiguar todas esas cosas. ¿O no?

—¿Todos los esqueletos que hay en los armarios?

—Todos —contestó Diana—. Y voy a amarlos a todos.

Demasiadas cosas, pensó Diana. Y todas buenas, pues deben ser buenas; se negaba a reconocer la posibilidad de que algo fuera malo. Incluso los padres de Robert, de los que se mostraba tan renuente a hablar. Pero ella estaba decidida a ir y conocerlos cuando volvieran de su luna de miel, antes que ella y Robert se marcharan para Nueva York. Diana estaba convencida de que incluso ellos serían buenos: eran parte de Robert.

Diana estaba en los brazos de Robert y el tren rodaba en la oscuridad atravesando la llanura alemana del norte, suponía. Era más de la medianoche y se habían detenido por lo menos dos veces, en medio de grandes ruidos metálicos, silbidos, órdenes dadas a gritos y ruido de pasos en el pasillo. Guardias fronterizos. Pero, fiel a su palabra, el conductor, evidentemente, había arreglado todo, y ellos no habían sido molestados; aunque esto no le hubiera importado a ella, ya que apenas si había dormido.

Suponía que estaba muy excitada, principalmente por lo que había hecho: el primer acto abierto de desafío al monolítico mundo social y financiero en el que había nacido y en el que se esperaba que ella tomara el lugar que le correspondía por nacimiento. Lo había desafiado antes. Durante los dos últimos años, lo había retado casi de manera continua, pero siempre en secreto y con sentimiento de culpabilidad. Si no lo hubiera contradicho, pensaba que se habría vuelto loca; mas nunca antes había tenido el valor de hacerlo abiertamente. Ahora lo había hecho, y podía imaginarse el resplandor de notoriedad cuando la noticia se difundiera.

Y todo a causa de un hombre que ella apenas conocía. ¡Cómo la perseguía este pensamiento! Pero, ¿cuánto tiempo llevaba conocer a un hombre? Todo lo que había sabido de él, le agradaba. Su propio cuerpo que aún se estremecía con las caricias de Robert, tan diferente del que ella había conocido previamente. Él era extremadamente tierno, tal vez no más imaginativo que sus otros amantes, pero muy tierno.

Además, no era posible edificar un matrimonio simplemente sobre el sexo. Diana se sonrió a sí misma; estaba intentando pensar igual que su madre. Pero, aun su madre, hubiera estado de acuerdo con que no era posible construir un matrimonio sin sexo. Éste era un cimiento esencial. Y, dado que era mejor que cualquiera que ella hubiera conocido, tenía que ser de un concreto de la mejor calidad. Cierto que había cosas acerca de Robert que tenía la esperanza de modificar con el tiempo. Y cambiar por completo, tan pronto como fuera posible. Como esa absurda actividad contrarrevolucionaria que llevaba dentro. Ella todavía no estaba segura de qué era lo que hacían los seguidores del tío Peter. Aparentemente, se sentaban para reunir información y repartir propaganda y preparar una especie de Día-D, el cual, por cierto, jamás llegaría.

Había que apartar a Robert de todo eso y del tío Peter y llevarlo a Nueva York. Papá podría darle un puesto en el periódico. Robert entendería que, como ella tenía que prepararse para hacerse cargo de la empresa, debía radicar en Nueva York.

De hecho, Diana no tenía la intención de vivir en ningún otro lugar.

Pero, de algún modo, el compromiso de Robert con el tío Peter era espléndido. Pequeños seres humanos, dignos de compasión, y no obstante, sin esperanza, contra la inmensidad del Estado soviético. Era lo más tranquilizante de todo. No podía haber nada esencialmente malo en algo tan idealista, tan... bueno, noble, y era amigo del tío Peter. El tío Peter confiaba en él. Con el tiempo, habría una crisis en la que ella tendría que desempeñar su papel para superarla. Sin embargo, el solo hecho de que al tío Peter le agradara y de que confiara en él era de lo más tranquilizador. Porque el tío Peter era, en realidad, un hombre noble. Irritante a veces. Y, ciertamente, más loco que una cabra cuando se trataba de la Rusia soviética. Pero absolutamente seguro de sí mismo y tranquilizante... el tío Peter jamás hubiera permítido que se casara con nadie en el que él no confiara por completo.

Llamaron a la puerta inmediatamente antes de que ésta se abriera y Diana se dio cuenta de que, después de todo, había estado dormida. Afuera había luz de día.

El conductor le dirigió una sonrisa y colocó dos tazas de té, cada una en un recipiente de plata, sobre la tabla que cubría el lavabo.

—Estamos entrando en Berlín —anunció en francés—. Querrán estar despiertos para ver Berlín.

Se sentaron uno frente a la otra en una mesa del vagón comedor y ordenaron un filete tártaro y, para beber, Sangre de Toro. El vagón comedor no era el Maxim's, ni por el servicio ni por los alimentos, y el Sangre de Toro húngaro no era exactamente un Chateau Batailley, pero, en realidad, eso no importaba. Estaban en una aventura. Esa mañana habían desayunado poco después de salir de Berlín, y media hora antes habían salido de Varsovia. En este momento, atravesaban otra llanura, casi plana, que se extendía hasta donde alcanzaba la vista, con granjas o aldeas ocasionales y personas dispersas, vestidas muy pobremente y con rostros cansados y ansiosos... pero que saludaban con la mano cuando pasaba el tren.

—Supongo que aún están recogiendo los restos de la guerra —señaló Robert sombríamente.

—Parece increíble que hayamos estado ya en este tren treinta y seis horas —dijo ella— y todavía no lleguemos a Rusia.

—A medianoche —informó él—. Es cuando el guardia explicó que llegaremos a la frontera.

—Con todo, son treinta y seis horas sin un baño —expuso ella—. Y otros dos días para pasar al otro lado. Vas a colgarme de la ventanilla mucho antes de eso.

—Pareces arreglártelas bien con tu toallita para lavarte la cara —le expresó Robert—. Lo que en verdad es increíble es que hayamos estado casados durante dos días completos. ¿Aún no cambias de parecer?

Diana le envió un beso.

—¿Cómo podría hacerlo? No he visto a nadie más en todo este tiempo. En realidad, pienso que no.

Ambos se tomaron de la mano para retornar al compartimiento. Éste se había convertido en su pequeño mundo, en el que sólo ellos vivían. Una diminuta cápsula en la que celebraban sus ritos de amor, su entusiasta intercambio de todo: cada gesto, cada pensamiento, cada deseo, lo que alguno de ellos poseía. Ahora, ella sabía que todo iba a salir bien. No era posible pasar cuarenta y ocho horas consecutivas totalmente en compañía de un hombre y no saber que todo resultaría bien.

Diana ya estaba dormida a las nueve; no había dormido profundamente la noche anterior. Estaba levemente consciente de que el tren se había parado, se dio cuenta de que, por fin, estaban en la frontera rusa, un lugar llamado Brest-Litovsk, según recordaba. Pero el conductor tenía sus boletos y sus pasaportes. Ella se acurrucó más en los brazos de Robert; después, se volvieron sobresaltados cuando la puerta se abrió y se encendió la luz.

—¡Qué diablos...! —Robert se incorporó, jalando de inmediato la sábana sobre el pecho de Diana, al tiempo que ambos observaron a los guardias fronterizos con su uniforme verde, dos de ellos, armados con subametralladoras, y a una hermosa joven rubia, vestida de civil.

—¿El señor y la señora Loung? —preguntó la mujer en francés.

—Sí —contestó Robert—. ¿Qué es lo que ocurre?

—No creo que pase nada —respondió María—. ¿Puedo preguntarles cuál es su destino?

—Moscú, por supuesto.

—Pero sus boletos son para Brest-Litovsk.

—Para... ¡Eso es imposible!

—Así es —comentó ella—. Alguien ha cometido un error. No importa. Mi nombre es María. Soy de Intourist, ¿eh? Si quieren venir conmigo. Haré que corrijan sus boletos —miró el pecho desnudo de Diana—. Será necesario ponerse algo encima.

—Pero... —Robert vio a Diana.

—Su esposa debe venir también —explicó María.

—Tiene mucha razón —dijo Diana en inglés—. No voy a dejarte salir en la noche con ella.

—Pero... ¿y el tren? —inquirió Robert—. ¿Nos esperará?

María sonrió.

—Claro. En Brest-Litovsk el tren espera tres horas. Es cuestión de la vía, ustedes saben. En Europa, emplean una entrevía diferente que en Rusia —su tono indicaba que los europeos estaban desesperadamente atrasados—. Así que es indispensable cambiar el tren de su vía a la vía adecuada.

—¿Cambiar el tren?

—Bueno... —María se encogió de hombros—. Es un sistema de maniobras. Con muchas sacudidas. Será mejor que aguarden en la estación. Pero debemos apurarnos; los esperaré en el pasillo.

La puerta se cerró y Robert miró a Diana.

—Parece un poco extraño. ¿Cómo es posible que el hombre cometiera semejante equivocación? Estoy seguro que verifiqué esos boletos y me pareció que estaban en orden.

—Oh, bueno —Diana saltó de la cama, se puso unos calzones y después unos pantalones, incluyó un suéter de cachemira, se dio una pasada con el peine y sujetó los dedos de los pies en unas sandalias—. Es sólo una muestra de la burocracia rusa en acción. Será mejor que hagamos caso o nos devolverán —Diana esperó a que Robert se terminara de vestir y luego abrió la puerta—. Cuando usted disponga, camarada *mademoiselle*.

María sonrió y los acompañó fuera del tren. El andén era una llamarada de luz y era verdaderamente grande; estaba lleno de gente, que formaba una hilera hasta la única ventanilla de boletos. Diana observaba a distancia con el corazón oprimido.

Robert había llegado a una conclusión.

—¿Dijo usted tres horas? Jamás llegaremos frente a la ventanilla a tiempo.

—¡Bah! —exclamó María—. Son campesinos. Siempre están viajando de un lado para otro. Stefan los ayudará. ¡Stefan! —llamó ella y habló rápidamente en ruso.

—¿Qué está diciendo?

—Es increíble —le comentó Robert—. Le está diciendo que haga a toda la gente a un lado y que me ponga a la cabeza de la fila. ¿En Rusia? Creí que aquí no había clases.

—Lección número uno —dijo Diana—. Y luego la gente piensa que tampoco hay clases en Estados Unidos.

—Acompañe a Stefan, señor Loung —solicitó María—. No tardará mucho. Usted venga conmigo, señora Loung.

—¿Adónde?

María volvió a sonreír.

—A la sala de espera "para las damas". Usted no deseará quedarse en un andén con corrientes de aire, en mitad de la noche. Hay un samovar en la sala de espera y allí tomaremos una taza de té. ¡Apresúrate, Stefan, apresúrate! —mandó.

Diana la siguió, lanzando una mirada ansiosa al tren, que estaba comenzando a moverse, resoplando y rechinando.

—¿Está usted segura de que no se va a ir a ninguna parte?

—A ninguna parte —le garantizó María— hasta que ustedes estén listos para volver a él. Ya estamos aquí. Sentémonos.

Diana miró a su alrededor con interés. Se dijo que ya era tiempo de dejar de sentirse irritada y confusa y, por tanto, disgustada, y de empezar a darse cuenta de lo que estaba viendo. No era nada probable que volviera en alguna ocasión a Rusia. Para su sorpresa, la sala de espera para mujeres, que se veía como cualquier otra sala de espera en cualquier otra parte del mundo, estaba vacía, con excepción de un retrato de Lenin y de una mujer grande y corpulenta que estaba tras un mostrador pequeño, en el otro extremo de la sala; el único mobiliario era una mesa y seis sillas rectas. Diana se sentó en una de ellas, mientras María hablaba en ruso con la mujer y ésta principió a sacar platos y tazas y a servir té.

—Té ruso —explicó María—. Es muy bueno, pero muy fuerte. No necesita azúcar.

—Tomé uno en el tren —le contestó Diana—. Estaba delicioso —lo probó y frunció el ceño. Éste ciertamente no estaba delicioso. Tenía un ligero sabor amargo, como si hubiera estado remojándose mucho tiempo. Pero María estaba bebiendo el suyo con mucho gusto, y Diana creyó que sería una descortesía no hacer lo mismo. Contuvo la respiración y vació la taza—. ¿Cuánto tardará Robert, mi esposo?

—Pienso que no mucho —opinó María, mirándola fijamente—. El único problema sería que alguien ya hubiera reservado el compartimiento de ustedes de aquí a Moscú.

—¡Oh, Dios mío! ¿Qué haríamos entonces?

María sonrió.

—No es probable. Y aunque así fuera... bueno, simplemente le diríamos a la otra persona que esperara el siguiente tren, ¿eh? Usted está ahora a mi cuidado, señora Loung.

"¡Qué tranquilizadora es! —pensó Diana, aunque su rostro reflejaba mucho nerviosismo—. No debo estar realmente despierta aún", pensó, y luego, frunció el ceño, cuando sus dedos se aflojaron espontáneamente y la taza de vidrio cayó y se estrelló contra el suelo.

—¡Oh! —dijo— estoy muy apenada —por lo menos, eso fue lo que intentó decir, pero las palabras parecían salir de un fonógrafo viejo con una desesperada necesidad de que le dieran cuerda. Trató de ponerse de pie, porque el resto del contenido de la taza había salpicado sus pantalones y luego cayó hacia adelante sobre el vidrio.

Anna Ragosina levantó la cabeza de los documentos que había estado analizando y miró con el ceño medio fruncido a María.

—Deberías estar en Brest-Litovsk.

—Debería estar aquí, camarada comisario, con las... mercancías que pediste. Están abajo.

—¿Tan pronto? —Anna se puso de pie y rodeó el escritorio—. Es un estupendo trabajo. Eres un tesoro. ¿Y nadie se ha enterado?

—Nadie —afirmó María—. Ni siquiera Stefan entiende con exactitud lo que ha ocurrido. Puse al hombre en la celda treinta y cuatro, en la unidad de los hombres.

Anna asintió con la cabeza. Era una celda de incomunicación.

—Y la mujer está en la celda cuarenta y siete, en el edificio de las mujeres.

—Eso está muy bien —manifestó Anna—. ¿Ya les dijiste a los guardias que nadie debe acercarse?

—Sí, camarada comisario.

—¿Y todavía están bajo sedantes?

—Sí, camarada comisario —María miró su reloj—. Hace tres horas que les puse la última inyección. No despertarán sino dentro de cuatro horas.

—Eres un tesoro —aseveró Anna de nuevo y volvió a ponerse detrás del escritorio—. Puedes tomarte libre el resto de la tarde; pero, dentro de cuatro horas, te necesitaré, cuando vaya a verlos.

—Por supuesto, camarada comisario —pero María no se movió.

—¿Si? —preguntó Anna.

—Hay algo más, camarada comisario —María estaba reprimiendo claramente una gran excitación.

—¿Qué? —la voz de Anna se puso de inmediato alerta.

—Investigué su equipaje, camarada comisario —reportó María—. Lo aparté en el avión mientras volábamos acá.

—Yo no te dije que hicieras eso.

María se humedeció los labios, pero no perdió la seguridad.

—Pensé que debía hacerlo. Y, camarada comisario, descubrí que cada una de las maletas tenía un doble fondo.

—¡Oh, sí! —comentó Anna, sin mucho interés.

—Y el espacio entre cada fondo falso, camarada comisario, estaba lleno de explosivo plástico.

Se le ocurrió a Anna Ragosina que, cuando la suerte comenzaba a estar de su parte, en realidad rebosaba. Al secuestrar a Diana Hayman, ella había estado reaccionando a un mero impulso privado, sabiendo que estaba corriendo un gran riesgo, pero segura de que, si no podía obtener todo lo que quería por medio de la joven, podría al menos desaparecerla para siempre y soportar cualquier escándalo internacional que pudiera resultar.

Ahora, estaba absolutamente fuera de peligro, por mera suerte. Pero nadie sabría esto jamás, excepto María, y María nunca la traicionaría. Para cualquier otra persona, cuando ella decidiera dar a conocer lo que había sucedido —si alguna vez decidía hacerlo— parecería que ella poseía una predicción casi demoniaca.

Pero, ¿qué demonios estaban haciendo esos dos muchachos viajando con suficiente explosivo plástico para destruir este edificio? Averiguarlo iba a ser un placer.

—¿Quiere ayuda, camarada comisario? —preguntó llena de esperanza la carcelera en jefe.

Anna negó con la cabeza.

—Nos las arreglaremos, gracias. Si requerimos ayuda, la solicitaremos —bajó por el pasillo, balanceando las llaves que llevaba en la mano, acompañada de María.

Abajo había un mundo que ordinariamente aterrorizaba y repelía a los visitantes, incluso cuando su motivo para estar aquí estuviera autorizado. Era un mundo de olores abrasivos, una mezcla de desinfectante, sudor y miedo. Era un mundo de sonidos perturbadores: gruñidos y quejidos que venían de detrás de las rejas y, en ocasiones, de alaridos de dementes. Era un mundo de absoluta soledad, de total desamparo contra las fuerzas que lo sometían y dominaban a él y a sus habitantes.

Era el mundo de Anna Ragosina, pues ella era esa fuerza dominante.

Y cuando se llega al nivel más bajo, ni siquiera había sonidos u olores, ya que abajo cada celda era a prueba de ruidos y estaba aislada por completo del mundo de los seres vivos. Ahora, sólo sus tacones y los de María, quien iba detrás de ella, rompían el silencio. Y el chirrido de la ventanilla al abrirse para ver dentro de la celda número treinta y cuatro.

Un foco de doscientos cincuenta watts brillaba en el techo, el cual era demasiado alto para ser alcanzado por cualquiera que se hubiera vuelto loco por el constante brillo. No había mobiliario en el cuarto; nada, excepto una válvula tapada en la pared de piedra y el cuerpo de un hombre. Éste había sido despojado de su ropa y yacía de costado, mirando hacia la puerta, con las manos atadas por atrás de la espalda. Era un hombre joven y apuesto. Podía ser uno de sus proyectos más prometedores, pensó Anna, si pudiera dedicarle tiempo; pero era sólo un trampolín para dominar a la chica.

María se estaba desvistiendo ya y colgando su ropa en las perchas que había en la pared del corredor. Anna siguió su ejemplo. Sus técnicas jamás se modificaban. Por la experiencia de años, sabía que la única manera de resistir sus interrogatorios era concentrarse intensamente. Interrumpir o eliminar tal concentración constituía cincuenta por ciento del trabajo. Pero sabía cómo hacerlo. María, sin que se lo ordenara, había ido al corredor para descolgar la manguera de su soporte en la pared. Era muy corta, no tenía ni un metro de largo, aunque terminaba en una boquilla ajustable, que podía abrirse o cerrarse según se quisiera para proporcionar un chorro grueso o un hilillo tan delgado como una aguja.

Anna abrió la puerta y entró. María la siguió y cerró la puerta tras sí. Ahora, ningún sonido podría escaparse de la celda. María se dirigió a la válvula que estaba en el rincón y desatornilló la tapa. De inmediato, salió un formidable chorro de agua que cubrió con rapidez el suelo de la celda; con toda paciencia, María atornilló el extremo de la manguera en la válvula y el chorro cesó. El suelo de la celda tenía ya unos centímetros de agua y lamía sus pies desnudos.

El agua corría haciendo ruido alrededor del rostro del hombre y éste se movió débilmente. Anna se detuvo, metió sus dedos entre el cabello de él y le alzó la cabeza. María abrió la boquilla y un grueso chorro de agua se estrelló contra la cara de Robert Loung. Sus ojos se abrieron, después se cerraron, y luego, se volvieron a abrir. María cerró la llave del agua y Anna soltó la cabeza de Robert. Éste cayó sobre el agua y chapoteó.

Esta vez, Robert se volvió y se percató por primera vez de que tenía atadas las manos a la espalda, e hizo un esfuerzo por recargarse en el muro. Anna y María lo tomaron cada una por un hombro y lo sentaron.

Él volvió la cabeza para observar a María. Y, a continuación, la volvió hacia el otro lado, rápidamente, para ver a Anna. No podía creer lo que estaba viendo.

—Háblame —ordenó Anna utilizando su voz más seductora— de los explosivos.

Él se le quedó mirando, sin poder dejar de recorrer con la mirada el cuerpo de Anna, volvió la vista para ver de nuevo a María y, luego, haciendo un esfuerzo visible, apartó el pensamiento de ellas y se puso a mirar hacia la puerta.

—¿Dónde estoy?

—En la celda número treinta y cuatro —le respondió Anna.

Esto lo obligó a volver a verla.

—Tú... ¡Dios mío! ¿Dónde está mi mujer?

—Ella está en la celda número cuarenta y siete —explicó Anna—. Las dos celdas están en la prisión de Lubianka, aquí en Moscú.

—¿En Moscú? Pero... ¡estábamos en Brest-Litovsk!

—Los transportamos acá en avión —le aclaró Anna—. Como has de saber, introducir de contrabando explosivos en la Unión Soviética es un asunto muy delicado. Así que pensamos que sería mejor que los trajéramos a este sótano, aquí, en Lubianka. Aquí contamos con más instalaciones para obtener respuestas satisfactorias. Estoy convencida de que tu mujer nos dirá lo que deseamos saber, cuando la visitemos. Lo vamos a hacer cuando nos retiremos de aquí.

—¿De qué explosivos estás hablando?

Anna frunció el ceño; había habido en su voz un tono auténticamente sincero de no saber de qué se trataba.

—¿No lo sabes? —inquirió ella—. ¿No sabes que tu maleta y la de tu mujer estaban llenas de explosivos, ocultos en dobles fondos?

Robert la miró, al tiempo que se le iba el color del rostro.

—¡Oh, Dios mío! —repitió—. ¡Oh, Jesucristo!

Anna sonrió.

—¿Tal vez fueron engañados? Entonces, todo lo que debes decirme es quién les proporcionó las maletas.

Robert abrió la boca y después se mordió los labios. Anna casi podía percibir que su cerebro estaba girando. Él sabía la respuesta, pero temía darla. Anna levantó su cabeza para ver a María e hizo un ligero movimiento de cabeza. María recogió la manguera y se colocó sobre él. Robert la observó con perpleja aprensión cuando lenta y deliberadamente ella daba vueltas a la boquilla, hasta que casi quedó cerrada. Luego, abrió la llave. El chorro, tan delgado, tan duro y agudo como un picahielo, lo golpeó entre los ojos. Ésa era la especialidad con la que se entrenaba María, pues implicaba mucha habilidad; este chorro, equivocada o deliberadamente dirigido a un ojo, podía destruir la vista. El cuerpo de Robert se sacudió y se alejó del muro. El chorro de María le erosionó los hombros y el trasero, y Robert, instintivamente, se volvió. Esta vez, el chorro se disparó sobre los genitales. Él gritó e intentó subir las rodillas, pero Anna lo tomó por los tobillos y lo hizo caer de espaldas.

—Basta —dijo.

María cerró la llave.

Anna lo desató y se arrodilló al lado del hombre que jadeaba.

—Con este chorro —le advirtió— María puede castrarte. Llevará tiempo, pero tenemos todo el tiempo del mundo. Y no nos disgusta observar, escuchar y saber lo que te está sucediendo. Y cuando hayamos finalizado contigo, visitaremos a tu preciosa y pequeña mujercita, y la iniciaremos en los placeres de la manguera. Con ella, podemos volverla estéril. Incluso, podemos hacerla reventar y verla morir. Y aunque no hagamos ninguna de esas dos cosas, una vez que hayamos empleado la manguera, ella jamás volverá a ser la misma. ¿Sabes cómo llama María a su manguera cuando la usa sobre una mujer? El gran pene.

Robert la miró, tensándose contra las esposas. Y le murmuró:

—¿Quién eres tú? Eres un demonio salido del infierno.

—Yo soy Anna Ragosina —le contestó ella con cierto orgullo—. Y soy un demonio del infierno para quienes se me oponen. Pero tú sabes... —ella deslizó sus dedos entre los cabellos de Robert—. Puedo ser muy buena con quienes me agradan. Y también María.

Robert la observó fijamente.

Anna se encogió de hombros.

—Hazle sentir —le dijo a María.

—No —gritó con voz entrecortada Robert—. Escuche... señorita Ragosina... Si le informo quién nos dio las maletas, y quién debe haber puesto los explosivos, ¿dejará libre a Diana? ¿A mi mujer? Ella no sabe nada de esto, se lo juro.

—Tienes mi palabra —le respondió Anna—. Lo único que deseo es saber la verdad.

—Es un terrorista confeso —le dijo Anna a la carcelera—. Pero no quiero que lo golpeen o que le provoquen algún daño, por el momento. Coloca algunos muebles en su celda, aliméntalo y dale ropa para que se vista y libros para que lea. Trátalo bien, ¿entiendes?

—Por supuesto, camarada comisario —respondió la carcelera—. ¿No tardó mucho?

—No —afirmó Anna—. No tardó mucho, está enamorado.

Ella y María, ya secas y nuevamente vestidas, salieron de la sección de hombres de la prisión y se dirigieron a la de mujeres. Aquí, la carcelera en jefe era una mujer de casi sesenta años; había estado allí desde el primer día en que Anna descendió por esos escalones, veinticinco años atrás, y apenas parecía haber cambiado: era alta y delgada, huesuda y disoluta; su depravación había crecido a medida que su cabello se había puesto gris. Miró a Anna con una mezcla de desprecio y aprensión.

—Has venido por la cuarenta y siete —observó.

—Desde luego —indicó Anna y frunció el ceño—. ¿No la has tocado?

—Se me dijo que la dejara sola —explicó la mujer.

Anna asintió con la cabeza.

—María se encargará de ella hasta nuevas órdenes.

—¿Ella no tiene nombre? —quiso saber la mujer.

Anna se le quedó viendo.

—Así es, camarada. Hasta nuevas órdenes, ella no tiene nombre.

Cuando llegaron a la celda cuarenta y siete, Anna abrió la mirilla. Su corazón latía acompasadamente. Podía haber pasado una hora divirtiéndose con el joven, pero tenía prisa de llegar a la mujer. Después de todo, Robert Loung sólo era un nombre y un cuerpo; esta chica era una Hayman. Si Anna no podía tener a John Hayman en una de sus celdas, entonces un pariente cercano sería un sustituto apropiado, por ahora. Y esta joven era una de las más ricas herederas en Estados Unidos. Su vida habría sido de mimos, de lujos y habría estado rodeada por gente obsequiosa. Sus reacciones a lo que estaba a punto de acontecerle estarían compuestas de agravios, ira, incredulidad y, después, quizá muy pronto, de miedo total y de sujeción, ya que estaría en un mundo del que no podría saber nada y del que no podría tener ni la más ligera sospecha.

Y a juzgar por la fotografía que Iván llevaba en el bolsillo, incluso podría ser bonita.

Anna atisbó por la mirilla y sintió que su carne empezaba a estremecerse. La escena era idéntica a la de la celda treinta y siete, excepto por lo que se refería al sexo de la persona que la ocupaba. El corazón de Anna adquirió un ritmo más lento al tiempo que las fosas nasales se dilataban. Hasta ahora, Anna no se había forjado una idea clara de lo que esperaba hallarse; se había contentado con esperar la realidad. Después de todo, una chica es una chica. Ahora se dio cuenta no sólo de que la fotografía que tenía Iván debía haber sido tomada varios años antes, sino, además, de que era una mala copia de una mala fotografía.

Ella recordaba haber tenido a Ruth Borodina, la hija del príncipe de Starogan, en esta celda, hacía catorce años. La madre de Ruth Borodina había sido Raquel Stein, la hermana menor de la célebre Judith Petrovna. La exquisita belleza de la joven judía y la vistosa apostura del príncipe Borodin le habían provocado poco y oscuro deleite. Ruth Borodina había sido uno de los episodios que Anna había disfrutado más en su vida. Pero, si Ruth Borodina se hubiera encontrado tendida en el suelo en este mismo instante, Anna no le hubiera garantizado una segunda mirada.

A Anna le pareció casi imposible controlar su respiración. Además de la perfecta belleza de su rostro, del delicioso arriscamiento de la nariz, de la arrogante inclinación de los labios dormidos y de la abundancia de su sedoso cabello negro, el cuerpo también parecía sin defecto alguno. Ruth Borodina había sido delgada. Esta mujer, que ciertamente no era más alta que Ruth, no sugería otra cosa sino carne firme, en la que apenas si se marcaban las costillas al respirar. Anna contempló los senos pequeños, aunque llenos, los tersos muslos, las piernas esbeltas pero bien formadas... y casi se sintió anticipadamente mal, al mismo tiempo que súbitamente enojada por no haber sido ella la primera en ver aquella perfección y, menos aún, en tocarla.

Cerró la mirilla y volvió la cabeza. Como de costumbre, María ya estaba desvestida.

—¿Qué estás haciendo? —preguntó Anna. Su voz podía ser inusitadamente áspera.

María la miró con asombro.

—Vístete —ordenó Anna con voz de regaño.

—Pero...

—Esta niña no necesita interrogatorio —explicó Anna—. Su marido nos ha dicho todo lo que necesitamos saber. ¿Por qué la desnudaron? Yo no ordené eso.

María abrió la boca y la cerró de inmediato.

—Es el procedimiento habitual —murmuró.

—El procedimiento habitual —dijo con sorna Anna—. Nosotros no tenemos procedimientos habituales, María Feodorovna. ¿Supongo que también la revisaste?

—Yo... claro, camarada comisario —las mejillas de María estaban sonrojadas, lanzó un grito y fue a dar contra la pared cuando la mano de Anna le atravesó el rostro. Anna podía dejar inconsciente a un hombre con esa mano y, aunque había reducido deliberadamente su fuerza, el labio de María principió a sangrar y su rostro se puso pálido.

—¿Cuánto tiempo permanecerá aún inconsciente? —preguntó Anna.

—Si... si no es perturbada —jadeó María—, una hora más, por lo menos.

—Una hora —repitió Anna—. Bueno, haz que amueblen la celda inmediatamente, que tenga comida preparada, vino y vodka. Cuando despierte, tendrá sed. Vístanla, pero no la toquen más de lo necesario. Que todo esto esté listo en media hora, María, y desátenla. Volveré dentro de poco.

Diana Hayman tenía una sensación peculiar: la de estar girando en el espacio a gran velocidad; sentía vacío el estómago y el cerebro parecía desquiciado. Jadeó para respirar y tuvo una sensación de hormigueo en los dedos de las manos y los pies. Pero, de manera gradual, el movimiento se hizo más lento y se detuvo, y podía arriesgarse a abrir los ojos.

Miró al techo, que tenía una lámpara con una pantalla azul, de modo que la luz era difusa y casi agradable.

Parecía estar acostada en una cama y estaba completamente vestida, aunque tenía la sensación de que sus partes más íntimas habían sido investigadas por dedos curiosos. Algo que tenía que ver con los sueños psicodélicos que habían estado formando remolinos en su mente inconsciente.

Dio un largo respiro e intentó concentrarse. Recordaba haber caído sobre su taza de té, y luego... nada más. Excepto los sueños.

¡Robert! Se incorporó, miró a un lado y al otro, mientras la habitación, que parecía estar moviéndose, iba deteniéndose despacio y permitiéndole ver. Era una habitación grande, amueblada, a primera vista, con una mesa y sillas, además de la cama sobre la que ella estaba; pequeños barrotes cruzaban la ventana de la puerta y no había ninguna otra ventana. Tampoco había alfombra sobre el piso y sobre su cabeza pendía sólo una lámpara. En definitiva, estaba en una especie de prisión.

Se percató de que no estaba sola y miró con ansia hacia el otro extremo de la cama, donde estaba sentada una mujer. Su boca se arqueó con una combinación de sorpresa y de alivio. Y esto no sólo porque la mujer era excepcionalmente bella, con una apariencia notablemente similar a la suya. Tenía muchos más años, por supuesto, pero era imposible calcular su verdadera edad. Sus regias facciones estaban enmarcadas en una cabellera negra y lacia, partida por la mitad, que casi sugerían la imagen de una madona. Pero lo más notable acerca de ella era su ropa: un vestido de fiesta, rosa y con volantes, zapatos de tacones altos, medias de nailon... que parecían acabar de salir de una fiesta de coctel en la ciudad de Nueva York, aunque una fiesta de varios años atrás. Y lo más reconfortante era que estaba sonriendo, en la forma más tranquila y amistosa.

—Señora Loung —dijo—. Diana, me alegra mucho que hayas despertado. ¿Cómo te sientes?

Diana abrió la boca y después la cerró. Su garganta estaba demasiado seca para hablar.

Anna comprendió. Tomó un vaso y lo llenó con la jarra que estaba sobre la mesa y Diana se percató de que la mesa estaba preparada para una comida y había esperando tanto agua como vino. Pero, por el momento, sólo deseaba agua, pues su garganta estaba muy seca. Bebió sin pensarlo, y sólo después recordó que su terrible pesadilla inició con una taza de té.

Anna había notado el cambio de expresión.

—Esas inyecciones te dieron mucha sed —comentó.

—¿Inyecciones?

—Eran necesarias. Para traerte aquí con toda seguridad.

—¿Para traerme aquí? —inquirió Diana. Sentía un inmenso deseo de gritar y de llorar, de desvariar y delirar. Pero, igualmente, experimentaba la necesidad absoluta de no hacer nada de eso para permanecer tranquila y objetiva. Era Diana Hayman. Lo que le sucediera, ella se lo había buscado. Por lo tanto, cuando algo como esto ocurría, debía ser una equivocación que pronto sería rectificada. Sólo tenía que recordar eso.

—Estás en la prisión de Lubianka, en Moscú —informó Anna. Y vio cómo los ojos de Diana se abrían azorados—. Yo soy Anna Ragosina. Tal vez hayas escuchado hablar de mí.

Diana frunció el entrecejo. Había oído el nombre, había oído que su tío John lo utilizaba, pero, en ese momento, no recordaba en qué contexto.

—¿No? —Anna estaba evidentemente decepcionada—. Bueno, soy una coronela de la KGB. ¿Sabes lo que es eso?

La barbilla de Diana subía y bajaba despacio.

—La policía secreta rusa.

Anna sonrió despectivamente.

—Las siglas significan Komitet Gosudarstvennoy Bezopasnosti. Es decir, el Comité de Seguridad del Estado. Esto es lo que dije —señaló Anna—. La policía secreta. Veo que debo enseñarte muchas cosas —expresó Anna.

—Sí —contestó Diana, tratando, como siempre lo hacía, aun inconscientemente, de tomar el control de la conversación—. ¿Qué le ha sucedido a mi esposo?

—Él está bien —respondió Anna—. No hace veinte minutos que hablé con él. Dime, ¿tienes hambre? No has comido nada por lo menos en las últimas doce horas.

Diana dirigió la vista a su muñeca. Pero le habían quitado el reloj, junto con su anillo de bodas y el anillo con su sello. Robert no había tenido tiempo de comprarle un anillo de compromiso.

—Tus joyas se te devolverán pronto —prometió Anna—. ¿No vas a comer?

Diana cayó en la cuenta de que tenía hambre. En realidad, tenía un hambre canina. A la sola mención de la palabra comida, la boca se le había llenado de saliva.

—Todo es para ti —manifestó Anna—. Te acompañaré, pero yo ya he comido.

Diana miró la mesa y la comida. Todos los alimentos eran fríos, una especie de versión rusa de buffet sueco, en cuanto ella podía darse cuenta. Pero se veía suculento.

—No tengas miedo —aclaró Anna—. No tiene ninguna droga.

A lo mejor, ésta era una oportunidad de volver a tomar la iniciativa, que perdería en el momento de que empezara a comer.

—¿La tenía el té en Brest-Litovsk?

Anna se encogió de hombros.

—Ya te dije que era necesario. Tú y tu esposo son unos niños sumamente traviesos.

—¿Niños? —Diana se estaba ya sentando en una de las sillas; tomó un bocado de arenque salado y la saliva la traicionó para ahogarla al tratar de pasar el bocado.

—¿No es una niñería intentar introducir explosivos en la Unión Soviética?

—¿Tratar... —Diana estaba tragando su siguiente bocado de alimento y de nuevo por poco y se asfixia—, tratar de qué?

—Lo estaba olvidando —aseveró Anna—. De acuerdo con tu esposo... Robert es un estupendo chico... tú no sabías nada de esto. Fue tu tío Peter el que lo hizo. ¡Oh!, sabemos que es un criminal. ¿Puedes imaginártelo enviándote a Rusia con tus maletas llenas de explosivos plásticos? ¿En tu luna de miel?

El hambre, que casi la paralizaba, estaba comenzando a disminuir, y Diana podía pensar de nuevo. Y nada de lo que estaba escuchando tenía sentido. Era obvio que esta mujer estaba totalmente equivocada con respecto a la verdadera situación, así que, mientras más pronto fuera sacada de su error, mejor.

—No creo una sola palabra acerca de lo que estás diciendo —declaró—. Jamás he oído una sarta tal de disparates en toda mi vida. Creo que debes tener mucho cuidado con lo que estás haciendo, camarada Ragosina, o quienquiera que seas. Creo que no entiendes bien quién soy yo.

—¡Oh!, sé quién eres —aseguró Anna, y le sirvió una copa de vodka—. ¿A qué otra persona crees que estoy tratando de ayudar? Conozco bien a tu familia, somos buenos amigos. Tu tío y yo combatimos alguna vez, hombro con hombro, contra los nazis. Por nada quisiera lastimarte, pero los hechos están allí. Tu tío Peter llenó los falsos fondos de sus dos maletas con explosivos plásticos. Ahora, dime, ¿lo primero que hizo no fue obsequiarles las maletas?

Diana la miró con la boca abierta.

—Exactamente —Anna sonrió—. Ahora, ¿sabes lo que mi trabajo me exige que haga? Interrogarte hasta que "cantes", hasta que reconozcas cosas en las que jamás habías pensado, y que yo te sugiera. Y, a continuación, llevarte ante un tribunal popular. Eres culpable de un delito muy grave que se sanciona con la pena de muerte. Y tu marido trabaja para el príncipe Borodin; no puedes negarlo.

De repente, Diana se sintió muy cansada. Quería tiempo para sí, para pensar, imaginar, planear. Tomó otro poco de vodka, creyendo que era agua, y se atragantó.

—Es muy fuerte —dijo Anna— para quienes no están acostumbrados a él.

Diana mantuvo su respiración bajo control.

—¿Cómo sabes todo esto?

—Tu esposo me lo confesó.

—¿Robert admitió todo eso?

—¿Por qué no? Está enamorado de ti y desea salvarte de cualquier desgracia.

—¡Oh, Dios mío! —exclamó Diana.

—¿De modo que no todo es verdad?

—No sabíamos nada de eso —gritó Diana—. El tío Peter... ¡Dios mío!, ¡no puedo creerlo! Parecía tan amable, tan generoso, tan... —se mordió los labios. No había pretendido dejarse llevar por exabruptos como éstos, mas el pánico que principiaba a levantarse en su estómago le estaba ocasionando una indigestión aguda.

—Conque hipócrita —mencionó Anna tristemente—. Me temo que sea así. Pero aquí estamos, el daño está hecho. Si yo fuera la única que tuviera que ver con este asunto..., pero sólo soy una empleada del Estado que debe cumplir con su deber. Es una mera casualidad el que yo, que resulta que conozco a tu familia, sea asignada a esta misión. Se me advirtió que debo llevarla hasta sus últimas consecuencias. Por supuesto, no creo que tú corras mucho peligro. Tal vez un año o dos en un campo de trabajos forzados... eso no es muy grato —Anna extendió la mano, acarició delicadamente el cabello de Diana y luego la colocó sobre su hombro—. Te cortarán el cabello, todo tu cabello. Primero te raparán la cabeza y después te rasurarán todo el cuerpo. Para evitar los piojos, te dirán. Eso no es muy agradable que digamos. Cuando hayan terminado contigo, será difícil creer que seas un ser humano. Y te golpearán cada que cometas una equivocación. Pero, como no te dirán qué es una equivocación, no lo sabrás y te golpearán por lo menos una vez al día, hasta que se cansen de ti.

Lentamente Diana cerró la boca. Pensó que, si la mantenía abierta, iba a gritar. De manera que respiró profundamente y dijo, con toda la tranquilidad que pudo:

—¿Por qué me estás diciendo todo eso?

—Porque es lo que te sucederá. Pero como ya te he dicho, Diana Hayman, y creo que eres inocente de una voluntaria implicación en este negocio, no creo que tengas que soportarlo por más de dos años. Y, por supuesto, tu familia intentará intercambiarte por alguien, tan pronto como sea posible. Dos años en un campo de trabajos forzados es algo muy malo. Dos días, dos horas allí, es un infierno. Aunque, por lo menos, sobrevivirás. Tu marido... —Anna suspiró— me temo que sea sentenciado a muerte.

—¡Ah!... pero él es tan inocente como yo —declaró Diana, elevando el tono, pese a que una constante voz interior le recordaba que debía controlarse.

—¿Sabes? Creo que puede ser inocente —adujo Anna—; mas los hechos están en su contra. Trabaja para Peter Borodin. Él nos lo ha dicho...

—Tú lo has torturado —gritó Diana.

—Claro que no; no fue necesario. Simplemente le dijimos que íbamos a torturarte a ti.

Las manos de Diana se estrecharon sobre su garganta. Anna sonrió y renuentemente quitó su mano del hombro de Diana.

—Por supuesto que tampoco vamos a hacer esto. Es una parte de la secuencia. Pero allí está. Él ha confesado su relación con Peter Borodin y no hay forma de que pueda negar la presencia de los explosivos.

—A menos que tú los hayas colocado —expresó Diana.

Anna se mostró escandalizada.

—No hacemos esas cosas, señorita Hayman; perdón, señora Loung.

—Pero él es inocente —Diana volvió a controlar su voz—. Tú sabes eso, me lo acabas de decir. Y, de cualquier forma, ¿crees en realidad que él me involucraría en semejante plan? Tú misma me has mencionado que me ama, que sólo lo confesó para salvarme... de un mal tratamiento.

—Eso es lo que él alegó —indicó Anna—. Pero, ¿quién sabe? Puede ser un perfecto cobarde.

—¿Robert? No es posible.

Anna se encogió de hombros.

—Tampoco imaginaste que tu tío te involucraría en este asunto, ¿o sí? ¿Y qué tanto conoces a este hombre? Ustedes están en su luna de miel, ¿no es así? Han tenido pocas ocasiones de hacer el amor. Ésa es la medida en la que se conocen.

Diana se mordió los labios. Eso tenía mucho de verdad.

—Exactamente —Anna se levantó—. ¡Ah, bueno!, no creo que lo vayas a extrañar mucho cuando se haya ido —y se dirigió hacia la puerta.

—¡No! —gritó Diana, poniéndose también de pie. Se odió a sí misma, pero sabía que iba a suplicar. Jamás había suplicado por algo en su vida; nunca había tenido que hacerlo. Pero Robert era su marido, no importaba lo que aquella mujer hubiera insinuado de él—. Por favor, señorita Ragosina. ¡Coronela, por favor! Es inocente. Yo sé que es inocente, lo amo. Puede usted ayudarlo. ¡Ayúdenos!

Con la mano sobre el pestillo de la puerta, Anna hizo una mueca.

—No sabes lo que estás pidiendo —expuso—. Podrías estar poniendo en peligro mi carrera. En Rusia, no es bueno hacer eso.

—¡Por favor! —volvió a decir Diana—. Si conoces a mi familia, sabrás que es muy rica. Te recompensará, créeme. Todo lo que desees. Sólo salva a Robert.

Anna titubeó; acto seguido, se retiró de la puerta, volvió adonde estaba Diana y le puso el brazo alrededor del pecho.

—Lo amas, ¿no es así, mi querida niña? Pero, ¿qué bien piensas que pueden hacerme los dólares de tu familia aquí en Rusia?

—Debe haber algo...

—¡Oh!, hay muchas cosas —afirmó Anna—, pero no dólares. Los dólares no pueden hacer nada por mí. Soy servidora del Estado y, como tal, de vez en cuando, debo hacer cosas terribles. No me agrada hacerlas, pero sé que son necesarias. Y luego regreso a mi solitario departamento y lloro hasta dormirme por falta de una verdadera compañía. Si supieras cómo anhela mi corazón compartirlo con otra, con otra persona tan bella como tú... tan maravillosamente bella... —su brazo izquierdo permanecía aún alrededor del pecho de Diana; ahora, su mano derecha descansaba sobre el estómago de Diana y se movía hacia arriba alzando el suéter de cachemira. Los pensamientos se agolparon en la mente de Diana. Esta mujer la deseaba. Nada más. Y, presumiblemente, Anna Ragosina podría salvar a Robert, si estuviera a cargo de la investigación. Así que, ¿debía tenderse y disfrutar, como se había preparado para gozar con Janice? Pero ése había sido un juego y ella había sido la que lo dirigía. Esta mujer no era una niña con la cual ella pudiera alcanzar una experiencia mutua. A pesar de toda su belleza y evidente simpatía, era una coronela de la KGB que no haría nada que no tuviera un fin, un propósito, un triunfo al final de todo. Le había comentado a Robert que la torturaría a ella para sacarle a él lo que quería saber. Y, ahora, le estaba diciendo que Robert sería ejecutado, a menos que Diana hiciera el amor con ella. Pero, hasta el momento, no le había dado ninguna prueba ni siquiera de que tuviera en su poder a Robert, mucho menos de que había explosivos en sus maletas—. Tal belleza —repitió Anna, llevando delicadamente a Diana hacia la cama y haciéndola sentarse, acariciando todavía sus senos y, al mismo tiempo, inclinando su rostro para besarla.

"¡Dios mío! —pensó Diana—, estoy a punto de ser violada. Observó los ojos de Anna y descubrió el azul más duro y más frío que había visto en su vida, zafiros relumbrantes que brillaban ahora con una combinación de triunfo y de pasión.

Diana sintió que estaba en la orilla de un pozo muy profundo, en el cual todos sus sentidos le estaban comunicando que iba a caer y a quedarse allí, sin volver a salir jamás.

Pero eso era imposible, ella era Diana Hayman y tenía cosas que hacer con su vida. Simplemente no podía convertirse en víctima de esta mujer; sólo podría vivir y morir como lo que era.

Miró la sonrisa de Anna. Sus instintos le advirtieron que a esta mujer no podría combatírsele por los medios físicos convencionales. Sólo podría ofrecérsele resistencia por medio de un ataque por completo inesperado e impensable.

—Mi querida niña —susurró Anna, jugueteando con los senos de Diana—. Mi muy querida niña. Diana respiró profundamente y, con toda la fuerza de sus mandíbulas, mordió la nariz de Anna.

CAPÍTULO VIII

ANNA EMITIÓ UN GRITO EN EL QUE HABÍA UNA MEZCLA DE DOLOR y de agravio y se retiró violentamente, en tanto Diana la miraba consternada. No se había percatado de qué tan fuerte podía morder o de cuán agudos fueran sus dientes; contempló la sangre que manaba de la profunda herida sobre el puente de la nariz de Anna y que escurría por las fosas nasales, pasaba sobre los labios y goteaba desde la barbilla.

El grito, que evidentemente no era de la prisionera, hizo que la puerta se abriera en forma repentina, y varias mujeres guardias entraron corriendo.

—Lo siento —se disculpó Diana, sinceramente afligida por lo que había hecho—. Creo que fue un reflejo.

—Tú... —expresó Anna, con todo el rostro deformado—. Desnúdenla y tiéndanla sobre la mesa. Traigan pimienta. ¡Por Dios, que te oirán gritar hasta en Nueva York!

Anna hablaba en ruso y Diana no entendía lo que iba a sucederle, hasta que fue tomada por varios pares de manos y le sacaron el suéter por la cabeza y los pantalones por las piernas.

—Ustedes... deténganse —gritó, irritada—. Deténganse, arpías. Déjenme ir.

Diana estaba jadeante cuando su cuerpo fue alzado del suelo y dejado caer sobre la mesa, de la que cayeron platos y vasos; a continuación, fue sujetada por las muñecas y por los tobillos cuando intentó incorporarse.

—Pimienta —vociferó Anna, habiendo hallado su pañuelo y oprimiéndolo contra su nariz en un intento por detener el flujo de sangre—. ¿Dónde está la pimienta? ¿Qué diablos es lo que quieres? —interrogó a María, quien había aparecido en la puerta, con el rostro aún hinchado por la bofetada de Anna, observando a su comandante y toda la escena llena de asombro.

—¡Te han herido, comandante comisario! —exclamó ella.

—Claro que no me han herido, cretina —gruñó—. Y nadie te mandó llamar. Lárgate. ¿Dónde está la pimienta? Úntenla sobre las piernas. Por Dios.

—Pero, camarada comisario —adujo María—. El comisario Beria desea verte de inmediato.

—Bueno, puede esperar —espetó Anna— hasta que yo termine con ella.

—Dijo que era un asunto muy urgente —protestó María.

Anna titubeó, miró a Diana, quien aún estaba tratando de luchar contra sus atacantes, sin hablar ahora, aunque jadeando, con la cara enrojecida y los senos pesados, el cabello desarreglado y las piernas tirando patadas. Una de las mujeres llegó corriendo con una bolsa de pimienta. Anna se mordió el labio, pero la joven sólo podría mejorar esperando.

Átenla a la mesa —ordenó Anna—. Átenla tan fuertemente que no pueda mover ni un músculo. Y, después, déjenla. Muy pronto estaré de regreso —y se acercó a Diana.

—Dije que lo sentía —murmuró Diana—. Pienso que... yo no soy de ese tipo de chicas.

—Voy a hacer que lo sientas —aseguró Anna—. Desde la punta de los pies hasta la punta de la cabeza vas a sentirlo. Quédate allí y piensa en lo que va a sucederte, señorita Diana Hayman —y salió con prisa de la celda, apretando todavía su pañuelo contra la nariz.

—¡Anna Petrovna! —Lavrenti Beria observó a la mujer que tan repentinamente se había convertido en lo más importante de su vida—. ¿Qué ocurre?

—¡Oh!... —Anna separó el pañuelo por un momento, observó la sangre y volvió a colocar el paño contra la herida—. Yo... me caí. Contra mi escritorio. Y me corté la nariz.

—¿Te cortaste la nariz? Pero tienes el rostro cubierto de sangre.

Anna lo miró durante un instante; después, abrió la puerta del baño privado de Beria y se miró en el espejo con absoluta consternación; su cara era, en verdad, una mascarilla roja. Rápidamente, se inclinó sobre el lavabo, se echó agua fría con las dos manos, tomó una toalla, consciente de que Beria la había seguido y de que estaba contra ella, con las manos sobre sus muslos; en su compañía, él solía estar tan constantemente excitado, que Anna se preguntaba en algunas ocasiones si habría tenido otra mujer.

Y la emoción, sorprendentemente, parecía ser auténtica. Mientras ella se erguía, él le puso el brazo alrededor de los hombros y, pese a la silenciosa protesta de su petulante encogimiento de hombros, tomó su mano y se la separó del rostro.

—¡Dios mío! Pero deberías haber visto esto. Es una herida profunda. ¿Dices que tu escritorio? ¿Tiene acaso una orilla serrada? Es posible que el hueso pudiera estar roto.

—No seas ilógico —le dijo Anna—. Desde luego que el hueso no está roto. No es más que una herida.

Beria la besó en la frente y volvió a colocarse detrás de su escritorio.

—Deberías ir a que te curen eso. Podrías quedar marcada para toda tu vida, Anna.

—¡Bah! —exclamó Anna y se dejó caer en una silla—. Estaba muy ocupada, Lavrenti Pavlovich. Espero que esto sea tan importante como dices.

—Lo es —Beria se inclinó hacia adelante, volteó a diestra y siniestra con aire de conspirador—. He recibido un mensaje cifrado de nuestra gente en París.

—¿París? —Anna frunció el ceño. Los Loung habían iniciado su viaje en París.

—Ciertamente. En la embajada de allí han recibido una visita... jamás podrás imaginarte de quién.

—¡Ah!... —la vacilación de Anna duró sólo un segundo—. Del príncipe Peter Borodin.

Beria frunció el ceño y se reclinó en su asiento.

—¿Cómo lo supiste?

—Uso mi cabeza. Además, fue una simple suposición.

—¿Ciertamente? —Beria se inclinó de nuevo hacia adelante—. ¿Y qué supones que tenía que decir este architraidor, este archienemigo de la Unión Soviética y de todo lo que nosotros defendemos?

—Yo diría que te está amenazando, que nos está amenazando con alguna catástrofe, si no accedemos a alguna absurda propuesta suya.

¡Ah! —Beria se reclinó una vez más y ahora estaba sonriente—. Estás equivocada.

Anna se quitó el pañuelo, miró la sangre aún fresca y volvió a colocarlo sobre la herida.

—Te diré lo que el príncipe tenía que decir —anunció Beria—. Era casi una fábula. Brevemente, expresó que está cansado de oponerse a la Unión Soviética y al gran movimiento comunista. Ya es un hombre viejo y sabe que no tardará mucho en morir. Rusia es su patria. Aquí nació, fue el último de muchos, muchos Borodin, y aquí desea morir. Solicita que se le permita retornar.

Anna lo analizó. Ideas, posibilidades estaban comenzando a emerger en su cerebro, pese al dolor y a la ira, y al casi frenético deseo que continuaba arrastrando su atención a la celda número cuarenta y siete.

Beria seguía sonriendo.

—¿No me crees? Es cierto. Y como sabe que no es bienvenido aquí, ha ofrecido comprar su retorno.

—¿Con qué? —preguntó Anna.

—Con información. Alega que tiene información de importancia vital para la seguridad de la Unión Soviética.

—¿Y tú le crees?

—¿Y tú?

Anna reflexionó. Era evidente: Peter Borodin deseaba entrar en Rusia y ponerse en contacto con Robert Loung y las dos maletas llenas con explosivos plásticos. No podía dar crédito a su buena suerte. Todo el mundo estaba cayendo en sus manos. Si aún pretendía hacer que aquella pequeña perra sufriera como ninguna mujer lo había hecho antes en la historia, todo continuaba en sus propias manos. Y en sus propias manos seguiría, hasta que ella estuviera preparada. Hasta que supiera con toda certeza lo que Peter Borodin pretendía llevar a cabo. Hasta que él se hubiera traicionado por completo a sí mismo, y a Robert Loung, y así también a Diana Hayman.

—Ciertamente, es posible que pudiera poseer información que nos fuera útil —aseguró Anna—. Él tiene una red de agentes en toda Europa. Sabemos eso, sabemos que algunos de ellos se hallan incluso en la Unión Soviética. Asimismo, posee buenos contactos en Estados Unidos. Su hermana está casada con George Hayman, el editor, uno de los hombres más poderosos en Estados Unidos. Pienso que valdría la pena escucharlo.

—Él insiste en que su información sólo puede ser comunicada a la máxima autoridad.

Anna sonrió.

—En este contexto, esa autoridad somos tú y yo, Lavrenti Pavlovich.

—¿No pretenderá Iván Nej inmiscuirse en esto?

—Sin duda, pero Iván Nej no está aquí.

—¿No está aquí? ¿Dónde está?

Anna se encogió de hombros.

—Tomando vacaciones en Crimea o en algún otro sitio. Como sabes, él nació allá. Bueno, en la cuenca del Don. Así que esto no podría haberse presentado en mejor momento. Yo creo que deberíamos ofrecer al príncipe Borodin un salvoconducto para entrar en la Unión Soviética. Siempre puede ser revocado. Considero que será muy divertido, e informativo, escuchar lo que tiene que decir y detenerlo después. Creo que las cosas se están presentando muy bien para nosotros.

—Bueno... —Beria se rascó la calva—. Si confías en que no será peligroso.

—Puede resultar peligroso incluso cruzar la calle, Lavrenti Pavlovich —le recordó Anna—; mas es necesario si uno desea llegar al otro lado. Tengo la seguridad de que yo, nosotros, podemos manejar al príncipe Borodin. Ahora, debo hacer algunas cosas.

—Como ir a que te curen la nariz.

La sonrisa de Anna era fría.

—Como atender a mi escritorio, Lavrenti. Trato de suavizar las duras esquinas, por así decirlo.

—Pongamos las cosas en orden —sugirió Elizabeth Hayman a Janice Corliss—. ¿Habiendo ido a Londres con Diana, y luego a París, simplemente la abandonaste y volviste a casa? ¿En París?

Janice vio a Elizabeth y después a George Hayman hijo, quien estaba intentando parecer simpático, en fuerte contraste con su mujer, quien parecía dispuesta a estrangularla.

—Bueno... yo no iba exactamente como chaperón, como usted sabe, señora Hayman. ¡Oh!, ¡qué me importa! Claro que yo iba como chaperón. Hay algunas cosas acerca de su hija que usted debe saber alguna vez.

—¿Sí? —la voz de Elizabeth era como un chirrido de acero.

—Sí. Bueno... A Diana le gustan los hombres. No exactamente de la manera en que les gustan a las demás chicas. Quiero decir, ella no puede mantenerse alejada de ellos, señora Hayman. O su mente. Ella se enamora de ellos con más rapidez de lo que usted puede imaginarse. Vamos, que yo sepa, ella ha tenido ocho aventuras en los dos últimos años.

—¿Ocho... aventuras? ¿Quieres decir que...?

—Sí, quiero decir dormir juntos. Ella no alardea de eso. Incluso, pienso que siente vergüenza; pero eso no le impide hacerlo.

—No te creo —declaró Elizabeth.

Janice miró a George hijo.

—Tal vez podrías ser más explícita —solicitó él serenamente.

—Bueno, ¿qué hay que añadir? —respondió Janice.

—Quizá ayudarían uno o dos nombres.

Janice reflexionó y luego movió negativamente la cabeza.

—No, no podría hacer esto, señor Hayman. Sería decepcionar a Diana y, seamos justos, los muchachos no tuvieron ninguna culpa. Jamás supieron ni siquiera lo que les esperaba hasta que era demasiado tarde. Diana conocía a un joven, hacían una cita, se besuqueaban y, al día siguiente, estaban enamorados. O ella lo estaba. El hecho es que ella no es licenciosa; no en realidad. Ella sólo se enamoraba sinceramente de ellos, de uno tras otro. Y, luego, los abandonaba; en ocasiones, unas cuantas semanas después y, a veces, sólo al cabo de unos cuantos días —Janice los observó—. Es la verdad.

—Y el viaje a Europa trataba de romper la secuencia —observó George Hayman hijo.

—¡Esto es absurdo! —exclamó Elizabeth—. Ella fue a Europa para tener una... —miró a Janice, con la boca abierta.

Janice movió negativamente la cabeza de nuevo.

—Diana sabe lo que usted ha estado creyendo de nosotras, señora Hayman, pero eso no es cierto. Ella tenía que tener una confidente. Pienso que todos lo necesitamos. Pero a ella le atraen los hombres. Yo intenté decirle que iba a caer de bruces uno de estos días, y me prometió que, durante todo el tiempo que estuviéramos en Europa, no iba a haber ningún hombre. Y yo le creí. Pero, ¿qué sucedió?, se enamora de ese chico inglés que conoce en la casa del tío Peter. Yo creo que él trabaja para el príncipe. Y, acto seguido, él le pide que se case con él.

—¿Que se case con él? —inquirió Elizabeth.

—Exacto. Y estoy absolutamente convencida de que ella contestó que sí. Traté de razonar con ella, le expliqué que sólo era otro muchacho, y que ella dejaría de estar enamorada de él en una semana, pero no quiso escucharme.

—¿Que se casara con él? —repitió Elizabeth—. ¿Cómo puede casarse con alguien sin mi, nuestro, consentimiento?

—Le dije que usted no lo aprobaría, señora Hayman. Le advertí que este tal Robert Loung andaba posiblemente tras alguna recompensa por parte de usted, y ella simplemente se enojó. Pude percatarme de que no le estaba haciendo ningún bien, y pensé que lo mejor sería volver a casa a comentarles lo que está ocurriendo. Lo siento, señora Hayman, pero ésa es la situación.

Elizabeth continuó mirándola durante varios segundos; a continuación, se puso de pie y se dirigió al teléfono.

—¿A quién le vas a hablar? —quiso saber George.

—Estoy reservando asientos para el próximo vuelo a París —comunicó Elizabeth—. Y después voy a hablar con tu madre acerca de este ridículo hermano suyo. Porque cuando yo llegue a París, voy a refundirlo en la cárcel. Y a este hombre Robert Loung y, si es necesario, también a Diana. Eso puede hacerle algún bien.

—Mira, primero telefoneemos al hotel George V y hablemos con Diana —sonrió a Janice—. Y un millón de gracias por venir a casa, Janice. Creo que de aquí en adelante nosotros podremos manejar el asunto.

—Pensé que le gustaría saber —informó Allen Dulles— que ese tío suyo ha desaparecido. El gobierno sueco no ha registrado su entrada en su país. Por supuesto, pudo haberlo hecho en forma ilegal, y están tratando de averiguarlo, pero, por ahora...

—No creo que haya ido a Suecia —aseveró John, con una voz tan sombría como su rostro—. Pienso que el tío Peter puede haber ido a Francia.

—¿A Francia? ¿Por qué se imagina eso?

—Simplemente una corazonada. En este momento, hay todo un alboroto familiar. Y yo soy la oveja negra número uno. ¿Recuerda usted que me solicitó que presentara a mi sobrina con el tío Peter para tener una justificación para visitarlo?

—Así es —Dulles iba frunciendo el ceño.

—Bueno, su amiga ha atravesado a toda prisa el Atlántico para anunciarnos que parece que Diana se ha enamorado de uno de los secuaces del tío

Peter, quien la siguió a París, y es posible que vayan a fugarse. De acuerdo con esta chica, Janice, el tío Peter puede haberse ido también. Diana tenía una cita para comer con él el día en que Janice salió de París para volver a casa.

—París —dijo Dulles—. Bueno, nos pondremos en contacto con ellos de inmediato. ¿Cuánto tiempo hace de esta cita para comer?

—Hace cuatro días —contestó John.

—¿Cuatro días?

John suspiró.

—Bueno... esta chica tuvo que regresar a casa, señor Dulles.

—Por el amor del cielo. En cuatro días pudo ir a cualquier lado.

—Lo sé y he estado investigando. Cuando se enteró de lo que estaba pasando, mi hermano, el padre de Diana, telefoneó ayer al hotel en el que ella se hospedó en París y le comentaron que la señorita Diana se había casado con este Robert Loung.

—¿Casado?

—Está usted hablando como la madre de Diana, señor. Ciertamente, no fue algo legal, puesto que ella es menor de edad. Pero es sólo un detalle. La mala noticia estriba en que, de acuerdo con lo que el personal del hotel reporta, Diana y su esposo salieron de París hace tres días, en viaje de luna de miel. Iban a ir a Rusia, señor Dulles.

Dulles se le quedó mirando durante varios segundos. Después dijo, con mucha tranquilidad:

—¡Santo Moisés!

—Y pienso que descubriremos que el príncipe Peter también ha ido a Rusia —agregó John.

—¿Quiere decir que Diana está trabajando para él?

—¡Oh, Dios!, no lo sé. De hecho, su marido, sí. Pero, ¿qué importa esto, señor Dulles? Quienquiera que vaya a Rusia con Peter Borodin va a ir a dar al paredón tras haber sido torturado por la KGB, por Anna Ragosina. ¡Dios mío!, esto me hiela la sangre.

—¿Porque es su sobrina?

—Claro, porque es mi sobrina; pero también porque es inocente.

—¿Aun cuando estuviera involucrada en un complot de asesinato?

—No creo que lo esté —insistió John—. Estimo que ha sido engañada u obligada; pero eso no les importará a los rusos.

—Y tampoco debe importarnos a nosotros —le recordó Dulles—. Usted está trabajando para Estados Unidos, John, no para los Hayman, aunque sean su propia familia. Comprendió bien esto cuando vino a vernos —le lanzó a John una mirada suspicaz—. ¿Le ha mencionado esto a alguien más?

—No, señor.

—¿Ni siquiera al viejo?

—Estoy tratando de evitar al viejo, créame, señor Dulles. Debo hacer algo a propósito de esto. Tengo que tratar de que Diana vuelva antes de que sea ejecutada o reducida a una ruina ambulante. Debo hacerlo.

Dulles movió negativamente la cabeza.

—No puede hacerse. No hay modo de que nos involucremos en ello. Tendrá que mantener cruzados los dedos.

John se inclinó hacia adelante.

—Señor Dulles, pretendemos detener este asesinato, si podemos, ¿o no? Simplemente porque no podemos decir cuáles vayan a ser las consecuencias. Está bien, pienso que tal vez puedo hacerlo. Escúcheme, señor: yo conozco muy bien a Anna Ragosina.

—Claro —asintió Dulles—. Y, por lo que he leído en sus informes, la próxima ocasión que ella lo vea primero le va a disparar y luego lo va a identificar positivamente.

—Señor, lo principal es que yo sé que hablará conmigo. También, puedo utilizar a mi propio padre, si tengo que hacerlo. Debe usted permitirme hacer el intento, señor Dulles.

Dulles siguió estudiándolo por unos instantes y luego suspiró a su vez.

—Cualquier cosa que haga, tiene derecho a hacerla. Le daré autorización para ausentarse, pero no lo apoyaré. Ni siquiera voy a recordar esta conversación cuando cierre la puerta tras de sí —sonrió y tendió la mano—. Pero, por Dios, le deseo buena suerte, John.

—Su excelencia, el príncipe Peter Borodin —anunció Lavrenti Beria con el aire de un mago que saca un gran conejo de su sombrero.

Anna asintió con la cabeza, mientras Peter Borodin la observaba. Sin duda, él había escuchado hablar de ella, como ella había oído hablar de él, pero, si llegara a hacer una observación a propósito del vendaje que lucía en la nariz... En cuanto al príncipe, era una absoluta decepción debido a su edad.

—Espero que hayas tenido un buen viaje, camarada Borodin.

—Sí —respondió Peter y se sentó, cruzando una pierna sobre la otra.

"Sería un placer destruirlo", pensó Anna, a causa, precisamente, de su arrogancia.

—La coronela Ragosina es mi ayudante —explicó Beria—. Somos las personas que has venido a ver.

—Vine a ver al primer ministro Stalin —aclaró Peter—. Y a Molotov y a Nej... Michael Nej, esto es. Sólo trataré con los más importantes.

Anna resopló, pero Beria continuó sonriendo.

—Somos los más importantes, príncipe Borodin —adujo con gentileza—. Nosotros controlamos el Estado. No verás a nadie más hasta que nos hayas convencido de que tienes algo que ofrecer.

—¿Y luego? —preguntó Peter.

—Eso depende de lo que tengas que decir.

—Yo creo que el camarada Borodin debería decirnos con exactitud lo que quiere de nosotros, camarada comisario —propuso Anna—. Puede ser útil en futuras discusiones.

Beria la miró y después asintió.

—De modo que, ¿príncipe Borodin?

—Ya he mencionado lo que quiero —recalcó Peter—. Soy ruso por nacimiento y educación. Las circunstancias me han orillado a oponerme al actual gobierno en este país y a intentar derrocarlo. Esto se lo debo a mis antepasados y a aquellos integrantes de mi familia asesinados por los bolcheviques. Bueno, he fracasado. Y ahora ya no me queda mucho tiempo de vida; así que, me rindo. Me gustaría pasar los pocos años de vida que me restan en el ambiente que tanto he amado.

—¡Qué conmovedor! —murmuró Anna.

—Así, pues, les ofrezco información que considero que es de vital importancia para el gobierno soviético y, a cambio, no solicito más que el derecho de vivir aquí. Pero, por supuesto, también deseo hacer las paces con los hombres contra los que he combatido tanto tiempo —expuso Peter—. El primer ministro Stalin, Vyacheslav Molotov y Michael Nej.

—Muy loable —mencionó Anna—. Ciertamente, veremos eso, a su debido tiempo. Ahora, camarada Borodin, te hemos preparado alojamiento en el hotel Berlín.

—¿Hemos? —preguntó asombrado Beria.

—Desde luego —indicó Anna—. El camarada Borodin es un huésped de honor en nuestro país. Espero que el Berlín sea satisfactorio, camarada Borodin.

—¡Oh!, muy satisfactorio —contestó Peter—. No podría ser mejor. Vamos, creo que mi sobrina nieta se está alojando allí en estos mismos días con su esposo. Será un placer volverlos a ver.

—¿Tu sobrina nieta? —inquirió Beria—. ¿Está en Rusia tu sobrina nieta? —de nuevo, observó a Anna.

—Me parece que recuerdo haber aprobado una solicitud de visa en favor de la señorita Diana Hayman —señaló Anna.

—¿Y se está alojando en el hotel Berlín?

—Eso no puedo decirlo.

—¡Oh!, ella estará allí —añadió Peter.

—Entonces, será un encuentro feliz, como dices, camarada Borodin. Ahora, nos encantaría saber lo que tienes que decirnos.

Peter Borodin miró a una y después a otro.

—Es una información de índole muy delicada.

—¿Sí?

—Bueno... recordarán que hace algunos meses el primer ministro Stalin estuvo seriamente enfermo.

Anna y Beria se vieron mutuamente.

—Así es —reconoció Anna. Obviamente, Beria estaba incapacitado para hablar—. Sufrió un ataque cardiaco.

—Tonterías —dijo Peter con sorna—. Fue envenenado.

—¡Envenenado! —exclamó Beria.

—Sí —repitió Peter.

—¿Cómo lo sabes? —quisó saber Anna.

—Mis agentes lo saben todo —explicó Peter.

—¿Sí?, ¿y quién se supone que intentó envenenarlo?

—Sus médicos.

—¿Sus médicos?

Beria se reclinó en su asiento con un ruido sordo.

—Varios de ellos eran judíos, ¿o no?

—Sí —admitió Anna—. Es muy cierto. ¿Estás sugiriendo...?

—Existe una conspiración internacional controlada desde Tel Aviv cuya meta es eliminar a los máximos líderes rusos —declaró Peter triunfalmente—. Llevarán a cabo su tarea por medio de la medicina, puesto que aquí en Rusia un gran número de médicos son judíos y aquellos que no lo son simpatizan con ellos.

—¿Esto es verdad? —interrogó Anna.

—Por supuesto.

—Bueno, esto es muy interesante —dijo Anna—. Tendremos que averiguar lo que afirmas y ver si podemos llegar al fondo de todo el asunto. Te estamos muy agradecidos, camarada Borodin. Ciertamente, como dices, es posible que le hayas hecho un gran servicio a la Unión Soviética. Ahora, yo sugeriría que te fueras a tu hotel. Tal vez veas a tu sobrina nieta. Mi conductor te llevará y nos pondremos en contacto contigo tan pronto como hayamos evaluado tu información. Hasta entonces, por supuesto, eres huésped del gobierno soviético.

—¡Ah!, sí —Peter Borodin se levantó, un poco sorprendido de su lacónica despedida—. Ha sido un gusto —hizo un intento por tender la mano, luego se arrepintió y salió de la oficina.

Anna miró a Beria y después soltó una carcajada.

—Está loco —manifestó Beria—. Loco de atar. Pero tú sabes...

—Yo sé que por poco y te da un ataque cardiaco —aseguró Anna.

—Debía haberse muerto hace mucho tiempo —aseveró Beria—. Ahora, me gustaría prepararle ese acontecimiento feliz inmediatamente, hoy, esta misma tarde.

Anna negó con la cabeza.

—Pienso que sería una equivocación y un desperdicio. No creo que esté tan loco.

—¿Quieres decir que puede poseer información verdadera? Dios mío... —Beria se secó la frente.

Anna prosiguió sonriendo.

—Dudo de que posea algo de valor. Simplemente, ha planteado un escenario razonable, y es uno de esos hombres chiflados que subestiman a todos los demás. Supone que creeremos en su absurda historia. Si siquiera sospecháramos que hay algo de verdad en ella, él mismo se asombraría. Bueno, considero que debemos seguirle la corriente. Arrestaré a uno o dos médicos y les haré firmar su confesión. ¡Oh!, por supuesto, los médicos serán judíos, de manera que no hay de qué preocuparse —le lanzó una rápida y penetrante mirada—. ¿Ninguna de las personas que empleaste era judía?

—Claro que no. Pero no entiendo lo que está ocurriendo, Anna Petrovna. Estoy completamente confuso. ¿Qué hay de todo eso de su sobrina nieta?

Anna se encogió de hombros en parte para disimular su desprecio; se preguntaba si este hombre se habría percatado alguna vez de que había estado completamente confuso desde el día en que nació.

—No tengo idea. Vi una solicitud de visa para esa chica y su marido y la aprobé; no había pretexto para no hacerlo. Presumiblemente, están hospedados en el hotel Berlín, como alegó Borodin. Incluso, pueden ser parte de lo que él está urdiendo. Lo primordial para nosotros es descubrir qué es lo que trama. Y la forma más sencilla de hacerlo es darle suficiente cuerda para que él mismo se ahorque. No nos hará esperar por mucho tiempo.

—Bueno... es tu problema, Anna. Yo lo hubiera hecho atropellar por un autobús esta misma tarde. Es un hombre peligroso.

—No es peligroso, Lavrenti Pavlovich —le aseguró Anna; pues, pensaba ella para sí, no podría encontrar a su sobrina nieta y al esposo de ésta, ni sus dos maletas llenas de explosivos. Se preguntaba qué haría él entonces. Estaba convencida de que el príncipe Peter Borodin estaba a punto de embarcarse en un intento que podría provocar resultados interesantes.

—Bueno —estaba diciendo Beria—, sólo recuerda que hay una o dos personas que no deben ser arrestados en ninguna circunstancia. ¿Me comprendes?

Anna sonrió. Obviamente, se estaba refiriendo a los médicos que habían suministrado el veneno y que, por tanto, podrían involucrarlos. ¡Qué hombre más loco éste! Si alguien debiera ser atropellado por un autobús, estos dos encabezaban la lista.

De cualquier manera, seguía poniéndose más en las manos de Anna.

—Desde luego que sí, Lavrenti Pavlovich —murmuró ella.

—¡Anna Petrovna! —Iván Nej se inclinó sobre su escritorio para contemplarla—. ¿Qué le ha sucedido a tu nariz?

—Me tropecé y caí —expresó Anna tranquilamente; había estado preparándose para este momento—. ¿Cómo te fue en tu viaje? Crimea debe haber sido muy agradable en esta época del año, aunque no veo muchas pruebas de que te hayas bronceado.

—Crimea —Iván resopló—. ¿Piensas que he estado en Crimea?

—Justo allí es donde comentaron que ibas a ir —respondió Anna pacientemente.

—He estado en Hungría —declaró pomposamente Iván.

Anna aguardó.

—Tu nariz —dijo él— ¿está rota?

—No, no lo está —contestó Anna secamente—. Es un golpe sin importancia, eso es todo. Así que has estado en Hungría. Debe haber resultado muy excitante para ti. Y ahora me has llamado aquí para comunicarme esta grandiosa noticia: El comisario Nej ha estado en Hungría. ¿Quieres los titulares de la primera plana en *Pravda*?

Iván alzó las cejas.

—No estás de buen humor, Anna mía.

—Ahora estoy muy ocupada.

—¿Con esa misteriosa prisionera en la celda número cuarenta y siete? ¿Quién es ella?

Anna se encogió de hombros.

—Una subversiva. Ella y yo estamos... empezando a conocernos la una a la otra. Considero que puede tener algo que decirnos. Algún día —Anna lo miró con el ceño fruncido—... Espero que no estés metiéndote en mis asuntos, Iván Nikolaievich, ¿eh? Esta investigación está en una fase muy delicada.

—Ni soñarlo —afirmó Iván—. En cualquier caso, he sido despedido. A mí, Iván Nikolaievich Nej, esa arpía que trabaja para ti allá abajo me ha dicho que ni siquiera puedo ver a esa mujer. Mantener a un prisionero enmascarado, ciertamente es un método medieval y es tan ridículo como molesto. Pienso que deberías recordar esto al terminar el día: tus asuntos, Anna Petrovna, son mis asuntos.

—Te prometo que te lo revelaré en el momento oportuno, Iván Nikolaievich —Anna se puso de pie—. Pero debo volver adonde ella está. Su asunto me ocupa todo el tiempo.

—¿No estás interesada en lo que estuve haciendo en Hungría, Anna? —interrogó Iván.

El ceño de Anna volvió a fruncirse.

—¿No estabas de vacaciones?

—¿De vacaciones? ¡Ah!, déjame decirte, Anna Petrovna. Iván Nej jamás toma vacaciones. Fui a Hungría para estar con seguridad lo más cerca que pudiera de Italia, ya que deseaba hacerme cargo personalmente de algunos asuntos de Roma. Recordarás los asuntos de que hablamos.

Anna levantó la cabeza.

—¿Has hecho eso?

Iván sonrió y se puso de pie para abrirle la puerta.

—Ven.

—Estás loco —comentó Anna—. No te creo.

Iván estaba abriendo otra puerta.

—Ya estamos aquí —dijo.

Anna entró. Se encontraba en una pequeña habitación, apenas más grande que un armario, una de cuyas paredes era totalmente de vidrio. Pero era un vidrio de sólo un lado y, para la persona que estaba en el otro lado la ventana, se veía como un espejo. Anna se colocó junto al vidrio y contempló a Judith Petrovna.

—¿Judith Petrovna? —Lavrenti Beria se levantó de su asiento como un faisán perturbado—. ¿Ha secuestrado a Judith Petrovna? ¿De Roma? ¡Dios mío! —miró a Anna—. ¿Y aún puedes sonreír? ¿Le ha causado algún daño?

—No parece haber sufrido ninguno —indicó Anna—. Por lo que vi, está completamente vestida. Inconsciente, por supuesto; ha sido drogada. Pero estaba sobre un sofá y no observé ninguna magulladura y ni siquiera señales de que hubiera sido atacada. Debe haber sido una operación muy delicada. Algo muy fuera de lo ordinario, tratándose de Iván Nej.

Beria continuaba mirándola.

—¿Sabías que esto iba a ocurrir?

Anna se encogió de hombros.

—Había oído hablar de ello, pero me pareció una idea tan descabellada, que le dije que no quería oír hablar del asunto. De cualquier modo, jamás pensé que llegara a hacerlo.

—Pero el loco ése lo ha hecho. ¿No se da cuenta de que no puede andar secuestrando gente, en especial cuando se trata de personas tan conocidas como Judith Petrovna?

—Puede hacerse —alegó Anna—. Después de todo, Iván lo ha hecho.

—¿Y qué va a suceder ahora? Te lo diré: en cualquier momento, se desatará todo el infierno.

—Pienso que quizá tengas toda la razón.

—¿Y encuentras divertida esta perspectiva?

—Creo que la situación está llena de posibilidades, de las cuales podemos obtener ventaja. Considera estos puntos —Anna alzó la mano y marcó con los dedos—: uno, tenemos a Peter Borodin aquí en Rusia; no sabemos por qué, pero lo averiguaremos a su debido tiempo con sólo esperar y observar. No obstante, él alega que la razón de su presencia aquí es para aportarnos información acerca de un complot judío para asesinar al primer ministro Stalin.

—Lo que sabemos que es una reverenda tontería.

—Por supuesto; pero sólo sabemos esto. Ahora, número dos, Iván ha secuestrado a una destacada sionista internacional, que también es una ciudadana israelita. Y puedo decirte por qué lo ha hecho.

—¿Sí?

—Desea ofrecerla a cambio de su hijo Gregory.

La boca de Beria se abrió y después se cerró de nuevo.

—Pero... el hombre es un estúpido, un bandido siberiano. ¿Realmente cree que puede salir adelante con algo semejante?

Una vez más, Anna se encogió de hombros.

—Él considera que sí. Su plan, tal y como me lo explicó, era tramar una especie de complot judío, el cual hará que Judith confiese a través de un interrogatorio adecuado. Personalmente, dudo de que una mujer como ella llegue a confesar algo, aunque se empleara para ello tenazas al rojo vivo. Parece haber olvidado que ella sobrevivió tres años en el campo de concentración de Ravensbrück. Sin embargo, es idea de Iván. Con este complot, espera oponerse a la tormenta de protestas internacionales que, como has advertido, va a estallar aproximadamente mañana por la mañana. Y a continuación, habiendo ofrecido una razón legítima para aprehender a Judith Petrovna y para llevarla a juicio, magnánimamente propondrá intercambiarla por el importante oficial de la KGB que se halla prisionero en Estados Unidos. Debes reconocer que este pequeño hombre piensa en grande.

—Está loco —declaró Beria—. ¡Dios mío! Debemos detenerlo.

—No creo que debamos hacerlo. Pienso que debemos ayudarlo en todo cuanto sea posible. Y podamos, como sabes —Anna se inclinó hacia adelante—. Lavrenti Pavlovich, ¿no lo comprendes? Tenemos un complot judío que no queremos: los "envenenadores" de Peter Borodin. Iván tiene una prisionera judía para la cual requiere desesperadamente un complot. ¿No le ves a esto todas las posibilidades?

Las cejas de Beria se levantaron al mismo tiempo.

—¿Quieres decir que debemos ofrecerle nuestro complot? ¿Y sacarlo del anzuelo? Me estás traicionando, Anna Petrovna.

Anna suspiró.

—Mi intención es que el anzuelo quede tan fijo en el buche de Iván que jamás pueda escupirlo. Se va a armar un alboroto, que será negativo para la imagen de Rusia, a no ser que en realidad haya un complot. Pero lo hay; Peter Borodin lo afirma. De modo que entreguémoslo a Iván: se aman el uno al otro en la misma forma en que una mangosta ama a una cobra. Ahora, Lavrenti Pavlovich, escucha con atención: esa mujer Petrovna fue alguna vez amante de Borodin. Él deberá enfrentar una decisión difícil, aunque irrevocable: sostener su pretendido complot hasta las últimas consecuencias y sacrificar a Judith Petrovna o aceptar que todo fue un ardid y sacrificarse a sí mismo. Sospecho que sacrificará a la mujer. Entonces, Iván creerá que todo el mundo ha caído en la trampa, pues parecerá haber sido un golpe de genialidad por su parte haber detenido a Judith Petrovna antes de que el complot estallara. Pero lo que es más importante aún: la existencia de tal complot sembrará la discordia en toda Rusia, en todo el mundo y, camarada, entre los integrantes del Politburó. No podrán hablar de algo más ni pensar en otra cosa durante algún tiempo. Tú y yo no seremos tomados en cuenta y podremos vivir nuestras pequeñas vidas y nuestras modestas ambiciones en paz. ¿No es ésta una propuesta atractiva?

El rostro de Beria había perdido su expresión por completo. Evidentemente, desde antes había perdido el hilo de la idea.

—¿En qué modo puede beneficiarnos todo esto? ¿No le dará todo esto mayor poder a Iván?

—Durante breve tiempo; pero los hombres que se hinchan demasiado rápidamente estallan con un ruido más fuerte. Como ves, Lavrenti Pavlovich, cuando estemos listos, podremos demostrar que jamás hubo un complot.

Beria frunció el ceño.

—¿Cómo podremos hacerlo?

—Ya poseo las pruebas necesarias —aseveró Anna—. Todo lo que Peter Borodin ha supuesto ha sido una mentira. Tengo bajo arresto a alguno de sus agentes, un correo que estuvo intentando introducir de contrabando explosivos plásticos en Rusia y que iba a reunirse con Borodin en el momento oportuno.

El ceño de Beria se hizo más profundo.

—Jamás me dijiste nada de eso.

—Era un asunto de rutina; pero este joven declarará toda la verdad cuando yo esté lista. Él y yo hemos llegado a un buen acuerdo.

—¡Dios mío! —exclamó Beria—. Me asustas, Anna. Siempre me has asustado.

—Deberías estar agradecido de que atemorizo aún más a la gente. Así, en el momento más apropiado para nosotros, demostraré que todo el plan fue propuesto por Iván y, por supuesto, por Stalin mismo y sus hombres de confianza: Michael Nej y Molotov, para promover sus propios intereses en franco desafío a la moral y a la opinión internacionales. Dentro del Politburó hay muchos que ya piensan que esto ha estado sucediendo con demasiada frecuencia. Considero que, en su momento, emergeremos como los verdaderos héroes, como servidores del Estado que han efectuado sus propias investigaciones con el único interés de servir a la verdad y a la justicia, sin importar el hecho de que ello implicaba oponerse incluso a nuestro muy amado líder.

Beria se rascó la calva.

—Pero... ¿qué hay del complot real de Peter Borodin, el que estamos esperando descubrir?

—¿Quieres decir el que él trata de inflar? Estimo que éste puede obligarlo a salir a descubierto todavía más rápidamente de lo que habíamos esperado. Creo que, tal vez, es un hombre muy atribulado. ¿Sabes que su sobrina nieta y el esposo de ésta aún no han llegado al hotel Berlín? Nadie sabe lo que les ha ocurrido, excepto que abordaron el tren en París con rumbo a Moscú. Para mí es muy evidente que ellos también son emisarios de él, y que también se han extraviado. Pero, seguramente, todo esto es irrelevante en comparación con la oportunidad para ponerle una trampa a Iván. Yo te prometo que el camarada Borodin ni siquiera se sonará la nariz sin que mi oficina lo sepa treinta segundos después. No representa absolutamente ningún peligro para nadie, excepto para él mismo. Aunque, ciertamente, es un arma muy útil para nosotros si sabemos usarla de manera adecuada.

—Eres una mujer admirable, Anna. Me gustaría que no tuvieres que ir por la vida tan peligrosamente.

Anna le envió un beso.

—Lo único necesario es vivir —Anna se puso de pie—. Debo irme.

—Pero vendrás a verme esta noche, Anna Petrovna —solicitó Beria—. Te necesito esta noche.

Sí, él la necesitaba porque estaba aterrorizado y sólo en sus brazos podía recobrar aunque fuera un poco de valor, pensó ella con desprecio.

—Claro que sí —afirmó ella—. Vendré esta noche —ella vendría incluso voluntariamente, pues iba a bajar a la celda número cuarenta y siete y eso la hacía desear siempre algo de sexo.

La excitación acerca del imaginario complot judío evitaría que todos —y en especial Iván— se interesaran en el destino de Diana Hayman, reflexionó Anna complacientemente.

Cuando ella estuviera dispuesta a revelar el nombre de su prisionera, resultaría muy sencillo involucrar también a Diana Hayman en el complot judío, en caso de ser necesario.

Judith Stein estaba consciente de encontrarse en medio de una pesadilla. Una pesadilla que había soportado en demasiadas ocasiones en el pasado. Sólo en los dos últimos años, ella se había imaginado que todo había terminado para siempre.

Presumiblemente, todo eso se relacionaba con el hecho de haber nacido judía. Por alguna razón que sólo Dios sabía, la suya era una nación destinada al sufrimiento y, ciertamente, no por expiación de haberse rehusado a aceptar que Jesucristo era el último redentor —ella no tenía duda al respecto—; sino por ser la nación que tenía mayor éxito en la Tierra. Así, las persecuciones por parte de naciones menos exitosas, pero más poderosas, la habían afligido de cuando en cuando a través de los años, y en casi todos los países de Europa. Sólo las naciones no cristianas, aquellas regidas por los musulmanes y los paganos, habían sido preparadas para admitir sin ninguna protesta a tales esclavos industriosos y autoconscientes —en el sentido más auténtico de la palabra— en medio de ellos. Esos países, y los rebosantes, emergentes, impíos y, no obstante, profundamente religiosos Estados Unidos. Dondequiera que la religión estatal había marchado de la mano con el gobierno estatal, los judíos habían sido víctimas de toda decisión dictada por la tiranía y el chauvinismo.

Y en ninguna parte más que en Rusia. Durante centurias, en Rusia había habido una persecución sorda y llena de odio en el régimen de los zares y después en el de los soviéticos. Aquí era donde ella había cometido su más grave error: como joven judía, vehemente e indignada por la manera en que su pueblo había sido tratado y estaba siendo tratado, había adoptado con facilidad las actitudes de un revolucionario y muchos de sus compañeros revolucionarios habían sido judíos. De igual modo, muchos no lo habían sido. Ella recordaría hasta el día de su muerte su asombro al descubrir que la joven matrona sumamente bella que construía una barricada junto a la suya en Moscú, en el otoño de 1905, había sido la princesa Ilona Roditcheva, de la familia Borodin. De la oportunidad de este encuentro se había derivado una singular amistad y numerosas cosas colaterales. Pero Ilona sólo había estado jugando a la revolución debido a un matrimonio infeliz y, cuando las cosas se habían puesto en verdad difíciles, ella simplemente había cruzado el Atlántico hacia los brazos de su amado. Judith Stein se había involucrado sinceramente y se había visto condenada a muerte por un crimen en el que, en realidad, no había participado, una sentencia despreocupadamente conmutada por una muerte en vida, en Siberia, por órdenes del zar, y luego, todavía con mayor despreocupación, perdonada en conjunto en una amnistía insospechada. La fuga no había tenido lugar. Y ni ella hubiera deseado huir, entonces, porque durante aquellos años terribles e inolvidables había descubierto que había muchos judíos tan fervientes y decididos como ella, y aun con mayores talentos. Hombres como Trotsky habían sido serios y habían llegado a la cumbre de la jerarquía soviética como judíos. En él, ella había visto la esperanza del futuro. Pero incluso él había tropezado y caído. Los menos ilustres como ella —amante en turno del príncipe Peter Borodin, de Michael Nej y de George Hayman— habían tenido que luchar y combatir y cometer crímenes y prostituirse a sí mismos, simplemente para permanecer vivos. Y ella y tantos otros habían sobrevivido únicamente para caer después en manos de los secuaces de Hitler. No obstante, ella había soportado aun esto, había cimentado un buen matrimonio con Boris Petrov y, con la ayuda de sus muchos amigos, había podido dedicar sus últimos años a colaborar con la causa de su pueblo en su propia tierra. Había llegado a considerarse como una sobreviviente modelo. Y, ahora, como embajadora de buena voluntad ante sus amigos Ben-Gurión y Weizman, se calificaba como una mujer exitosa e inclusive feliz, un ser que ya había pagado su cuota total de traumas en la vida.

En cambio de lo cual... Judith no recordaba lo que había acontecido en Roma; había asistido a una reunión y había tomado un taxi para volver a su hotel, había abierto la puerta de su habitación y había despertado en un avión con destino a Moscú. Era una pauta soviética característica, que ya había experimentado, y había superado antes, con la ayuda de sus amigos. Ahora, sus amigos ni siquiera sabrían lo que le había ocurrido, pues no existía motivo para que aquello hubiera sucedido. Nada de lo que había hecho durante los últimos años podía remotamente haber provocado algún daño a la Rusia soviética. Existía la posibilidad de una determinación profundamente arraigada de destruirla, producto de aquellos hombres oscuros que dominaban el Kremlin, pero, seguramente, ellos la hubieran mandado matar, no secuestrar. ¿Qué razón había para capturar a alguien que no podía aportarles nada importante? Y cualquier otro se hubiera planteado el mismo razonamiento. En ocasiones, pensaba haberse vuelto loca, o lo que es peor, que era la única persona cuerda que quedaba en un mundo maniático.

Y, habiendo sido arrestada por la policía secreta del zar en su niñez y después por la Cheka cuando era joven, descubrió que era igualmente aterrador caer en la cuenta de que, esta vez, sin embargo, nadie había intentado herirla, ni de palabra ni de obra. Nadie, en realidad, había tratado de comunicarse con ella y para ella había sido una pérdida total de tiempo intentar entablar conversación con su guardián. Había experimentado tanto los métodos nazis como los bolcheviques y sabía que en un aspecto eran exactamente idénticos: la fase inicial de la cautividad estaba diseñada cuidadosamente para aniquilar la personalidad, la dignidad y el conocimiento propios e incluso la humanidad, y así, finalmente, la voluntad, por medio de humillaciones, investigaciones corporales que eran violaciones prácticas, insomnios, desorientación, maltrato físico calculado para hacer que alguien se humillara, más que para provocar dolor. El dolor venía a continuación. Ella aún no había sido investigada esta vez. O, si se le había investigado, mientras estaba inconsciente, debía haber sido de una manera muy sutil, sin ningún desgarramiento severo de sus ropas. Ahora, estaba sentada en una celda no incómoda y calculaba que había estado allí por lo menos tres días —le habían quitado su reloj, así que era imposible evitar alguna desorientación— y en todo ese tiempo no se le había permitido tomar un baño; estaba consciente de que su maquillaje se había corrido y de que su cabello estaba completamente enredado; por lo menos, había sido alimentada con regularidad, se le había permitido dormir cuando ella quería y no había recibido ni una sola patada o siquiera una amenaza. Era como si hubiese sido raptada, sin otra explicación que la de sacarla de circulación.

Tal vez todo eso era parte de una nueva forma de tortura. Porque era una tortura para ella y la sería para Boris, para su sobrina Ruth, para quienquiera que se preguntara adónde y con quién había ido. Ahora apenas si estaba segura de sí misma. Si no fuera por su conocimiento del ruso, ni siquiera sabría si estaba en manos rusas; y, aunque suponía que se hallaba en Moscú, esto era sólo una conjetura.

Pese a ello, con el tiempo obtendría las respuestas a todas estas preguntas. De este solo hecho estaba convencida.

Y así, una nueva pesadilla estaba a punto de revelársele, pues la puerta de la celda se estaba abriendo. Judith Petrovna se levantó, sabiendo que, puesto que no era hora para la comida, la que estaba abriendo no podía ser la mujer con cara de palo que por lo regular la atendía. Contuvo la respiración cuando vio a Iván Nej.

Ésa era la única posibilidad que no se le había ocurrido: que llegara a verse frente a frente con este hombre que le había pulido sus botas cuando visitó Starogan como huésped del príncipe Peter Borodin en 1914, que con el tiempo había asesinado a sus padres, que la había perseguido durante treinta años y que sólo cinco años antes había intentado raptarla en el centro de Jerusalén. Allí, él se había extralimitado y, gracias a Nigel Brent, había fallado. Ella había escuchado que este fracaso había sido el origen de la desgracia y del exilio de Iván y, aun quizá de su muerte. Pero aquí estaba él, portando el uniforme de general de la KGB, tan lleno de odio como siempre.

—Judith Stein —dijo él—. ¿O debo decir Petrovna? ¿Y cómo está tu encantadora sobrina? ¿Y aquel alcornoque musculoso de policía inglés con el que se casó?, y, por supuesto, ¿mi viejo amigo Boris?

Judith se humedeció los labios.

Iván sonrió.

—Éstas confundida y temerosa, es natural. Pero tú te has buscado todas estas cosas, Judith Petrovna. Joseph Vissarionovich mismo me comentó en alguna ocasión: "Judith ha nacido conspiradora, Iván Nikolaievich". Y tenía toda la razón del mundo. Bueno, hemos tratado todas tus conspiraciones con cierto desdén, pero, cuando intentas conspirar contra la vida de nuestros propios líderes, es necesario hacer algo al respecto.

—Contra... —Judith se sentó sobre la cama. Iván ocasionaba este efecto sobre muchas personas: el de arrebatarles la fortaleza, su capacidad para permanecer de pie y para pensar con claridad—. Yo no he conspirado contra nadie.

Iván la amonestó con el dedo.

—No debes tratarme como a un loco, Judith. Aquellos días ya han pasado. Ni siquiera Michael intervendrá en tu favor cuando vea las pruebas que hemos acumulado en contra tuya.

—¿Pruebas? —inquirió ella a punto de perder el control sobre sí misma—. ¿Qué pruebas? Me has secuestrado por algún propósito tuyo. ¿Aún le estás dando vueltas a lo que sucedió en Jerusalén? Fracasaste entonces, Iván Nej, y fracasarás ahora de nuevo. Has cometido un crimen internacional. ¿Supones que podrás conseguirlo? Cuando se sepa lo que has hecho...

—¿Todos tus amigos ricos y poderosos van a venir corriendo en tu auxilio? —Iván movió su cabeza—. No, no Judith. Esta vez has ido muy lejos. Ven, hay alguien que deseo presentarte.

Mantuvo abierta la puerta de la celda para que ella pasara antes, en un gesto casi de caballerosidad. No había forma de que ella pudiera rechazar su invitación, aunque hubiera querido hacerlo; estaba al mismo tiempo demasiado agitada y sentía una gran curiosidad, porque estaba cayendo en la cuenta de que Iván no estaba jugando: él sinceramente creía que tenía pruebas contra ella.

Judith le permitió acompañarla a lo largo del corredor y, en la parte superior del tramo de escaleras que recordaba tan bien, la introdujo en su oficina, donde miró, llena de sorpresa, a Peter Borodin.

—Anna Petrovna, debías haber estado ahí. No sé cuándo he disfrutado más —declaró Iván lleno de satisfacción—. Como sabes, alguna vez ellos fueron amantes. Hace muchos, muchos, años, cuando él era el príncipe de Starogan. ¡Hasta la llevó a Starogan para que conociera a su madre! Desde entonces, estaba loco. ¡Puedes imaginarte de qué manera la recibió su madre! Quiero decir: ¡un príncipe ruso y la hija de un abogado judío! Lo recuerdo, ya que yo estaba presente. Y ella también lo recordó. Deberías haber visto el modo en que se ruborizó, trató de arreglarse el cabello con las manos e intentó desarrugar su vestido. Lo hubieras saboreado.

—No dudo de que también recuerde que, tras haberle quitado su virginidad, él se casó con su hermana —declaró Anna, con deliberada crueldad, porque Iván también había deseado a Raquel Stein.

El regocijo desapareció del rostro de Iván.

—Sí —asintió—. ¿Sabes que odio a este hombre? Lo odio más que a cualquier ser humano en el mundo, con excepción, tal vez, de George Hayman.

Y tenerlo aquí... Eres un tesoro, Anna Petrovna, lo único que quisiera es que me lo hubieras dicho más pronto.

Durante un instante, la cara de Iván se quedó tan sin expresión como la de Beria. Obviamente, estaba confundido por las complicadas maquinaciones de Anna. Pero tenía la carta del triunfo en su poder y pronto comenzó a sonreír de nuevo.

—De cualquier forma, puedo decírtelo: ha sido un placer hacer que Peter Borodin deba ser educado conmigo, saber que puedo descubrirlo con un simple chasquido de mis dedos y luego ponerlo frente a frente con Judith Stein y decirle que ella está gravemente involucrada, porque, por supuesto, él sabe que ella no lo está. Por un momento, creí que iba a tratar de retirar su acusación, pretendiendo que todo había sido un invento con el fin de salvarla. Pero no tiene esa clase de valor. De modo que fue obligado a conceder. Debías haber visto la expresión de su rostro y, cuando ella se enteró de que en verdad existe un complot y que el mismo Peter fue quien nos lo hizo saber... Pensé que iba a golpearlo. De hecho, no me hubiera gustado estar en sus zapatos después de las cosas que ella le dijo. Peter debe haberse marchitado en su interior. Te aseguro que fue la mañana más gratificante que he pasado en mucho tiempo.

—Me alegro por ti —indicó Anna—. ¿Te das cuenta, sin embargo, de que se está gestando una tormenta internacional?

—Por supuesto; pero podemos burlarnos de la opinión mundial, pues poseemos los hechos, ¿o no, Anna Petrovna?

Anna sonrió.

—Tú posees los hechos, Iván Nikolaievich —le recordó ella—. Yo no participé en esto excepto para acceder a que el príncipe Peter viniera a Rusia. Será tu triunfo y un triunfo sólo tuyo.

—Bueno, es muy generoso de tu parte, Anna.

—Es un placer. Estoy muy contenta por ti. Te deseo mucho éxito. Y espero con ansia ver de nuevo a Gregory Ivanovich de vuelta en Lubianka en un futuro próximo. Ahora, debo retirarme.

—¿A la celda número cuarenta y siete? Esta criatura se está convirtiendo en un hábito, Anna. No debes permitir jamás que el placer del trabajo oscurezca el propósito por el que se ha emprendido.

Anna sonrió con frialdad.

—En este caso, Iván Nikolaievich, los dos son sinónimos.

CAPÍTULO IX

A PESAR DE TODO, QUEDABA EN ANNA LA AGUDA SOSPECHA DE QUE pudiera ser que Iván tuviera razón. Diana Hayman se estaba convirtiendo en una obsesión. Anna se sorprendía a sí misma pensando a menudo en Diana. Era algo obsesionante, perturbador... y extremadamente agradable. Era un sueño, algo así como ver y tocar a alguien en quien se hubiera encarado su propia niñez.

Podía amar a Diana Hayman. Tal vez ya la amaba. Ciertamente lo haría, una vez que la joven aprendiera a rendirse. Pero también la odiaba a causa de su apellido y de su pasado. En la medida en que recordara eso, estaba segura.

María estaba en posición de firmes a la puerta de la cámara de observación. Era su obligación garantizar que nadie entrara mientras su ama estuviera con la prisionera. El rostro de María continuaba indiferente y enojado, aunque los moretones habían desaparecido. La tonta mujer aún recordaba la bofetada y, Anna lo sabía, estaba celosa de este nuevo juguete. Sin embargo, Anna no estaba dispuesta a perder el tiempo preocupándose por los sentimientos de María; la joven era completamente hechura suya y siempre lo sería por la sencilla razón de que, conocida como ayudante de Anna Ragosina, no podía pertenecer a nadie más. Y María lo sabía.

Así que Anna simplemente movió la cabeza en respuesta al saludo de María y se paró junto a la ventana que, desde la parte interior de la celda, se apreciaba como otro más de los bloques de concreto. Todos los días hacía lo mismo, en parte para sentir la satisfacción de que su pequeño pájaro no había intentado fugarse y, en parte, para asegurarse de que Diana estaba cuidada de manera adecuada. Anna estaba muy consciente de que algunas de sus subordinadas consideraban casi como una debilidad su delicadeza extrema y el cuidado que ponía en los detalles agradables. Tal ignorancia la divertía. Había sobrevivido a un campo de trabajos forzados y a la guerra en los pantanos del Pripet; si las circunstancias lo exigieran, podría renunciar en forma voluntaria a los lujos que actualmente disfrutaba. Pero, mientras pudiera concedérselos, los disfrutaría así como también proporcionándoselos a sus víctimas. A Anna no le gustaba el hedor del sudor, del temor y de las excrecencias humanas por lo que, por órdenes suyas, se bañaba y perfumaba a Diana Hayman todas las mañanas y, además, se le daba de comer tres veces al día y se le ofrecía un vaso de vino con la comida y la cena. Anna no quería que la señorita Hayman —prefería considerarla como una Hayman y no como la señora Loung— fuera a no comprender bien, debido al embotamiento de sus sentidos, un solo momento de su encarcelamiento.

Anna asintió de nuevo con la cabeza.

—Muy bien —dijo y bajó por la escalera que conducía al nivel inferior. Ella misma llevaba las llaves de la celda número cuarenta y siete. Abrió la puerta y la cerró tras de sí.

La chica estaba sentada contra la pared, desnuda y con las muñecas esposadas. Las esposas estaban sujetas con pernos a la pared de concreto, a una distancia de un metro aproximadamente. Podía moverse, mas no podía alzar la mano más arriba de los hombros, por lo que le era imposible alcanzar la parte trasera de la cabeza y quitarse la máscara de terciopelo negro que le cubría el rostro, de la barbilla a la frente, con agujeros para los ojos, la nariz y los labios. Estaba sentada sobre un cojín para evitarle la molestia del piso.

Cuando la puerta se abrió, la muchacha levantó la cara, lo que momentáneamente enderezó sus hombros y tensó los músculos de sus muslos y vientre y alzó sus senos, todo lo cual dio una soberbia y completa imagen de vida.

Anna se colocó detrás de la cabeza de la joven y desató la máscara, la levantó y la arrojó sobre la cama que se encontraba en el otro extremo de la celda. Después, se colocó en cuclillas frente a Diana.

—¿Cómo estamos hoy? —preguntó.

La chica la miró y Anna sintió la rara mezcla de deseo, enojo y absoluta frustración que siempre se apoderaba de ella en ese instante, y que se alzaba en su vientre y en su cerebro. Pronto se había percatado de que aquí, en esta estadounidense mimada y educada entre algodones, había una voluntad casi tan férrea como la suya; la idea de doblegarla había sido al menos tan atractiva como la de explorar toda su belleza. Pero las cosas no se habían desarrollado como ella había esperado o deseado. Aquel primer día, en su ira, había empleado la pimienta con un efecto bestial; Diana había gritado y llorado, y su cuerpo se había retorcido y arqueado. Había sido terriblemente hermosa —una experiencia tan inolvidable como Anna jamás había tenido— y no había considerado ni por un segundo que no llevara a una rendición total y abyecta, como, de hecho, había ocurrido. Cuando Diana había sido bañada, aún temblando y llorando, se había sometido a la violación sin decir una sola palabra, sin un solo gesto de protesta. Y, desde entonces, se había subordinado a todo cuanto Anna había deseado infligirle. Físicamente. Aunque, al mismo tiempo, Diana había bloqueado su mente, la había encerrado bajo llave detrás de puertas de acero que habían demostrado ser impenetrables e invadirlas se había convertido en el deseo principal de la vida de Anna. Si Iván lo supiera, o Beria...

Pero nunca lo sabrían. Y con tal de que al final conquistara a esta mujer... con sólo que estuviera confiada en que, con el tiempo, lo conseguiría.

Anna abrió las esposas, dejó que Diana se diera masaje en las muñecas y a continuación expresó:

—Ya es hora de tu ejercicio.

Sin emitir una sola palabra, Diana Hayman se levantó y empezó a trotar en la habitación, con los músculos temblorosos, los senos saltantes y el negro cabello flotando en la brisa que ella misma creaba. Anna se sentó en la cama para contemplarla, llena de deseo. Cuando la joven terminara, cuando aquella carne blanca y dulcemente olorosa se sonrosara con el ejercicio y se cubriera con una fina capa de sudor, la conduciría a su lecho y disfrutaría de ella... y la muchacha la aceptaría, la miraría y no pronunciaría ni una sola palabra ni movería un solo músculo.

Ella también podría volver a su departamento y masturbarse.

Era un patrón de conducta con el que estaba muy familiarizada. Cerrar la mente, al mismo tiempo que permitía que el cuerpo sucumbiera totalmente a las fuerzas demasiado fuertes para él, era parte del adiestramiento de la KGB y quizá también del servicio secreto estadounidense. Ella misma había sobrevivido en el campo de trabajos forzados practicando tal artificio. Con lo que no estaba familiarizada, y lo que más la inquietaba, era que esa joven jamás había recibido tal entrenamiento, que estaba apelando a alguna fuerza interior o, lo que era más aterrador, a alguna certeza interna de que, por ser Diana Hayman, debía triunfar al fin. Anna sentía la desagradable sospecha de que ése era exactamente el caso, y de que, en esta mujer, tenía un ejemplo de libro de texto, de por qué los estadounidenses, no importa lo equivocados que estuvieran en muchas cosas, ordinariamente salían vencedores al final. Ése era el pensamiento más terrible de todos.

Por supuesto, podría reflexionar que ella había creado la situación y podría concluirla cuando quisiera. Nadie, ni siquiera la hija de un millonario, podría luchar contra ella cerrando la mente durante un lapso, si ella se decidiera a aplicar todos los métodos a su alcance. Podría azotar a esta joven con su látigo terminado en puntas de acero hasta que su carne cayera en jirones, o podría usar el chorro de agua como una lanza, o podría untar pimienta entre sus piernas hasta que enloqueciera o, simplemente, podría tomarla y golpearla como tantas veces le agradaba hacerlo... pero cualquiera de estos métodos entrañaba la destrucción física e incluso mental. Anna sabía que era ambiciosa: quería conquistar de modo absoluto su mente, pero deseaba que el cuerpo permaneciera tan encantador como ahora.

Diana se acostó de espaldas y movió las piernas en el aire como si estuviera andando en bicicleta. Seguía exactamente el programa que Anna le había trazado.

Anna estaba recargada en la pared, observando.

—Hoy —informó— tu esposo será azotado.

Las piernas de Diana vacilaron durante un solo segundo y después reanudaron su movimiento.

—¿No amas a tu marido? —preguntó Anna—. Él te ama. Grita tu nombre cada vez que es torturado.

Diana finalizó su ejercicio. Bajó las piernas y se puso de pie con un gracioso movimiento. Respiraba un poco más rápido que lo normal.

—Tal vez no me creas —dijo Anna. En realidad, ella sabía perfectamente que Diana no le creía. Había cometido un error al principio, pues había estado muy segura del éxito, al confiarle a la muchacha que su esposo estaba sano y salvo y que había sido dejado en libertad. Cuando había desmentido esto y le había dicho que estaba prisionero y que estaba siendo martirizado todos los días, obviamente Diana había preferido creer la primera versión. Por supuesto, Loung podría ser llevado ante ella e incluso ser golpeado ante su vista; mas la intuición de Anna le decía que eso hubiera sido un error todavía más grande. Sospechaba que la reacción de Diana al ver a su marido torturado hubiera sido una retirada a una fortaleza aún más remota e inaccesible. Además, la voluntad de Robert Loung para cooperar, debido a su desazón por el hecho de que Peter Borodin hubiera colocado a su novia en semejante aprieto, lo convertía en una carta de triunfo demasiado valiosa en el juego de fuerzas que se avecinaba, para ser desperdiciada en aras de satisfacciones personales.

Semejante autocontrol, pensaba Anna con orgullo, era la verdadera respuesta a un hombrecillo estúpido como Iván, quien ni siquiera podía imaginarse que ella, Anna Ragosina, se permitiera alguna vez dejarse obsesionar.

Y aun, sacar una chispa de reacción de ese rostro impasible.

—Él grita tu nombre —repitió Anna— siempre que unto su pene con pimienta —Diana la miró y el autocontrol de Anna repentinamente se rompió—. ¡Eres una perra! —se lanzó hacia ella y la tomó por el cabello, haciéndola que se arrodillara, al tiempo que le abofeteaba el rostro dos veces. Zarandeándole la cabeza de un lado al otro y luego la dejó—. ¡Di algo! —le gritó.

Diana se irguió lentamente sobre sus rodillas, las lágrimas rodaban por sus mejillas por la fuerza de los golpes, pero sus emociones estaban bajo control.

—¿Algo como… "vete a la mierda"? —sugirió.

Anna la miró, al tiempo que sus manos se empuñaban y los músculos de sus hombros se tensaban y sabía que en un segundo más iba a agarrar a esta chica por el cuello y a estrangularla… y luego rió y se dio cuenta de la locura que estaba haciendo, pues había una manera de mutilar a esta chica, físicamente, y por tanto, tal vez, mentalmente también y, aunque sabía que la destrucción sólo sería temporal, era algo que debería haber hecho desde hacía mucho tiempo; ciertamente, había sido negligente en su trabajo.

Se incorporó, atravesó a zancadas la celda y abrió la puerta.

—¡María! Quiero que esta prisionera sea rasurada hasta el último pelo. Rasúrenla hasta que parezca un huevo —acto seguido, volvió la vista nuevamente a Diana y ésta le devolvió la mirada—. Llámenme cuando esté lista —solicitó Anna—. Denle una hora para que reflexione en lo que va a sucederle. Luego, escucharé lo que tenga que decir.

Subió a toda prisa las escaleras que conducían a su oficina, se arrojó a su silla, vio a su secretario que esperaba titubeante en la puerta.

—¿Y bien?

—El correo de la embajada en Washington ha venido a verla, camarada —dijo el hombre—. Le advertí que usted no podía ser molestada y dejó este sobre para usted.

—¿Para mí? ¿De Washington? —Anna se incorporó con una curiosidad mayor que su disgusto. Tomó el sobre, lo abrió y desdobló la única hoja de papel que contenía.

"Ganaste —leyó—. Sólo dinos lo que deseas. John."

—Nadie parece querer saber —gritó George Hayman hijo. Estaba de pie en el centro de la sala, en casa de sus padres, y los contemplaba frente a frente—. He intentado todo lo razonable. Todo.

Aquí, pensó su padre, estaba uno de los hombres más ricos y poderosos en el mundo, reducido a algo que se aproximaba mucho a la histeria, ya que, por primera vez, afrontaba una situación que ni su poder ni su dinero podían controlar. Bien, ¿no hubiera él mismo actuado de la misma forma? De algún modo, él no pensaba así. Su juventud había estado constituida por situaciones que no pudo controlar. Quizá su hijo había vivido una vida demasiado protegida. Lo que no hacía su aflicción menos perturbadora.

—Mi querido muchacho —afirmó Ilona—. ¡Oh, mi querido muchacho! ¿No consideras que sea posible que ella pueda haber tenido miedo de ponerse en contacto contigo hasta que tuviera la certeza de que no intentaríamos anular su matrimonio?

—Claro que puede tener miedo —reconoció George hijo, tranquilizado como siempre por la voz de su madre. Se sentó frente a ella en el sofá—. Pero, dime, ¿cómo va a saber cuál es nuestra reacción, a menos que se ponga en contacto con nosotros? Y dime, también, ¿cómo se las ha ingeniado para desaparecer de modo tan absoluto si no hay "gato encerrado"? Ninguna de las personas que he contratado ha podido dar con una pista de ella.

—¿Te has puesto en contacto con el Departamento de Estado? —quiso saber George padre—. Si piensas que se encuentra tras la Cortina de Hierro.

—El personal del Departamento de Estado es el más inútil de todos. Señala que deberíamos haberla mantenido más cerca de casa. Han dejado en claro que tienen cosas más importantes que hacer que preocuparse por las hijas consentidas de los millonarios.

—La policía... —sugirió Ilona.

—¿Crees que no hemos acudido también a ella? Puesto que es menor de edad, pueden dar una descripción de ella y buscarla para que regrese a casa. Han hecho esto a través de la Interpol, pero ésta no trabaja detrás de la Cortina de Hierro.

—¿Y estás seguro de que allí es donde ella se encuentra? —preguntó George padre sutilmente—. Europa es un continente muy grande.

George hijo suspiró.

—No sé nada, papá, y eso es lo peor. Diana se casó con un hombre del que yo jamás he escuchado hablar siquiera, mucho menos visto u oído. Abordaron un tren en París, con destino a Moscú. Al menos, ellos mencionaron que iban a ir allá. Por lo que a mí respecta, considero que se trata de un secuestro. Pero nadie quiere saber tampoco nada de esto.

—¿Puede un hombre secuestrar a su propia esposa? —preguntó Ilona.

—¿Estás hablando de definiciones legales? En realidad sí; pero, por todo lo que sé, él también pudo haber sido secuestrado. Excepto, como ya indiqué, que nadie quiere saber de esto. "¿Cómo pudo haber sido un secuestro?", me pregunta la policía. "No hay solicitud de rescate. En el momento en que usted nos presente una petición de rescate, señor Hayman, venga a vernos, y de allí partiremos". Ni hablar, que lo harán. "Supongamos que ha sido asesinada", les comenté. "¿Cómo puede ser un asesinato?", me interrogaron. "No hay un cadáver. En el instante en que hallemos un cadáver, señor Hayman, de allí partiremos". ¡Jesucristo! De lo que están hablando es de mi hija. Siento como si me estuviera volviendo totalmente loco. Beth se encuentra ya a medio camino de la locura. En París, estuvo a punto de tener una depresión nerviosa. Bueno, lo mismo yo. Ahora ella está bajo calmantes la mayor parte del día. Llevamos ya cuatro semanas y

¡nada! y el tío Peter también está involucrado. Estoy totalmente convencido de que así es.

—¡Oh, George! —exclamó Ilona—. Yo sé que Peter no anda bien de la cabeza, pero no puedes concebir que él haya raptado a su propia sobrina nieta.

—¿Por qué no? Alguna vez raptó a su propia hermana. Además, ya no puedo estar seguro de nada, madre. ¡Oh!, sí, puedo estar seguro de algo: de que hay mucha gente que sabe más de esto de lo que están dispuestos a aceptar. El Departamento de Estado, entre otros. Y, ¿quieres saber quién más? Mi propio hermano. No quiere verme.

—¿No quiere verte? —George frunció el ceño.

—Está demasiado ocupado o está fuera de la ciudad. Siempre atareado o fuera de la ciudad. Jamás había estado tan ocupado antes. Incluso Natasha parece ignorar lo que él está haciendo, pero está demasiado ocupado para verme. ¡A mí! George Hayman hijo. Soy el dueño del periódico *American People*. Chasqueó los dedos y consigo que las cosas se hagan, y me están haciendo dar vueltas y vueltas como a cualquier empleado. ¡Por Dios!

A George le parecía que su hijo estaba más cerca de la depresión nerviosa de lo que había sospechado. Volvió la cabeza con cierto alivio al escuchar el ruido de la puerta al cerrarse y todos vieron a Felícitas enmarcada en la puerta de la sala, con el rostro arreglado, aunque remoto, cuando paseó la mirada de uno a otro.

—¡Hola, George! —saludó—. ¿Alguna noticia de Diana?

—No —respondió George hijo—. Ninguna.

—¡Pobrecita! —hizo notar Felícitas—. Posiblemente se halla en alguna celda, en alguna parte, como Gregory —se alejó de la puerta y subió las escaleras.

George observó a su padre.

—Si yo pensara por un solo momento...

—Bueno, no lo pienses —dijo George—. Eso es demasiado descabellado incluso para Iván Nej y ya no tiene fuerza. Los soviéticos se están volviendo civilizados, hijo. Debes admitirlo.

—Estabas diciendo esto antes de las purgas de 1935 —recordó George hijo—. Sin son tan civilizados, ¿por qué no me concedieron una visa para ir a constatarlo con mis propios ojos?

—Bueno, quizá no quieren que un influyente editor estadounidense ande husmeando por todos lados.

—¿Sí? ¿Por qué le negaron también la visa al detective privado que intenté enviar allá? Creo que Felícitas tiene razón. ¿Cuál es la cita? ¿De la boca de los infantes...? Bueno, si esos condenados rojos le han hecho algún daño a Diana... ¿Dices que no desean que un editor influyente ande metiendo la nariz en todo? Por Dios que van a tener la más grande campaña antisoviética que haya habido en la historia. Y va a iniciar ahora mismo —se levantó rápidamente—. Los veré.

—Aguarda un momento —dijo George—. ¿En serio piensas que algo como eso ayudará a Diana? ¿Crees que una campaña puede hacer algo más que provocar un daño cuando se aproximan las elecciones? George, no me gusta recordarte tu categoría.

George hijo suspiró.

—¡Oh!, claro, ya sé. Debo tener sentido de responsabilidad, y el *American People* también debe tenerlo; pero, por el amor de Dios, papá, mi hija podría estar muerta en una zanja, en cualquier sitio, y ni siquiera lo sabemos...

—Sí —George se puso de pie y agregó más hielo en sus bebidas—. ¿Dices que piensas que John sabe algo? ¿Y que eso no se debe a que estaba en Londres con ella cuando todo esto inició?

—No —aseguró George hijo—, no me estoy imaginando el hecho de que me está evitando. Y el Departamento de Estado me está volviendo la espalda y...

—¿Y qué tiene que ver una cosa con la otra? John no trabaja para el Departamento de Estado —George se mordió los labios consciente de que había hablado con demasiada brusquedad. La estratagema que John, y por tanto también él, se había obligado a practicar durante los últimos siete años siempre le había preocupado, en particular porque sabía que no siempre resultaría.

Pero, sin duda, George hijo no sospechaba nada.

—Está bien —aceptó—; pero él estaba trabajando para ellos cuando fue a Londres, ¿o no? Estaba intentando averiguar qué traía entre manos el tío Peter o algo parecido. Y esto, para el Departamento de Estado. No me mires así. Era más claro que el agua. Pienso que algo sucedió o estaba ocurriendo o está aconteciendo vinculado con el Departamento de Estado, con la desaparición del tío Peter y con la de Diana. Y creo que John sabe qué es.

—Si algo le hubiera sucedido a Diana, algo serio, y John lo supiera —declaró Ilona—, nos lo habría dicho, sin importar para quién estuviese trabajando.

—Lo sé —reconoció George hijo—. Es lo único que me mantiene en mi juicio. Pero aún quiero saber qué le ha ocurrido a mi hija.

—Exactamente —coincidió su padre—. Déjamelo a mí. Hablaré con John. No podrá negarse a verme.

Estaban sentados juntos en un rincón tranquilo del bar del club campestre y observaban a los golfistas que jugaban.

—Debes comprender —explicó George Hayman, agitando su martini— que George se está sintiendo muy desesperado y que Elizabeth se está poniendo mal debido a esto. Después de todo, Diana es su hija. Como sabes,

ella también es la heredera de todo el negocio. Y si algo le ha ocurrido a ella...
Ahora, Ilona y yo sospechamos que se trata de una fuga o no estaría aquí sentado hablando contigo. Creemos que es más probable que Diana y su esposo se hayan reunido en algún lugar de Alemania o, tal vez, de Escandinavia. Comprar un boleto para Moscú es la cosa más sencilla del mundo; llegar allí es casi imposible. Quiero decir que, ¿cómo es posible que hayan podido conseguir su visa con tanta rapidez? Luego, debe haber sido más sencillo para ellos abandonar el tren en cualquiera de las muchas estaciones y tomar otro, en otra dirección. Pero George no puede aceptar esta solución a causa, sobre todo, del hecho de que tampoco podemos localizar a Peter y de que Janice Corliss le mencionó a George y a Elizabeth que Robert Loung está relacionado con la organización de Peter. Francamente, si yo creyera que Diana se hubiera visto inmiscuida en alguna forma en los atolondrados planes de Peter, también me estaría poniendo histérico.

John Hayman miró a su padrastro.

—¿Y?

—Bueno, John, no pretendo interferir con tu trabajo de ninguna manera; pero sucede que yo sé lo que en realidad haces. Y tú lo sabes. Así que estoy plenamente seguro de que tu viaje a Europa fue por órdenes del FBI y de que, si tú fuiste a ver al tío Peter, estabas, de hecho, trabajando. Ahora que George hijo también ha tenido esta idea, sin caer en la cuenta de cuánto se ha acercado a la verdad... yo debo saber si Diana está conectada de algún modo con Peter y si hay algo siniestro acerca de su desaparición.

John se encogió de hombros.

—Papá, ya no trabajo para el FBI.

George frunció las cejas.

—¿Esperas que te crea?

—No sé, pero es la realidad.

El ceño de George se hizo más profundo. Había conocido a John desde que éste era niño, y podía afirmar que estaba diciendo la verdad; aunque no toda.

—Entonces, ¿para quién trabajas? ¿Aún estás en esa "agencia de publicidad"?

—Sí.

—De modo que todavía estás trabajando para el gobierno.

—Sí.

—Pero no para el FBI —dijo George reflexivamente—. Algo tan secreto que no puedes decírmelo. Está bien. No puedo presionarte más. Pero, John, debes decirme si sabes algo, algo por lo menos, sobre lo que le ha sucedido a Diana.

John continuó sosteniendo su mirada.

—No sé nada acerca de lo que le ha ocurrido a Diana —aseguró—. Como dices, es probable que esté festejando su luna de miel y que regrese cuando esté bien y lista.

Pero, en esta ocasión, George sabía que su hijastro estaba mintiendo.

Almuerzo dominical en Cold Spring Harbor. Un almuerzo dominical solitario. Dos personas de avanzada edad, cada una de ellas sentada en el extremo de una gran mesa de comedor, mirándose el uno a la otra. Ningún ruido, excepto el sonido de los cubiertos en la cocina.

Antes ya había habido situaciones similares para cada uno de ellos; en el reconocimiento de este hecho estribaba el consuelo y la experiencia que otorgan los años. La gran debilidad de la edad y la experiencia era la cada vez menor certidumbre del futuro. Tanto George como Ilona podían recordar haber almorzado con los padres de Ilona en la enorme y espaciosa casa en Puerto Arturo, escuchando estallar las bombas japonesas cada vez más cerca de la derrotada ciudad rusa. Pero aún eran lo suficientemente jóvenes como para estar seguros de su inmortalidad personal. George podía recordar la horrible soledad que había proseguido a su obligada separación, la necesidad de comer y dormir y rasurarse e ir a través de la vida, sin saber si volvería a verla; pero entonces él sólo tenía veintiocho años de edad. Y aunque sin duda ella sentía lo mismo, sólo tenía diecinueve años. Palabras como "siempre" o "nunca" habían abarcado un gran lapso de tiempo, tiempo que ellos habían tenido que desperdiciar.

Habían estado separados y solos durante la Primera Guerra Mundial, y después nuevamente durante la Segunda. Habían conocido la tragedia de la muerte de Raquel Borodin y luego el asesinato de Tattie y, más recientemente, habían sido testigos, inútilmente, de la creciente tragedia del involucramiento de Felícitas con Gregory Nej. Pero siempre, alrededor de ellos, había estado la paulatina felicidad de sus hijos, y de los hijos de sus hijos, y esa felicidad había estado plasmada en los almuerzos dominicales en esta misma mesa. Repentinamente, una cosa del pasado.

—Sé cómo se siente ella —expresó Ilona—. Si yo me las tuve que arreglar para escapar de Starogan aquella noche y viajar a Sebastopol y reunirme contigo... los hijos hacen estas cosas, George.

Él le sonrió.

—¿Quieres decir que ahora sabes que estaba cometiendo un error?

Ella le envió un beso.

—Quiero decir que yo lo hubiera hecho; que hubiera intentado hacerlo, sin considerar lo que pudiera implicar para mi madre. Lo hubiera hecho, aunque hubiera sabido la pena que le causaría. Porque yo estaba enamorada. No me cabe la menor duda de que Diana está enamorada de su señor Loung.

—¿Y no hubieras escrito a tu madre tan pronto como fuera seguro hacerlo? —preguntó George.

Ilona suspiró.

—Sí, sí... pero a lo mejor aún no lo es para Diana.

—¿Cinco semanas?

Ilona suspiró de nuevo.

—¿Crees que algo le ha sucedido a ella?

Esta vez el que suspiró fue George.

—No sé, con toda honradez y verdad, no lo sé, mi amor. El sentido común me indica que nada puede haber sucedido, que ella sólo es una encantadora joven con ansias de vivir. Pero, al mismo tiempo... Si sólo pudiera localizar a Peter. Si solamente pudiera encontrar alguna huella de dónde ha ido, de algo.

—Pero hay algo más que te preocupa.

George terminó de beber su vino. Siempre había sido incapaz de ocultar un secreto a su mujer.

—Sí, pero...

—¿Algo relacionado con John?

—Iba a decirlo y te agradecería que no preguntaras.

Ilona lo miró.

—Desde hace mucho tiempo he sabido que hay algo entre tú y John —señaló—. Algún asunto secreto. Como sabes, me gustaba pensar en ello. Las miradas privadas que intercambias, la intimidad total... cuando pienso que ni siquiera es tu hijo, que... —ella se sentó muy erguida—. ¡George! ¿Qué hay acerca de Michael?

—¿Qué quieres decir?

—Bueno, ¿qué tal si se le solicita ayuda a Michael? George hijo especula que Diana puede haber ido realmente a Rusia y meterse allí en problemas. Michael podría indagarlo en nuestro nombre.

—Hum.

—George, éste no es momento para orgullos.

—Si es algo relacionado con Diana, no tengo ninguno, créeme. Pero... no pienso que podamos olvidar que Michael es primero un comisario soviético y después nuestro amigo. Supón, simplemente supón, que Diana está relacionada en alguna forma con Peter y sus disparatados planes. Como sabes, no es imposible. Si le pedimos a Michael que la encuentre, eso podría ponerla en un peligro real.

Ilona se mordió los labios.

—Jamás había pensado en ello.

—Pienso que debemos ser pacientes. Espero, bueno, en la Providencia, tal vez... —frunció el ceño al oír el ruido de las ruedas de un automóvil sobre el camino de grava—. ¿Visitas?

Ilona se levantó, escuchó a Redmond, el mayordomo, hablar con alguien, y volvió la cara a la puerta cuando el enorme irlandés la abrió. A través de la ventana podía observar el Buick negro, con placas del cuerpo diplomático, que aguardaba junto a la escalinata.

—Perdón, señor Hayman, señora Hayman —dijo Redmond—, pero hay un caballero ruso que desea verlos, un señor Michael Nej. Dice que es un embajador o algo así. Lo pasé a la estancia.

Michael Nej iba acompañado de su mujer y de su hija, a las que los Hayman conocían bien. Catalina Nej estaba en sus primeros cincuenta años y su cabello totalmente negro y sus toscas facciones delataban su sangre tártara tan explícitamente como cuando George e Ilona la habían visto por primera vez entre las ruinas de Sebastopol, unos treinta años antes. Nona entró después de su madre; las dos mujeres, con sus pómulos salientes, de piel morena, y sus ojos en alguna forma dóciles, presentaban un agudo contraste con la blancura de Michael, y la actitud impasible de ambas desentonaba, también, con la impresión de viveza que él daba. Pero George, quien había vivido con esta familia durante el crudo invierno de 1941-1942, cuando los alemanes habían estado a las puertas de Leningrado, sabía que ambas poseían en gran medida el valor paciente y decidido del tipo ruso, como también la característica reverencia rusa hacia la autoridad, evidenciada por la manera en que se mantenían atrás para permitir que su esposo y padre, quien también era un comisario, fuera saludado primero.

—¡Michael! —exclamó Ilona—. ¡Qué bueno que hayas venido! ¿Es una visita de despedida?

—Bueno... —Michael se ruborizó—. Por lo que toca a Catalina y a mí, sí. Nona se queda aquí para terminar sus estudios.

—¡Maravilloso! —exclamó Ilona—. Deberán venir a visitarnos cada vez que estén en Nueva York. Catalina, qué gusto me da verte. Te ves admirablemente bien.

George sólo podía maravillarse del modo en que su mujer podía deshacerse en cumplidos, incluso después de todo lo que había ocurrido, aun sabiendo que Felícitas estaba en ese instante visitando al espía ruso, sobrino de este hombre, quien había terminado de arruinar su vida. Y aun con las cosas espantosas que podían haberle acontecido a Diana, que le llegaban a las fibras más sensibles de su corazón.

Así que él debía hacer lo mismo. Estrechó manos.

—¡Qué gusto verte, Michael! Sabíamos que ibas a volver, pero no tan pronto —había oído que Michael había salido para Moscú en la primavera y, desde que había retornado a Nueva York, se analizaba mucho dónde quedaría; sólo recientemente se había anunciado que volvía definitivamente a Moscú.

—Salgo en el vuelo de esta noche.

George levantó las cejas.

—¿Supongo que se trata de un ascenso?

—¿Y no de una sentencia de exilio en Siberia? Es una promoción, George. Joseph me requiere en Moscú.

—Felicitaciones. Redmond, creo que necesitaremos champaña.

—¿A las tres de la tarde? —hizo notar Michael—. Creo que sería mejor una taza de té.

—El champaña puede beberse a cualquier hora del día o de la noche —aclaró George—. Y no somos buenos bebedores de té. Cocteles, Redmond.

Redmond inclinó ceremoniosamente la cabeza y salió.

—Además, precisamente estábamos hablando de ti —le dijo Ilona a Michael.

—¿De mí?

—Bueno... —Ilona miró a George.

—Creo que Michael debería decirnos el motivo de su visita —propuso George.

—Bueno... quería despedirme, desde luego —contestó Michael—. Pero también tenía que verte antes de partir, George. Ha ocurrido algo.

Ilona volvió la cabeza rápidamente.

—¿Algo que tiene que ver con nosotros? —preguntó George sutilmente.

—Indirectamente.

—¿Quisieras que habláramos en privado?

Michael titubeó.

—No —dijo finalmente—. Considero que lo que debo decir también le interesa a Ilona.

—¡Oh! —exclamó Ilona—. Bueno... —miró a George—. Propongo que nos sentemos y escuchemos. ¡Ah!, Redmond, gracias —tomó una copa de champaña, se sentó y dio unas palmaditas sobre los cojines que tenía a su lado para que Nona se sentara junto a ella.

—En realidad es, bueno... la cosa más terrible —expuso Michael, permaneciendo de pie—. Pero, por fortuna, las circunstancias, bueno pueden permitir un final feliz.

—Así lo espero sinceramente —externó George—. Dinos...

—Quizá hayan oído —explicó Michael— que el primer ministro Stalin estuvo gravemente enfermo el invierno pasado.

—Tuvo un ataque cardiaco —interrumpió George.

—Fue envenenado.

—¿Qué? —gritó George incorporándose.

—Sin éxito alguno, por supuesto. Tiene una constitución muy fuerte. Pero fue envenenado, George. Debo decirte que Joseph lo sospechó desde un principio. Ésa es la razón por la que fui requerido en marzo, como recordarás. Estaba muy preocupado.

—Y sospecho que no era para menos —aseguró George, con una serie de ideas dándole vueltas en la cabeza. ¿Qué diablos tenía que ver con él un intento de asesinato de Stalin? Con él y con todo el mundo. Michael no le había pedido que guardara reserva sobre lo que le iba a decir, así que debía saber que ése sería el titular del *American People* al día siguiente.

—Bueno —dijo Michael—. Tuvimos que ir al fondo del asunto; sin embargo, no fue una tarea fácil. Se estudiaron varias pistas; pero sólo hasta hace poco se ha conocido la verdad. Debo decirlo, éste es un caso en el que el mayor crédito debe otorgársele a Iván.

—¿A Iván? —inquirió George.

—Joseph lo había llamado de Tomsk para que dirigiera la investigación —manifestó Michael—. No hay nadie mejor.

—Pero... el hombre es un asesino —protestó George.

—Lo sé. No justifico todo lo que ha hecho, créeme, George; mas éste era un asunto de seguridad nacional, y como te he mencionado, no hay nadie mejor que él.

—¿E Iván ha solucionado este intento de asesinato? —quiso saber Ilona.

—Sí, es algo muy delicado. Les será difícil creerlo, pero hay una conspiración judía.

—¿Una conspiración judía? —interrogó George—. Continúa, por favor, Michael.

Michael movió la cabeza.

—Sé que eres partidario del sionismo, George; pero son gente peligrosa. Siempre lo han sido.

—También son muy pragmáticos. Dime qué podrían ganar con matar a Stalin, excepto una enorme cantidad de problemas.

—No sé lo que esperaban ganar, George. Sólo conozco los hechos. Pero esto no es lo peor de todo, George. El complot fue dirigido intelectualmente por Judith.

—Por... —George abrió la boca y miró a su mujer.

Ella sostuvo su mirada por un momento, luego vio a Catalina Nej, quien parecía acongojada; ella estaba muy al tanto de las relaciones curiosas, íntimas, casi incestuosas compartidas por estas personas, incluyendo a su propio esposo, años antes de que ella hubiera entrado en sus vidas.

—¿Sugieres que esto es imposible? —preguntó Michael—. Dios sabe que siempre he amado a esa mujer, pero sabes que ella nació conspiradora, George. Hubo el asesinato de Stolypin...

—Ella siempre negó cualquier implicación en eso —aclaró George—. Mordka Bogrov la involucró acudiendo a ella en busca de refugio.

—¿Supones que yo no tenía razón? Después, ¿qué hay acerca del asesinato de Rasputín? Ella jamás negó haber participado en eso. Y, desde entonces, todas sus confabulaciones en favor de los sionistas...

—Lo lamento, Michael —adujo George—, debo descartar todo esto como una sarta de tonterías.

—Puede ser —contestó Michael—; pero el hecho es que se encuentra en Moscú bajo arresto...

—¿Judith? —preguntó Ilona.

—¿Ustedes han detenido a Judith Stein? —inquirió George—. ¿Judith está en manos de Iván?

—Sí, está en Lubianka. Te puedo garantizar que no ha recibido ningún daño, y que no estará sujeta a ningún interrogatorio serio. No obstante, está acusada de un crimen muy grave, George.

—Esto no tiene sentido, Michael, y tú lo sabes —insistió George—. Y permíteme decirte algo: si a Iván se le ha confiado la investigación de una supuesta conspiración y él piensa que el camino corto es secuestrar a Judith... bueno, se va a desatar el infierno. Me sorprende que aún no haya ocurrido esto.

—A lo mejor sería bueno que te detuvieras a pensar por qué no ha sucedido eso —dijo tranquilamente Michael.

George frunció el ceño.

—Judith ha estado detenida durante varios días en Lubianka, tras haber sido secuestrada en su hotel, en Roma...

—¿Admites esto?

—Ante ti. Lo negaré delante de cualquier otra persona. Pero el hecho es que, aunque Tel Aviv debe saber que ella ha desaparecido, la noticia no ha sido difundida. Reflexiona acerca de eso, George. Pero lo que aún es más importante: tenemos pruebas positivas de que el complot no sólo existe, sino de que Judith está demasiado involucrada en él.

—Pruebas —afirmó George en tono sarcástico—. Alguna pseudoconfesión.

—George —interrumpió Michael y miró a Ilona—. Ilona. Lo que tengo que decir será un gran golpe para ustedes. Fue un gran golpe para mí. Ya mencioné que Iván fue llamado para hacerse cargo de la investigación. Esto es verdad; pero no fue el origen del asunto. Si hubiera tenido tiempo, lo habría hecho. Sin embargo, le ahorraron tiempo, gracias a una información de una fuente que, considerando la historia pasada, puede considerarse como fidedigna.

—¡Oh!, ¿sí?

—Esta información, George, fue suministrada a la KGB por el mismo Peter Borodin —aseguró Michael.

George e Ilona lo observaron con la mirada vacía y después se vieron el uno a la otra.

—¿Peter? —preguntó al fin Ilona—. ¿Esperas que creamos que Peter le informaría a Iván de un inminente complot judío para asesinar a Stalin?

—Exactamente.

—Es lo más absurdo que he oído alguna vez —expresó George.

—Reconozco que es increíble, superficialmente; pero ha sucedido e incluso puede tener alguna explicación. Él mismo lo ha explicado. Admite que ha invertido toda su vida luchando contra el concepto soviético de paz y justicia social. Acepta que ha fracasado. Ahora que sabe que su vida está llegando al final, desea hacer las paces con su patria y volver allí a morir. Bueno, él sabía que no sería precisamente bienvenido. Pero su red de agentes, y tendrás que reconocer, George, que utiliza una vasta red de agentes, descubrió este complot y nos lo ofreció a cambio de un asilo político en la Unión Soviética.

—¿Peter? —volvió a repetir como un eco Ilona—. ¿Mi hermano Peter desea retornar a Rusia?

—Allí se encuentra él ahora.

—¡Oh, Dios mío!

—¿Y Peter ha acusado a Judith de estar implicada en este complot? —interrogó George.

—Frente a ella.

—¡Jesucristo! Realmente... el hombre está loco. Tú debes saber esto, Michael. Loco de atar.

Michael se encogió de hombros.

—A nuestra gente no le parece que esté loco.

—¿Y cuál fue la reacción de Judith a esta acusación? —quiso saber George.

—Por supuesto, la negó. Se puso extremadamente molesta. Yo comprendo. Pero, ¿qué otra cosa iba a hacer? Sus negativas conseguirán muy poco. Ahora se están llevando a cabo arrestos, y de muchos de los detenidos vendrán confesiones suficientes para involucrarla tan completamente como Peter señala.

—Querrás decir que, cuando Iván acabe con ellos, los pobres confesarán cuanto él les ordene que confiesen. ¡Dios mío! Supongo que si él ha vuelto a tomar las riendas, también Anna Ragosina...

—Sí, la camarada Ragosina también ha sido restituida —admitió Michael—. Y, sin duda, está ayudando en la investigación. No me preocupa saber mucho acerca de sus métodos, pues, como saben ustedes, no los apruebo. Pero, ciertamente, son efectivos. La acusación hecha a Judith será apoyada con pruebas, George.

George lo observó.

—¿Por qué me estás diciendo todo esto?

—¿No estás interesado en Judith?

—Claro que lo estoy —gruñó George—. Y voy a mover cielo y tierra para sacarla de allí, Michael. Puedes tener mi palabra de honor. Mis periódicos van a lanzar una campaña antisoviética como jamás has soñado siquiera en tus peores pesadillas. Por Dios que va a ser así. Y puedes comunicárselo a Iván y a Stalin.

—He venido aquí para evitarte esa molestia —advirtió Michael—. Estoy aquí para impedir una buena parte del escándalo internacional y también para salvar a Judith.

Las cejas de George volvieron a juntarse.

—Como ves, yo también deseo salvarla —expuso Michael gentilmente—. Y lo mismo, lo creas o no, quiere también Iván, aunque sólo sea por la paz. Y así lo desea también Joseph Vissarionovich. No obstante, ella es culpable y debe someterse a juicio. Y ese juicio simplemente la declarará convicta de un crimen cuya sentencia es la pena de muerte. ¿Deseas que esto ocurra?

—Eres tú quien tiene la palabra.

—Bueno... Desde luego, ella será enjuiciada. Pero este juicio puede expeditarse. Considero que todo puede estar terminado en Navidad. Una vez que haya sido declarada convicta, nuestro deseo es que no sea llevada al paredón de fusilamiento. Esto puede lograrse, George, si tu gente se muestra sensible a las razones. Más sensibles de lo que han sido en el pasado.

George lo miró fijamente, comprendiendo.

—Quieres que Gregory regrese —dedujo.

—Sí —aceptó Michael—. Eso es lo que queremos, George.

George resopló.

—Me disgusta mucho que me tomen por loco, Michael.

Michael alzó las cejas.

—Lo que has estado diciendo es el más descarado intento de chantaje que he escuchado en toda mi vida. ¡Complot judío ciertamente!

Michael buscó en su saco dentro del bolsillo interior y extrajo una fotografía y, sin decir palabra, se la entregó a George. Éste la estudió, mientras su cerebro continuaba trajinando. Pero la fotografía, tomada dentro de una oficina, era la de Peter Borodin, Judith Petrovna e Iván Nej, hablando juntos, y obviamente, ni Peter ni Judith se habían dado cuenta de que había sido tomada. Por la expresión del rostro de Judith, ésta estaba gritando algo en el instante en que la cámara se había disparado. Tampoco, por más que analizaba la fotografía, George podía detectar cualquier señal de montaje o truco de cualquier tipo.

—Todavía no creo que haya un complot —manifestó, con poca convicción.

Michael se encogió de hombros.

—Tienes una afortunada capacidad para creer lo que deseas y para no creer lo que no deseas, George. Te puedo garantizar que existe un complot, que Judith va a ser llevada a juicio y que va a ser condenada a muerte. Y que sólo tú puedes salvar su vida.

—¿Yo? Yo no manejo el gobierno de Estados Unidos.

—Sin embargo, eres un hombre importante. Posees un periódico influyente. Puedes hablar con la gente apropiada. Te ruego, George, que uses tu influencia. Sabes que tu gobierno no se ha mostrado razonable con respecto a Gregory en el pasado. Te rogaría que ahora lo hicieras entrar en razón.

—Estados Unidos jamás ha sido sensible a la extorsión, Michael.

—Te pediría que no consideraras la situación en estos términos, George. Los de la Unión Soviética preferimos considerarnos como realistas, y ser tan pragmáticos como los israelíes. Lo que importa es el resultado, no los caminos indirectos para llegar a él. La vida de Judith corre peligro. La vida de Gregory se está desperdiciando en prisión. Ambas son tragedias innecesarias y, en este momento, ambas pueden evitarse, si quieres olvidar aunque sólo sea por un segundo tu concepto peculiar de la ética.

George continuaba mirándolo e Ilona llamó apresuradamente a Redmond con la campanilla.

—Creo que deberíamos tomar otro coctel —propuso ella—. Y luego, tal vez, podamos hablar de algo que tú puedes hacer por nosotros, Michael.

—Lo que sea, Ilona —prometió él.

—Olvídalo —dijo George.

—Pero, George... —protestó Ilona.

—Olvídalo, Ilona —repitió George—. Tomemos otro coctel y hablemos de otro tema.

Ilona levantó las cejas, pero aceptó su decisión, hasta que los Nej se fueron después de otra incómoda media hora.

—No comprendo —señaló cuando la puerta se cerró—. Si él quiere tu ayuda...

—Él no quiere mi ayuda —le explicó George—. Sólo me ha presentado un hecho consumado y un ultimátum. Lo tomo o lo dejo. Y yo que pensé que era nuestro amigo. Pero supongo que, en el fondo, es un criminal tan grande como cualquiera de ellos. Cuando pienso... por el amor de Dios, que él y Judith vivieron juntos, como marido y mujer durante dos años.

Ilona no se mostró impresionada. Sin duda, pensó George, ella estaba recordando que Michael había sido su amante y que había engendrado a John, mucho antes de eso, y que Michael únicamente había vuelto a Judith porque ella ya no estaba disponible.

Asimismo, quizá, estaba recordando que Judith había interferido en sus vidas, casi desastrosamente, aunque tal vez sin proponérselo. Judith Stein había atraído problemas toda su vida, debido a su particular mezcla de belleza y emotividad.

—Sigo pensando que Michael podría ayudarnos a encontrar a Diana —indicó Ilona.

—Michael no sabe nada acerca de Diana, querida. Si los soviéticos la tuvieran, ¿no crees que sería parte del negocio? Por todos los diablos, ella sería el negocio. No hubieran necesitado a Judith para nada.

—Pero Peter ha ido a Rusia y George hijo sospecha que Diana también pudo haber ido a Rusia...

—Eso es exactamente —aseveró George—. Ella puede haber ido a Rusia, pero, evidentemente, los soviéticos lo ignoran. Podemos jugar esa carta cuando sea tiempo, pero estoy seguro de que me van a mantener ocupado aún por un día o dos.

—Pero, George, ¿qué es lo que vas a hacer?

George le sonrió.

—Voy a Washington. ¿Qué otra cosa puedo hacer?

CAPÍTULO X

HABÍAN TRANSCURRIDO TRES AÑOS DESDE LA ÚLTIMA OCASIÓN en que George había estado en la Oficina Oval. Alguna vez, en los días de Hoover y Roosevelt, había venido más a menudo. Aunque George era un republicano convencido, incluso Roosevelt se había percatado de cuál era su estatura internacional y, lo que era más importante: de sus relaciones personales con los principales líderes soviéticos eran demasiado valiosas como para no ser tomadas en cuenta; así, su breve calidad de embajador no oficial en Rusia, en 1941, y aquellos inolvidables días en Leningrado, donde había estado hombro con hombro con Michael Nej, contra el torrente gris de la ambición nazi.

Pero, incluso entonces, habían comprendido que su alianza era asunto de conveniencia temporal, aunque habían esperado que su amistad perdurara. El asesinato de Tattie y la traición de Gregory Nej habían modificado aquello. George había estado feliz al aceptar otro cargo de embajador itinerante de parte de Harry Truman, con el propósito de descubrir lo que en realidad estaba aconteciendo atrás de la Cortina de Hierro, en los días que prosiguieron al fin de la guerra. Pero, desde la detención de Gregory, había desaparecido del escenario internacional, en parte debido a que había sido atrapado por la personalidad y el encanto del muchacho, lo que lo había hecho sentirse culpable de lo que había ocurrido. Pese a ello, Truman estaba feliz de volverlo a ver y, junto con su secretario de Estado, Dean Acheson, de escucharlo con cortés paciencia.

Sin embargo, cuando George hubo terminado, el presidente se incorporó y colocó sus codos sobre el escritorio, con los dedos de las manos unos contra otros frente a su rostro, un gesto familiar que George conocía y temía.

—¿Se da usted cuenta de que es un vil chantaje, George?

—Sí, señor presidente. Así se lo dije a Michael Nej.

—Es un chantaje descarado —añadió Truman—. Estoy admirado de que tengan el valor de proponerlo. Esta señora Stein o Petrovna, o como se llame ahora, ni siquiera es una ciudadana de Estados Unidos. ¿Por qué los soviéticos no fueron, al menos, primero a Tel Aviv?

George esperó.

Truman aclaró la garganta.

—Sé que ella es una antigua amiga suya, George, pero debo decirle que este gobierno no va a ser extorsionado por nadie, jamás, y menos, por los soviéticos. Y menos aún en estos tiempos. En un par de meses abandonaré esta oficina de una vez por todas.

—Y usted puede imaginarse que intercambiar a Gregory Nej ahora sería como colgarle una rueda de molino al cuello de Adlai Stevenson, ¿no es así?

Truman esbozó una de sus rápidas y raras sonrisas.

—Considero que Adlai Stevenson ya tiene colgada al cuello una piedra de molino, George. Se ha llamado a Dwigth Eisenhower. Y yo creía que usted me conocía mejor como para pensar que juego a la política con asuntos internacionales. No podría hacer una concesión de este tipo a ninguno de ellos. ¿Qué sucedería la próxima vez que atrapemos a un espía ruso? Simplemente buscarían por todo el mundo hasta hallar a alguien que pudiera interesarnos y después se apoderarían de él o de ella y nos dirían: "Vamos a hablar ahora". No hacemos negocios de esta clase y, ¡por Dios, que demostraremos al resto del mundo que tampoco ellos pueden hacerlos! No con nosotros, en todo caso.

—Debo recordarle, señor, que los soviéticos son absolutamente capaces de llevar adelante su amenaza de poner a la señora Petrovna contra el paredón —esgrimió George.

—Lo que no le hará ningún bien a su reputación internacional, señor Hayman —contestó Acheson—. Prefiero pensar que están fanfarroneando. Después de todo, no parece que este Gregory Nej tenga verdadera relevancia para ellos.

—En eso se equivoca —corrigió George—. En esto pienso que siempre hemos estado errados al tratar con los soviéticos. Esperamos negociar con el despacho de Asuntos Exteriores, el despacho del presidente o del primer ministro, pues esperamos que los extranjeros traten con esta oficina cuando vienen a nosotros. Como usted acaba de advertir, señor presidente, usted dejará este despacho de una vez por todas dentro de dos meses, sin volver la vista atrás. Así que yo no estoy hablando con Harry S. Truman; sino con el presidente de Estados Unidos y, una vez más, como usted ha dicho, la razón por la que usted no puede intercambiar a Gregory Nej, una razón, es que el presidente de Estados Unidos, ya sea usted, Stevenson o Eisenhower no pueden ser chantajeados. De igual modo, cuando estamos hablando con el primer ministro Churchill, lo hacemos con el primer ministro no con el hombre y lo mismo ocurre casi en cualquier parte en Europa occidental. Pero esto no acontece en Rusia o en cualquier parte de Asia, por lo que a esta materia se refiere. Allá, el hombre no es la oficina; la oficina es el hombre. No se acostumbra dirigirse al "primer ministro de la URSS". Usted está tratando con Pepe Stalin, ya que Pepe Stalin va a permanecer en ese despacho hasta que muera o sea derrocado. Por consiguiente, no está trabajando para el Estado, por la continuidad de su cargo en manos de un sucesor; sino para Pepe Stalin y para los amigos y secuaces; y hay cómplices, como usted sabe. En los asesinatos masivos, ocurre que Iván Nej es uno de los más íntimos de esos amigos, y ése es el motivo por el que a él no se le castiga por los asesinatos, individuales o colectivos, una y otra vez. Estos hombres no han llegado adonde han llegado besando niños o estrechando las manos de sus parientes. Están en la cumbre matando gente, tanto niños, como padres. De manera que ahora que están en el cargo no ven la vida en términos de encuestas de opinión: la ven como ellos o nosotros. Y sucede que Gregory Nej es uno de ellos, porque es hijo de Iván Nej. Iván quiere que vuelva y, por tanto, Pepe Stalin quiere que regrese. Y, para conseguir que retorne, la opinión mundial les importa un comino.

Truman lo miró durante varios segundos. Después, expuso:

—Un buen discurso, George, y un buen argumento, también. Tal vez tenga usted razón. Le voy a decir algo: permítanos pensar en el asunto —y señaló con el dedo como haciendo una advertencia—. Ninguna promesa; no es nuestro niño. Pero consideraremos la situación desde cualquier ángulo posible. No puedo ofrecer más.

—Señor presidente —dijo Allen Dulles—, ya conoce usted al señor John Hayman.

Harry Truman le estrechó la mano.

—Debe perdonarme, señor Hayman, si alguna vez pienso que hay demasiadas personas con su apellido en nuestro mundo. Siéntese. He leído su informe. El señor Dulles opina que su tío piensa lo que dice. John se sentó cuidadosamente en la silla, como en posición de firmes.

—Sí, señor.

—Bueno, no lo tomamos muy en serio cuando usted nos lo propuso por primera vez, pues no comprendíamos cómo un hombre como Peter Borodin iba alguna vez a introducirse en Rusia. Ahora, parece que fue y que lo logró. Y, por tanto, ¿usted piensa que este complot judío es mera invención para permitirle acercarse a Joseph Stalin?

—En primer lugar, para que se le permitiera entrar, señor. Pero su objetivo es, de hecho, Stalin.

Truman se golpeó la barbilla, observando a John.

—¿Y qué sucede si alcanza su objetivo?

—No lo sé, señor. Nadie lo sabe; pero estoy convencido de que, aunque Stalin puede ser uno de los líderes más bestiales que hay sobre la Tierra, no desea la guerra con nadie ahora. ¡Oh!, él presionará y provocará; incluso, llegará a la acción directa, como en Berlín, y si considera que vale la pena correr el riesgo, mas no llegará a la guerra. Esto también lo demostró en Berlín. No puedo hacer esa misma apreciación de su sucesor, porque no sé quién pueda ser.

—¿No hay por lo menos alguna probabilidad de que este sucesor pudiera ser su padre?

—No señor, no lo creo. Michael Nej es demasiado viejo y no tiene ambiciones personales. Además, ha vivido a la sombra de Stalin demasiado tiempo.

—Muy mal. Sería una situación interesante tenerlo a él allá y a usted acá —Truman se reclinó en su silla y miró a Dulles—. Así que ustedes dos piensan que semejante asesinato no redundaría en un beneficio para este país.

—Sí, señor presidente —asintió Dulles.

—Entonces, ¿qué es lo que sugieren? ¿Eso suena incompleto para nosotros? Por supuesto, Borodin sería fusilado. Suponiendo que todavía nos crean.

—No nos creerán —advirtió Dulles—. Este asunto está lleno de vericuetos; pero nuestra opinión es que deberíamos sacar de allí a Borodin tan pacífica y rápidamente como sea posible. No sé lo que haya de verdad acerca de este llamado complot judío. Mi información es que hubo un atentado contra la vida de Stalin en el invierno pasado. Los judíos rusos pueden haber estado involucrados y el equipo de Borodin puede haberse enterado de ello; incluso su misma gente pudo haber estado implicada, pues sabemos que varios de sus agentes son judíos. No obstante, de cualquier forma, yo considero que es un asunto ruso interno. Por otro lado, sabemos que Judith Petrovna es inocente de cualquier imputación y queremos que Borodin salga de allí antes de que inicie cualquier cosa. Diría que es lo más trascendente para los intereses de Estados Unidos.

—De modo que cedemos al chantaje.

Dulles sonrió.

—Digamos que nos doblamos un poco, señor. Y nosotros haremos un pequeño chantaje por nuestra cuenta: entreguémosles a Gregory Nej a cambio de Judith Petrovna y de Peter Borodin.

—¿Ustedes piensan que aceptarán? ¿No es su principal testigo?

—Si son correctas nuestras deducciones, señor presidente, ellos están más interesados en Gregory Nej que en cualquier complot. Siempre pueden obtener las confesiones que pretendan; son muy eficaces para eso. Si han atrapado a Judith Petrovna es sólo para lograr un intercambio y si George Hayman tiene razón acerca de con qué interés quieren al joven Nej, y yo creo que la tiene, estimo que estarán felices de ver por última vez a Peter Borodin.

—¿Ya hablaron ustedes con los israelíes al respecto?

—No, señor. Y no queremos hacerlo hasta que todo esté concluido. Están poniéndose furiosos desde que la historia salió a luz. Querían conservarlo en secreto por lo menos hasta que hubieran extinguido cualquier posibilidad de sacar a la señora Petrovna tranquilamente de Rusia, lo que hace sospechar que pudieran estar involucrados en alguna forma. Lo principal es, señor, que ignoran que se han acercado a nosotros; nadie sabe que se nos han acercado. Podría ser un buen golpe para usted, señor presidente, si se supiera que usted había dado el primer paso y ofrecido a Gregory Nej en cambio.

Truman sonrió.

—Pensé que usted había votado por los republicanos.

—Cuando estoy fuera de servicio —explicó Dulles.

Truman asintió con la cabeza.

—Entonces, permanezca en servicio, Allen. Hayman, arreglaremos el intercambio; puede decírselo a su padrastro. Pero es confidencial hasta que se efectúe. Ni una sola palabra en el periódico, ¿me comprende?

Almorzaron en el club de Dulles.

—Tengo que decirle que estoy orgulloso de usted —externó Dulles—, por no haber sacado a colación el asunto de su sobrina.

—No pensé que ayudaría.

—Yo creo que hubiera estorbado mucho; pero debe haber sido una tentación. Y, ¿qué hay de nuevo?

—Nada en absoluto.

Dulles estudió a su protegido.

—¿No piensa usted que pudiera haberse equivocado?

—Si pensara eso, señor Dulles, estaría allá afuera cantando bajo la lluvia.

—¿En realidad quiere usted mucho a esa muchacha?

—Sí, pero no es sólo eso. No es sólo que sea bella y encantadora. Se trata de que ella es el alfiler de seguridad que mantiene unida a mi familia. No quiero ni imaginar lo que ocurriría si ella se hubiera ido para siempre. Ya puedo ver algunos ejemplos de ello: su madre se encuentra bajo una depresión nerviosa terrible; a mi hermano George no le interesa absolutamente nada, ni siquiera la elección que podría traer al primer presidente republicano en veinte años. Mi madre y George envejecen notablemente cada día y no tienen mucho campo para maniobrar.

—Sin embargo, ahora tiene algo bueno que comunicarles.

—Sí. Y se lo agradezco mucho; pero Judith es una amiga. Aun el tío Peter no está cerca de ningún modo: toda la familia lo considera como un lunático peligroso.

—Sí —Dulles suspiró—. Bueno, mantengo mi oferta. Si la Drácula femenina contesta, tiene usted carta blanca, en la medida en que no involucre a la empresa.

—¿Y si no lo hace?

—Entonces, John, sabremos con toda certeza que su sobrina no está en una celda en Lubianka. Piense en ello. Con todas estas conversaciones acerca del intercambio ya iniciadas y sabiendo los rojos que deben tratar con la familia de usted, a causa de Gregory... si Anna Ragosina e Iván Nej tuvieran a Diana, ¿no estarían pregonándolo desde la cumbre de las montañas?

—Señor Dulles —explicó John—, yo no sé mucho sobre Iván Nej, excepto que algún día me agradaría observarlo a través de la mira de una Magnum. Gregory es su hijo, de modo que tal vez tenga algunos sentimientos; pero puedo asegurarle esto: a Anna le importa un comino lo que le suceda a Gregory Nej, y ella jamás hace lo obvio, ni siquiera lo normal. Mis instintos me dicen que ella se apoderó de Diana; además, sé que recibió mi nota. Si estas dos cosas son ciertas y ella no ha respondido y Diana no ha sido incluida en este trato, entonces Anna está siguiendo un plan propio —se encogió de hombros—. De cualquier manera, debemos ser pacientes, y cuando llegue el momento, ser tan inflexibles como ella, y quizá incluso tengamos a Diana de vuelta.

—¿Ruth? —George Hayman elevó un poco la voz en el teléfono—. ¿Ruth?... Dios santo. ¡Qué línea! ¿Estás allí, Ruth? —miró a John por encima del auricular, quien tenía el ceño fruncido. No había podido impedir que su padrastro efectuara esta llamada, y confiaba en él implícitamente, pero sabía que George podía emocionarse demasiado—. ¿Qué hora es en Israel? —le preguntó George.

—Las once de la mañana aquí, ¿quizá las seis de la tarde o las siete?

—Deben estar despiertos. ¿Ruth? ¡Hola! ¿Eres tú? —su rostro se iluminó con una sonrisa—. Claro, soy yo, George. En casa. Ya no viajo mucho. Ruth, ¿cómo van las cosas?

Su rostro se iba ensombreciendo a medida que escuchaba.

—Sí —dijo—. Sí. Estoy contigo allá. Sí. ¿Cómo lo está enfrentando Boris? Sí. Es fuerte. Ruth, escúchame. ¿Puedes oírme? Bien, escucha: aquí estamos haciendo todo lo posible. El Departamento de Estado está ayudando. Incluso el presidente está ayudando. Él, sí, es lo que dije, el presidente. Y Ruth, se va a trabajar afuera. No puedo decirte cómo o cuándo. Judith puede ser procesada en Rusia. Tendrá que ser procesada. No... Ruth, escúchame, no va a sufrir daño alguno, te doy mi palabra. Deberá ser procesada y aun declarada convicta, pero vamos a sacarla antes de que le suceda algo. Escúchame, Ruth. Todo saldrá bien. Te he dado mi palabra... No, bajo ninguna circunstancia. Dile a Nigel que permanezca donde debe estar, cerca de ti y de los muchachos. No tiene caso que pretenda jugar al héroe. Esto sencillamente no es de su incumbencia, y vamos a ver las cosas desde este punto de vista. Quédate tranquila y confía en nosotros acá. Ruth, todo va a salir bien. Ella también te envía saludos. Todo va a salir bien, Ruth. Todo va a salir bien.

Colocó el auricular en su lugar y se limpió la frente con su pañuelo.

—No creo haberlo hecho muy bien —manifestó—. Cuando dije que tenía que ser procesada, Ruth casi saltó a través del teléfono. Son íntimas, como sabes. Judith puede ser sólo su tía, pero son tan íntimas como madre e hija, en especial tras haber sobrevivido juntas en Ravensbrück.

—Necesitas un trago —propuso Ilona—. Creo que todos lo necesitamos —hizo que Redmond se acercara con su jarra de ponche.

—Creo que les hablé a tiempo —señaló George dando un largo trago a su bebida—. Nigel estaba planeando iniciar él solo una especie de invasión de la Unión Soviética. Ella afirma que el gobierno en Tel Aviv no parece que pueda ayudar por el hecho de que los soviéticos no desean hablar con ellos. Ni siquiera admitir o negar que los rumores que aparecen en los diarios sean verídicos.

—Sin embargo, como le dijiste, todo va a salir bien —Ilona le tomó la mano, esperando que se tranquilizara. Si ella podía percibir la aventura de Michael con Judith con cierto escepticismo, sabiendo por qué había sido (un simple asunto de sobrevivencia por parte de la mujer), jamás podría olvidar que Judith había hecho feliz a su esposo en una época decisiva de su vida y, contra las sospechas de George, hacía mucho tiempo que había perdonado a la mujer con la que había compartido tanto. Ahora, miró sobre la cabeza de George a John—. ¿Todo va a salir bien?

—Eso esperamos.

—Sería maravilloso —aseguró Natasha. La mujer de John estaba pensando en la familia que había llegado a considerar como la suya propia; ella sólo había visto a Judith Stein en una sola ocasión, y nunca había visto a Peter Borodin.

—Lo que no puedo entender —expresó pausadamente Ilona— es por qué el Departamento de Estado continúa acudiendo a ti, John. Si Truman pretendía permitir el intercambio, ¿por qué no se lo hizo saber a George allí y entonces?

—Porque entonces no sabía si podía permitir o no el intercambio —explicó George rápidamente—. Y luego acudieron a John, pues él estuvo involucrado con Peter en un principio, y efectuó para ellos aquel pequeño trabajo el último verano. Querían saber si Peter desearía ser extraído. ¿No es así, John?

—Sí —aseveró John—. Así es, madre.

Pero sabía que Ilona no estaba convencida y que pronto alegaría una jaqueca como excusa para volver temprano a casa.

—No sabes qué distinto será para ella si todo sale como esperamos —adujo George, bajando las escaleras con él, mientras Natasha y los niños recibían sus abrazos de despedida de Ilona—. No sólo estoy ayudando a Judith... Ambos sabemos que, con Gregory de regreso en Rusia, Felícitas puede recobrar el sentido. Si tan sólo ahora pudiéramos escuchar algo positivo acerca de Diana... —observó a su hijastro.

—Yo también deseo eso —afirmó John.

—Pero, ¿ella no es parte de este juego? Demonios, John, acaso quieres decir que...

John suspiró.

—En cuanto sabemos, ella no entra en este juego, papá.

—Pero, ¿piensas que esté involucrada? ¿Sabes que George hijo está planeando ir allá tan pronto como acaben las elecciones?

—¿A Rusia?

—No, no le otorgarán la visa, aunque sigue solicitándola. No, lo que pretende hacer es tomar el tren de París, el mismo tren a Moscú que Diana abordó, y detenerse en cada estación, armado con fotografías de ella. Y, después, tomar el siguiente tren a Moscú y así sucesivamente.

—¿Acaso no tiene detectives que estén haciendo ese trabajo desde hace dos meses?

George se encogió de hombros.

—Considera que pueden haber omitido algo. De cualquier modo, a ninguno de ellos se le ha autorizado ir más allá de Berlín occidental.

—¿Y George piensa que él sí lo logrará? ¿Sin visa?

—Va a intentarlo. Y va a armar un escándalo infernal si lo regresan.

—En realidad, no es para lo que está mejor preparado el presidente de Publicaciones Hayman. ¿Qué pensarán los accionistas de todo esto?

—Dios lo sabe. Yo estoy saliendo de mi retiro para quedarme vigilando hasta que él vuelva. No puedo detenerlo, John. Él no será el mismo hasta que haya visto y experimentado por sí mismo. Asegura que eso le tomará seis meses. Está bien, así que toma seis meses. Con tal de que encuentre algo. Seguramente, sería bueno que tú pudieras hallar algo primero.

—Si lo encontramos, papá, serás el primero en saberlo —prometió John. Lo que era una mentira, como él sabía. Sus manos oprimían el volante mientras retornaba a casa, con Natasha en silencio a su lado. Ella estaba acostumbrada a su mal humor y, si éste recientemente había sido más intenso que de costumbre, estaba preparada para aceptar también eso. Ahora era una Hayman y la desaparición de Diana la había afectado no menos que a los demás.

¿Y sobre todo a él? ¿Debido a lo que sospechaba y temía? Jamás había podido, ni siquiera para sí mismo, poner en palabras lo que sospechaba; mas todo apuntaba en la misma dirección. Diana había sido embaucada para que se adhiriera a la organización de Peter; y sólo como protección para el mismo Peter, más que por cualquier habilidad que ella pudiera tener. Así que si éste había partido hacia Rusia para llevar a cabo sus planes de asesinato, inmediatamente después que ella había salido para Rusia en viaje de luna de miel, entonces era casi seguro que Diana también estuviera allá, con su así llamado marido; John no podía comprender que hubiera un auténtico amor entre ellos, al menos por parte de Loung. Y estaban aguardando la oportunidad de meterle una bala a Stalin. Era difícil de asimilar que una chica como Diana pudiera siquiera pensar en matar a alguien, pero él había sido entrenado para aceptar los hechos, lo mismo que Anna Ragosina e Iván Nej y la KGB. No había forma de que Peter Borodin pudiera haber engañado a Anna; no había manera de que ella no supiera todo lo que él estaba tramando y cada uno de los agentes que tenía dentro de Rusia. Por tanto, ella ya se había apoderado de Diana y no hablaba de ello por alguna razón personal —y ése era un pensamiento aterrador— o ella sabía dónde estaba Diana y era capaz de llevarla adonde quisiera. De modo que él había cometido un error al actuar sobre esta certeza instintiva y había ofrecido... ¿qué? Había tenido una vaga idea de que Gregory Nej podía ser lo que ellos querían... y había sido tan inocente como los demás al presumir que los rusos no tenían ya todo aquello preparado.

Así pues, ¿qué podía él ofrecer ahora que posiblemente Anna pudiera desear? Sólo una cosa: a él mismo. Anna jamás le había perdonado que hubiera destruido su red estadounidense y que la hubiera amenazado con quemarla aquella noche, en Washington. Así pues, ¿estaba preparado para cometer un suicidio por su sobrina? O, por lo menos, ¿para aceptar el exilio en su país natal? Él había nacido ruso al fin, y su padre iba de regreso para allá con el propósito de completar el trabajo de su vida. Para una sociedad que John personalmente detestaba. Tal vez estaba preparado para arriesgar todo eso por la familia que le había dado tanto, aunque, en realidad, él no pertenecía a ella y, con la certeza de que su padre jamás permitiría en realidad que Anna lo matara.

Pero, ¿qué diría Natasha al respecto? Ella había escapado de Rusia para estar con él y porque odiaba la crueldad soviética (que incluía el asesinato de sus padres a manos de la KGB), aún más que él. ¿Qué sentiría ella acerca de los dos niños muy estadounidenses que en ese momento descansaban en el asiento trasero? ¿Cómo podría justificar llevarlos a Rusia?

Pero, ¿cómo podría condenar a Diana a una muerte en vida?

Como si importara, Anna ni siquiera se había molestado en contestar. No estaba interesada en nada de lo que él tenía para ofrecer.

Si no, la joven ya estaba muerta.

La puerta de la celda se abrió.

—Tienes un visitante —dijo el guardia—. Vamos.

Gregory Nej se incorporó asombrado y miró el calendario que tenía en la pared. Aparte de la fotografía enmarcada de Felícitas Hayman, era la única decoración que se veía.

—Hoy no es día de visita —protestó y se palpó la barbilla. Ni siquiera se había rasurado.

El guardia gruñó.

—No creo que le importe a este tipo.

No era un tipo muy amigable. Ninguno de los guardias había sido poco amigable, lo que sorprendió mucho a Gregory. Cuando fue sentenciado, había asimilado que no debería esperar otra cosa que golpes y malos tratos. Una vez que se es conocido como enemigo del Estado, se pierde el derecho incluso a ser un ser humano. Así, en forma continua se azoraba y se sentía contento al descubrir que ése no era necesariamente el caso en Estados Unidos. Los guardias comprendían que, aun como espía, Gregory había estado desempeñando un trabajo y había tenido éxito en su misión, lo que le había ganado su respeto; y había sido detenido antes de poder huir, lo que les había aportado un adecuado sentimiento de justicia. Además, era un prisionero modelo, excepto cuando se le provocaba.

Al principio, había sido provocado en más de una ocasión; los otros prisioneros no habían sido tan comprensivos como los guardias. Aquí, era un hombre que había buscado y había obtenido asilo político, había sido aceptado con los brazos abiertos por los personajes más encumbrados en el país y luego había traicionado aquella confianza. El que las personalidades más destacadas de la nación lo hubieran recibido sólo porque estaba relacionado con ellos y porque tenía algo que ofrecer, como capitán en la KGB, no rompía el hielo con los asesinos y violadores e incendiarios y ladrones que poblaban el presidio de Sing Sing. Un traidor era el blanco obvio de su humor cruel y, a menudo, salvaje. Pero Gregory Nej había sido un oficial en la KGB. No sólo había sido adiestrado para matar con sus manos desnudas, y era lo suficientemente decidido para emplear tal habilidad, sino que, además, era un hombre corpulento; la estatura la heredaba de su madre, Tatiana Borodina, aunque sus facciones angulosas fueran las de su padre, Iván Nej. No era un hombre fácil de intimidar. Y si había estado preparado para admitir los malos tratos de los guardias como parte de su sentencia, también poseía los instintos salvajes de un hombre para el que la vida se ha convertido en un fin. Eso había sido reconocido desde el principio tanto por los guardias como por los internos. Cuando dos de estos últimos habían sido llevados al hospital de la prisión con las costillas rotas —Gregory había calculado cuidadosamente sus golpes—, el resto de los prisioneros había decidido pasar por alto su existencia. El superintendente de la prisión se había visto forzado a sancionarlo con una semana de reclusión solitaria. A Gregory no le había importado; no le tenía miedo a sus compañeros, pero no deseaba lastimar a ninguno de ellos y no disfrutaba las olas de odio que sentía brotar hacia él cuando estaba en su compañía.

Así había llegado a esta celda, alejada de los edificios principales. En realidad, podría afirmarse que había estado en un confinamiento solitario desde su segunda semana en Sing Sing; pero esto le venía de maravilla. La celda era cómoda; se le había permitido amueblarla como quisiera y había descubierto, por primera vez en su vida, que había podido descansar y pensar, para sí y acerca de él mismo, más que en el puesto que ocupaba en la jerarquía soviética.

Sus libros eran lo más maravilloso que alguna vez había poseído, pues trataban sobre Estados Unidos y los estadounidenses y deseaba aprender todo lo que pudiera sobre este país único hacia el que tanta gente estaba escapando. Pero los libros no eran nada comparados con el día de visita. No había podido cerrar por completo su mente al mundo exterior.

No había esperado nada de los domingos, hecho para no esperar nada, desde el principio. Había sabido que Felícitas era el único integrante de la familia, la única persona en Estados Unidos, que pensaría en visitarlo por el gusto de ver su rostro; si había recibido unas cuantas visitas de su tío Michael, habían sido por compromiso; al embajador soviético ante las Naciones Unidas no le convenía ser visto codeándose con un espía convicto. Pero había asimilado que incluso Felícitas lo abandonaría pronto. Se habían amado, desesperada y sinceramente, aunque ilegalmente, y había sido más un amor corporal que espiritual, al menos de parte suya. Felícitas era la primera mujer estadounidense que en verdad había conocido. Había quedado prendado por su ropa y sus joyas, por el modo en que conducía su propio automóvil, por su perfume y su espléndida cabellera, por su regio cuerpo, que ella parecía dar por supuesto y, en especial, por el producto de todas esas cosas: su arrogancia inconsciente. Ella era Felícitas Hayman. Ese mero hecho le garantizaba su lugar entre las estrellas.

El que ella fuera también solitaria e incluso lamentara la pérdida de su prometido en la guerra y estuviera en desacuerdo con su familia, en ninguna forma había menguado su belleza y su atractivo, pero la había vuelto vulnerable: una vulnerabilidad de la que él había descaradamente sacado provecho, ya que le había asegurado su aceptación en Estados Unidos. Un desertor que de inmediato se embarca en una aventura amorosa con su prima hermana, para escándalo de la gente educada, difícilmente puede concebirse como un espía. Aun Anna, pensaba él, tras su inicial sorpresa y disgusto, se había percatado de que fue un golpe estupendo.

Mas, para cuando Anna se hubiera dado cuenta, la estratagema escrupulosamente calculada se estaba transformando en realidad. No habiendo tenido mucho tiempo para sí mismo durante los últimos tres años, sus sentimientos por Felícitas resultaron sencillos de racionalizar, en retrospectiva: ella era físicamente muy parecida a la madre de Gregory, así como ésta era muy parecida a su tía Ilona, la madre de Felícitas. Gregory había crecido a la sombra de Tatiana y había adorado en ella más a una hermana mayor, llamativa y amoral, que a una madre. Como ahora sabía, había sido asesinada por el padre de Gregory. Pero su sitio lo había tomado Felícitas. Y después vino la facilidad con la que pudo manipular a ésta. La única otra mujer a la que Gregory había hecho el amor era Anna Ragosina y no era posible que ningún hombre la dominara.

Pero Felícitas... era virgen, algo que él no había imaginado y ella se había enamorado loca e irracionalmente del hombre que le había arrancado la virginidad. Eso no era tan raro. Y había continuado enamorada, tal vez porque, en varias formas, ella misma era socialista de corazón: una socialista teórica, la especie más paradójica, que creía en la igualdad, pero que jamás renunciaría a ninguno de sus privilegios y a ninguna de sus riquezas. Pero donde él había sido educado para mirar a tales personas con desprecio, la había hallado fascinante y ahora ella le debía la vida, porque, cuando debió escoger entre Felícitas y la prisión, por un lado, y Anna Ragosina y Rusia, por el otro, había, con absoluto desvarío, elegido a Felícitas.

Pero ella debió amarlo tanto, que había continuado yendo a verlo, cada domingo, durante tres años, pese a la presión que él pensaba que estaba ejerciendo sobre ella su familia, a pesar de la manera en que ella era criticada por la prensa, pese al hecho de que, durante todo ese tiempo, ni siquiera habían podido tomarse de la mano... y de que, dentro de unos cuantos meses, ella cumpliría cuarenta años de edad. ¿Podría ser ése el motivo: se estaba aferrando al único fragmento de juventud real del que alguna vez había gozado?

Pero hoy no era día de visita y, por tanto, no podía ser Felícitas. Enderezó los hombros cuando entró en la sala de visitas y a continuación se detuvo asombrado.

—¿Señor Hayman? —dijo.

—Buenos días, Gregory —saludó John Hayman—. ¿Por qué no te sientas? Tengo algo que informarte.

Gregory aguardó, con el corazón latiéndole con mayor velocidad. Su corazón siempre latía apresuradamente antes de verla. Verla encerraba tantos recuerdos, tantos deseos Y, ahora, tanta confusión...

Como siempre, Felícitas iba bellamente ataviada. Lucía un vestido de lana azul pálido; llevaba el cabello dorado suelto, sin sombrero. No portaba joyas, excepto la argolla de oro que él le había dado y que llevaba en el dedo de en medio de la mano derecha. Se veía alegremente arreglada. Como no solía ser una persona alegre, él pensó que ella creaba cuidadosamente este ambiente por él.

Felícitas se sentó frente a él.

—¡Hola! Te traje un pastel de frutas. Se lo entregué al guardia. O, más bien, él me lo arrebató. ¿Crees que sea para partirlo y verificar si no lleva dentro alguna pistola o algo parecido?

—Comúnmente no lo hace —explicó Gregory. Sus manos descansaban sobre la mesa, frente a él; las de ella, frente a ella; estaban a una distancia de unos treinta centímetros. Pero era contra el reglamento rebasar esos treinta centímetros y había dos guardias en la habitación que vigilaban cada movimiento.

—Mi madre y mi padre te envían saludos —comentó Felícitas. Ésta era una mentira frecuente, como bien sabía—. Vieron a tu tío Michael la semana pasada, antes de que se fuera. ¿Tú lo viste?

—Sí —asintió Gregory—. Vino para despedirse.

—Dicen que se ve muy bien —mencionó Felícitas—. Lo mismo que Catalina y Nona. Nona permanecerá en Estados Unidos para estudiar. ¿Ya lo sabías? Vendrá a visitarnos siempre que pueda.

—Sí —afirmó él—; me lo dijo el tío Michael. Felícitas... —Gregory dio un hondo respiro—. Voy a ser intercambiado.

Ligeras arrugas se formaron entre sus ojos, y su boca se abrió, no abatida, sino sólo sorprendida.

—Tu hermano John vino a verme —expuso Gregory—. No estoy seguro de cómo se involucró; ni siquiera de cómo está sucediendo todo esto; pero, al parecer, voy a ser intercambiado por tu tío Peter, mi tío Peter, también, supongo, y una amiga de tu madre y tu padre, Judith Petrovna.

Felícitas contuvo la respiración.

—¿Cuándo?

—No en los próximos meses; aunque va a suceder.

—¡Oh! —exclamó ella y sus ojos se llenaron de lágrimas—. Estoy muy feliz por ti, Gregory. Muy feliz.

—¿De veras lo estás?

—Por supuesto, quedarás en libertad. Regresarás a Rusia...

—¿Y tú?

Ella se encogió de hombros.

—Encontraré algo que hacer los domingos, creo.

Él la miró, y ella le devolvió la mirada, con las lágrimas corriéndole por las mejillas.

—No voy a ir —declaró él.

La cabeza de Felícitas se irguió de inmediato.

—No pueden forzarme —aseguró él—. No deseo retornar a Rusia. ¿Cómo puedo regresar con el hombre que asesinó a mi madre? Deben entender eso. ¿Cómo puedo abandonarte? No me pueden hacer esto. Recibí la ciudadanía estadounidense. Ésa es la causa por la que estoy aquí ahora. Y ya he cumplido tres años de mi condena. Me han indicado que, dentro de siete años, puedo conseguir mi libertad bajo palabra. Aun con una cadena perpetua, quedaré libre bajo palabra.

—Siete años —susurró ella.

—Sólo siete años —recalcó él—. Sólo tendré cuarenta años.

—Yo tendré... —Felícitas se mordió los labios.

—Cuarenta y seis. Pero aún te amo, Felícitas. Cuando quede en libertad, nos casaremos.

—¿Siendo primos hermanos?

—Nadie nos detendrá entonces. No, si me esperas.

—¡Oh!, te esperaré, Gregory. Por siempre te esperaré. Pero tú... ¿siete años más?

—Lo he calculado, Felícitas. Sólo son trescientos sesenta y cuatro domingos. Podemos arreglárnoslas en esos trescientos sesenta y cuatro domingos. Sé que podemos.

—Pongamos las cosas en claro —declaró Harry Truman—. ¿Este tipo no quiere ser intercambiado? ¿No quiere volver a Rusia, al hogar, a la belleza? ¿A su padre? ¿A su tío Pepe? ¿A todos sus camaradas en la prisión de Lubianka?

—Más o menos eso, señor —comunicó John Hayman y miró a Allen Dulles.

—Por el amor de Dios. ¿Por qué no? —preguntó Truman.

—Bueno, señor, como él me lo externó —manifestó John, habiendo recibido la señal de aprobación de su superior— ya no soporta el sistema soviético. Por lo que parece, piensa así desde hace mucho tiempo, aunque continuaba desempeñando trabajos de espionaje, porque no sabía cómo parar.

—Para empezar, ésa es una historia muy improbable —refunfuñó Truman.

—Yo pienso que es verdadera, señor —señaló John—. Después, mientras se encontraba aquí, descubrió que su padre había asesinado a su madre. Sé que se hizo aparecer como un accidente automovilístico, pero, en realidad, fue una ejecución política, pues *madame* Nej estaba planeando abandonar Rusia con su amante inglés y establecerse en Occidente y, aunque Stalin creyó que no podía negar públicamente el permiso para emigrar a una danzarina tan famosa, también conjeturó que sería en detrimento del Estado soviético. Así que, desde luego, Gregory también se volvió contra su padre. Después, además, peleó con la oficial de la KGB con la que debía reportarse, y en realidad, la atacó cuando ella intentó asesinar a mi hermana Felícitas. Si no hubiera sido por eso, Felícitas hubiera muerto, y nosotros, el FBI, no hubiéramos podido detener a la coronela Ragosina.

—Sé todo eso —dijo Truman—. Ésa es la razón por la que Nej está en prisión en vez de estar muerto.

—Sí, señor. Y, por último, ha leído y pensado mucho durante los tres años que ha estado en prisión y ha llegado a la conclusión de que prefiere ser estadounidense que ruso.

—Pero él es ruso.

—Porque le quitamos la ciudadanía estadounidense por traición. Pero él la recibió, como usted recordará, señor, cuando creímos que iba cada vez mejor. Ahora, tiene el propósito de cumplir con su sentencia, obtener la libertad bajo palabra lo más pronto posible y volver a solicitar la ciudadanía.

Truman miró a Dulles.

—¿Puede hacer eso?

—Creo que técnicamente es posible, señor —contestó Dulles—. Que la obtenga o no, es otro asunto.

—¿Y qué hay de nuestros requerimientos para sacar de Rusia a Judith Petrovna y a Peter Borodin tan pronto como sea posible?

Dulles se encogió de hombros.

—Parece que tendremos que repensar esto.

—Ni hablar —concretó Truman—. Y, ahora, escúchenme a mí ustedes dos: este hombre Nej es un traidor. Cierto que le dimos asilo político y la ciudadanía, pero él engañó a su familia, Hayman, para que creyeran en él, le dimos todo lo que pedía. Y, en pago, ayudó a robar los secretos más importantes que alguna vez tuvo esta nación. Ahora me comentan que desea ser un ciudadano modelo. Para creerlo, tendría yo que hacer que me examinaran el cerebro. Para arriesgarme a creer eso. Además, es indispensable para nuestros planes en este momento que él vuelva a Rusia. Me temo que deberá aceptarlo. Nosotros no le solicitamos que viniera. Ahora le estamos pidiendo que se vaya lo más rápido posible y se va a ir. Es una orden —miró cada uno de los rostros que tenía alrededor—. ¿Me han comprendido?

—Déjame poner las cosas en claro —indicó George Hayman sentándose en el sillón de su escritorio; los primeros domingos del otoño en Cold Spring Harbor eran casi tan calurosos como los de junio, aunque las hojas empezaban a caer—. ¿Él dice que no se va a ir?

—Exacto —dijo John y observó con preocupación a Felícitas.

—¿Puede hacer eso? —quiso saber Ilona.

—No —contestó John.

—¿Qué dijiste? —gritó Felícitas.

—Simplemente eso, Felícitas. Gregory es un traidor convicto y muy afortunado en estar vivo, cuando pudiera haber sido enviado a la silla eléctrica. Ahora tenemos la ocasión de negociar con los rusos y él no quiere colaborar. Bueno, no tiene otra alternativa. Se va a ir, le guste o no.

—No puedes —vociferó Felícitas—. ¡No puedes hacerle eso! Éste es un país libre, ¿o no? ¿No es esto lo que siempre estás presumiendo? ¿Qué libertad hay en un país que deporta a las personas?

—Procuramos conservarlo libre para nuestro pueblo —aclaró pacientemente John—. Eso implica acabar con los espías enemigos.

—Gregory ya no es un espía. Desea ser uno de nosotros.

—Pero ocurre que primero ha sido un traidor —añadió John.

—Es una conspiración —clamó Felícitas. Y paseó la mirada por todos los rostros—. Todos ustedes quieren deshacerse de él, porque él y yo estamos enamorados.

—Felícitas... —su madre le rodeó los hombros con su brazo—. Por supuesto que no queremos deshacernos de él; pero debe irse. Tenemos que sacar de Rusia a Judith y a Peter.

—¿Por qué? —gritó Felícitas, desprendiéndose de Ilona—. ¿Por qué importan ellos y Gregory no?

Ilona observó a George inútilmente.

George suspiró.

—Porque es un ruso, Felícitas. Es un oficial de la KGB y, no importa lo que te haya comentado a ti, continúa siendo un oficial de la KGB. Su gente, su propio padre, desean que regrese. Y nosotros no lo queremos aquí. Como John dice, simplemente debe irse.

Una vez más, Felícitas paseó la vista sobre todos los rostros, con el suyo ruborizado y disgustado.

—Lo único que quieren es separarnos —aseveró de nuevo, en tono más bajo—. Bueno, pues no funcionará. Si ustedes envían a Gregory de vuelta a Rusia, entonces me voy a ir con él. A Rusia.

—Está loca —opinó Natasha, mirando a través del parabrisas del auto el camino que se iba abriendo a la luz de los faros.

—Felícitas ha estado loca desde el 7 de diciembre de 1941. Ya han transcurrido once años —señaló John—. Yo diría que se trata de un estado permanente.

—¿Quieres decir que realmente podría intentar hacerlo?

—Así es.

—Pero... con toda seguridad, George puede encerrarla o algo parecido.

—¿Ésa sería en realidad una solución, Natasha? ¿Encerrar a tu propia hija por el resto de su vida? Probablemente sería mejor permitirle ir.

—¿A Rusia? —Natasha se estremeció y se abrazó a sí misma—. Lo siento por Gregory, que debe volver. En realidad, no entiendo por qué tiene que hacerlo. Es decir, esta señora Petrovna...

—Es amiga nuestra. Y ni siquiera estadounidense; pero hay cosas muy importantes en juego. Y Gregory es un espía.

—Fue un espía, John. Felícitas tenía mucha razón en eso. Si él ha caído en la cuenta sinceramente de lo terrible que es el sistema soviético, ¿por qué no permitirle quedarse? Se requiere decisión, como sabes, para abandonar tu patria. Piensa en mí. Me pediste que me casara contigo, allá por 1932, y no lo dudamos ni un instante. Yo no pude hacerme a la idea de salir de Rusia hasta 1940. Y después no lo hicimos realmente hasta 1945.

—No es lo mismo —pasó lentamente por el puente y luego por las calles de Manhattan—. Tú tenías tu carrera y en ese entonces había guerra.

—Yo tenía la protección de Tattie y del Estado soviético porque podía bailar. Tuve la oportunidad. Me rehusaba a abandonar esa protección y a correr riesgos en el mundo exterior, aun contigo y con los Hayman que querían brindarme una protección mayor. Tenía miedo de salir de Rusia. Suena increíble ahora, incluso para mí, pero era cierto. Más vale malo por conocido que bueno por conocer, ¿recuerdas? Estoy convencida de que lo mismo puede aplicarse a Gregory, y él no tenía ni la mitad en su favor.

—¿Que tiene en su favor un oficial de la KGB fuera de Rusia? La KGB asesinó a tus padres, Natasha.

—Gregory no lo hizo. En ese tiempo era un niño.

—¡Oh, por el amor de Dios! No sé de qué estamos discutiendo —expresó John—. Simplemente no hay manera de impedir que Gregory retorne a Rusia. Por lo que se refiere a Felícitas... bueno, tenemos la esperanza de que George y mi madre puedan hacerla entrar en razón —se estacionó en una cochera subterránea y se dirigieron hacia el ascensor en silencio. John se preguntaba a sí mismo si pudiera haber alguna forma en que Gregory pudiera hacer algo para localizar a Diana. Estaba seguro de que el joven tenía buen corazón; en realidad, incluso sentía pena por él. Sin embargo, ignoraba si podía ser tan confiable.

En aquella ocasión, no habían llevado a los niños a Cold Spring Harbor, pues habían sospechado que iba a ser un día difícil.

—Llegan temprano a casa —aseguró la niñera—. Llegaron algunas cartas. No hubo ninguna llamada telefónica. Y Alex... —salió con Natasha para mostrarle la última travesura de su Alex, mientras John revisaba el correo, donde no halló nada importante hasta que vio un sobre con el sello de la embajada soviética. Con el corazón agitado, lo abrió. No contenía más que una hoja de papel.

"Estaré en el Park Star Hotel, en Estocolmo, del primero al seis de noviembre. Anna."

CAPÍTULO XI

NATASHA PASEABA POR EL JARDÍN DE COLD SPRING HARBOR CON su suegra.

—Supongo que quiere decir que él está ascendiendo en el mundo —dijo— al ser enviado al otro lado del mar para entrevistar clientes. Ésta es la segunda vez en el año, como sabes. Pero desearía poder acompañarlo. ¡Lo extraño tanto!

—No obstante, sólo es por unos cuantos días cada vez —comentó Ilona—. Natasha, ¿qué está haciendo John ahora?

—Está en publicidad; tú lo sabes.

—Quiero decir, ¿qué clase de trabajo está desempeñando en la actualidad? Habla de entrevistar clientes...

—Bueno, eso es lo que hace.

—También debe tener muchos clientes que entrevistar aquí en Estados Unidos.

—Claro.

—Entonces, ¿no los lleva a comer, con sus esposas y contigo?

Natasha frunció el ceño.

—No, jamás lo hace.

—¿Ni siquiera los lleva alguna vez a casa?

—No. Él...

—¿Él no habla de su trabajo contigo? ¿Qué hay de sus colegas? Ya sabes, sus fiestas en la oficina, sus comidas y cosas semejantes.

El ceño de Natasha se hizo más profundo.

—No parece tenerlas.

—Pero tú has estado en su oficina, ¿o no?

—¡Oh!, sí. Fui en una ocasión; hace como tres años.

—¿Una sola vez? ¿Hace tres años?

—Bueno... A John no le gusta que las mujeres importunen a sus esposos en la oficina.

—¿Alguna vez se lleva trabajo a casa?

—Con frecuencia. Y alguna vez ensaya los lemas conmigo.

—Mmm —comentó Ilona pensativamente, y miró al otro lado del jardín, donde su hijo y George estaban platicando, sentados en sillas extensibles. Deseó poder escuchar lo que estaban conversando. En efecto, seguían siendo muy unidos; más de lo que George lo era con sus propios hijos, reflexionaba ella en algunas ocasiones. Pero, luego, en las últimas semanas, John había sido la única roca de la que habían podido asirse. Ciertamente, algunas veces, ella se sentía próxima a la desesperación. George hijo estaba preparándose para embarcarse a Europa en alguna absurda expedición, que ella estaba convencida de que no traería más que problemas y que de hecho descubriría y sacaría a la luz pública la desaparición de Diana, algo que ellos hasta ahora habían tratado de evitar. Después estaba Felícitas, aún trasluciendo determinación para acompañar a Gregory a Rusia; ella estaba repentina y extremadamente excitada por la idea, puesto que podría vivir con Gregory de nuevo el próximo año, en lugar de tener que esperar siete. Ella continuaba alegando que siempre había deseado visitar Rusia y parecía que estaba preparada para convertirse en comunista.

En contraste con ellos, John estaba muy cuerdo y razonable. Pero también muy misterioso. Ella no podía evitar recordar que alguna vez él había trabajado para Peter. Hacía mucho tiempo y, aparentemente, habían reñido, pero... ¿por qué había ido a visitar a Peter en Londres?, ¿y por qué estaba tan involucrado en el próximo intercambio, que era un asunto totalmente gubernamental? ¿A menos, de nuevo, que tuviera algo que ver con Peter?

Pero John y George eran amigos íntimos, parecían confiar por completo cada uno en el otro, y ella sabía que George desaprobaba las actividades de Peter. Anhelaba poder oír lo que estaban hablando.

—La primera semana de noviembre —hizo resaltar George—. Podrías perderte la elección.

—No estoy seguro de que mi voto sea muy importante —contestó John.

—Pero estás esperando con mucha ansia el viaje, porque tienes una pista, ¿no es así?

John contempló a su padrastro.

—Sí —asintió—. Creo que al fin tenemos una pista en relación con Diana.

Estocolmo en noviembre. Los días se estaban reduciendo a escasas ocho horas, y la temperatura rara vez subía de cero. La bahía estaba congelada y había nieve sobre el suelo. A pesar de eso, Estocolmo en invierno era, tal vez, más bello y, de hecho, más vivo que en verano. John tenía la impresión

de que los suecos miraban el verano con cierta suspicacia; era a la vez breve
y extraño, y si como país parecían quitarse la ropa y dirigirse al lago o playa
más próximos en el instante en que era más cálido para hacerlo, era con la
exuberancia de los niños que salen de la escuela y tienen medio día de va-
cación, muy conscientes de que el asunto real de vivir debía volver a iniciar
luego de unas cuantas horas.

Colocándose en fila para aguardar un taxi en las afueras de la Estación
Central, a las seis en punto de la tarde, se golpeaba las enguantadas manos,
una contra otra, y golpeaba una y otra vez los insensibles pies sobre la nieve.
Pero cuando finalmente llegó el turno de John, el taxi estaba caliente y sólo
unos cuantos minutos después iba en dirección de Mälarstrand y daba vuelta hacia el traspatio del hotel.

—Señor Hayman —informó el empleado del mostrador—, ciertamente
tenemos una habitación para usted. Es la número 417, junto a la puerta número 419, usted comprende, hay una puerta que los interconecta —John ni
sonrió ni fingió hacerlo; no se mostró ni enterado ni reprobador: Suecia era
la tierra de la libertad, al menos en lo referente a las relaciones humanas.

Pero él no era sueco, y estaba consciente de que su corazón latía con mucha dificultad. Y así lo hubiera hecho, tal vez, sin importar quién fuera la
mujer que lo aguardaba arriba; no había dormido con ninguna otra desde
que Natasha había aceptado su propuesta de matrimonio, doce años antes.
Saber que la mujer que lo esperaba era Anna Ragosina lo hacía sentirse casi
enfermo, con una mezcla de excitación y aprensión. Durante todo su viaje
se había rehusado a pensar en eso, en lo que estaba en realidad haciendo
y, hasta este momento, había triunfado. Estaba desempeñando su trabajo,
incluso cuando esta vez se viera comprometido personalmente en el resultado. A pensamientos mundanos tales como la posible traición de Natasha,
la salud mental y física de Diana no debía permitírseles la entrada. Incluso
el hecho de que estaba tratando con Anna Ragosina —y él conocía a la verdadera Anna: una asesina sin conciencia, una criatura perversa, furiosa y despreciable— tampoco debía permitírsele entrar de ninguna forma; ella sólo
era la comisaria rusa que, estaba convencido de ello, tenía cautiva a Diana.

Pero esa revisión poco emotiva de la situación no tenía sentido frente a
la realidad, y ahora ésta estaba a punto de surgir de un modo más decisivo.

El cuarto 417 era cómodo y, como John había esperado, cálidamente amue-
blado: camas gemelas y toda una pared de escritorios y mesas de noche y
espejos, y ventanas que daban a la bahía, escondidas detrás de colgaduras. El
botones colocó su maleta sobre el anaquel, recibió una propina sin comentario y salió. Y John, de pie en el centro de la habitación, dirigió un vistazo a
la puerta que comunicaba con el 419. Se aproximó más y se quedó observán-

dola. Ciertamente, no tenía el propósito de hacer el primer movimiento...
pero la puerta estaba sin cerrojo de su lado y ¿también por el lado de ella?

Había viajado durante todo el día y, pese al frío, necesitaba un baño. Se
despojó de su ropa, desempacó ropa limpia, caminó hacia el baño de vapor...
y sintió que los vellos de la nuca se erizaban poco a poco cuando un gentil
perfume llenó la recámara. Miró a través del vapor y la vio a ella, de pie más
allá de la puerta del baño, sosteniendo una copa en cada mano.

Anna Ragosina, vistiendo una bata color carmesí y babuchas de tacones
altos, con el pelo suelto sobre los hombros, el rostro absolutamente relajado y extremadamente bello en su perfecta simetría. Excepto... John frunció
el ceño.

—Ya sé —comentó Anna—. Hay una cicatriz en mi nariz; pero no me pre-
guntarás cómo me la hice y yo no te lo contestaré —Anna le sonrió—. Esto es
Bollinger —dijo ella—. Me dijeron que es muy bueno. Yo no sé de estas cosas.
¿Es el mejor?

John cerró la llave del agua y extendió la mano para tomar una toalla.

—Es casi el mejor.

—Bienvenido a Estocolmo.

John salió de la regadera con la toalla instintivamente enrollada a su
cintura y después recordó que esto no sólo era innecesario, sino que era necesario para enfrentar a esta mujer, que iba del descuido extravagante a la
franca amoralidad, si quería alguna vez vencerla. Así que colgó la toalla del
toallero y tomó la copa entre sus dedos. Sus carnes se tocaron y él en verdad
no supo lo que iba a suceder a continuación; la mirada de ella permanecía
sobre la cara de él, aunque John sabía que Anna estaba consciente de su
cuerpo. Luego, ella lo soltó y entró en el baño para sentarse con las piernas
cruzadas y con la bata abierta de manera que dejaba ver sus rodillas y sus
pantorrillas.

—Es un placer estar aquí —expresó él, y comprendió que su respuesta
era algo trivial.

—No creo que bajemos a comer —declaró Anna—. He ordenado smör-
gasbord en mi habitación, a las ocho. Tenemos mucho de que hablar. ¿No es
así, John?

Él bebió un poco más de champaña.

—Y tú estás viajando con los gastos pagados —¿por qué ella lo hacía sentirse y hablar como un escolar?

—Por supuesto, ¿tú no estás también viajando por cuenta del FBI?

John titubeó. Aunque ella no pudiera ni siquiera pensar en la existencia
de la CIA, mucho podía depender aún de su respuesta.

—Digamos que estoy aquí en misión extra oficial.

—¡Ah!, estás trabajando para tu familia; para los padres de Diana.

—Ellos ni siquiera saben dónde estoy, Anna. Estoy actuando por mi cuenta; pero tú estás reconociendo que tienes en tu poder a Diana.

—Ella cayó en mis manos, John. Una dulce niña, aunque a veces un poco loca.

—¿Y todavía es una niña dulce?

—Para mí lo es.

John entró en el cuarto de Anna, preguntándose si ella lo seguiría. Pero debería haber conocido mejor a Anna; ella no estaba temerosa de nada de lo que él pudiera hallar en su habitación y, sin duda, no llevaría consigo un arma. Anna siempre había confiado más en sus manos desnudas que en cualquier arma. Él tomó la botella y regresó para llenar sus copas.

—Dime qué es lo que quieres a cambio de Diana.

Anna lo miró sobre el borde de su copa de champaña.

—Deseo tantas cosas, John. Y, como sabes, casi siempre consigo lo que quiero; pero tú no has venido sólo a negociar e irte, ¿o sí? Estoy registrada aquí durante los próximos cinco días al igual que tú. Cortesía del gobierno soviético. ¿No es éste un triunfo del que querías disfrutar?

—Estoy seguro de que lo disfrutaré. Pero prefiero negociar primero, y... bueno, hablar después.

Anna negó con la cabeza.

—Ésa no es la manera en que hacemos las cosas. Tú y yo tenemos mucha historia entre nosotros, John Hayman.

Él esperó, bebiendo champaña. Éste estaba comenzando a hacer sus efectos. Pero, ¿no había sabido lo que quería en primer lugar, antes de llegar aquí? ¿No había estado reprimiendo su excitación durante el viaje? Así que estaría traicionando a Natasha; había venido aquí preparado para hacerlo, pues había sabido que sería indispensable. ¿Y lo era porque él así lo había querido, durante mucho tiempo, desde que él y Anna eran camaradas en los pantanos del Pripet? No estaba preparado para contestar a esta pregunta.

—En alguna ocasión te amenacé con golpearte con un látigo de puntas de acero —mencionó Anna pensativamente—. Yo era muy joven. Y tú una vez me amenazaste con sentarme sobre mi propia estufa caliente. Tú no eras muy joven, pero estabas muy molesto. Y, en el ínterin, el Pripet... ¿Recuerdas de vez en vez esos días?

—Muy a menudo.

Anna suspiró.

—La vida no era tan complicada entonces. Matábamos alemanes o los alemanes nos asesinaban a nosotros. Pero tú te las ingeniaste para complicar algo tan sencillo como eso. Me golpeaste una vez, ¿lo recuerdas?

—En esa ocasión pensé que era necesario.

—¡Oh!, lo era, o yo le habría cercenado los senos a aquella joven. Pero, ¿supones que la salvaste de todo? Ella era una secretaria del ss. ¿Supones que después de que ella fue llevada por nuestros soldados no hubiera preferido haber muerto allí?

—Por lo menos puedo esperar que haya sobrevivido —asevero John—; independientemente de lo que le hayan hecho.

—Eres como un caballero antiguo, que tomaría sobre sus hombros todo el peso del mundo, del mundo femenino, desde luego —Anna se encogió de hombros—. Eso es una pérdida de tiempo. Pero yo he meditado con frecuencia que debes haber estado muy enfurecido conmigo para golpearme tan fuerte. Lo mismo que estabas muy enojado conmigo cuando quisiste quemarme el trasero. He pensado que hubo momentos, como aquéllos, en que debes haberme aborrecido.

—No me atrevería a negarlo.

—¿Y ocasiones en que me amaste?

—Hubo algunas en que quise hacer el amor contigo.

—Incluso odiándome. Encuentro esto sumamente fascinante, John. ¿No lo crees así? ¿Jamás has pensado que el dolor y el placer, estoy hablando de la agonía y el éxtasis, están muy cercanos? Dime lo que me harías, John, si me tuvieras absolutamente en tu poder, sin algún riesgo de recriminación, sin pensar en nada más que en tu satisfacción física.

Él la miró.

—No he viajado varios millares de kilómetros para jugar juegos sucios, Anna.

Ella terminó su bebida y llevó la copa fuera para volverla a llenar.

—No te traje tampoco varios millares de kilómetros para jugar juegos, John; sino para negociar la liberación de tu sobrina. Las negociaciones ya han principiado. Me agradaría que me hicieras el amor o me golpearas o me torturaras o lo que en realidad quieras hacerme. Me gustaría que lo hicieras esta noche, luego de que hayamos cenado —ella le sonrió—. Y, después, deseo hacer lo mismo contigo. Pero, como ves, estoy preparada para ser generosa. Puedes dar el primer... mordisco.

—No puedes hablar en serio —advirtió él.

Ella alzó las cejas.

—¿Has sabido alguna vez que yo no sea seria? Se me ha dicho que adolezco por completo del sentido del humor —ella levantó la cabeza cuando se escuchó un suave toquido en la puerta de la otra recámara—. Nuestra cena; iré por ella. No hay necesidad de ponerse nada encima. Sólo permíteme cinco minutos y luego entras.

Anna cerró detrás de ella la puerta que conectaba los dos cuartos, mientras él la seguía con la mirada, completamente atónito ante la forma en la que ella lo había dominado con tanta facilidad, y a cualquier otro, supuso él. Los más disparatados pensamientos continuaban revoloteando en su cerebro, pero el predominante era el saber que ella era Anna Ragosina y que él la había dejado fuera de su vista... Lo único que tenía era su palabra de que era su cena y no alguno de sus hombres que venía para secuestrarlo, o de que ella no haría trampa con los alimentos. Pero era absurdo preocuparse por tales cosas. Él estaba aquí; si ella deseara dejarlo fuera o secuestrarlo o incluso asesinarlo, lo haría sin importar los pasos que ahora diera. Él había acudido aquí con pleno conocimiento de esa probabilidad. Aunque también sabedor de que no había motivo para que ella hiciera cualquiera de esas cosas. Había venido aquí para negociar, no a rendirse, como ella bien sabía.

Pero lo que ella estaba sugiriendo... los cinco minutos habían pasado. Abrió la puerta y entró en la otra habitación.

Ella estaba junto a la ventana y se había despojado de la bata. Aunque él antes la había visto desnuda, hay un mundo de diferencia entre apreciar a una mujer desnuda cuando ella nada en un río, como Anna lo había hecho en el Pripet, o cuando alguien está intentando asustarla, como en Washington, pero cuando alguien no está pensando en el sexo o está tratando con desesperación de evadir tales pensamientos, y verla desnuda cuando uno sabe que dentro de unos cuantos minutos toda aquella carne y sangre y hueso y músculo, lo mismo que cerebro, va a estar a disposición de uno. Así, en ese instante él contempló los hombros cuadrados; los grandes senos que comenzaban a hundirse, pero aún eran sensuales; el vientre duro con depresiones de músculo, que disfrazaban la caja torácica; las caderas, que eran más anchas de lo que él había supuesto, debido a la elegancia sugerida por el uniforme en el que cotidianamente estaban encerradas. Las piernas perfectamente torneadas, los pies que no tenían una sola marca sobre ellos. No parecía tener cuarenta años; del cuello hacia abajo apenas representaba treinta. Y su rostro notablemente estaba sin arrugas. Pero sus ojos azules eran al mismo tiempo sumamente jóvenes y viejos. Aquellos ojos de zafiro habían presenciado la muerte en tantas ocasiones que su propia vida debía haberle llegado a parecer una eternidad.

—Comamos —propuso ella— y bebamos más champaña —otra botella esperaba en su cubo, sobre la mesa, junto a los sándwiches abiertos— y hablemos y hagamos planes —ella le sonrió—. Estoy muy excitada, ¿sabes?

¿Era posible creer eso? Anna parecía excitada; sus ojos brillaban y su boca era suave. Y, ciertamente, ella podía asegurar que él estaba excitado; comer con una bella mujer desnuda, con la que aún no había hecho el amor, no era algo que él podía tomar con calma.

—Tienes miedo —resaltó Anna— de liberar totalmente tus deseos. Piensas que, de alguna manera, eso te corromperá, te ensuciará, te debilitará. Muchos hombres tienen este absurdo punto de vista. ¿Jamás te has puesto a pensar en que, por el contrario, eso podría reivindicarte y hacerte más fuerte?

—Pudiera estar de acuerdo con eso —reconoció él—, si no fuera porque, habiéndome purificado una vez, como tú dices, desearía hacerlo una y otra vez, lo que con el tiempo me debilitaría, pues se transformaría en una obsesión.

—Has pensado en ello; me alegro. ¡Una obsesión...! No hallo nada malo en estar obsesionado por el sexo de cuando en cuando. Tal vez supones que la mujer objetaría. No, si tienes a la apropiada, John —Anna se inclinó hacia adelante y tocó la boca de John con su lengua. Un segundo después, estaba en sus brazos, medio arrodillada sobre su regazo, con sus cuerpos unidos en el abrazo más estrecho que él había conocido. ¿No había aguardado él veinte años este momento?

Pero de nuevo ella estaba ausente, riéndose, acariciándolo antes de sentarse en el lado opuesto de la mesa.

—Hazme el amor o lo que quieras hacer conmigo —solicitó ella— hasta que quedes satisfecho, hasta que te sacies. Yo prometo obedecerte hasta entonces. Pero, luego, debes aceptar ser gobernado por mí hasta que yo quede saciada.

Él la miró y se dio cuenta de que era sincera. Eso era lo que ella deseaba.

—Claro que nos comprometeremos mutuamente a no hacernos daño uno a la otra —prosiguió diciendo Anna—. Esto es, podemos marcar la piel, mas no debemos romperla. Y, por supuesto, no nos mataremos. ¿Estás de acuerdo?

—¿Y cómo sabes que podré resistir la tentación de matarte, Anna, cuando estés a mi merced?

Anna le dirigió una sonrisa.

—Porque soy la única que puede devolverte a Diana.

—Aún no tengo alguna prueba de que tú la tengas.

Anna se puso de pie, caminó hasta su tocador, abrió un cajón y tomó una fotografía.

—Es una hermosa chica.

John contempló la fotografía, con la mente consumida por la conciencia cada vez mayor de su cuerpo. Era Diana, encadenada desnuda a la pared de una celda. Y no había razón alguna para dudar de que aquella celda estuviera en Lubianka; él había estado dentro de una celda parecida. Alzó la cabeza.

—¿Es necesario mantenerla desnuda y encadenada como un animal?

Anna se encogió de hombros.

—Esa fotografía fue tomada hace varias semanas, cuando se mostraba renuente. Desde entonces, su conducta ha mejorado. Y, como puedes ob-

servar, su condición es excelente —Anna volvió al tocador, abrió un cajón y
sacó un manojo de correas de cuero—. Si lo deseas, puedes retorcerme como
a éstas, John —se dirigió a la cama y se acostó en ella—. Sólo que no creo que
lo consideres necesario.

Desde luego, en todos los aspectos, Anna tenía el control total de la situación. John no sólo no estaba preparado mentalmente para semejante zambullida en el mundo del hedonismo puro, sino que ya había sido estimulado
casi hasta el punto de reventar.

Estaba de pie junto a ella, mirándola hacia abajo, enormemente consciente de su mirada. Con un acto de voluntad, se arrodilló junto a ella y la
poseyó en la mejor forma que pudo, tratando de desear ocasionarle daño, y
encontrándose imposibilitado para ello, pues, en este momento, ni siquiera
podía odiarla.

Una vez consumado el acto, rodó sobre el cuerpo de Anna y quedó a su
lado, de espaldas sobre la cama. Anna se irguió sobre su codo y le sonrió.

—Tal vez la próxima vez lo harás mejor —susurró.

Él la miró con ojos perezosos.

—No intentaste dañarme; ni siquiera me hiciste gritar —comentó ella—.
Había pensado que lo harías, John.

John intentó tomarla para atraerla de nuevo hasta él, pero ella esquivó
sus manos con un giro de su cuerpo y una ráfaga de su cabello.

—No, no, John —dijo ella—. Ya tuviste tu oportunidad. Ahora, me corresponde a mí.

—Tendrás un trabajo difícil —espetó John— en este mismo momento.

Anna prosiguió sonriendo.

—Pero no tengo ninguna prisa, como tú la tuviste, John. Tenemos toda
la noche. Y debes recordar nuestro acuerdo.

Ella lo bañó con agua fría. John jadeó y, haciendo un esfuerzo, permaneció tranquilo. Anna lo secó de inmediato, pero lo dejó estremeciéndose
y vivo y restablecido a medias; sin embargo, como ella había dicho, no tenía
ninguna prisa. Pero en todo lo que él había tardado segundos, ella demora-
ba minutos: minutos con su rostro, minutos con sus pies, minutos con su
pecho... Minutos que lo llevaron a la completa disponibilidad, media hora
antes de lo que él hubiera pensado que fuera posible. Y esto, sólo para ser
bañado de nueva cuenta con agua helada, lo que no le apagó el deseo, sólo la
capacidad.

Minutos con su espalda, las uñas de Anna rasguñando su carne, pero sin
llegar a romper la piel. Minutos en que ella lo golpeó y abofeteó, pero sólo
con la palma de la mano para no dejar una marca permanente. Y después
ella se recostó sobre el pecho de John y movió su cuerpo sobre el suyo.

John no sabía qué pensar; tal vez iba a recibir nuevamente una ducha, mas no fue así.

Ella jadeó y gimió, gritó y utilizó sus uñas, esta vez como armas, y estalló en un éxtasis tumultuoso.

Acto seguido, se durmieron, con las cabezas juntas y las piernas entrelazadas. A él le hubiera gustado que aquel sueño fuera para siempre, pues lo aterrorizaba la idea de despertar. Pero Anna no abrigaba tales temores. Apenas parecía haber cerrado los ojos él, cuando ya lo estaba moviendo y despertando y encendiendo la luz.

—Ahora —expresó— vamos a negociar.

John suspiró, consultó su reloj; pero, en realidad, eran las siete de la mañana.

—Creí que ya habíamos hecho eso.

—Sólo hemos aclarado el aire.

—Entonces, aclaremos más aire —se había juntado con una mujer demonio y, aunque podía gozarla también, sabía que el despertar, cuando llegara, iba a ser muy doloroso. Intentó asirla, pero ella se le escapó con su habitual facilidad y saltó de la cama.

—No, no —respondió ella—. Solamente hemos establecido que hay una base para la negociación. Ahora, iniciemos —se metió a la regadera—. Háblame del intercambio que se ha propuesto con Gregory Nej. ¿De veras lo llevará a cabo tu gente?

—Claro, están de acuerdo con él.

—Creo que ustedes están locos —hubo un instante de silencio mientras corría el agua; a continuación, ella salió, dejando huellas húmedas sobre la alfombra y secándose el cabello—. ¿Tan importante es esa mujer Petrovna para ustedes?

—Es un ser humano —John se incorporó para verla—; pero lo que en realidad queremos es al príncipe Peter.

—¿Sí? ¿Por qué? Él ha acudido a nosotros de manera voluntaria. Quiere vivir en Rusia y morir en Rusia. Hasta que esto suceda, desea cooperar con nosotros.

—Nosotros lo queremos fuera.

—¿Antes de que cometa alguna locura? ¿Algo que tiene que ver con los explosivos?

—Los... ¿dijiste explosivos? —de repente, incluso la belleza que se encontraba ante él fue intrascendente.

—¿No sabían ustedes nada de eso? No, supongo que no.

—Anna...

—Peter Borodin envió a dos de sus ayudantes a Rusia, cada uno de los cuales con una maleta atiborrada de explosivos plásticos. Sus nombres son... permíteme... es tan complicado recordar estas cosas —ella le sonrió—. Uno se llamaba Robert Loung y la otra era una mujer. ¿Cuál era su nombre?

John saltó de la cama y la tomó por los húmedos hombros.

—¿Estás intentando decirme que Diana traía una maleta con explosivos plásticos?

—Por supuesto. ¿Por qué otra cosa crees que fue detenida? Claro, ella lo niega; es tan inocente. Incluso, niega que trabaja para este tío de ustedes; pero eso es igualmente absurdo, ¿no lo crees? Porque él vino detrás de ellos sin saber que ambos habían sido arrestados y con una cita preparada de antemano en el hotel Berlín, ¿lo creerías? ¡Oh!, desde luego que debía tener un motivo para venir y nos ofreció esa ridícula historia acerca de un complot judío para asesinar a Stalin.

—¿Quieres decir que ustedes saben que no es verdad?

Anna se encogió de hombros y los secó.

—Por supuesto. ¿Piensas que yo ignoro quién intentó asesinar a Stalin?

—¡Oh!, Dios mío —exclamó John—. ¡Dios mío, Dios mío, Dios mío! —John se sintió atrapado en una telaraña tejida por la araña más grande de la historia—. Pero, ¿ustedes están permitiendo que suceda...?

Anna se sentó frente al espejo para maquillar su rostro.

—¿Por qué no deberíamos permitir que ocurriera? Hay demasiados judíos en el mundo. Además, cosas como éstas distraen la atención del pueblo y eso siempre es bueno.

—Pero Diana...

—En vista de las pruebas que tengo, podría ser ejecutada una semana después de que yo la lleve a juicio. Aún puedo hacer que esto se lleve a cabo. Todavía no lo he decidido. Háblame de los explosivos. ¿Dónde iban a colocarse?

—Los explosivos —John trató de pensar. ¿Dos maletas con explosivos plásticos para asesinar a Stalin? ¿Dónde tendría Peter planeado colocarlos? ¿Dónde pensaría que era posible instalarlos? Stalin no aparecía con frecuencia en público y, aun cuando lo hiciera, Moscú no era un sitio donde uno podría ir poniendo explosivos por todas partes sin ser notado.

—¿Bien? —Anna comenzó a cepillar su cabello.

—Estoy tratando de pensar —manifestó John—; pero no puedo. De cualquier modo, ¿qué importa?, puesto que ustedes tienen los explosivos.

—Estoy segura de que cuenta con otras fuentes de abastecimiento —se puso su bata, se sentó al escritorio y llamó por teléfono para pedir el servicio—. Me gustaría un litro de jugo de naranja, muy frío, por favor; un litro de café, muy caliente; ni azúcar, ni crema; una botella de champaña, muy fría; y cuatro huevos pasados por agua. Necesitaré también dos vasos, dos copas y dos cucharas. Gracias.

—¿Es lo que desayunas todas las mañanas? —preguntó él.

—Sólo cuando estoy con un hombre delicioso. Eres un hombre delicioso, John —se sentó junto a él y lo besó en la punta de la nariz—. ¿Es ésa la causa por la que quieren que el príncipe Peter retorne? ¿Porque algo ha interferido con sus planes?

—No tenemos nada que ver con el príncipe Peter, Anna, créemelo. Sabíamos que estaba tramando algo, aunque no sabíamos qué era.

—¿Lo sabes ahora?

—Ahora no he adelantado nada, excepto que me has comentado que tiene algo que ver con explosivos; pero, puesto que va a salir de cualquier forma...

—No va a salir —afirmó Anna—, no quiere hacerlo. Ya te lo dije. Él desea morir en Rusia.

—¿Dijiste... que no va a salir? —interrogó John.

—Así es.

—Pero se acordó...

—Ciertamente; pero él no desea retornar a Occidente. Créeme, no lo hemos presionado de ningún modo para que se quede. Acepto que me encantaría hacerlo fusilar, pero lo único que a Iván le importa es traer a ese estúpido hijo suyo, y créeme que ya hemos conseguido del príncipe Peter todo lo que puede servirnos. Aunque, como mencioné, el príncipe no desea irse —Anna se dirigió a abrir la puerta y permitió que el mesero introdujera el carro con el desayuno, firmó la nota, cerró la puerta y le puso llave nuevamente—. Ahora, como sabes, John, jamás soñaríamos con forzar a nadie a actuar contra su voluntad. ¿También tu gente actuaría así?

John abrió la boca y luego la cerró. Confesarle a Anna la verdad en cuanto a Gregory no ayudaría a nadie y sólo podría ocasionarle daño.

—Desayuna —dijo Anna agregando un poco de champaña a un vaso de jugo de naranja e invitándoselo a John—. Por supuesto, esta idea no se le aclarará a tu gente hasta que estén en el lugar adecuado, con Gregory. ¿Crees que entonces anularan todo el asunto? Iván está muy nervioso al respecto. Él quiere forzar al príncipe Peter a que se vaya, pero ha indicado que para él eso sería una pésima propaganda. Tal vez, para el príncipe lo mejor sería que le diera un ataque cardiaco, lo que evitaría que se fuera. Desde luego, esto puede arreglarse; aunque, en lo personal, yo considero que a la que en realidad quiere tu gente es a Judith Petrovna y que aceptará esta situación. Después de todo, se les presentará y deberán tomar una decisión inmediata.

A John se le ocurrió que, si alguna vez cometiera el error de confundir a este súcubo con un ser humano, debería rápidamente volver a poner los pies sobre la Tierra, debido a las despreocupadas decisiones de ella de matar o no matar a otros seres humanos. No podría resistir una prueba.

—¿Qué te hace pensar que no diremos a nuestro pueblo lo que sucederá?

—Porque tú no estarás allí. Tú estás aquí, John, para negociar la liberación de Diana.

—Ah, ¿y ustedes la suplirán por el tío Peter, si esto es necesario?

—¡Oh, no! —exclamó Anna—. ¡Oh, no, no! No y no. Ella es un asunto totalmente distinto. Peter y Judith Petrovna le pertenecen a Iván y puede intercambiarlos por quienquiera. Diana es mía.

John suspiró. ¿Por qué razón, conociéndola tan bien, comprendiéndola tan bien, había continuado cometiendo el gran error de suponer que esta mujer podría actuar en alguna ocasión de una manera racional o por lo menos razonable? Mas no se atrevía a insistir sobre el asunto de Diana; Anna volvería a él cuando estuviera preparada.

—Pero, en realidad, a ustedes les agrada que Peter se quede. ¿Puedo preguntar por qué?

—Por supuesto. Lamentaría dejarlo ir o morir por ese asunto, sin descubrir lo que en verdad pretende con sus agentes y explosivos. Aún albergo la esperanza de que me lo reveles.

—Ya te he dicho que no lo sé.

—Lo que quería decir era que todavía espero que lo descubras, con el tiempo, y que me lo digas.

Él la miró. Era una tentación decírselo ahora, aunque sólo fuera para contemplar la expresión de su rostro cuando se percatara de la bomba de tiempo con la que estaba jugando tan inadvertidamente. Pero requería tiempo para pensar acerca de la nueva situación. Necesitaba tiempo para decidir si condenaba o no a su tío a la muerte, pues eso era lo que estaría haciendo. Aunque, más importante que cualquiera de esas cosas, era que podía necesitar lo que sabía como un instrumento de negociación cuando se llegara al caso de Diana.

—Tal vez lo haga así —dijo.

Anna sonrió.

—Estoy convencida de que lo harás, John —saltó de la cama, se sentó junto al carrito que tenía el desayuno y partió un huevo—. Tengo grandes esperanzas en ti. ¿Sabes que cuando accedí a reunirme contigo no sabía lo que yo quería? Tenía algunas ideas imprecisas... pero no estaba segura de si serían prácticas. ¿No vas a comer?

Él se sentó frente a ella.

—¿Y ahora ya lo has decidido?

—Pienso que sí. Creo que tú serías un buen intercambio por Diana.

Por lo menos ella no había logrado asombrarlo; incluso, John se sintió un poco defraudado y levantó su vaso.

—Bueno, diré, como tú dices siempre, que has obtenido lo que querías.

Anna sirvió el café.

—¿Una noche? —movió la cabeza negativamente—. Apenas hemos rasguñado la superficie de nuestra relación.

—Está bien. Me quedaré aquí los cinco días. Puedes mandar traer a Diana aquí, mientras tú y yo arañamos unas cuantas superficies más.

Anna sorbió su café, observándolo sobre la taza.

—No creo que cinco días sean suficientes, John Hayman —expresó ella—. Te quiero para siempre, desde este mismo instante.

John se tragó la mitad de su huevo antes de lo que hubiera querido.

—Quizá —externó cuando recobró la respiración— deberías ampliar esta afirmación.

—Por supuesto. Hoy dejaremos el hotel. Tú vendrás conmigo. Tomaremos el barco que está esperando en la bahía y zarparemos hacia Leningrado. Tú desertarás, John.

—¿Desertar?

—No pretendo mantenerte escondido por el resto de tu vida —declaró ella—. Trato de llevarte sobre mi camisa, por así decirlo. Esto significa el máximo de propaganda: fotografías, televisión, entrevistas por radio, todo lo que se nos ocurra, contigo sonriendo ante las cámaras y explicando lo feliz que eres de poder servir por fin a la madre Rusia. No deseamos que nadie pueda aducir que fuiste secuestrado u obligado. Además, la propaganda será buena para mi imagen. Mi último triunfo, por así decirlo. Mientras Iván hace planes para recobrar a su pueril Gregory, yo estoy empeñada en subvertir a uno de los agentes principales del FBI de Estados Unidos.

John bebió despacio su jugo con champaña. Tenía que darse tiempo para evaluar la situación, para comprender lo que en realidad se le estaba proponiendo y, al mismo tiempo, para controlar su temperamento y sus emociones. Sólo pudo refugiarse en palabras.

—Nadie en Estados Unidos, con excepción de mi contacto inmediato, sabe que yo trabajo para el FBI o que alguna vez he trabajado para él.

—Entonces, se los diremos. Grandes titulares.

—Y yo jamás fui más que una pequeña rueda en la maquinaria.

—Te haremos gente importante, John. Cuando nuestros periodistas hayan terminado contigo, aparecerás como más relevante que el mismo J. Edgar Hoover.

—¿Y realmente piensas en que yo voy a estar de acuerdo?

—Depende por completo de ti. Eres libre de irte por esa puerta cuando lo desees. Por supuesto que, si lo hicieras, no me quedaría otra opción que llevar a Diana a juicio, luego de haberla interrogado convenientemente. Está rebosante de salud; pero esto se debe a que se le ha tratado como a una prisionera privilegiada. Si yo hubiera eliminado esos privilegios, bueno... hubiera sido desafortunado. Es una muchacha tan encantadora.

—Yo te mataría.

Anna sonrió.

—No creo que eso ayudara mucho a Diana.

—¿Y en verdad supones que si yo accediera a tu obscena proposición, sería bueno en la cama?

Anna se encogió de hombros.

—Así lo creo —y soltó una risa deliciosa—. Podrías poner más empeño del que pusiste anoche. Aunque considero que, cuando te pongas a reflexionar en serio en eso, comprenderás que te estás comportando absurdamente. Hasta ahora, has desperdiciado tu vida. Tú me acabas de decir, y yo te creo, que eres un miembro del FBI sin ninguna importancia y tienes ya cerca de cuarenta y cinco años. ¿Qué te espera, John? ¡Oh!, sin duda, heredarás algún dinero de tu madre. Pero, ¿heredarás lo suficiente para tener, por ejemplo, el poder de tu medio hermano? ¿Alguna vez serás algo más que un integrante poco destacado de la sociedad estadounidense? ¿Por qué no te detienes a pensar en lo que te estoy brindando? Por principio de cuentas, en Rusia tú estás en tu ambiente. Eres ruso por nacimiento y por parentela. Más aún: tu verdadero padre es uno de los miembros más antiguos de nuestro Politburó. Puedo adelantarte que le agradaría mucho que tomaras la decisión correcta. ¿Piensas que sólo se te asignará la misión de divertirme? Espero que hagas eso, claro. Creo que, si piensas en el asunto, te darás cuenta de que tú y yo estamos hechos el uno para la otra en todos aspectos. Mas, por lo que toca a nuestras horas de ocio, contemplo un grandioso futuro que se abre ante ti. Y puedo asegurarte en confianza que no está muy lejos el día en que vaya ser comandante de la KGB. Ya está todo decidido.

Lo único que John pudo hacer fue mirarla.

—¿En verdad piensas que puedes tomar el mundo y todo lo que hay en él, y recrearlo y recrear esas cosas de acuerdo con tus propias necesidades y tus propios deseos? ¿En verdad piensas eso, Anna?

—Ahora te estás comportando de nuevo como un macho ridículamente emotivo, John. Una de mis primeras tareas será liberarte de esa debilidad. No estoy rehaciendo el mundo y todo lo que hay en él; te estoy rehaciendo a ti para mejorarte.

Su tranquilidad era ciertamente pasmosa. La única forma de luchar contra Anna era la fuerza bruta, como él lo había hecho en Washington. Debería arrojarle el champaña en la cara y después seguir su reciente consejo de regresar a su habitación, cerrar la puerta, vestirse y tomar el primer avión que lo llevara lejos de allí.

Pero eso significaría dejar a Diana detrás. Para siempre.

Además... John se puso de pie, caminó hacia la ventana, levantó las persianas y parpadeó ante el brillo de la mañana, cuando el sol naciente jugueteaba sobre las nevadas avenidas. Se le estaba pidiendo que desertara como agente del FBI. Nadie, y menos Anna, sabía que trabajaba para la CIA.

De modo que a él, un agente de la CIA, se le estaba solicitando que desertara para unirse a la KGB, para tomar su lugar en el centro nervioso de cualquier actividad secreta soviética. Sólo alguien con la colosal arrogancia y la total confianza de Anna podía considerar ese paso. Pero, ¿no era evidente que la única debilidad de Anna era su enorme arrogancia y su absoluta confianza? En realidad, se le estaba dando la oportunidad de sacar provecho de la soberbia de Anna. ¿Se atrevería a dejar pasar la oportunidad?

¿Y abandonar así a Natasha y a los niños? ¿Ser vilipendiado a todo lo largo y lo ancho de Estados Unidos? No del todo. Con toda seguridad, Dulles sabría lo que en realidad había hecho y por qué; sin embargo, Dulles no podía decirle a nadie lo que sabía.

También podría llegar a Peter Borodin. De hecho, podría detener a su tío para que no llevara a cabo su alocado plan; incluso, posiblemente podría salvarle la vida. Y estaría salvando a Diana.

Ni necesitaba ser para siempre. Con toda seguridad, una vez que Diana estuviera a salvo... pero con la que estaba tratando era con Anna Ragosina. El único error que podría cometer sería imaginar por un segundo que podría engañarla. Si desertaba, tendría que hacerlo de manera que pareciera absolutamente convincente hasta que... ¿Dulles lo sacara? Pero Dulles podría pensar que un agente jamás debe ser removido de un puesto valioso.

¿Cómo podría distanciarse de Natasha y de los niños tal vez para siempre? Por supuesto, una vez que se hubiera cansado de él, Anna podría estar de acuerdo con que los trajera acá. Pero, ¿querría venir Natasha? ¿No lo aborrecería como ningún otro iba a odiarlo, cuando la noticia se supiera? ¿No sería mejor para ella permanecer en Estados Unidos, y esperar que, cuando él volviera, Dulles diera testimonio de él y de su devoción al deber?

Cuando volviera. Si volvía.

—Veo que la idea por lo menos te interesa —indicó Anna—. Créeme, John, haré que valga la pena para ti. Sin contarme yo; me encargaré de que tengas todo lo que quieras, desde mujeres hasta whisky.

Él volvió la cabeza.

—Tengo todo lo que quiero: una mujer e hijos.

Las fosas nasales de Anna se dilataron.

—Tendremos que considerarlos a su debido tiempo.

—Si no los tomamos en cuenta ahora, me odiarán por mi deserción.

—Todos en Estados Unidos te odiarán, John; pero en Rusia te amaremos. Como lo hará tu mujer con el tiempo, si te ama de veras.

—¿Y Diana?

—Volverá con su familia, con su marido.

—¿Cuándo?

—¡Ah!... —una sombra cruzó por los ojos de Anna—. A su debido tiempo.

—Debes tomarme por un loco.

—Créeme, John, deseo tomarte por lo menos por lo que tú eres: un hombre muy audaz e incluso peligroso; mas tú tampoco debes tomarme por loca. Diana será puesta en libertad cuando tú te hayas establecido en tu nuevo puesto. No implicará mucho tiempo. Cuando tú hayas convencido al mundo de que en verdad has desertado y cuando hayas realizado para mí uno o dos pequeños trabajos, entonces quedará en libertad.

—¿Esperas que acepte eso?

—Espero que aceptes que no tienes otra alternativa. También te pediría que fueras sensato. ¿Qué motivo podría tener para retener a la chica una vez que esté yo segura de que te tengo a ti?

John titubeó. Pero, como ella había mencionado, no tenía otra opción más que confiar en ella.

—Entonces, deseo verla tan pronto como yo llegue a Rusia.

—¿Por qué?

—Porque, mi querida Anna, ¿de qué otra forma podría yo estar seguro de que está en la excelente condición en que tú insistes que está?

Anna sonrió.

—Ya te he dicho que se halla perfectamente bien; pero no está inmediatamente disponible. Está en Siberia. Es mejor que permanezca allí hasta que pueda salir de Rusia.

—¿Has enviado a Diana a Siberia?

—¡Oh!, deja de preocuparte. No a un campo de trabajos forzados; sino a una prisión privada que yo tengo donde estará totalmente a salvo de Iván, tú sabes. ¿No lo comprendes? Él ni siquiera está enterado de que está en mi poder. Ha estado tan ocupado en sus propios asuntos, que ha perdido contacto con el Departamento. Pero si la llegara a encontrar... Tú conoces a Iván, John. ¿Te gustaría imaginártelo poniendo sus inmundas manos sobre esa encantadora muchacha? Y, ciertamente, la usaría para fines políticos.

—Lo que, desde luego, jamás habrá de suceder contigo —recalcó John con marcado sarcasmo.

—Ahora te estás enojando otra vez conmigo —dijo ella—. Ya veo... ahora quieres lastimarme. Tal vez golpearme.

—Sí —afirmó él—. Ahora deseo herirte mucho, muchísimo.

Anna esbozó una deliciosa sonrisa.

—Entonces, ¿aceptas mi propuesta? Porque, si no lo haces, puedes herirme. Tantas veces cuantas quieras —Anna se inclinó para besarlo—. Empezando desde este mismo instante.

George Hayman hijo abrió la puerta del departamento de su medio hermano en Nueva York y miró a su padre y a su madre con una cara tan sombría como la de ellos.

—¿Y bien? —preguntó George—. ¿Cómo está ella?

George hijo se encogió de hombros.

—Está bajo calmantes. Elizabeth está con ella, y la enfermera. Al menos este choque ha sacado a Elizabeth de su estado.

—¿Y los niños?

—Están en nuestra casa. Van a ser examinados después —miró a su madre. Ilona no había hablado; estaba tan primorosamente vestida y acicalada como siempre, pero parecía tener veinte años más—. Lo siento, madre. Créeme que de veras lo siento. Aún no puedo creerlo.

Ilona cruzó el salón y se sentó en el sofá, con la espalda completamente erguida. George pensó que ella jamás se había parecido tanto a una princesa como en ese momento.

—¿Por qué no puedes creerlo? —preguntó en voz baja—. ¿No están ustedes dos pensando que es raro que no haya sucedido antes? Yo creo que es extraño. Desde hace algún tiempo he pensado que John estaba actuando de manera inexplicable. Desde que volvió de Rusia, en 1945. Ahora sé el motivo; creo que lo sabía desde hace algún tiempo. Pero tontamente me negaba a dar crédito a mis sentidos; pues, sin importar lo bien que hayamos sido educados y lo cuidadosamente que hayamos sido criados, somos lo que somos. John es el hijo de Michael Nej, un comisario ruso bolchevique. Con el tiempo, tenía que salir así. ¿No es lo que estás pensando?

George hijo se mordió los labios.

George suspiró y se sentó junto a su mujer.

—Simplemente no sabemos las presiones que haya tenido que aguantar.

—No parecía un hombre que haya tenido que soportar muchas presiones —expresó Ilona.

—Bueno... —señaló George hijo—, los directores de televisión pueden hacer trucos curiosos con sus cámaras. Las entrevistas pueden editarse de modo que hagan exactamente lo contrario de lo que se dijo que harían.

—Eso es una tontería y tú lo sabes —interrumpió Ilona—. ¡Mi familia! ¿Saben por todo lo que debí pasar para traerlos a todos ustedes al mundo? ¿La desgracia y la humillación, el trauma y el terror? Lo hice ya que yo amaba a su padre. Como aún lo amo —por un segundo, sus ojos se suavizaron cuando miró a George—. Y ahora me siento como si estuviera suplicando su perdón. Él sabía lo que John era antes de aceptarlo como hijo. Pero ustedes... yendo a toda velocidad tras una caza absurda...

—Debo irme ahora, madre —comunicó George hijo—. Debes comprender que, ¡Dios mío!, si no encuentro a Diana...

—Hace ya seis meses —advirtió Ilona con amargura—. ¿No puedes entender que ella está muerta? —observó a su hijo, pero su mirada se suavizó sólo momentáneamente—. En ocasiones, uno debe hacer frente a los hechos, como yo debí afrontarlos respecto de John hace años. Diana es una Borodin. Los Borodin son una raza maldita, han sido maldecidos por generaciones. ¿Sabes, hijo mío, que desde que mi abuelo falleció, en 1904, nadie de mi familia ha muerto en su lecho? Cada uno de ellos ha sido asesinado o se ha suicidado o ha sido fusilado. ¡Todos! Ahora, márchate y también te fusilarán. Eres un Borodin a medias y Felícitas... huyendo con su amante comunista. Bueno... —soltó una risa chillona—. Por lo menos John estará allá para recibirlos.

—Ilona —le dijo su esposo y le tomó la mano.

Ella se soltó y se levantó.

—Yéndose ellos, tú eres el único hijo que me queda, George —lo miró por un instante y después se volteó—. Debo ir a ver a Natasha; le queda alguna esperanza. Ella sólo se casó con un Borodin.

Ilona se alejó solemnemente por el corredor.

—Jamás la había visto de este humor —manifestó George hijo.

—John es su primogénito —expuso George—; pero tienes razón, jamás antes había estado así.

—¿Qué piensas que vaya a ocurrir ahora con lo del intercambio de Gregory? —quiso saber George hijo.

—Yo pensaría que seguirá como estaba planeado —comentó George—. La dimisión de un agente de publicidad no es probable que involucre la seguridad del Estado. Es más un asunto familiar.

—¿Un agente de publicidad? —George hijo miró los ojos de su padre—. Los rusos aseguran que John era un pez gordo en el FBI.

—Y nosotros lo negamos.

—¿Y no lo haríamos? Pero, ¿eso no se ajusta al modo de vida de John durante los últimos años? ¿Y las sospechas de mi madre? Vamos, papá, tú lo sabías, ¿o no?

—Si lo supiera, no se lo confesaría a nadie —afirmó George—. Ni siquiera a ti, hijo.

George hijo titubeó y luego suspiró.

—Por supuesto que no podrías; aunque la idea de un agente del FBI, que resulta que también es mi hermano, desertor... Puede ser una trampa. Sería grandioso.

—Sí —George deseó que su voz pudiera sonar convincente porque ni siquiera él sabía lo que John había estado haciendo durante los dos últimos años, salvo que era algo extremadamente secreto. Pero creer que John se hubiera convertido en un traidor por el amor de Anna Ragosina, como los soviéticos suponían... Aunque los soviéticos también pretendían que había emanado de un sentimiento de responsabilidad hacia su padre; ése era el factor verdaderamente imponderable, la circunstancia que hacía todo lo plausible y suscitaba, asimismo, muchas otras desagradables posibilidades.

—¿Piensas que voy a cometer un error yendo a buscar a Diana personalmente? —inquirió George hijo.

—Lo que sé es que jamás dormirás tranquilo, si no lo haces.

—Pero crees que está muerta, ¿no es verdad?

George vaciló y después movió negativamente la cabeza.

—Nadie está muerto hasta que su cadáver aparece. Ve a buscarla y tráela de vuelta a casa —y le dio una palmada en la espalda a su hijo—. Ojalá pudiera acompañarte. De todos modos, tengo ganas de hacerlo; pero puede ser que tenga algo para ti antes de que te vayas.

—¿Qué? —la cabeza de George hijo se levantó de golpe.

—No tengo idea en este momento; pero mañana voy a comer con Allen Dulles. Él hizo la cita y ha venido de Washington especialmente para ella. Como sabes, trabaja con el Departamento de Estado, o al menos con una rama de él. Pudiera tener algo que decirnos.

CAPÍTULO XII

LA GUARDIANA TOCÓ A JUDITH PETROVNA EN EL BRAZO Y, SIN DEcir una palabra, Judith se puso de pie, subió un corto tramo de escalones y permaneció parada en el palco cuadrado que se ubicaba frente al podio del juez. Este palco le era familiar; la posición también lo era; los tres jueces, acomodados ya en sus asientos, le eran familiares, como lo era el fiscal y su propio abogado defensor, un joven amigable cuya principal preocupación parecía ser la de cumplir con todas las normas de la corte. Familiar y, no obstante, poco familiar. Real y, sin embargo, de pesadilla. Era casi imposible para ella fijar dónde acaba la pesadilla y dónde iniciaba la realidad. Intentar establecerlo también hubiera resultado horrible.

Le era imposible hacerse a la idea de que ya llevaba ocho meses en Rusia, y todo ese tiempo en una celda de Lubianka. Ocho meses sin ver a Boris, a Ruth o a Nigel, sin que siquiera se le autorizara recibir una carta de ellos o escribirles. Ocho meses en los que la tierra podía haberse abierto y habérsela tragado por lo que todos sabían. Aquello no podía ser real.

Pudiera haber parecido más real si ella hubiera sufrido la clase de encarcelamiento que ya había conocido en el pasado; pues, durante esos ocho meses, ni había sido golpeada, ni amenazada, ni siquiera humillada. Había ocupado una celda cómoda. Había recibido alimentos, buenos alimentos, tres veces al día. Hacía ejercicio dos veces al día. Se le habían ofrecido libros para que leyera, aunque no periódicos, y había sido bañada un día sí y otro no y se le habían brindado ropas limpias. Ciertamente, la callada mujer que la había atendido era parte de una pesadilla, una pesadilla pasiva, extrañamente distante.

Sin embargo, estaba allí. Todo había empezado con su entrevista con el príncipe Peter. Qué extraño que en alguna ocasión ella hubiera amado a ese hombre. Pero no había sido durante mucho tiempo; había llegado a comprender demasiadas cosas acerca de él. No obstante, en su dolor por el asesinato de su madre y de su padre, había trabajado de manera voluntaria con él en sus vanos intentos por organizar la contrarrevolución y la intervención internacional en Rusia. Y él había acudido en su rescate durante la guerra de Hitler. Por ello, le estaba agradecida incluso pese a que sus caminos se habían separado de nuevo después de 1945, cuando él había vuelto a asumir su imposible y fanática oposición al bolchevismo, y ella había hallado una meta mejor en el surgimiento del Estado israelí. Mas ahora... Él no había cambiado; ése era el punto malo. Él aún vestía en forma impecable y era impecablemente guapo —para su edad— e impecablemente amanerado y hasta impecablemente loco, loco con odio, no sólo contra los campesinos que le habían arrebatado su casa, su familia y sus privilegios, sino que, ahora, parecía, contra todo el mundo. Tan loco, y así tan convincente, que casi la había convencido —como había persuadido ciertamente a los rusos— de que ella estaba envuelta en la conspiración de los médicos que él aseguraba que había puesto al descubierto.

Durante tres semanas, Judith había estado negando tales acusaciones. Los otros acusados, reducidos a despojos humanos por las semanas transcurridas en las celdas de Beria, habían confesado y habían sido condenados a castigos que iban de la pena de muerte a largos años de prisión y ya habían sido removidos. Ella, de elevada estatura y fuerte, sana y vigorosa, y obviamente ilesa, había negado todo, una y otra vez, con creciente regocijo del tribunal. Lo había negado, aunque las pruebas en su contra, aun involucrándola nominalmente, habían, a pesar de ser falsas, permitido llegar, apoyadas en hazañas anteriores, a la conclusión de que alguna vez había sido capaz de planear y efectuar una vasta conspiración internacional para cometer asesinatos... hasta que sus negaciones le parecían absurdas incluso a ella misma.

Pero ahora todo estaba concluido. Judith se daba cuenta de que la sala del tribunal estaba abarrotada de gente. También había una horda de periodistas; el régimen le había otorgado al "caso de los médicos", como lo llamaban, la máxima publicidad. Ahora, parecían aún más ansiosos de presenciar el informe y el último acto. Había hombres y mujeres uniformados. Sin duda, Iván Nej estaba allí y, posiblemente, también Peter Borodin . Pero ella no tenía el menor deseo de ver a nadie. Sólo podía mirar a los jueces, insistir en sus negaciones y mantenerse desafiante hasta el final.

—Judith Stein Petrovna —afirmó el presidente— has sido encontrada culpable, debido a las abrumadoras pruebas en contra tuya, de subversión y traición y de actos de guerra contra el Estado soviético. ¿Tienes algo qué decir en tu defensa, antes de que se te dicte sentencia?

Judith abrió la boca y a continuación la cerró. Ya estaba cansada de negar y denunciar. Parecía estar a punto de quedar abatida por un agotamiento total.

El juez aguardó varios segundos; acto seguido, alzó la cabeza para mirar a la corte.

—La sentencia es muerte por fusilamiento —anunció— que debe ejecutarse de inmediato.

La celadora tocó a Judith en el brazo y ella regresó por las escaleras descubriendo, al hacerlo, que misteriosa y silenciosamente había adquirido otras tres carceleras, que se localizaban cerca, observándola al pasar. Tal vez, temían un estallido histérico o un colapso. Ignoraban que ella había estado en un tribunal muy similar y que había sido condenada a muerte en términos muy parecidos otra vez, antes; la única diferencia entre 1953 y 1911 era que, entonces, en el muro que estaba detrás de los jueces, había un retrato del zar Nicolás II en vez de uno de Lenin y que, en esa época, la muerte iba a ser por ahorcamiento y no por fusilamiento, y, en aquella ocasión, ella había estado hecha una piltrafa magullada y golpeada, víctima del príncipe Roditchev, en tanto que ahora jamás había estado más sana. "¡Insensatos! —pensó, sonriendo a las mujeres—; no se percatan de cuántas cosas han mejorado en realidad en los últimos cuarenta años."

No obstante, sabía que la desesperación merodeaba muy cerca de las orillas de su conciencia. Se había dicho a sí misma que ser sentenciada de nuevo sería muy semejante a ser alcanzada dos veces por un rayo; esto parecía ir contra las leyes de la naturaleza. Había contado con una injerencia diplomática y masiva del gobierno israelí; pero, por supuesto, como repetidamente se le había señalado durante el juicio, había salido de Rusia sin renunciar a su ciudadanía. Ante la ley, continuaba siendo ciudadana rusa y, por tanto, el Estado soviético se negaba a aceptar cualquier alegato de que ella pudiera ser otra cosa.

Lo peor de todo era la conciencia de su inocencia, en ambas ocasiones. Era la víctima de la broma de un loco. Debería detestarlo. Debería gritar al mundo: "Dios te maldiga, Peter Borodin, y que te pudras para siempre en el infierno". Bueno, ella lo odiaba, pero más por lo que les había hecho a los demás, que por lo que le había hecho a ella. Con los años, Judith había atesorado una enorme provisión de dignidad lo mismo que una reserva suficiente de fatalismo. Ahora, incluso lamentaba haber negado los cargos, dado que sus negativas habían dado como consecuencia casi lo mismo. Mejor hubiera sido permanecer en silencio durante las tres semanas; pero, al menos, podía morir en silencio.

De inmediato. ¿Qué tan inmediatamente era inmediatamente? Al pie de las escaleras había más guardias esperándola para acompañarla a lo largo del corredor que conducía a la salida privada donde estaba la camioneta que la llevaría de vuelta a la prisión. Por lo menos, eso era cierto: no sería ejecutada en la sala del tribunal. Pero, ¿sería regresada a su celda para una última comunión privada con ella misma? ¿Se le ofrecería algún alimento? ¿Se le permitiría utilizar el cuarto de baño? De repente, sintió la necesidad de usar el baño, aunque antes no había sentido alguna urgencia particular. No se puede ser fusilado con la vejiga llena.

La puerta se abrió, y había luz de día. Por poco tiempo porque también estaba abierta la puerta de la camioneta y el interior era lúgubre, puesto que las persianas estaban abajo. Aguardándola había guardias... ¿guardias? Judith se detuvo en la puerta, observando con consternación. De hecho, había dos personas con uniforme. Una, una mujer increíblemente hermosa a la que no recordaba haber visto antes. La otra era John Hayman.

Judith se desmayó.

Judith se percató de que se encontraba en un tren tendida en una litera, en un compartimiento dormitorio. No sentía dolor, aunque el agotamiento paralizaba su cuerpo y su mente. Se preguntaba si estaba muerta.

—Estamos llegando a Berlín —anunció una mujer—. Sólo falta un poco, debemos despertarla.

Le colocaron un paño húmedo sobre la frente. Judith abrió los ojos y miró una vez más a John Hayman. Y, definitivamente, era John Hayman. Cerró los ojos una vez más.

—Señora Petrovna... Tía Judith... —susurró John, utilizando el nombre que le había dado cuando él era adolescente, cuando habían sido tan buenos amigos—. Debes levantarte ahora —la sacudió con mucha delicadeza—. Ahora ya no hay nada que temer, tía Judith. Tu sentencia fue sólo una formalidad. Serás intercambiada.

Judith se incorporó lentamente en el asiento, lo miró y miró junto a él a la encantadora mujer que también recordaba haber visto junto a la camioneta, la que también vestía un uniforme ruso.

—No nos han presentado formalmente —aseguró Anna—. Soy la coronela Ragosina. El capitán Hayman tiene razón. Vas a ser intercambiada poco después de que hallamos atravesado Berlín. A lo mejor te gustaría lavarte la cara y los dientes. El lavabo está allí. ¿O preferirías un vaso de vodka?

Judith observó a John.

—¿Capitán Hayman? —preguntó incrédula—. ¿Eres capitán en la KGB?

John no quería bajar los ojos.

—Sí —asintió.

—Pero... no —decidió ella—. No puede ser verdad —contempló a la mujer de nuevo, y sus ojos parpadearon como si cayera en la cuenta de que ya antes había escuchado el apellido Ragosina con frecuencia. Era un apellido al que había que temer y odiar. Anna Ragosina era la mujer que había secuestrado a Ruth Borodina, sobrina de Judith, y la había mantenido cautiva, durante dos años, años de los que Ruth ahora jamás hablaba... y después la había devuelto a la Alemania nazi y a la certeza de la persecución. Ése era el producto más perverso posible del sistema soviético. ¿Y John estaba trabajando con ella?—. No puede ser verdad —declaró de nuevo—; no lo creeré.

—Tía Judith —dijo John—; es verdad. Soy oficial en la KGB. Pero también es cierto que esta noche vas a ser intercambiada. Ya no tienes nada más que temer.

Permanecieron en el estrecho y cerrado compartimiento mientras el tren se detenía en Berlín. Anna Ragosina nuevamente le ofreció un vaso de vodka y otra vez Judith lo rechazó. Cada momento que transcurría sentía crecer un sentimiento de agravio, no sólo contra John, por esta obscena broma que le estaba gastando, sino contra todo el Estado soviético. Iba a ser cambiada, cuando varias otras personas también inocentes habían sido ya fusiladas. ¿Cómo podría aceptar esto?; mas, ¿cómo podría no aceptarlo? Como había sospechado, la pesadilla se hacía más profundamente terrible. Pero John... Judith lo miró, deseando que él le enviara alguna señal de que no era cierto, de que en realidad la estaba rescatando de la KGB como la hazaña más grande de Pimpinela Escarlata.

Por supuesto, si eso fuera así, él no se arriesgaría a darle alguna señal, hasta que ambos estuvieran a salvo; de este delgado hilo pendía ella su cordura, mientras observaba a los dos sonriéndose mutuamente y conversando entre sí, y se percataba de que esos dos eran algo más que simples colegas.

El tren estaba de nuevo en movimiento. Berlín se hallaba a dos horas atrás de ellos, cuando se detuvieron en una solitaria y desierta estación, que, de repente, se llenó de hombres armados que la escoltaron a ella y a sus captores hasta fuera del tren y a continuación hasta un camión de redilas. Caminaron durante algún tiempo y después llegaron a un puente, sobre un río. Era un gran río, que corría hacia el noroeste, según calculó Judith. Por tanto, se trataba del Elba, y más allá, se ubicaba Alemania occidental y la libertad, para todos.

El conductor del camión de redilas encendió las luces tres veces y vino en respuesta una señal luminosa del lado opuesto.

—Ya es hora —advirtió Anna Ragosina. La temperatura de esa noche de febrero era congelante y ella se cubrió con su saco militar verde antes de bajar del camión. John la siguió y se volvió con los brazos en alto para ayudar a Judith, pero ella lo pasó por alto y saltó abajo sin ayuda. Había comenzado a sospechar que la pesadilla no iba a concluir jamás, y que cada minuto que transcurría se convertía en algo más que una pesadilla. De otro modo, John ya se hubiera despojado de ese absurdo disfraz y hubiera matado a estos rusos y corrido con ella, a través del puente...

—Cúbrenos —ordenó Anna al jefe de los hombres que los habían acompañado en el camión. Él asintió con la cabeza, desenfundó una pistola automática y se dirigió al lado izquierdo del puente. Lo acompañaban dos de sus hombres; los otros tres se encaminaron a la derecha—. Recuerden —recalcó Anna— que si algo sale mal, todos moriremos; pero ustedes morirán primero —señaló el puente. Judith se dirigió a la superficie de acero, con John a su lado, y Anna al otro.

—Debería haber pensado —observó Judith— que Iván sería capaz de realizar su propio trabajo sucio.

—Camina —mandó Anna.

En el otro lado del puente había varias personas, y ahora tres de éstas dejaron tierra firme y también entraron en la estructura de acero. Los otros dos aguardaban en el extremo del puente y John pudo descubrir la ondulación de una falda. En ese momento, era necesario que cerrara su mente a lo que sucediera en los próximos diez minutos.

Tal procedimiento (cerrar su mente a la realidad) antes no había sido indispensable, pues, en Rusia, como Anna había pronosticado y prometido, había estado rodeado de amigos o de gente decidida a aparecer como amiga. La reacción jubilosa de su padre, de esto no tenía la menor duda, había sido auténtica. Catalina, su madrastra, no se había mostrado menos contenta. No parecía pensar ni por un segundo que la deserción de John pudiera ser algo menos que un verdadero despertar de su mente y de su espíritu, una desilusión general por las fallas del capitalismo. Sólo el hecho de que había llegado como protegido de Anna había parecido preocupar un poco a su padre. Michael Nej había comentado: "Tenemos que hablar —viendo junto a él a Anna—. Tenemos que hablar".

Así que incluso su padre estaba temeroso de la mujer, lo que no era tranquilizante. Y, hasta el momento, no se había presentado la ocasión de hablar: Anna había tenido que ver con ello.

Otros habían sido más incrédulos. Stalin, al que había visto por última vez cuando el gran hombre le había prendido a la solapa la Medalla de Lenin en 1945, era uno de ellos, como también su tío Iván. Pero ambos estaban bajo el embrujo de Anna Ragosina.

Los otros que podían haber importado, gente como Beria y Molotov, solamente parecían desconcertados por todo el asunto. Si eran escépticos de algo, era de la cantidad de publicidad que se le había dedicado a su fuga. Dudaban de su valor. Pero Anna seguía absolutamente confiada en lo que había hecho.

Como era común, Anna se las ingenió para asombrarlo con sus relaciones, que eran muy distintas a las que él había esperado y, ciertamente, temido. Lejos de ser los constantes compañeros que ella había prometido, en realidad se veían muy poco entre sí. Anna lo había hecho embarcarse en un curso sumamente estricto de adiestramiento físico, en compañía de hombres y mujeres de su edad; pero el hecho de que él fuera su lugarteniente predilecto y que, con frecuencia, ella se dejara ver por ahí para vigilar su entrenamiento, y, de manera ocasional, participar en él, lo protegía de cualquier desprecio. Además, le había procurado un departamento propio, de tres piezas, y lo había llenado de literatura comunista; se le había exigido leer; también, había un aparato de televisión, que se le había solicitado que viera dos o tres horas cada noche. Ella proseguía su labor de subvertirlo y de transformarlo en un oficial de la KGB, con la misma pasión con la que ella asumía todas las cosas; una vez más, el hecho de que era su lugarteniente preferido lo resguardaba de las demostraciones de celos que él estaba convencido de que su llegada —e instalación en una oficina contigua de la de ella—, había ocasionado en las mentes de sus otros subordinados y, en especial, de la joven rubia de mirada fría llamada María.

Todo aquello había acontecido con tanta rapidez y sus días habían estado tan ocupados, que había dedicado muy poco tiempo a reflexionar sobre lo que había hecho, y lo que le iba a suceder, y lo que eventualmente podría resultar y, en las tardes, cuando él empezaba a reflexionar, tocaban a su puerta, y aparecía Anna, casi como si pudiera leerle el pensamiento a distancia y estuviera ansiosa de quitar de su cerebro cualquier pensamiento que no fuera sexo, para quedar ambos exhaustos por los deseos aparentemente insaciables de ella. Que esto no ocurriera más a menudo, lo sorprendió. Asombrosa y perturbadoramente, también le atañía a él, pues no dudaba de que Anna sostuviera relaciones sexuales con alguien cada noche y por esto él había renunciado a todo. No, eso era una mentira. Tenía que ser una mentira y lo era. Cuando llegara el tiempo de ajustar cuentas, él la destruiría sin titubear. Tenía que creer en esto o aborrecerse. Tenía que creer en esto.

Lo mismo que tenía que creer en que llegaría ese tiempo de ajustar cuentas.

Pero, entre tanto, la propuesta de Anna de que en las noches en que ella no estaba disponible invitara a su departamento a alguna de las secretarias de Lubianka, no lo atraía. O si le agradaba, porque algunas de ellas eran mujeres jóvenes extraordinariamente bellas, y todas eran evidentemente tan amorales como Anna, no estaba preparado para ceder a la tentación. Había traicionado a Natasha con Anna como un acto deliberado, esperaba él, de eventual sabotaje contra la Unión Soviética; dormir con cualquier otra mujer, pensó, hubiera sido una verdadera traición.

Sin embargo, más perturbadora que su teoría acerca de los otros hombres que había en la vida de Anna, era caer en la cuenta de que, mientras más tiempo vivía cubierto con el manto del poder y la protección de Anna, que parecía extenderse por todo el sistema soviético, más rápidamente quedaba sin sentido el mundo exterior. Éste sólo existía en la medida en que las agencias noticiosas soviéticas le permitían existir. Así, no sólo las reacciones de Natasha y de los niños, de su madre y de su padrastro, de su hermano y de su hermana, y posiblemente lo más importante de todo, de sus jefes, se habían convertido en cosas sin trascendencia, pues no tenía la menor idea de cuáles pudieran ser. Pero incluso el motivo para su estancia aquí súbitamente había perdido relevancia. Anna le garantizó que Diana estaba bien de salud, en un lugar seguro, que estaba siendo bien atendida y que sería liberada en el momento adecuado. Él lo había creído, ya que no tenía otra opción, pero además porque deseaba creerlo, y Anna hacía muy plausibles las razones para demorar la liberación de Diana. En ninguna forma podrían vincularse con su defección. Ésta debía ser reconocida por el mundo como un acto completamente voluntario, aunque Anna había sugerido que estaría dispuesta, por el bien de su familia, a hacer aparecer que, tras su deserción, él había descubierto que su sobrina estaba bajo arresto por meter de contrabando explosivos en la Unión Soviética y había convencido a las autoridades de que la perdonaran y la repatriaran.

Eso ocurriría cuando Anna dispusiera.

John ni siquiera estaba inquieto por el hecho de que aún no hubiera podido estar a solas con su tío Peter. Se habían encontrado, y Peter, luego de mirarlo durante varios segundos, se había dado vuelta y había abandonado la habitación.

John se había tranquilizado; siempre había habido por lo menos una probabilidad de que el tío Peter, encontrándose frente a frente con él dentro de Rusia, con el hombre que sabía para lo que él había venido, pudiera haberse llenado de pánico y dado a la fuga. No lo había hecho. No obstante, quedaba la posibilidad de que intentara cumplir tan pronto como fuera posible la misión que él mismo se había impuesto, pero, por lo que John podía deducir, no parecía que hubiera alguna probabilidad de que a su tío se le permitiera aproximarse a Stalin. Durante las últimas seis semanas, había estado demasiado ocupado en aportar pruebas acerca de los médicos que había inculpado, y en todo caso, a John se le había mencionado que Stalin no tenía deseos de ver a Peter. Asimismo, se le había asegurado que cada movimiento de éste era vigilado tan estrechamente, que no había ni la posibilidad más remota de que consiguiera más explosivos.

Pero, por ahora, todo eso resultaba irrelevante porque estaba a punto de salir de la empalagosa sombrilla roja que lo había protegido durante tres meses, a la fría luz del día. El proceso, cuidadosamente planeado por Anna —quien había insistido en manejar este intercambio ella misma, para ofrecer la prueba final al mundo exterior de que John era totalmente suyo—había iniciado con la reacción de Judith Petrovna al mirarlo vestido con uniforme de la KGB. Pero el choque y disgusto de Judith sólo habían sido la media luz de la madrugada, pues, aun en la oscuridad, él divisó a la persona con la que iba a encontrarse. Gregory, por supuesto; pero también había identificado en el hombre que estaba junto a Gregory a un viejo camarada de armas, Arthur Garrison, quien había sido su superior inmediato en el FBI. Se suponía que el intercambio se haría por conducto del FBI; no sólo habían sido ellos quienes detuvieron a Gregory en primer lugar, sino que Allen Dulles no deseaba que los rusos sospecharan siquiera la existencia de la CIA. Aquél era un signo esperanzador, ya que significaba que Dulles podía anidar la esperanza de que John no había revelado la creación de la nueva organización de contraespionaje.

Pero no era improbable que Garrison estuviera enterado de otra cosa fuera de que su antiguo compañero era un traidor.

Y ni siquiera Arthur Garrison era el principal obstáculo, porque John había reconocido la falda flotante y la corpulencia del hombre que se hallaba junto a ella, en el otro extremo del puente: su hermano y su hermana estaban allá.

Despacio, Judith, Anna y John caminaron por el puente, mientras el grupo estadounidense hacía lo mismo. Ambos grupos se detuvieron cuando estaban a unos cuatro metros de distancia. John avanzó un poco más adelante; Anna le había ordenado que actuara como comandante de la operación.

Garrison lo observó.

—Has recorrido un largo camino, camarada —observó. Era un hombre corpulento que ocasionalmente sugería un amistoso oso gris; esta tarde, faltaba la ocasión.

John lo pasó por alto.

—Bienvenido a casa, Gregory —dijo.

Gregory lo miró.

—Deseo hacer una protesta, John —manifestó—. No deseo volver a Rusia.

—Bueno, si fuera tú, yo me callaría eso —recomendó John—. Ciertamente, la señora Petrovna desea irse.

—Iba a haber otro —indicó el segundo hombre del FBI—. Un tal príncipe Peter Borodin.

—Él tampoco desea ser intercambiado —explicó John.

—¿Sí? —inquirió Garrison—. Así que es un plan amañado.

—De ninguna manera —adujo John—. Es un mero intercambio: la señora Petrovna por el capitán Nej. Cuando Peter Borodin esté dispuesto a salir de Rusia, saldrá de Rusia. No tenemos deseos de conservarlo, pero, de hecho, no lo forzaremos a que se vaya. Es ruso por nacimiento y ha prestado un valioso servicio al Estado.

John podía sentir que la mirada despectiva de Judith le quemaba el cuello, pero mantuvo los ojos fijos en Garrison.

—¿Sí? —inquirió Garrison de nuevo—. Bien, al diablo contigo también —avanzó con tremenda rapidez y lanzó un puñetazo a John, el cual falló, pasó sobre su hombro, provocó que el cuerpo de Garrison cayera sobre el suyo y los llevó a ambos hasta el barandal del puente. Era un barandal que llegaba a la altura del pecho; sin embargo, la fuerza del impulso de Garrison, combinada con el peso de su cuerpo, arqueó un tanto a John sobre el borde que lo hizo caer a plomo hacia las heladas aguas del río.

Vagamente, John escuchó que Anna giraba órdenes y que el otro hombre del FBI también gritaba solicitando a los rusos, al igual que a su propia gente, oculta en la lejana orilla, que no dispararan. Pero había otros pensamientos más importantes dándole vueltas en la cabeza, acerca de que Garrison no era el hombre que fallara un golpe, de que una mano se había asido de sus pantalones para levantarlo y casi arrojarlo sobre la barandilla del puente y de que Garrison caía en el río a su lado.

John salió a la superficie, boqueando por respirar, con el frío filtrándose a través de sus ropas. Estiró una pierna con desesperación y tocó fondo, al tiempo que Garrison, ya sobre sus dos pies se abalanzaba sobre él.

—Por el amor de Dios —pronunció con voz entrecortada—. Lucha —ordenó Garrison y, de nuevo, le echó los dos brazos; el agua tenía sólo un metro y medio de profundidad, pero permanecer de pie resultaba complicado por la corriente del agua helada que parecía poner bandas de hierro alrededor de sus tobillos; ciertamente, sólo podían hacerle frente a la corriente asiéndose el uno del otro—. Allen dice que tú me matarías o me escucharías, ¡por Cristo!, ¡vaya tarea!

—Apresúrate —murmuró John, procurando dar una buena impresión de estar luchando desesperadamente.

—Podía distinguir a Anna que los miraba desde la orilla, dando órdenes todavía, y sabía que, dentro de unos instantes, los hombres de la KGB estarían allí para rescatarlo.

—Sólo para saludarte —comentó Garrison—. Estaremos en contacto, pero puede llevar tiempo. ¿Va en serio este intercambio?

—Tiene que ser.

—¿Y tu hermana?

—También ella, si eso es lo que quiere; ninguna trampa.

—Está bien, muchacho. ¿Alguna vez te dije que eras un gran tipo? Ahora, suéltame.

Los rusos ya estaban chapoteando en el río. Garrison se apartó y retrocedió medio paso; John lanzó un profundo suspiro y disparó con todas sus fuerzas un golpe que tocó la punta de la barbilla de Garrison; un golpe que pareció meterle el puño en la muñeca y el codo en el antebrazo. Garrison cayó sin hacer ruido y se hundió en el agua. John lo tomó por los hombros, y los hombres de la KGB ayudaron a sacarlo hasta la orilla.

—Dejen que el bastardo se ahogue —clamó Anna desde arriba.

Entre ellos sacaron a Garrison a tierra firme.

—Alguna vez fue un buen amigo —expuso John—. Creo que no pueden culparlo.

—Atraparás una pulmonía —aseguró Anna—. Consigan unas mantas —miró al otro hombre del FBI, quien había olvidado tan completamente el protocolo que cruzó el puente en dirección de territorio alemán oriental, y estaba también a medio camino, en la orilla; John se preguntaba si él no habría participado en la treta de Garrison—. En cuanto a ti...

—¿Qué puedo decir, señora? —preguntó el hombre—. Parece que Garrison perdió la cabeza.

A Judith se le ocurrió que, en medio de la confusión, ella debería haber intentado correr, de hacer algo; pero Gregory Nej, quien estaba junto a ella, también se movió pesadamente y sólo volvió la cabeza para ver lo que estaba sucediendo. Sin duda, también sabía que no tenía sentido que alguno corriera, una vez que las dos potencias más poderosas del mundo habían decidido hacerse cargo de sus destinos inmediatos. En cualquier caso, aunque tanto Anna Ragosina como el otro hombre del FBI habían corrido, a los pocos segundos Judith y Gregory fueron otra vez rodeados por los hombres de ambos lados del puente.

Judith miró a Gregory Nej, quien se encogió de hombros.

—No entiendo nada señora Petrovna —expresó.

—Pero tú no deseas volver —indicó Judith—. Al menos eres cuerdo. Créeme, muchacho, que lamento ser yo la causa de esto.

Gregory se encogió de hombros.

—Al menos puedo pensar que mi rendición ha servido para algo bueno, señora Petrovna.

Anna Ragosina había vuelto, acompañada por el hombre del FBI y por dos rusos que llevaban el cuerpo, inconsciente, de Arthur Garrison.

—Tú —dijo a Gregory—. Tu sola presencia ocasiona desastres —y señaló a Garrison—. Espero que sea severamente castigado —expuso al otro hombre del FBI—. Podría haber matado al capitán Hayman.

—Sí —reconoció el estadounidense—. No hay muchas personas en nuestro equipo a las que les hubiera importado mucho, coronela. Ahora, ahí está esa chica que afirma que no desea abandonar al capitán Nej...

—¿Quieres que ella venga? —le preguntó Anna a Gregory.

—No —contestó él—. No quiero; pero ella quiere y nos amamos. Y...

—Y, al estilo característico burgués, son ustedes sentimentalmente incapaces de tomar una decisión al respecto —añadió Anna con desprecio—. Así que yo la tomaré por ustedes. La mujer es bienvenida, si viene totalmente por su propia voluntad. Todo está resuelto —y se adelantó para detenerse frente a Felícitas—. De modo que, ganaste el pleito. ¿Sabes lo afortunada que eres? Cuando yo le disparo a alguien, ordinariamente, esa persona muere.

Felícitas contempló a la mujer que había intentado asesinarla.

—Sí, camarada —respondió ella con su voz, como siempre, casi sin aliento.

—Yo diría que estoy apenada por lo ocurrido en Washington —estableció Anna—; mas no lo estoy. Si pretendes vivir en Rusia, debes aceptar la disciplina rusa. Espero que entiendas esto.

—Lo entiendo —aseveró Felícitas.

—También, deberás trabajar —aclaró Anna—, si comprendes el significado de la palabra. Pero, al menos, estarás con tu amante, sin censura. Ahora, debes decidir si deseas venir. Luego, no podrás cambiar de parecer.

—Estoy aquí, porque yo quiero venir —declaró Felícitas.

—¡Felícitas! —exclamó George.

Felícitas titubeó y volvió a medias la cabeza.

—Olvídalo, George.

—Aún puedes cambiar de opinión. Mamá estaría feliz, si retornaras.

—Mamá no entiende —adujo Felícitas—. Jamás ha entendido. No más que cualquiera de ustedes.

—¿Estás realmente decidida? —quiso saber Anna.

—Absolutamente —contestó Felícitas.

—Entonces, reúnete con tu amante. Apresúrate. Todos debemos apresurarnos, si no queremos que tu hermano muera de frío.

Felícitas avanzó y miró a Judith.

—Eres una mierda —prorrumpió Judith tranquilamente—. Yo te rasparía de mi zapato.

Felícitas volvió el rostro y caminó por el puente; Gregory la estaba esperando y le colocó el brazo alrededor de los hombros.

Anna observó a George hijo sin interés y se dio la vuelta para volver.

—*Madame* Ragosina —dijo George hijo.

Anna se detuvo y lo miró.

—John también es mi hermano —expresó.

—¡Ah! —exclamó Anna.

—Parece que usted ha logrado un gran triunfo aquí —aseguró George hijo—. Ha puesto a buen recaudo a dos de los tres hijos de mi madre; pienso que puede ser generosa con el que queda.

Anna lo miró frunciendo el ceño.

—¿Qué es lo que quiere de mí?

—Una visa para entrar en la Unión Soviética. La he solicitado en repetidas ocasiones y se me ha negado. No deseo venir como periodista; sino como ciudadano común. He perdido a mi hija, a mi única hija. Una muchacha llamada Diana. Ella entró en su país el verano pasado y desapareció. Me gustaría buscarla o, al menos, saber lo que ha sido de ella.

—Por supuesto —respondió Anna—. Hermano de John. Usted es el padre de Diana. ¡Estúpida de mí! Debería haberlo sabido de inmediato.

—¿Ha escuchado usted hablar de ella? Por favor, *madame* Ragosina, mi mujer y yo estamos desesperados. Ella es mi única hija.

Anna lo observó durante varios segundos; Judith se preguntaba si a Anna se le estaría ocurriendo que, sin importar dónde pudiera estar Diana, en este instante tenía la oportunidad de llevar a casi todo el clan Hayman a Rusia con su pleno consentimiento. No obstante, Anna parecía resistir la tentación.

—John me ha comentado la historia —detalló finalmente—. Es muy triste, lo compadezco. Veré lo que puedo hacer para obtenerle la visa, camarada. Yo misma comenzaré la búsqueda de su hija y veré si puedo hallarla. Si está en Rusia, la localizaré, se lo prometo. Y, después, regresará a su lado —sonrió—. Ella puede ser la mitad que falta del intercambio.

—Si pudiera hacer eso, *madame* —suplicó George—, se lo agradecería eternamente.

—Considérelo hecho, camarada —aseguró Anna—. Y, tal vez, usted se forme otra idea de nosotros y haga que su periódico también se cree otra imagen. Le doy mi palabra: hallaré a su hija si se encuentra en algún lugar dentro de la Unión Soviética —saludó y se dio la media vuelta para atravesar el puente.

—¡Santo Dios! —murmuró Garrison lentamente al llegar—. ¡Oh, Dios! Y pensar que yo le enseñé a pegar a este sujeto.

—Arrópenlo en mantas —ordenó el hombre del FBI— y denle un trago de brandy. Debemos sacarla de aquí, señora Petrovna, venga conmigo, por favor. No me sentiré tranquilo hasta que usted esté en Alemania.

Judith había permanecido parada, casi como si se hubiera convertido en piedra. Ahora, se dirigió hacia el automóvil. George abrió la portezuela para que ella entrara.

—Creo que ella hablaba en serio —notó George—. Apuesto, tía Judith, a que John y Felícitas están haciendo lo que quieren hacer. Y si esta *madame* Ragosina ayuda... quizá, después de todo, los rojos no sean tan malos.

Judith lo miró y luego entró en el auto.

Garrison bebió el brandy de un trago, suspiró, se estremeció y se frotó la mandíbula.

—Bueno —declaró— por lo menos pudimos sacarla, señora. Debe estar feliz por eso.

—Sí —asintió Judith.

El motor del automóvil arrancó y volvieron al camino; los otros dos autos los seguían. Los rusos habían desaparecido en la noche.

—¿Y qué es lo que piensa hacer ahora?

—Volver a casa —le respondió Judith—. Volver a Israel, a mi esposo, a mi sobrina y a su familia, y no volverlos a dejar jamás. Y a tratar de olvidarme hasta de que Rusia existe —se abrazó a sí misma y miró por la ventana hacia la oscuridad—. Y también de los Hayman —susurró.

El departamento de Michael Nej, inusitadamente grande, resplandecía de luz y se estremecía de risas, muchas de las cuales procedían del anfitrión y de su hermano. El vodka había estado corriendo por algún tiempo, y los dos comisarios se habían permitido embriagarse discretamente. John pensó que Felícitas estaba algo más que mareada y que él mismo había ingerido una gran cantidad de alcohol.

Supuso que se debía a que sufrían una aflicción común: un sentimiento de incredulidad total en sus circunstancias, una incredulidad compartida, aunque no disfrutada tanto por los otros dos miembros del grupo: Catalina y Gregory.

—Tenerte de vuelta —externó Iván, abrazando a su hijo por lo que debía haber sido la quincuagésima ocasión— sano y salvo luego de haber permanecido en una prisión estadounidense. Por supuesto que también te deben haber lavado el cerebro —se quejó Iván, aspirando por la nariz—. Ahora que te tenemos en casa, tendremos que rehabilitarte. Y haber traído a esta bella y encantadora dama —tomó la mano de Felícitas y la besó, también por quincuagésima vez—. ¿Sabes, querida, que eres como una reencarnación de mi amada Tatiana y de mi querida Svetlana?

"Y tú eres como el reestreno de una película vieja", pensó John.

Pero Felícitas le estaba sonriendo a su tío.

—Es muy amable de tu parte —expresó, con los ojos llenos de lágrimas. Pero eran ocasionadas, reflexionó John, no sólo por esa reunión familiar. Todo el día, los días en el tren desde Berlín, las últimas semanas, habían sido traumáticos. Ahora Felícitas se estaba desenvolviendo en un mundo maravilloso de aventura y novedad para el que la vida protegida que había llevado no podía haberle brindado mucha preparación. Tampoco podía ella, conociendo sólo a Gregory, creer ninguna de las cosas que su hermano y su padre le habían mencionado de Rusia, de la KGB y de Iván Nej, en particular. Durante todo el día, el primero que ella pasaba en Moscú, Iván había sido encantador y, además, había sido recibida por bandas de música y fotógrafos, por los mismos Stalin, Molotov y Beria, y había sido abrazada por ellos; ninguna estrella de cine había recibido alguna vez tal recepción. Esta noche dormiría en los brazos de Gregory, libre de temor, recriminación y culpa, así que John no podía suponer que ella despertara muy pronto de su exaltado sueño.

Ciertamente, él no podía precipitar el proceso. Aún estaba a prueba, incluso cuando Anna había decidido no participar en la reunión familiar; durante el viaje de vuelta a Moscú no se había preocupado por ocultar su disgusto y desprecio por Gregory y Felícitas; pero, asimismo, pensaba John con algún alivio, su satisfacción por la manera en que él, aparentemente, había manejado a Garrison.

A pesar de ello, buscó tener varias largas conversaciones con Gregory en el curso del tiempo. Gregory, no obstante sus protestas, iba a reintegrarse a sus tareas en la KGB; había sido capitán de instructores y John mismo estaba siendo adiestrado. Pensó que debería conceder una gran importancia a conocer con exactitud lo que estaba pasando en el interior de la hermosa cabeza de su primo. Le creyó a Gregory cuando éste atestiguó que hubiera preferido permanecer en Estados Unidos; pero era indispensable saber por qué. ¿Debido a Felícitas? ¿Porque allí él había podido observar el nivel más alto de vida? ¿O a causa de una verdadera desilusión del sistema soviético, emanada del hecho de haberse percatado de que gran parte de la propaganda antiestadounidense que se le había proporcionado en Rusia era sólo propaganda, intensificado esto por su disgusto al saber que su padre había matado a su madre? Esta desazón aún se manifestaba; incluso, era posible suponer que Gregory sostenía ideas de venganza contra el pequeño hombre que estaba sentado junto a él y que exteriorizaba tales emociones burguesas. Ésa hubiera sido una consideración interesante y útil. Por otro lado, ¿cuánto duraría el disgusto de Gregory, rodeado como estaba, de la evidente adulación de la prensa y del pueblo rusos? ¿Y de los líderes? Había sido abrazado por el primer ministro en la estación del ferrocarril, frente a las cámaras de los noticieros y de la televisión. Ahora, iba a reasumir su carrera, le gustara o no; y, bajo los auspicios de su padre, no dudaba de que llegaría muy lejos, pese a lo mucho que a Anna le molestaba y la poca confianza que tenía en él.

Disgusto y desconfianza que hacían el trabajo de John mucho más complicado. No podía mostrarse demasiado amistoso con su joven primo; aunque, al mismo tiempo, debía investigar, en algún momento, si Gregory era o no verdaderamente un estadounidense de corazón o todavía un ruso. Sería arriesgado, pero representaba una parte indispensable del trabajo que había emprendido, y podía proseguirlo con más valor y optimismo ahora que sabía que contaba sólidamente con el apoyo de Dulles. ¡Qué alivio era eso!

Y era un trabajo que tenía que emprenderse antes que el lavado de cerebro a la inversa adquiriera fuerza, y una vez más, Gregory se convirtiera en un autómata soviético.

—¿No estás resintiendo los efectos de tu zambullida? ¿Los de ese criminal asalto? —preguntó Michael Nej, de pie al lado de su hijo, frente a la ventana, para contemplar la nieve que caía sobre Moscú.

—No demasiado —contestó John—. No creo que haya permanecido en el agua el tiempo suficiente para sufrir alguna consecuencia.

Michael sonrió.

—Eres muy afortunado. Todos estamos felices. Jamás había visto a Iván tan contento, John, no creí que tuviera todo eso dentro. Pero tener a su hijo de vuelta, cuando había pensado que estaba perdido para siempre... —miró a John—. Yo también conozco esa felicidad, John.

Decepcionar a este hombre era la parte más desagradable de todo el asunto. Pero, pensó amargamente John, él había estado decepcionando a alguien, en algún lugar, casi desde que podía recordar. Decepcionar se había convertido casi en parte de su naturaleza y Michael Nej, a pesar de ser su padre —y, así lo creía John, un hombre auténticamente decente—, todavía era un bolchevique que sostenía que la vida era importante sólo si podía ser de utilidad al Estado. Era difícil creer que un hombre semejante no sacrificaría también a su propio hijo, si lo consideraba necesario. Dijo:

—También para mí, padre, es una ocasión feliz.

Michael expuso:

—Pero todavía está enturbiada, tal vez; puedo entenderlo. Debes estar pensando en tu madre y en Natasha... —otra rápida mirada—. Y en los niños. Debe haber sido un gran dolor dejarlos.

—A mi madre, ciertamente —concedió John—. Dudo que alguna vez llegue a comprender; mas tengo la esperanza de que Natasha y los niños puedan reunirse aquí, conmigo, muy pronto.

—¿Has estado en contacto con ellos?

—No —aclaró John—; pero Anna Ragosina me ha prometido que intentará arreglarlo.

—Anna Ragosina —pronunció Michael Nej pensativamente—. Eres su protegido.

—Bueno, nos hemos conocido el uno a la otra durante mucho tiempo —explicó John—. No olvides que combatimos hombro con hombro en el Pripet, durante cuatro años.

—¿Y entonces planearon esta deserción?

John titubeó. Constantemente tenía que estar prevenido contra las trampas. ¿Aun de parte de su propio padre?

—Quizá —dijo—; pero, en ese entonces, yo no tenía la intención de retornar a Rusia para vivir.

—¿Y qué te hizo cambiar de opinión?

—Muchas cosas, padre. Y realmente no tengo ganas de discutirlas.

—Comprendo perfectamente —indicó Michael—. Créeme, el simple hecho de tenerte aquí es suficiente. Sin embargo, siento que debo prevenirte... La camarada Ragosina, aunque, sin duda, es una mujer de gran fuerza de voluntad y de gran talento, y un invaluable integrante de la KGB, también es extremadamente cruel y egoísta.

John asintió con la cabeza.

—Lo sé, padre.

—Entonces, sabrás que no hay que confiar en ella tan plenamente como pudiera exigírtelo —prosiguió advirtiendo Michael—. Pero hay algo más de lo que siento la obligación de prevenirte: en su ambición, que a veces es extraordinaria, la camarada Ragosina en más de una ocasión se ha sobrepasado y ha tenido que ser castigada. Cuando suceden tales cosas, la estrella casi siempre va acompañada en su declinación de aquellos satélites que han estado volando demasiado cerca de ella, ¿me entiendes?

—Creo que sí —respondió John.

—Así lo espero, pues, en caso de que tal contingencia se presente de nuevo, aunque tienes mi palabra de que haré todo lo que esté en mi mano para ayudarte, suponiendo, desde luego, que no hagas nada subversivo contra la Unión Soviética, tu carrera sufriría un declive que te llevaría años superar. Sin duda, Anna es una mujer de la cual hay mucho que aprender, pero te convendría mirar por tus intereses todo el tiempo —Michael observó a su hijo—. En particular, sería recomendable para ti que me informaras de cualquier cosa fuera de lo común que pudieras encontrar o que pudiera sugerírsete en el desempeño de tu trabajo.

—No estoy seguro de tener madera de espía —refirió John.

Michael sonrió y le palmeó el hombro.

—¿Cómo puedes ser un espía en Rusia, donde siempre piensas en los intereses del Estado soviético y estás decidido a servirlo todo el tiempo? Te estoy dando un consejo, como debe hacerlo un padre. Lo único que deseo es que reflexiones con sumo cuidado acerca de lo que te he comentado. Ahora, te tengo una sorpresa —volvió la cara hacia la habitación—. Escuchen todos.

Los otros oyeron con interés cortés.

—Esta noche nos hemos reunido aquí los Nej y los Borodin —anunció Michael—. Durante muchos años, las dos mitades de la familia han sido enemigas. Quisiera que esta ocasión, en la que representantes de ambas familias están congregados aquí, en Moscú, no sea sino el primer paso en la dirección de un acercamiento general entre los Hayman y nosotros. Para alcanzar dicho objetivo, en el que estoy convencido de que todos ustedes están de acuerdo conmigo, y me apoyan, he invitado al príncipe Peter Borodin a que se sume a nosotros para tomar una copa después de la cena —miró su reloj—. Lo cité a las nueve en punto y, ahora, son las nueve en punto.

Oyeron tocar a la puerta y Michael sonrió.

—Y el príncipe Borodin siempre es puntual.

Peter Borodin entró en el departamento con un aire ligeramente desafiante, pero estrechó las manos de Michael con mucha confianza.

—¿Conoces al hombre que me sigue adonde quiera que voy? —preguntó Peter—. ¿Jamás aprenderá tu gobierno a confiar en mí, camarada Nej?

—Como a la mayor parte de los gobiernos, le demanda mucho tiempo aprender algo —explicó Michael en tono de broma—. ¿Sabes, príncipe Peter, que yo también sospecho que, en ocasiones, hay un hombre que me está siguiendo? Pero, déjame ver; ¿conoces a Iván, por supuesto?

Peter saludó con la cabeza al pequeño hombre, su antiguo sirviente, quien estaba sumamente entretenido.

—Mi esposa, creo que también la conoces.

Peter se inclinó sobre la mano de Catalina.

—Por supuesto. En Londres, en 1946.

Catalina estaba claramente desconcertada por la ocasión y simplemente inclinó la cabeza.

—Mi sobrino, Gregory Nej.

—Lo conocí también en Londres, en 1946 —aclaró Peter, saludándolo con cierta efusión—. Tú me desconcertaste tanto como los demás; creí que estabas a punto de desertar, mucho antes de que George e Ilona lo hicieran, pero todo el tiempo estuviste decidido a robar los secretos atómicos. Realmente mereces ser felicitado.

—Te aseguro —comentó Gregory— que en realidad tuve muy poco que ver con eso. Simplemente estuve ahí.

—Muchacho —declaró Peter— la mayor parte del éxito depende de estar en el lugar apropiado, en el momento adecuado, y los estadounidenses estaban muy cerca. ¡Oh!, ciertamente. Jamás he contemplado tal derroche de absoluta supremacía. En verdad, como dice la Biblia, aquellos a quienes Dios desea destruir...

—Ésa no es una cita de la Biblia, tío Peter —corrigió tranquilamente Felícitas—. Fue escrito por primera vez en el siglo XVII por un profesor de historia, inglés, llamado James Duport.

Peter la miró.

—¿Felícitas? —preguntó—. Eres una niña sorprendente. Te vi en el noticiero de televisión y entonces no podía dar crédito.

—Gregory y yo vamos a casarnos —manifestó Felícitas.

—¡Dios mío! —exclamó Peter—. ¡Dios mío!

—Y a John, por supuesto, lo conoces muy bien —dijo Michael.

—Tampoco estimo que el tío Peter me soporte —afirmó John.

—Mi querido amigo, lo único que no puedo soportar de ti es tu saco de colores —aseguró Peter. Había campantemente decidido aceptar el hecho de que John, por sabe Dios qué motivo, no pensaba traicionarlo y estaba decidido a ser afable.

—Como ocasionalmente yo también considero el tuyo bastante monótono —le recordó John, mirándolo a los ojos.

Peter se ruborizó y Michael vino en su auxilio.

—Lo principal es —advirtió— que todos somos rusos y que todos nosotros al final hemos recobrado el sentido. Quisiera, y ruego por ello, que, con el tiempo, también el resto de nuestra familia lo haga y regresen para vivir aquí. Ésa sería una ocasión célebre —le ofreció a Peter un vaso de vodka y levantó el suyo—. Quisiera proponer un brindis por todos los Borodin, Hayman y Nej que existen en el mundo y por la madre Rusia.

—¡Muy bien! —dijo Iván, y bebió, al igual que los demás.

—Y ahora, otro brindis —agregó Michael sonriéndoles a Gregory y Felícitas—. Por la feliz pareja a la que ni la familia ni la política, ni siquiera los barrotes de la prisión han podido separar.

Una vez más, elevaron los vasos para quedar suspendidos cuando se oyó una llamada en la puerta. De repente, la habitación se llenó de tensión y John se dio una idea de la precariedad de la existencia, incluso para los comisarios veteranos o los integrantes del mismo Politburó, cuyas carreras, o vidas, podían acabar mediante un toquido inesperado.

—Será mejor que mire quién es —expuso Michael, enviándole a Catalina una rápida y tranquilizadora sonrisa. Su voz sonaba más misteriosa que preocupada, en cierto contraste con su hermano, quien se había puesto muy pálido. Se dirigió a la puerta y la abrió. Quienes estaban dentro de la habitación pudieron percibir que había dos sujetos aguardando allí, pero hombres que saludaron a Michael del modo más cortés, antes de hacerse a un lado para que pasara un hombre rechoncho y bajo de estatura, que vestía un saco gris de uniforme y unos pantalones negros, con el rostro medio oculto detrás de un bigote de morsa.

—Michael Nikolaievich —dijo Stalin— perdona esta intromisión en tu fiesta familiar, pero no podía dejar pasar ocasión tan favorable sin acudir personalmente a desearles a ustedes toda clase de felicidad en su nueva unidad. Tal vez desees presentarme —sonrió con amabilidad a todos los que se hallaban en la habitación—. Aunque no requiero presentación, los conozco a todos ustedes. Excepto a ti, camarada. ¿Quisieras presentarte a ti mismo? —y se detuvo frente a Peter Borodin.

Por un instante, todos los presentes parecieron petrificados, aunque sólo John tenía alguna idea de lo que estaba a punto de suceder. Después, Peter Borodin avanzó, alzando su mano derecha, no para estrechar la de Stalin, sino para introducirla en el bolsillo del pecho y sustraer una pequeña pistola automática. Las dos mujeres se quedaron boquiabiertas; Iván dejó caer su vaso de vodka, que se estrelló sobre el suelo; instintivamente, Gregory se puso frente a Felícitas y la empujó hacia una silla. Michael corrió hacia adelante, pero no pudo alcanzar a Peter a tiempo. Estos pensamientos relampaguearon en la mente de John, incluso cuando se percataba de que, además del mismo Peter, él era el único hombre armado en la habitación; Anna había insistido en que siempre llevara consigo su pistola. Y ahora ésta tuvo que ser usada o su misión hubiera fracasado antes siquiera de que iniciara.

Antes de que estos pensamientos hubieran siquiera cristalizado, él había desenfundado y abierto fuego con su acostumbrada puntería. Su bala alcanzó a Peter Borodin en el ojo izquierdo y estuvo a punto de volarle la cabeza, antes de que Peter pudiera siquiera jalar su propio gatillo. John contempló lleno de horror a su tío, cuando la figura impecablemente vestida caía sobre una silla y luego daba contra el suelo, con la sangre y los sesos chorreando de la herida abierta.

Pero Joseph Stalin yacía junto a su supuesto asesino.

CAPÍTULO XIII

—HMM, CAMARADA —SUSURRÓ ANNA RAGOSINA—. Lo conseguiste de nuevo. ¡Oh!, lo lograste de nuevo.

Ella se acurrucó aún más en su lecho, gozando la caricia, y pensar que en realidad había creído que John Hayman podría reemplazar esto. Pero, por supuesto, aquello era absurdo: John era demasiado inhibido debido a su educación y también era muy consciente de haber sido chantajeado en su actual puesto.

Pero, de cualquier manera, no importa cuáles fueran sus antecedentes o su razón para estar en Rusia, Anna dudaba de que alguna vez pudiera haber sido tan buen amante como Nikolai Ivanovich Nej. A Anna se le ocurrió que estaba aprendiendo, a lo mejor un poco tarde, lo que todas las mujeres aprenden con el tiempo: que no son las miradas amables, los buenos modos o las palabras tiernas y los bellos regalos los que denotan al hombre que hará cualquier cosa; es el deseo del hombre de otorgar placer a su amante, y la mayoría de ellos sólo desean recibirlo. Nikolai era bajo de estatura, un poco regordete y, ciertamente, no era guapo; al igual que su padre, también era miope. Era un jugador de ajedrez y un periodista de segunda clase. No había tenido ni dinero ni poder, no se bañaba muy a menudo y sus ropas eran horribles; pero la adoraba con una vehemencia que casi hacía que ella lo amara a su vez, e Iván tenía un exquisito par de manos que empleaba sólo para satisfacerla. Podía conducirla al orgasmo, una y otra vez, estuviera ella de humor o no y, en definitiva, la mayoría de las veces no estaba de humor. Hacer el amor con Lavrenti Beria, con el que tenía que hacerlo por lo menos dos veces a la semana, aunque sólo fuera para tranquilizarlo de que le era totalmente fiel a él, la dejaba a punto de gritar. Hacer el amor con John, por mucho que lo gozara y entendiera la necesidad de ligarlo emocionalmente con ella, tan completamente como lo hacía con Beria, era un poco mejor, pues ella estaba consciente de la tensión que siempre había entre ellos. En comparación, Nikolai era un sueño. Sabía que era inútil para todo, excepto para hacer el amor, y no deseaba nada de ella, a no ser su cuerpo. Ni siquiera tenía que ser decepcionado: sabía que sólo era uno entre varios, y siendo Nikolai, suponía que era el último, y se conformaba con las migajas que caían de la mesa de Anna.

Y cuando ella estaba de humor —como anoche—, podía llevarla a un éxtasis, al que pensaba en algunas ocasiones que no sobreviviría; a un enorme deseo de satisfacción, que era lo que en realidad ella deseaba más que cualquier otra cosa en la vida.

Anna podía permitirse ser sincera acerca de esto, por lo menos consigo misma. En alguna ocasión, quizá, se había dejado llevar por el odio. Pero aquello había sido expiado hacía mucho tiempo. Ahora, buscaba las recompensas, las buenas cosas de la vida, y su ambición se encaminaba a obtener el poder que pudiera garantizarle todas esas cosas durante el resto de su vida. Aun cuando torturaba a algunos pobres subversivos hasta volverlos locos, ahora lo hacía porque, sinceramente, disfrutaba de ello, más que por cualquier deseo de obtener información o probarse a sí misma que era la mujer más perniciosa del mundo.

No obstante, también podía enorgullecerse de mantenerse y de mantener sus deseos bajo cuidadoso control; a Nikolai le permitía visitarla sólo dos veces por semana, y se reservaba una noche por semana para sí misma, tomando dos pastillas para dormir y colocándose almohadillas sobre los ojos y durmiendo doce horas; incluso a Tabasco le daba pastillas para dormir en la leche, esa noche, de modo que la gata no la despertara. Esta única y larga noche cada semana la rejuvenecía y le aportaba desbordante energía para afrontar lo que pudiera presentarse.

Tal era su control, que ni siquiera había bajado a la celda número cuarenta y siete desde su regreso de Estocolmo. No quería ser excitada por la chica, puesto que estaba dispuesta a dejarla ir. Pero, antes de que eso ocurriera, debía completarse un programa de desorientación, en forma tal que la mente de Diana Hayman se convirtiera en una jungla de lugares, personas y eventos, ninguno de los cuales podría recordar con exactitud y, por tanto, cuando intentara narrar su terrible aventura, como sin duda lo haría, tropezara y estuviera insegura, y sólo pudiera convencer a sus escuchas de que estaba sufriendo una depresión nerviosa. Ése era un proceso prolongado y era la causa principal por la que la liberación de la joven debía demorarse; pero pronto tendría que concluirse.

Sin embargo, ciertamente, el hecho de visitarla excitaría a Anna, y si Diana decía o hacía algo que la molestara, Anna podría provocarle algún daño; estaba muy consciente de que su deseo por Diana apenas si estaba separado de una aversión perversa por el más estrecho margen y ahora el deseo estaba ausente.

Se preguntaba si John se relajaría más tras la liberación de Diana. Tal vez; mas nunca tan relajado como éste. Un estremecimiento recorrió todo su cuerpo haciéndola sentir casi enferma con el deseo saciado. Jadeó, y puesta de espaldas, abrió los brazos y extendió las piernas, mientras Nikolai la besaba. Y, a continuación, Anna observó, llena de asombro, que la puerta de la recámara se abría, pues nadie se atrevería a entrar en ella sin invitación... y miró a Lavrenti Beria.

Beria parpadeó en la oscuridad. No sólo estaba muy miope, sino que, evidentemente, no podía creer lo que estaba presenciando.

—¿Anna? —preguntó—. ¿Eres tú, Anna?

Anna se incorporó. Estaba muy enojada no sólo por haber sido interrumpida en una de sus noches libres, por así decirlo, sino porque sabía que iba a haber una escena. Por lo tanto, era esencial que atacara primero.

—Eres un cretino —dijo con brusquedad—. ¿Qué pretendes al venir aquí? —inquirió ella. Después de todo, él le tenía miedo.

—¿Anna? —preguntó él de nueva cuenta, rascándose la calva—. ¡Hay un hombre contigo!

—Un antiguo amigo —especificó Anna, saltando del lecho y rogándole a Dios que Nikolai, que yacía boca abajo, con el rostro hundido en la almohada, tuviera la sensatez de permanecer en esa posición—. Nos encontramos ayer por primera vez en varios años y quisimos tener una conversación.

—¿Una conversación?

Anna lo tomó por el brazo y lo llevó a la sala, cerrando la puerta detrás de ella con el pie; no se tomó la molestia de ponerse una bata; sabía cuánto distraería a Beria la vista de su cuerpo desnudo.

—Eso es lo que dije. Después, decidimos dormir juntos. Eso es todo. Nada tiene que ver con nuestra relación, Lavrenti.

—Dormir juntos —repitió él desconcertado y se sentó en el sofá.

Anna se arrodilló junto a él.

—Bueno, querido, yo sabía que no estabas disponible, y... Es tan simple como eso. Ahora, prepararé para nosotros una taza de café y...

—Anna —pronunció Beria—, ¿continúas durmiendo con Hayman?

Anna arqueó las cejas.

—Desde luego que no.

—¿Cómo lo voy a saber?

—Porque yo te lo estoy diciendo —recalcó ella—. Recluté a Hayman porque es la clase de hombre que vamos a requerir; bueno, cuando lo necesitemos —Anna jamás podía estar segura, a pesar de sus precauciones, de que Iván no hubiera hecho colocar un micrófono secreto en su departamento. Además, Nikolai podía estar escuchando. Por supuesto que Nikolai era completamente confiable, pero eso no significaba que ella pretendiera confiar en él.

—¡Cuando lo necesitemos! ¡Por Dios, Anna! —Beria se levantó del sofá—. Casi olvido a lo que vine al verte en la cama con ese patán. Anna... Stalin...

Anna, quien ya iba de camino a la cocina, se detuvo y se volvió con el ceño fruncido.

—¿Qué ocurre con Stalin?

—Es increíble —balbuceó Beria—. No lo creerás...

—¿Cómo puedo creerlo, si no me dices qué es? —Anna cruzó de regreso la habitación y lo tomó por los hombros—. Dímelo, Lavrenti.

—Joseph Vissarionovich... —Beria dijo con voz entrecortada—. Fue a una fiesta en el departamento de Michael Nej, anoche. Una celebración para darle la bienvenida a Gregory Nej y Peter Borodin estaba allí.

El ceño de Anna se hizo más profundo.

—Prosigue.

—Borodin sacó una pistola. Cómo pasó de contrabando un arma y cómo la consiguió en primer lugar, es un misterio. Había sido inspeccionado, como sabes, en el vestíbulo. Por lo menos revisado con un detector de metales. ¡Oh!, te lo puedo asegurar que van a caer algunas cabezas.

Anna estaba consciente de un sentimiento curioso y contradictorio: era como si su corazón latiera más despacio, en tanto que su cerebro repentinamente se adelantaba.

—¿Borodin le disparó a Stalin? —preguntó.

—Iba a hacerlo —contestó Beria—; pero tu amigo Hayman se le adelantó.

—¿Qué? —gritó Anna—. ¿John Hayman le disparó a Stalin?

—¡Oh!, no, no, claro que no. Le disparó a Borodin; a su propio tío. ¿Lo creerías?

Las rodillas de Anna se aflojaron y se sentó en una silla. ¿John había baleado a su tío? Casi quería llorar de alegría; pues, a pesar de todo, ella no había podido creer por completo en John. Por supuesto que él estaba siendo chantajeado; ella sabía que él resentía esto y así se había percatado de que tendría que utilizar sus mejores y más persuasivos encantos para superar ese resentimiento y transformarlo en el ayudante confiable que pensaba. Incluso, había creído que lo había logrado, hasta que sucedió ese raro incidente con el estadounidense Garrison, hacía tres días. Había sido como si John hubiera querido caer en el río; ciertamente pudo haber sido empujado sobre la barandilla por accidente. Ella había estado dándole vueltas a eso desde entonces. Pero ahora, si le había disparado a su propio tío, para proteger a Stalin... Anna le sonrió a Beria.

—Te dije que sería invaluable.

—Sí —afirmó Beria—. Pero no entiendes... Stalin...

Anna volvió a fruncir el ceño y se puso de nuevo de pie.

—¿Qué le sucedió?

—Sufrió una apoplejía y quizá otro ataque cardiaco. Está gravemente enfermo, Anna. Esta vez puede morir.

—Adelante, camarada capitán —indicó Anna—. El héroe de la Rusia soviética.

John estaba en posición de firmes frente a su escritorio. Anna era exigente en cuanto al protocolo en público.

—¿Realmente lo crees así, camarada coronela? —preguntó—. ¿Sabes lo que la llamada "pistola" era?

—Un facsímil de madera, tallado por el mismo príncipe —mencionó Anna—. Sí, lo he visto; muy ingenioso. Era la única arma que podía haber pasado por el detector de metales. Sin embargo, contenía un martillo, una aguja y una bala real. Aquel guardia debe haber escuchado algo en el detector. Va a ser castigado.

—Es probable que todo el artefacto se hubiera destruido, en caso de ser disparado, y posiblemente hubiera destrozado la mano del hombre que lo accionara —le señaló John.

—Pero también el hombre al que estaba apuntado. De modo que continuaba siendo un arma mortal y tal vez suicida. ¿Supones que tu tío vino a Rusia con esto en mente? ¿Sacrificar a todos esos judíos y a esos médicos, a todos, pero sacrificar a su propia ex amante con tal de dispararle a Stalin? Esto es auténtico odio, ¿eh? Es una lástima que jamás vayamos a saber la verdad al respecto. En cualquier caso, ya no tiene importancia. Tú no sabías lo que tu tío traía en la mano; parecía una pistola y tu líder estaba allí de pie frente a ella. Actuaste con admirable rapidez y resolución.

—Y le disparé a mi propio tío —añadió John.

—¡Oh, camarada!, eso es lo que convierte en heroica tu hazaña. Ahora, cierra la puerta y siéntate. Deseo hablar contigo de un asunto muy importante.

John frunció el ceño, pero obedeció.

—Y relájate un poco —sugirió Anna—. ¿Ya sabes que el primer ministro Stalin está gravemente enfermo?

—Por unos momentos pensé que estaba muerto —confesó él.

—Sí. Bueno, ése puede ser el resultado. No es un hombre joven y tiene un corazón débil. Sin duda, te das cuenta de la trascendencia de tal evento, en caso de ocurrir. O quizá, diría yo, cuando suceda.

—Sin duda, vas a decírmelo —dedujo John.

Anna volvió a mirarlo con el ceño fruncido durante un instante y después sonrió.

—Puedes estar seguro de ello. ¿Para qué otra cosa supones que te traje a Rusia? El hecho es que el primer ministro Stalin jamás ha designado un sucesor. Por tanto, podemos anticipar que se presentará la misma clase de lucha por el poder que prosiguió a la muerte de Lenin en 1924. Esto, como puedes recordar, demoró cinco años en resolverse. Cinco años en los que el Estado soviético casi se cae a pedazos. Y no éramos entonces una potencia mundial y los estadounidenses sólo estaban esperando que nos destruyéramos.

—Todos ustedes vivirían más y probablemente serían más felices, si pudieran meterse en la cabeza que Estados Unidos no está esperando borrarlos del mapa —aclaró John—. Nosotros, quiero decir, ellos, podían haberlo hecho más de una vez en el pasado, como bien sabes.

Anna sonrió brevemente.

—No estamos aquí para discutir de política, John; sino para garantizar, por el bien de todos, que tal situación no vuelva a repetirse jamás. ¿De acuerdo?

—De acuerdo —respondió John. Sólo podía escuchar y tratar de absorber, mientras sus pensamientos seguían revoloteando, y difícilmente sabía si estaba parado de cabeza o sobre sus pies. Él le había disparado a su propio tío. Había sido un movimiento reflejo, producto de la idea de que debía mantener vivo a Stalin o, al menos, impedir su asesinato. Ésos eran los hechos; podían considerarse como aspectos del extraño trabajo que se había echado a cuestas.

Lo que lo estaba contrariando era que no sentía remordimiento alguno. Era como si hubiera desempeñado una tarea preordenada. ¿Sería porque siempre había sabido que Peter Borodin era un lunático peligroso, al que algún día habría que detener o debido a la manera en que el hombre había involucrado a Diana, y a él mismo, en sus absurdos planes, que les habían ocasionado tantas penas, y a la muchacha, quizá, la pérdida de su propia salud mental? De cualquier forma, no era probable que estos puntos de vista fueran entendidos por su madre, o por cualquier otra persona en el mundo exterior, cuando se dieran a conocer las noticias de su "heroísmo". Ahora, parecía que había dado un paso irrevocable, aún mayor que el de haber acompañado a Anna de regreso a Rusia. Eso podía explicarse por la necesidad y por Allen Dulles; matar al tío Peter había sido una decisión personal con la que tal vez nadie podría estar de acuerdo, en especial la hermana del hombre.

Y ahora...

—Por tanto, nosotros; esto es, la KGB —estaba exponiendo Anna— debemos esforzarnos por controlar los hechos, de modo que la sucesión tenga lugar de la manera más ordenada y de modo tal que el sucesor del primer ministro Stalin sea el hombre más apropiado para el trabajo que le aguarda. ¿Me comprendes, camarada capitán?

—Quiero saber lo que tienes en mente.

—Voy a explicártelo: esa responsabilidad debe ser nuestra en la KGB, pues no hay otro cuerpo en el Estado capaz de ejercer esa prerrogativa y hacerlo con éxito. Por lo tanto, lo único que nos resta es decidir quién es el sucesor más adecuado del primer ministro Stalin. Sin duda, estarás de acuerdo conmigo en que Molotov es demasiado viejo. Lo mismo, por desgracia, debe decirse de tu propio padre. Créeme, él hubiera sido nuestra primera opción; pero es casi tan anciano como Stalin, y estoy convencida de que sería el primero en comprender que sería una política muy miope buscar una repetición de la situación presente en el futuro inmediato. Tanto él como Molotov pueden esperar, desde luego, continuar en sus actuales puestos y con sus actuales responsabilidades; mas, considerando todas las circunstancias, estoy segura de que coincidirás conmigo en que sólo hay un solo posible candidato para el supremo poder en la Unión Soviética al que podamos, como organización, otorgar nuestro apoyo.

—¿Él es? —preguntó John.

—Lavrenti Beria, por supuesto.

—¿Beria? Pero es el comandante de la KGB.

—¿Eso es un obstáculo insuperable para tomar el control? Más bien, yo sugeriría que lo facilita y garantiza su éxito.

John la observó, mientras una atroz sospecha parecía a punto de irrumpir en su mente. Las siguientes palabras de Anna le proporcionarían la confirmación inmediata.

—Desgraciadamente —prosiguió ella—, hay elementos en la sociedad soviética que tienen ideas distintas. Podemos referirnos a ellos como la joven guardia. Hombres como Malenkov y Khrushchev. Hombres que eran niños durante la revolución, que jamás conocieron a Lenin y que trastocarían el carácter esencial y vital de la Unión Soviética. Con estos elementos tendremos que tratar.

—¿Tratar? Ésta es una conspiración —manifestó John—. ¡Una conspiración que tú y el camarada Beria han estado tramando!

—Siempre es necesario planear el progreso de uno en la vida —declaró Anna tranquilamente—. Como mencionas, el camarada Beria y yo hemos estado planeando las acciones que tomaremos durante algún tiempo tras la muerte del primer ministro Stalin. Existe un gran número de áreas en las que no podemos vigilar en forma directa; entendemos un simple hecho: mientras podamos destruirnos mutuamente el uno al otro, mientras trabajemos juntos, seremos invencibles. De ese modo hemos estado trabajando para fortalecer nuestras posiciones. ¿Por qué crees que te traje aquí? Para tenerte a mi lado durante la crisis que se avecina. Porque habrá una crisis. Y, cuando estalle, sabré que detrás de mí hay alguien que depende por completo de mí y, por tanto, absolutamente fiel a mí, pero, al mismo tiempo, capaz y decidido. Ésa es una gran garantía para mí, John.

—Tú y Beria —masculló John, sin poder creer aún lo que acababa de escuchar—. Ustedes dos dividiéndose Rusia. Él asume el cargo de primer ministro y tú te quedas al frente de la KGB.

—Así es —y Anna esbozó una rápida sonrisa—. Sin duda, estarás de acuerdo conmigo en que yo obtengo la mejor parte. Ahora, como te he estado comentando, deberemos tratar con Khrushchev, Malenkov y su camarilla. Yo preferiría evitar las ejecuciones en masa, ya que tales sucesos siempre representan una mala propaganda en el exterior. Y tengo la esperanza de que esto pueda lograrse. Son hombres sensatos y supondrán que tienen el tiempo de su parte, y así aceptaron el *fait accompli*. Esto es lo que espero. No obstante, lamentablemente, existe alguien del que deberemos deshacernos, simplemente porque es irremediablemente contrario a Lavrenti Beria y a todo lo que él representa. Estoy hablando de tu tío Iván.

—¿No es el hombre al que debes todo lo que eres?

Anna resopló.

—No me hagas reír. Iván hizo de mí lo que soy, sólo porque quería lo que yo soy. Yo, como ser humano, jamás existí para él. Cuando ya no me necesitó, me envió a un campo de trabajos forzados. ¿Sabes lo que me hicieron en ese campo? Allí había mujeres que sabían mi nombre y a las que yo había interrogado... —se estremeció levemente—. He intentado ajustar cuentas con Iván desde hace mucho tiempo. Ahora parece que ese día se está acercando —otra rápida sonrisa—. Y habiendo dispuesto del tío Peter, John, el otro no será para ti un problema psicológico. Sin embargo, el asunto es que cuenta con algunos elementos dentro de la KGB que tal vez le seguirán siendo fieles. Deben ser eliminados al mismo tiempo.

—¿No estropeará todo esto nuestra reputación? —preguntó John, cayendo en la cuenta, luego de haberlo dicho, de que el sarcasmo siempre había sido inútil con Anna.

—No lo creo —respondió con toda seriedad—. Los integrantes de la KGB siempre han sido considerados como criminales. La ejecución de uno o dos no producirá agitación. La ejecución de Iván Nej será recibida como una bendición. Después de eso, incluso Judith Petrovna deseará estrecharte la mano, John.

—¿Y a mi padre se le permitirá ver morir a su hermano y se le mantendrá todavía en su cargo?

—Ciertamente conservará su cargo; pero tampoco te preocupes por tu padre, John. En su corazón, detesta a su hermano y siente desprecio por él. Conozco estas cosas; los he visto juntos. Ahora, aquí tienes una lista de los hombres y mujeres en los que no podemos confiar y con los que debemos tratar. Deseo que la analices, te la aprendas de memoria y luego la destruyas. Esto es muy importante. Además, es cuestión de oportunidad. No pretendemos hacer algún movimiento abierto hasta que el primer ministro Stalin muera en verdad, pero en el instante en que lo haga, todo debe comenzar a suceder. En el momento preciso. Ahora voy a estar totalmente ocupada haciéndome cargo del Politburó. Y, para serte franca, alentando a Lavrenti Pavlovich. Por ello, te voy a colocar al frente de la Sección Eliminación. Ya he comunicado a todos los comandantes de sección en los que sé que puedo confiar que deben obedecerte, sin reclamo alguno, al recibir una sola palabra codificada de esta oficina. Esta palabra debe ser puesta en circulación por mí, por la red general de intercomunicación, a través de Lubianka. La palabra será desafío. Una vez que la emita, podrás contar con el ciento por ciento de apoyo de mi gente. Puedes tener oposición de algunas de las hechuras de Iván, pero, en todo caso, los que pueden ser peligrosos están en esa lista. Deben ser aniquilados sin el menor titubeo —Anna le sonrió—. De todas formas, no corres ningún peligro teniendo que ejecutar a un amigo.

John le echó una mirada a la lista.

—¡María Kalinova! —alzó la cabeza—. ¿María Kalinova? De hecho, no puede serle fiel a Iván, ¿no es tu ayudante?

—Lo fue antes de que tú llegaras. Ahora, ha sido desplazada. En realidad, no sé si está trabajando para Iván o no; de cualquier modo, he dejado de confiar en ella hace tiempo. Y no te sientas afligido por ella, John. Ella te odia y, si la situación se invirtiera, no dudaría ni por un segundo en matarte.

John continuó leyendo.

—¿Gregory Nej?

—Ése es indispensable —declaró Anna—. No sólo es el hijo de Iván, sino que no confío nada en él. No olvides que pasó cuatro años en una prisión estadounidense y que traicionó a mi organización en Estados Unidos aun antes de eso. Creo que puede ser una trampa. Pero no te preocupes por tu hermana —agregó ella apresuradamente—. Te doy mi palabra de que no sufrirá daño. La enviaremos de vuelta a Estados Unidos, a tu madre. Le gustará. A tu madre, quiero decir.

Los pensamientos de John parecían estar dando vueltas en círculos; pero un hecho se iba convirtiendo poco a poco en el dominante: aquí estaba la verdadera Anna Ragosina, la criatura de la que él sólo había tenido destellos en el pasado. Algunos de estos destellos habían sido suficientemente aterradores y él había rechazado lo que habían indicado o los había justificado. Primero, porque ella era la creación de Iván. Y, luego, ya que estaba combatiendo una guerra. Quizá todo lo que ella había hecho le había sido ordenado; mas, en este momento, estaba sentada detrás de su escritorio, sonriente y tan encantadora como siempre, tras condenar a muerte a unas cincuenta personas, sin juicio ni misericordia. Entre ellas había algunas que habían sido sus socios más íntimos. Como él era ahora su socio más íntimo, cayó en la cuenta de esto con cierta inquietud. ¿Había alguna emoción en ese cerebro helado, en ese corazón que latía lentamente? ¿Podría al menos sentir, excepto cuando deliberadamente se lo permitía para su propio placer?

En sus recuerdos, hizo memoria, la había descrito como la mujer más peligrosa del mundo y ni siquiera había conocido la mitad de todo.

Y, pese a ello, como era lo usual, ella tenía todavía todas las cartas de triunfo, las armas definitivas. Si saltara sobre este escritorio y arrancara la vida de ese cuerpo, aún no rescataría a Diana. ¡Diana! Durante nueve meses ella había sido el juguete de este monstruo parecido a un lagarto.

—¿Hay alguna pregunta? —quiso saber Anna recogiendo la lista.

—Sí —afirmó él—. Si hubiera alguna especie de revolución palaciega, acompañada de derramamiento de sangre, desearía que Diana estuviera segura antes de que ésta se iniciara. He aguardado cuatro meses para que cumplieras con tu parte en nuestro trato. Pienso que es tiempo suficiente. Asimismo, considero que he demostrado mi lealtad sobradamente aun para ti. Quiero que Diana sea enviada al otro lado de la frontera, a Alemania occidental, de inmediato, antes de que Stalin muera.

—¿Tú crees? ¿Tú quieres? —los ojos de Anna fueron por un solo segundo tan fríos como el hielo. A continuación, sonrió—. A lo mejor también es justo. Tendré que ver si ya está preparada.

—¿Preparada? ¿Qué diablos le estás haciendo?

Esta vez, los ojos de Anna estaban encapotados, como si se percatara de que había cometido un desliz.

—Eso no te incumbe. Ya te he dicho que está viva y bien y ya está preparada. En el momento en que pueda moverla, lo haré.

—Me gustaría verla.

—Eso es imposible —aseguró Anna—. Está en Siberia. Ya te lo he dicho.

—Y yo creo que está aquí, en Lubianka.

Anna lo miró con el ceño fruncido.

—¿Me estás acusando de ser una mentirosa?

—No creo que sepas lo que es la verdad, Anna —indicó John—. Hablaste de ver si ya estaba preparada —observó él—. Difícilmente puedes ver eso en menos de una semana si ella está en Siberia. Y tú no abandonarás Moscú en este momento, con tantas cosas en juego, ¿o sí, Anna? Si ella está perfectamente bien, ¿qué hay de malo en que me dejes verla?

Anna continuó mirándolo durante varios segundos.

—No sé —contestó ella por fin, hablando con toda tranquilidad— si estás bajo la impresión equivocada de que lo que te acabo de comentar te otorga algún dominio sobre mí, John. Si es así, sería mejor que lo reconsideraras. Puedes haber salvado la vida del primer ministro Stalin, pero yo soy su agente de mayor confianza. Yo le reporto cada mes, y me ha dado carta blanca para llevar los asuntos como me parezca mejor. Sin importar de lo que se me acuse ni de quién sea mi acusador, mi palabra será aceptada contra la de cualquier otra persona en Rusia y en todo el mundo, mientras él viva. En el instante en que muera, mi ley se convertirá en ley del Estado. Te estoy invitando a que me acompañes a las verdaderas alturas. Si no eliges hacer eso, podrías hallar tu nombre en esa lista y el de tu chocho padre también. No intento engañarte acerca de la chica. Te he dicho que será devuelta a su familia, y eso sucederá. Cuando yo lo decida; aunque, una vez más, debo puntualizar que, si dejas de ser mi amigo y te conviertes en mi enemigo, todo, como dicen en tu tierra, está perdido. Habrás traicionado nuestro pacto y, entonces, no tendré otra opción que ejecutar también a la muchacha —Anna sonrió—. Pero tú eres un hombre sensato. Tú y yo nos comprendemos mutuamente, John. Ahora, vuelve a tus deberes y prepárate para una llamada de mi parte.

John la miró. No podía haber la menor duda de que Anna estaba muy enojada. Sus ojos se habían transformado en agujeros negros y sus fosas nasales se dilataban cuando respiraba. Él había temido el rayo y éste había caído muy cerca.

Pero habiendo destruido su resistencia, como ella lo veía, estaba dispuesta, como siempre, a ser magnánima.

—Y esta noche iré a verte. No es tu noche, pero, de cualquier forma, iré; ¿no te agrada esto?

Ella podía haber estado hablándole a un niño. No pareció ocurrírsele que él podía estar también muy enojado.

¿Qué tan estrecha es la frontera entre el deber y el deseo, entre el amor y el odio, entre el yo quiero y el yo debo? ¿Estrecha —se preguntaba John Hayman— o impenetrable?

Estaba de espaldas sobre su cama y escuchaba el tic-tac del reloj. Algunas veces pensó que podía incluso oír los tacones de Anna en las escaleras. De hecho, todavía podía sentir el cuerpo de ella sobre el suyo. Ahora era poco más de medianoche y estaba solo nuevamente. Anna había venido, con despreocupación clínica, para afianzarlo a su lado y, después, había salido rápidamente. Tenía que ir a algún sitio a la una en punto de la mañana. ¿Por qué ésta no había sido la noche que le correspondía a él?

Y, no obstante, aunque resentía su abrupta partida, estaba contento de que se hubiera marchado. Necesitaba pensar y esto no era posible en la presencia de Anna, o sabiendo que ella iba a venir a visitarlo.

¿Casi la había estrangulado cuando se encontraba en sus brazos? El pensamiento, el deseo, ciertamente habían cruzado por su mente. Pero lo había dominado porque Anna, aun una Anna muerta —suponiendo que hubiera podido hacerlo antes de que ella lo matara a él— tenía que ser combatida por una fuerza mental superior a la suya. Incluso en la muerte mandaría demasiadas fuerzas para que él pudiera superarlas, a menos que pudiera pensar primero cómo abrirse paso a través del laberinto de complots y anti-complots que ella representaba.

De modo que ahora era tiempo de pensar. Ella se había ido y él no sabía cuándo se terminaría el tiempo.

Anna pensaba nada menos que en el supremo poder. La ascensión de Beria al cargo de primer ministro podía considerarse sólo como temporal e irrelevante; mientras estuviera allí, haría lo que Anna le dijera. Cuando ella ya no lo necesitara, no duraría allí.

Ése fue el punto sobresaliente, el único verdaderamente importante. Él, John Hayman, se había topado con la conspiración más grande en la historia rusa reciente. No, eso era incorrecto: se había inmiscuido deliberadamente en la conspiración, pues quería desempeñar un papel relevante en conseguir el triunfo de los conspiradores. Por supuesto, Anna lo había necesitado a él, al hombre que ella recordaba en el Pripet, al hombre sin patria y sin siquiera una herencia que temiera recordar, al hijo bastardo de un comisario ruso y una princesa. Un hombre, como ella le había dicho sonriente, que no tuviera amigos entre aquellos a quienes se le había ordenado aniquilar.

¿Quizá un hombre que hubiera sobrevivido luego a su utilidad? Ya no podía pretender durante más tiempo que ella sintiera algo por él. Él era un detective de la CIA... que estaba llevando a cabo poco a poco lo que estaba en su mano para decidir el curso de la historia. No podía haber comparación entre la Rusia gobernada por Lavrenti Beria, a su vez dirigido por Anna Ragosina, y cualquier otra posible organización. No conocía a Malenkov ni a Khrushchev o a cualquiera de los otros jóvenes que pudieran aspirar a ocupar el lugar de Stalin; pero sabía que no habían sido educados por la KGB, que no habían sido parte de las enemistades hereditarias que habían distorsionado la revolución. Con optimismo, estarían deseosos de aceptar consejo y orientación de los veteranos del partido, como su propio padre, y pudieran estar, además, preparados para conducir a su país en la dirección del acercamiento con el Occidente.

Ellos, por lo menos, representaban la esperanza.

Una Rusia gobernada por Anna Ragosina parecería como si Iván el Terrible recorriera de nueva cuenta esta tierra, con la diferencia de que éste había guiado un país pequeño, turbulento, ineficaz y Anna estaría encabezando la segunda nación más poderosa de la Tierra. La lógica le decía que había que detener a Anna; por consiguiente, ella debía ser condenada a muerte. Era la única manera de detenerla.

Pero, ¿qué conseguiría con sólo lograr la ejecución de Anna? La conspiración permanecería, salvo que, sin su dirección, sin que nadie pudiera decir qué sucedería. Un Beria al frente, sin Anna, podía ser peor que con

Anna al frente; la historia enseñaba que al menos los tiranos fuertes eran más seguros que los débiles.

No, había que terminar con toda la conspiración. ¿Quién? ¿Él? Estaría cometiendo un suicidio; no le cabía la menor duda. Como Anna le había recordado, había venido aquí como su instrumento y estaba absolutamente identificado con ese papel. Aun cuando la traicionara, ciertamente, ellos lo pondrían contra el paredón al lado de Anna, y ni siquiera su padre, relegado al estado de veterano estadista inefectivo, podría impedirlo. Se preguntaba qué se dirían el uno al otro antes de que las balas acabaran con la familia.

Mas eso no venía al caso. De lo que en realidad estaba tratando de convencerse era de que su papel había finalizado. Se le había dado la misión más perfecta en la historia del espionaje internacional y, luego de tres meses, estaba a punto de abandonarla, debido a que no había nada más que pudiera hacer. Dulles no iba a ponerse muy contento.

Pero Dulles no entendería la verdadera situación. John había venido aquí menos como un espía que como un rehén para la liberación de Diana. Para él, sería un fracaso destruir a Anna y toda su conspiración si no rescataba también a Diana. Ni siquiera sabía si valdría la pena que ella viviera el resto de su vida después de haber permanecido nueve meses en las manos de Anna, pero ahora sabía que ésta no tenía la intención de dejarla ir. De modo que, como la misma Anna había comentado, trataba de acudir a su rescate como un caballero revestido de deslumbrante armadura... sin saber siquiera dónde se hallaba o cómo podría atravesar millares de kilómetros de territorio ruso para ponerla a salvo.

Sin embargo, tenía unas cuantas ideas acerca de cómo podrían llevarse a cabo. Simplemente, era cosa de planear sus pasos lenta y cuidadosamente, aunque no demasiado despacio. De decidir en quién podía confiar y en quién no. Y, a continuación, de actuar con plena determinación y convicción.

De jugarse la vida. Pero ya antes lo había hecho con alguna frecuencia. John se levantó de la cama y principió a vestirse.

Michael Nej miró a su hijo con mirada sombría.

—Si lo que dices es verdad...

—¿Lo pones en duda?

Michael negó con la cabeza.

—No, no lo dudo. Fui yo quien te previno contra su ambición, ¿recuerdas? El mismo Iván está consciente de que ella ya no es la fiel ayudante que alguna vez fue. ¡Beria! ¡Es un monstruo hipócrita! Stalin tenía razón en desconfiar de él.

—Beria podría aparecer como un monstruo a los ojos del mundo —advirtió John—, pero no es sino un inocuo libertino de mediana edad, comparado con Anna Ragosina.

—Sin duda —Michael se puso de pie, comenzó a pasear por la habitación y miró con cierta ansiedad a la puerta de la recámara; pero Catalina dormía profundamente—. El asunto es, ¿qué debemos hacer?

—Con toda seguridad, debes comunicárselo al mismo Stalin —afirmó John—. ¿O está demasiado enfermo para entender?

—De ningún modo —aseguró Michael—. Pero... —se mordió los labios— Anna Ragosina, como puedes haber observado, a menudo fanfarronea. Si es verdad que visita a Stalin por lo menos una vez al mes y lo ve a solas, considero que él está decidido a confiar en ella más que en cualquier otra persona.

—¿Incluyéndote a ti?

—¿Quién puede decirlo? Es un hombre viejo, y enfermo...

—Pero si en realidad desconfía de Beria, padre, y Anna está trabajando con Beria...

—Sólo puedo darle tu palabra por lo que a esto se refiere —le recordó Michael—. Y si es algo de lo que no quiere escuchar hablar... Es propenso a violentarse; ya lo conoces. Irle con este cuento sería como firmar tu propia sentencia de muerte. ¿Puedes imaginarte lo que sucedería si nos entrega en manos de esa mujer?

John miró a su padre. Si jamás había podido sentir una auténtica afinidad con este hombre, tampoco había sentido por él algo que no fuera respeto por su valor como revolucionario y como general que había conducido al Ejército Rojo a la victoria sobre Denikin y Peter Borodin, pese a haber sufrido primero varias derrotas desastrosas. Pero este hombre que estaba frente a él tenía miedo de morir, cuando había en juego tantas otras vidas. Y aún era capaz de convencerse a sí mismo de que estaba haciendo lo correcto.

—Además —estaba explicando Michael— no tenemos pruebas de nada. Sólo lo que ella te ha dicho.

Tenía razón. Anna le había recogido la lista de nombres.

—No, no —decidió Michael—. Ya sé lo que haremos. Le hablaré a Iván de este complot, y esperaremos a ver qué ocurre. Cuando Joseph Vissarionovich muera, si muere, pues todavía no ha muerto, estaremos listos para cualquier acto público de Anna Ragosina o de Beria. Una vez que hayan mostrado sus cartas, sabremos lo que hay que hacer.

"Y, mientras tanto —pensó John—, rezaremos; no, porque nosotros no rezamos, al menos no lo hacemos de manera abierta; pero tú, ciertamente, esperas, con fervor, que Joseph Vissarionovich no muera, o que Beria cambie de parecer o pierda el valor... que cualquier cosa que acontezca te exima de involucrarte en una crisis tan peligrosa."

—Cuando muestren sus cartas, padre —aseveró serenamente—, será mediante el asesinato de Iván y de sus compañeros.

—Pero tú eres el encargado de llevar a cabo eso —le recordó Michael—. Y tú no vas a ejecutar esas órdenes, ¿o sí?

John lo miró y luego negó con la cabeza.

—Como dices —aceptó— no voy a ejecutar esas órdenes, padre.

—Por supuesto, vas a actuar con nosotros.

John lo observó durante varios segundos. De modo que ahora iba a decepcionar a su propio padre. Pero había hecho esto desde que entró en esa recámara, al no hablarle de Diana. Había querido hacerlo e incluso había intentado hacerlo, lo que hubiera implicado confesarle lo que en verdad estaba tramando hacer. Algo que lo hubiera hecho irse de espaldas, por lo que ahora debía de darle gracias a Dios.

—Claro —mintió John—. Cuando llegue el momento.

Estaban acostados juntos, cuerpo con cuerpo, mejilla con mejilla, las piernas entrelazadas y también los dedos de la manos. Porque se amaban con tal pasión que, con frecuencia, dormían en esta forma, como lo hacían antes de que sus mundos se hubieran separado. Ahora estaban juntos de nuevo, pero en un mundo que no daba visos de volver a unirse.

Felícitas Hayman estaba consciente de que era considerada por su familia como una persona de lento aprendizaje. Cuando uno es visto así por los más cercanos y los más queridos por uno, durante un largo periodo, es muy fácil aceptar semejante veredicto abrumador. Pero Felícitas era tanto una Hayman como una Borodin. Sabía que no era retrasada mental. En realidad, percibía que, al menos, era tan inteligente y perspicaz como cualquiera de sus célebres parientes. Además, ella era más sensible. En 1940, en pleno choque emocional tras una desdichada aventura amorosa con un muchacho que no contaba con la aprobación de su madre, se había comprometido con un teniente de la Marina. Felícitas había sabido que iba a haber otro choque emocional —ocasionado totalmente por la oposición de los padres a que el yerno en perspectiva no era ni millonario ni tenía alguna esperanza de llegar a serlo—; sin embargo, luego, se había preparado para amar a David, para entregarse por completo a ser su mujer y, con el tiempo, la madre de sus hijos; su familia estaba fascinada, pues David, el hijo de un prominente banquero neoyorquino, era exactamente lo que ellos deseaban para su hija. Y después había acontecido lo de Pearl Harbor. Jamás se halló el cadáver de David. Ella había estado esperando varios años que él reapareciera misteriosamente y todavía más años para hacerse a la idea de que no sería así.

Involuntariamente se había vuelto introvertida. Su familia no había entendido que ella sólo quería que la dejaran sola. Constantemente habían intentado divertirla. Cuando su primo ruso había llegado para pasar unas vacaciones anunciadas con mucha antelación, había parecido natural que Felícitas, con tan pocas cosas que hacer con su tiempo, le mostrara los alrededores. Ella era siete años mayor que él y podía encargarse de él. Sería bueno para ella.

En cambio, ella y Gregory se habían enamorado; ella con la entrega total y apasionada de una mujer que jamás había anhelado algo más que amar; él, como ahora sabía ella, como una estrategia. Un acto, no obstante, que muy pronto se había transformado en realidad.

Una vez más, la familia no había comprendido. Su falta de entendimiento se acentuó por palabras tan evocativas como "incesto", y fue su venganza, por lo que a ella se refería, la que había sido la principal responsable de que Gregory fuera enviado a prisión. Por eso, ella los había detestado, lo mismo que a Estados Unidos.

Siempre había sentido la inseguridad de que había nacido para la riqueza y el poder simplemente porque su apellido era Hayman; un sentimiento de culpa, también, de que tenía tanto, cuando tantas personas tenían tan poco. Identificarse con los millones de refugiados en Rusia, que parecían haber tomado las riendas de su propio destino, había resultado fácil. Y cuando, además, aquello los había reunido a ella y a Gregory de nuevo...

Pero él era completamente infeliz. Ella siempre había considerado como un capricho de él su deseo de identificarse con Estados Unidos y con los estadounidenses, más que con Rusia y con los rusos. Desde luego que la familia de Felícitas la había atiborrado de cuentos absurdos acerca de los horrores del régimen bolchevique, pero ella los había impugnado como propaganda. El mismo Gregory le había mencionado que su padre, por razones de Estado, había ejecutado a su madre, y que él no podía perdonarle eso, lo que Felícitas pensaba que era muy comprensible. Pero, después de todo, ella se las había ingeniado de algún modo para darle un toque romántico a este incidente. Tatiana había estado saliendo con otro hombre, hasta que apareció nada más que un esqueleto en el ropero de la familia.

Nada más. No era sólo que Iván Nej, su propio suegro, seguía recordándola en ella, cuando, en realidad, era un asesino. No es necesario, por supuesto, que a uno le agrade su suegro. Y, ciertamente, todos los demás peces gordos que había conocido, de Stalin para abajo, parecían muy ansiosos de entretenerla, sonreírle y de ser amables con ella. Mientras que encontrar al mismo John, su medio hermano, oculto en medio de estas personas, que siempre habían estado tan cómodas en Estados Unidos, debería haber sido reconfortante, a ella le había parecido inmensamente inquietante. Evidentemente, en Rusia había tanta jerarquía como la había en Estados Unidos, pero no una jerarquía basada en las riquezas, las propiedades y la familia, sino en las hazañas efectuadas para el partido. No siendo la tonta que la familia había supuesto que era, Felícitas podía entender sin complicaciones que esa posición en el partido lo llevaba más fácilmente a la corrupción que el sitio en la familia o en el registro social, lo que debía conseguirse por generaciones más que por unos cuantos hechos perversos.

Pero la gente común y corriente en ambas naciones, continuaba siendo gente común y corriente. En Estados Unidos, había gente que no poseía una gran cantidad de dinero en el banco o no presumía de ser descendiente de los pasajeros del *Mayflower*. En Rusia, estaban aquellos que no habían sido favorecidos por Joseph Stalin. De pronto, Estados Unidos realmente le parecían más democráticos.

Gregory había sabido todo esto desde siempre. Ella apenas estaba descubriéndolo. Pero él había sido forzado a quemar sus naves, y ella había seguido su ejemplo voluntariamente. Estados Unidos estaba cerrado para ellos, ahora y siempre, excepto un milagro. Y, por lo menos, se tenían el uno a la otra. Pero, ¡oh!, ella quería que el tiempo se detuviera y, tal vez, que regresara.

Felícitas suspiró y rodó sobre su espalda... y miró a su hermano en el marco de la puerta.

Gregory Nej se jalaba la nariz pensativamente y observó a Felícitas, quien también lo estaba mirando.

—Tú lo sabías, ¿no? —dijo John.

—El hombre debe estar en una de las celdas de la fila treinta —comentó Gregory—. Quizá, Diana está en la celda cuarenta y siete, en el edificio de las mujeres, si ha sido bajo custodia especial de Anna Ragosina.

—¿En Lubianka?

—Así es. Bajo el nivel de la calle. Abajo de las celdas ordinarias. Allí abajo hay un mundo especial —miró de nuevo a Felícitas—. Un mundo aterrador.

—Pero tú puedes conducirme a él —insistió John.

—Puedo hacerlo. Será muy riesgoso, hay guardias y puertas... puede ser peligroso para nuestras vidas.

—Ya te comenté, Gregory, que tu vida ya está cancelada a los ojos de Anna. Todas nuestras vidas lo están. Tal vez pienses que debería quedarme y luchar contra ella, con tu padre y el mío, y dejar que mi sobrina Diana se vaya al infierno.

—No —dijo Gregory—. No pienso así. Ni siquiera pienso así acerca de mí. Si desean destruirnos, probablemente, es bueno.

—¿Entonces me ayudarás?

Gregory observó a Felícitas. La mirada de ésta era inexpugnable; él sabía que ella no trataría de influir en su decisión.

—¿Y después? —preguntó Gregory.

—¿Después? Si me ayudas, a Diana y a mí, y a Felícitas, a salir de aquí, nadie te negará la entrada en Estados Unidos, Gregory. O la ciudadanía.

—Lo que quiero decir es qué haremos después de sacar a tu sobrina de la celda —explicó Gregory—. ¿Has pensado en lo que sucederá entonces?

John se mordió los labios.

—Bueno, pensaba que, si esperamos hasta que Stalin muera, y Anna lance su santo y seña, entonces yo tendría carta blanca, al menos dentro de Lubianka...

—¿Dentro de Lubianka? —preguntó Gregory despectivamente—. ¿Tienes alguna idea de a cuántos millares de kilómetros se ubica Lubianka de la frontera? La frontera polaca, John. Prácticamente eso es Rusia. Luego está Alemania oriental. Ese viaje requiere tres días en tren. En invierno llevará más tiempo en automóvil. ¿Has pensado en ello?

—Las cosas aquí se convertirán en un absoluto desorden —expresó John poco convencido.

—Y no en tres días. A las seis horas de la muerte de Stalin, Anna o Beria estarán al mando, o mi padre y el tuyo. Y entonces... No conozco a tu padre, pero el mío no perdona. Jamás le perdonó a mi madre el haberlo abandonado y nunca me perdonará a mí... —John suspiró y miró a Felícitas—. Pero no creo que, incluso con tu advertencia, vayan a ganar —prosiguió Gregory—. Creo que también ellos están condenados a muerte. Los dos. Mi padre también, si abandonas a Anna.

—¿Eso te preocupa?

—Mi padre merece morir —aseveró Gregory—. Pero estaba pensando en el tuyo.

John titubeó.

—Ahora, mi padre debe pelear su propia batalla —manifestó—. Lo ha hecho antes. Lo que deseo saber es si me ayudarás.

Gregory se volvió una vez más a Felícitas.

—Nosotros ya nos enfrentamos a Anna Ragosina una vez —pronunció— y ella casi te mata. Si nos aprehende ahora, te matará despacio, como sin duda ya ha matado a Diana, al menos por lo que a su mente se refiere. Por esta mujer hecha añicos es por la que Johnny te está pidiendo que arriesgues la vida —Felícitas no bajó la vista—. Iré adondequiera que tú vayas, Gregory —dijo.

Gregory se puso de pie y se dirigió a la pequeña cantina que había en una esquina de la habitación, se sirvió un vaso de vodka y lo bebió.

—Soy un piloto muy experimentado —indicó con la mirada vuelta a la pared—. ¿Sabías esto, John?

El corazón de John principió a latir apresuradamente.

—¿Entonces nos ayudarás?

Gregory se volvió con el rostro repentinamente más duro de lo que John había visto alguna vez. Abrió la boca y se detuvo cuando el teléfono empezó a repiquetear.

Los tres miraron el aparato y, después, al reloj que estaba sobre la chimenea. Eran las tres de la mañana.

Lentamente, Gregory atravesó la habitación y levantó el auricular.

—Sí —dijo—. No, estaba despierto. Sí. Sí. Comprendo. Por supuesto. En la mañana.

Colocó el auricular en su lugar y los miró.

—Era mi padre —anunció—. Telefoneó para decirme que el primer ministro Stalin murió hace una hora.

CAPÍTULO XIV

LA LUZ DESTELLEABA, DESTELLEABA, DESTELLEABA, BANG, BANG, bang, era el ruido que resonaba dentro de su cabeza. Ardor, ardor, ardor era lo que corría por la carne de su trasero, donde ella había sido azotada, y sobre el que se encontraba sentada moviéndose, en busca de algún alivio.

Ella también estaba haciendo un ruido, ¿gimiendo o gritando? No tenía idea. A menudo, gemía o gritaba y sólo se daba cuenta de ello cuando, brevemente, el ruido se detenía.

Este infierno actual había iniciado con las luces. ¿Cuándo? No tenía manera de saberlo. Hacía semanas y semanas. Tal vez años. El último incidente definido que podía recordar había sido el día que la habían rasurado. Ésa había sido la experiencia más pavorosa de su vida, hasta ese momento, pues una de las chicas le había llevado un espejo para que pudiera contemplar lo que le estaba sucediendo, y ella no había podido dejar de mirar. Anna Ragosina misma le había hecho la rasurada final, quitándole hasta el último vello de su cuerpo, sonriendo mientras lo hacía, comprendiendo que, para una mujer tan bella como Diana, eso era denigrante. Sin embargo, no había gritado. Entonces, había querido oponerse a ellas, oponerse a Anna Ragosina, con estoica dignidad.

Y luego de que había sido rasurada, se le dejó sola durante largo tiempo. Las guardianas le habían traído sus alimentos, se habían preocupado de que hiciera sus ejercicios y la habían acompañado a que vaciara el cubo de su letrina, pero jamás le habían hablado ni habían intentado maltratarla en ninguna forma; Diana había llegado a la conclusión de que tenía un aspecto tan aterrador, que ni siquiera les interesaba. Jamás había visto de nuevo a Anna desde el día de la rasurada. Incluso, había sido posible suponer que había sido removida de su puesto y que alguna otra persona se había hecho cargo de la sección de las mujeres. Había sido posible esperar y depositar su fe en la paciencia. Sin sentirlo, se había relajado.

A continuación, un día, sin ninguna advertencia, allí había aparecido la luz. Varias luces. Todo el techo de la celda parecía haberse llenado de luces, que enviaban sus destellos hacia abajo. Luces demasiado brillantes para poder resistirlas, aun con los párpados muy apretados. Luces que impedían dormir. Durante días no había podido dormir.

Luego, había sido la música. La habían desnudado y encadenado a la pared, como en los primeros días que había pasado allí, y le habían colocado audífonos en la cabeza y, durante estos días, no habían dejado de sonar. El ruido era una absoluta tortura. Se había dado cuenta de que estaban intentando volverla loca.

¿Estaba loca? No sabía de qué locura se trataba. ¿Lo sabría alguna vez?

Los días de luz y los días de ruido habían sido seguidos por días de absoluta y silenciosa oscuridad. Al principio, ella no había percibido la diferencia. Las luces continuaban brillando ante sus ojos, su cerebro seguía zumbando. Cuando el silencio había finalmente penetrado en su conciencia, había dormido profundamente, completamente exhausta. No obstante, no había sido posible dormir mucho tiempo, pues la oscuridad no era tranquila: era oscuridad llena de gente, furtiva. Estaba llena de ellos. Escuchaba que la puerta se abría y no había nadie allí. Venían y la tocaban, aunque no podía verlos; suponía que estaban usando algún tipo de anteojos infrarrojos. Jugaban con ella, suponía, como un gato puede jugar con un ratón.

¿O los había soñado, con sus horribles dedos? Ése era el problema: separar los sueños de la realidad.

Luego, súbitamente, las luces se apagaban y empezaban a bañarla con una manguera. Descubrió que sus muñecas se hallaban libres y que podía moverse. El agua había sido tan fría y tan dura como un látigo. El chorro recorría su cuerpo de arriba abajo y ella gritaba y se encogía tratando de impedirlo, antes de irritarse e intentar lanzarse contra las mujeres desnudas que se burlaban de ella. Pero el chorro se dirigía entonces de nuevo a ella y la enviaba, encogiéndose, jadeando y llorando contra la pared opuesta; aunque ella no les había pedido que pararan. Se había negado a hacerlo. Y, con el tiempo, se habían ido.

En algunas ocasiones, había sido golpeada por las mismas mujeres que reían. Jamás fue pateada o picada o abofeteada, lo que le hubiera presumiblemente dejado huellas permanentes o alguna lesión. Siempre empleaban correas de cuero y las utilizaban con una habilidad y destreza exquisitamente salvajes. Pero no había más ataques con pimienta roja, lo que, evidentemente, era privilegio exclusivo de Anna.

Sin embargo había cosas casi tan malas: los ataques sexuales que tenían lugar al azar y la dejaban avergonzada de su propia feminidad. ¡Y pensar que alguna vez había ansiado sexo por lo menos una vez al día!

Y después estaba Robert. La habían conducido a un cuarto de observación y le habían permitido verlo. En algunas ocasiones, estaba encadenado a la pared de su celda, como lo estaba ella usualmente; pero, una vez, había sido golpeado y otra había sido colocado en la cama con dos mujeres desnudas y las muñecas atadas por la espalda. Otra vez había dos hombres. Vergonzoso, horrible, deprimente... pero cierto. Mas, ¿en realidad era Robert? ¿Había sido alguna vez real? Parecía como un sueño, extraído de un lejano pasado, que habían estado juntos en una cama, en un lujoso hotel parisiense, y se habían amado, y habían conversado y hecho planes. Lo que en verdad la afligía era que, si él era real, entonces, tal vez, de cuando en cuando, lo habían llevado a que la observara a ella: una caricatura de la mujer con la que se había casado.

Ahora, el cabello le estaba creciendo de nuevo. No tenía espejo, pero podía verlo en sus ingles, y podía sentirlo sobre su cabeza. ¿Qué significaba esto en términos de cuánto tiempo había transcurrido desde que la rasuraron?

¿Dónde estaba ahora? Cada día era un caleidoscopio de ruido y luz, y de agua y sexo y golpizas diarias. ¿O cada día era en realidad un mes, un año, una eternidad? En la tumba que era su celda, no podía tener una idea del tiempo. Ni siquiera las comidas ayudaban mucho, pues eran parte del proceso para volverla loca. Algunas veces, se le daba mucha comida y, luego, otra no más de una hora después; cuando no podía comerla, le abrían la boca a la fuerza y a la fuerza le metían el alimento hasta que vomitaba. Y, a continuación, había ocasiones en que estaba convencida de que no tenía nada que comer durante cuarenta y ocho horas o más, y casi sentía ganas de comerse su propia carne.

Pero aún podía pensar en esas cosas. Todavía podía tratar de luchar. Había estado luchando... desde el principio. Era imposible estar segura de cuánto tiempo había sido. Entonces, jamás había dudado de que el rescate y la venganza estaban a sólo unas cuantas horas, tal vez días, de distancia. Ella era Diana Hayman. Todas las fuerzas de la riqueza y del privilegio y de la honradez en el mundo debían estar apresurándose para salvarla. Con esta convicción, ella había intentado luchar contra ellos. Una vez, recordaba, había golpeado a Anna. Hacía mucho tiempo. ¡Qué extraño que no pudiera recordar con exactitud cómo era Anna! Pero sí podía recordar la mordida y el terrible ataque con pimienta que había seguido. Luego, recordó, había suplicado e incluso había gritado. El ataque se había repetido, dos veces más, y cada vez la habían forzado a gritar, a suplicar. Ahora que, la pimienta, la hubiera vuelto loca. Extrañamente, sin embargo, su empleo se había interrumpido. No lo entendía del todo, aunque tenía idea de que se debía a que Anna había perdido interés en ella.

Pero ella no había perdido su interés en Anna. El odio a Anna la había mantenido cuerda hasta entonces. En realidad, al principio, no se había percatado de la emoción. No sabía lo que era, ya que nunca en su vida había tenido la ocasión de odiar a alguien. Cuando caía en la cuenta de que se soñaba sentada sobre el pecho de Anna, estrangulando lentamente la vida de aquel rostro encantador y perverso, había querido rechazar esos pensamientos como obscenos; pero las cosas obscenas eran las que le hacían a ella y había empezado a comprender que su propio odio era el camino de la salvación. O al menos, de la sobrevivencia.

Ahora, dudaba, porque no podía convencerse por más tiempo de que aun Anna era un ser humano real y no una ficción de su imaginación. Había llegado y después había desaparecido por una eternidad. Ciertamente, por años y años y años. Años en los que ella había estado allí, y sufrido y odiado, pero no a Anna. Uno no puede odiar un sueño, incluso cuando ese sueño sea una pesadilla. En esta forma era locura.

Además, había muchas otras cosas más graves y más inmediatas que aborrecer. Estaba la joven María, quien venía aquí todos los días a torturarla. Estaba Peter Borodin, por involucrarla en este lío. Estaba Robert... pero Robert, por el testimonio de sus propios ojos, se hallaba en este lío con ella. ¿O todo esto eran meras imaginaciones suyas? No podía afirmarlo. No podía estar segura de nada.

Con excepción de que si ella estaba todavía cuerda, se estaba manteniendo así por el más estrecho de los márgenes, y de que el odio nada tenía que ver con eso porque el odio había brotado de Robert, hacia el padre y la madre de Diana, por permitirle haber nacido, y luego, retornaba a los abuelos de ella y a todos en la espantosa cadena de ancestros que habían sido responsables de la ruina total en que ella se había convertido. Pero lo más odioso de todo era el saco de carne, hueso y dolor en el que en este momento se encontraba totalmente aprisionada.

A menos que ella también no fuera real, sino una mera ficción en una pesadilla.

No obstante, gradualmente había elaborado un sistema de sobrevivencia, en su interior, dentro de su cuerpo prisión, que estaba prisionero en una celda, la que estaba aprisionada dentro de la perversa risa y los malos tratos de las mujeres. En primer lugar, puesto que no podía huir de las mujeres y ni siquiera podía luchar contra ellas con alguna esperanza de éxito, tenía que aceptarlas y, si fuera posible, neutralizarlas. La clave para ello era el cierre mental. En el colegio había tomado clases de judo y sabía todo lo referente a los cierres físicos. El sistema era el mismo, usado mentalmente; en vez de resistencia, había aceptación, un surgimiento de la fuerza que consistía en su propio dolor y terror y odio, con la inmensa fuerza que le estaba ocasionando aquella miseria. Así, olvidar la dignidad y gritar. Y gritar, gritar y gritar. Gritar y llorar. Jamás suplicar. Eso era innecesario y era inútil. Pero gritar hasta que los pulmones estallaran, dejar que la mente y el cuerpo absorban cualquier espasmo de dolor o de miedo.

Eso era para hacer frente a la gente. Cuando estaba sola, era cuando la sobrevivencia era más difícil, porque, estando sola, volvían a empezar las dudas acerca de todo, el preguntarse cuánto de lo que estaba sucediéndole era real, cuánto de todo lo que le había ocurrido, desde que había salido de Nueva York; a bordo del *Queen Mary*, era real. Pensar en reconocer aun la más pequeña parte de lo que había acontecido desde aquel día como real, habría sido enloquecer.

Era mucho más seguro volver en el tiempo a las esferas acerca de las cuales no tenía duda. En alguna ocasión, había sido una niña, Diana, para quien la vida había resultado muy sencilla, había mucho sobre esa niña que había sido tan simple como para ser aceptable a la criatura sin pelo que estaba en la celda. Pese a ello, había aspectos de su vida en los cuales podía permitirse concentrar. Podía estar en la cubierta del yate de su padre, con las manos sobre el timón, y podía navegar, alejarse de su celda, más allá del alcance de los dedos furtivos y odiosos, de la manguera y de las correas del látigo, de la música y de las luces. Podía estar viva, y ser real, entonces, y percibir cualquier cambio del viento que sugiere cada cambio de vela, y abandonar a menudo el timón e ir a manejar las escotas y sentir la brisa salada sobre las mejillas, y algunas veces, incluso, podía gozar la emoción y los temores de una tormenta, con la reducción del velamen, con su padre, su madre y ella cubiertos con sus impermeables, con enormes olas que batían la proa y daban la impresión de aplastar el queche, antes de desvanecerse a uno y otro lados en rugiente espuma. Entonces, ¡ella había estado viva! Lo mismo cuando podía sentir sus manos sobre el volante de su Ferrari, conduciéndolo a lo largo de la autopista, en dirección a Cold Spring Harbor. Siempre había una cantidad considerable de tránsito sobre la autopista, una parte de él rápido, otra, lento y otra parte haciendo cosas sorprendentes. Ella tenía que concentrarse, hacer girar el volante a uno y otro lados, esquivar el pesado camión de carga, rebasar a aquel pequeño convertible, sonreír y saludar con la mano a los niños que estaban junto a la acera y que habían estado saludándola.

Aquéllas eran maneras de superar el colapso mental que con frecuencia amenazaba con derrotarla. Por supuesto, no podían utilizarse para luchar contra el dolor del látigo o de la manguera, o contra el tormento de la manipulación; aquello hubiera sido perderlos por completo. Ni siquiera podían usarse para ayudarla durante la diaria tanda de ejercicios: correr en el mismo sitio, tracciones, movimientos de bicicleta tendida de espaldas que, por lo común, se prolongaban hasta que caía inconsciente por el esfuerzo y el agotamiento; aunque cualquier disminución de ritmo era de inmediato seguida del escozor del látigo. Después, ella tenía que hacer un esfuerzo aún mayor y más fatigoso mentalmente, como intentar recordar los nombres de todas las piezas teatrales de Shakespeare o recitarse los nombres de todos los emperadores romanos, por orden cronológico, desde César Augusto hasta Romulos Augustulus. Casi siempre, saboreaba algún triunfo al contemplar el desconcierto en el rostro de sus torturadores, cuando, debido al obvio dolor, su mente también eludía su presencia, concentrándose en algún objetivo distante.

Sin embargo, supuestamente ellos estaban ganando y lo sabían. Estaban ganando porque cada día —o cada lapso entre un tormento y el próximo, ella no sabía lo que cada periodo representaba en realidad—; se volvían irreales cada vez más cosas. Diana había estado recientemente cerca del desastre cuando, al estar dando rienda suelta a sus sueños marineros, había sido despertada de ellos por la manguera. Fue mera coincidencia, pero la intolerable agua helada, que le quitaba la respiración al clavarse en su carne y hacerle salir las lágrimas a los ojos, había penetrado su conciencia en el instante mismo en que una de las olas que ella soñaba rompía sobre el yate y, por un momento, hasta esa realidad se había extraviado, sumergida en el terror y el disgusto producido por la manguera. Ella no sabía si se atrevería a correr el riesgo de ese sueño de nuevo o si debería despertar gritando. Y había sido su sueño favorito, su refugio más seguro.

De modo que ellos estaban ganando. No tenían idea de lo que estaba ocurriendo dentro de la cabeza de Diana, pero sabían lo que estaban haciendo y sabían, además, el resultado final que pretendían: arrancar cualquier pensamiento coherente de su cerebro, reducirla a la inconciencia, a una gelatina temblorosa, que sólo pudiera responder con contracciones y lastimosos murmullos cuando se le acercaban ellos y, cuando se le acercaran los demás, permaneciera sentada y con la mirada extraviada.

Y, dado que evidentemente se había equivocado al suponer que todo el mundo estaba corriendo en su ayuda, y que no había la menor esperanza de que alguna vez saliera de su celda, ¿no sería eso una bendición? ¿No estaba sólo incrementando su tormento al continuar pensando y sintiendo y, por tanto, esperando? ¿El olvido de la locura no sería mucho más preferible que su actual existencia?

Pero eso sería una derrota para ella y una victoria absoluta para sus atormentadores. Debía seguir luchando contra ellos, contra ellos, contra ellos y... sus músculos se pusieron tensos cuando escuchó pasos afuera y que la llave giraba en la cerradura. No pudo evitar ponerse de rodillas y preparar su cuerpo para lo que estaba a punto de sucederle.

La puerta se abrió y Diana miró a la mujer que estaba de pie allí. Era como si una enorme luz se hubiera encendido en su cerebro, pues su rostro le era muy familiar, inolvidable, como todo lo demás relacionado con esa mujer. Aun la cicatriz en la nariz. Ella era real. Anna era real. Por tanto, todo lo que había ocurrido era real. Cada segundo de dolor y cada momento de humillación. No había soñado ni imaginado alguno de ellos. Aquello era real, y ella era real; sin importar lo que ellos le habían hecho, ella aún no estaba loca.

Anna cerró la puerta tras de sí y entró en la celda. Su primera reacción fue de asombro al ver lo poco que Diana había cambiado. Pero entonces recordó que ella misma había ordenado que esta chica no presentara alguna prueba física de nada de lo que pudiera haberle acontecido. Por tanto, su cuerpo no había cambiado; sin duda, su cara era inusualmente blanca, debido a los meses que había pasado en los sótanos, y desde luego, la piel de sus muñecas había sido restregada con tanta frecuencia, que, ciertamente, le iban a quedar algunas huellas allí; pero su cabello le había vuelto a crecer y ella era de nuevo absurdamente bella.

Su cabello, pensó Anna, y se acercó hasta quedar completamente sobre Diana. La seda negra estaba veteada de blanco. Había un cambio considerable, pero algo que podía ocurrirle a cualquiera.

Ajustó el interruptor de la luz para detener los destellos, desconectó la música grabada, le quitó los audífonos y le arrancó la máscara facial de terciopelo. Había ordenado que ésta se continuara empleando, aun cuando dudaba de que ahora Iván pudiera identificar a la muchacha.

—Di algo —ordenó Anna.

—Anna —balbuceó Diana—. ¿Sabes que casi se me había olvidado cómo eras? —Anna frunció el ceño y se detuvo para observarla fijamente a los ojos; esperaba que hubieran cambiado y tomaran el fulgor irracional de una mente deshecha; mas no había nada irracional en aquellos iris azul hielo—. Tal vez también has olvidado cómo me veía —agregó Diana—. Creo que debo haber cambiado; pero tú no. ¿Sabes que aún tienes la cicatriz sobre la nariz?

Por un momento, la mano de Anna estuvo a punto de abofetear aquel rostro insolente; aunque se controló. Aquí había un misterio.

—Me dijeron que ya estabas completamente lista —observó ella, casi para sí misma.

—¿Quieres decir que te dijeron que me había vuelto loca? —inquirió Diana—. Quizá lo estoy; quizá lo estuve. No obstante, ahora estoy cuerda, camarada. En el momento en que te vi, quedé cuerda, así que, ¿qué me vas a hacer hoy?

Por supuesto, tenía miedo. Anna podía distinguir que estaba temblando. Cada uno de sus músculos saltaba espontáneamente; lo mismo sus labios. Pero todavía quería resistir. Y estaba muy lejos de haber perdido el seso. "Una Hayman", pensó Anna, con airado y envidioso desprecio.

Pero aún tenía la vida de esta joven en la palma de su mano. Se enderezó.

—Creo —dijo— que voy a tener que utilizar métodos más rigurosos contigo. Eso significa que tendré que romper una promesa —Diana la miró con el ceño fruncido—. Iba a liberarte ahora, ¿sabes? —dijo Anna—. Le prometí a tu tío que lo haría e iba a cumplir mi palabra. Tan pronto como tu mente se hubiera derrumbado... Pero tienes un cerebrito duro, Diana, ¿no es así? Pienso que, después de todo, tendrás que ir a Siberia y permanecer allá, donde nadie podrá ver por ti, hasta que yo misma tenga tiempo suficiente para hacerlo. Sí, eso será lo mejor. Lo arreglaré.

—Siberia —murmuró Diana—. Siempre he deseado ir a Siberia. Mis abuelos se conocieron y se enamoraron en Siberia. Si no hubiera sido por Siberia, yo no estaría aquí, camarada... ¿puedo pedirte que a mi marido se le permita acompañarme?

Anna esbozó una breve sonrisa; Diana Hayman estaba al borde de la locura. Un pequeño empujón podía resolver el caso.

—Puedes pedirlo. Pero él, creo, será ejecutado. Tras un juicio adecuado, por supuesto; necesitaré que alguien distraiga la atención del pueblo. Él introdujo de contrabando explosivos en el país y fue cómplice del pobre Peter Borodin. ¡Oh, sí!, ¡pobre Peter Borodin!

—¿Pobre? —masculló Diana.

—Desde luego, ¿no sabías que tu gran tío está muerto? —preguntó Anna—. Ejecutado por tu tío John. Todo quedó en familia. Pero hay muchas cosas que ignoras, mi querida Diana, que te sorprenderían. Por ejemplo, no sabes que ahora tu tío John es capitán de la KGB y está trabajando para mí. Claro, los estadounidenses lo están llamando traidor, pero padecen de miopía acerca de estas cosas. John es ruso ciento por ciento y él lo sabe y, ahora, ha retornado a casa. Ha regresado a mí, Diana. ¿Sabes?, no hace ni tres horas estuve en su cama. Es una maravillosa compañía.

Diana la miró con la boca abierta.

—No te creo —afirmó—. No creo una sola palabra de lo que me estás diciendo.

Anna frunció el ceño.

—No tienes que creerme. Es verdad. ¿Por qué iba a perder el tiempo diciéndote mentiras? ¡Siberia! Y, luego, cuando las cosas se hayan calmado aquí, iré a verte, y, tal vez, yo misma te vuelva loca. Pero ahora, te propongo un trato: puedes dormir un par de horas y, cuando despiertes, sabrás que lo que te he estado diciendo es real.

Se dirigió a la puerta, ésta se abrió súbita y violentamente. Una carcelera entró en el cuarto, impetuosamente también, deslizándose por el piso y haciendo carambola con Anna Ragosina, quien perdió el equilibrio y, a su vez, fue a dar contra la pared. Lanzó una exclamación de furia, abofeteó con fuerza la mejilla de la mujer y observó a Gregory Nej, quien estaba frente a ella, revólver en mano.

—Tú... —Anna miró a Felícitas Hayman junto a él y luego... su boca se fue abriendo despacio, al tiempo que su cerebro parecía helarse. ¿Robert Loung? ¿Vistiendo un mal ajustado y obviamente gastado uniforme de la KGB?—. ¿Ustedes se han vuelto locos? —murmuró, aun cuando unos dedos fríos empezaban a clavarse en su corazón porque después vio venir, al último, y cerrar la puerta tras de sí, a John Hayman.

—El camino a Siberia es largo, Anna —pronunció John—. Y, como te dije, no tenías tiempo para ir y venir.

Anna lo miró, y luego a Gregory y a Felícitas; Robert Loung ya se estaba arrodillando junto a Diana. Ahora, Gregory se adelantó y sacó de su funda la pistola de Anna. Ella se percató de que estaba jadeando. Quería atacarlo y destruirlo; pero sabía que, de todos los hombres del mundo, éste era el único al que no podía igualar. Ella le había enseñado todo lo que él sabía y, luego, había tenido que atacarlo antes una vez... y había sido derrotada.

—¿Robert? —musitó Diana—. ¡Oh, Dios, Robert! —trató de incorporarse, pero sólo consiguió caer hacia atrás.

—Vamos a salir de este lugar —comentó Robert, quitando los pernos de las anillas.

Diana empezó a llorar en silencio; enormes lágrimas resbalaban por sus mejillas desde los ojos apretadamente cerrados. No quería ver a ninguno de ellos, pues podían no ser reales; la vista de Anna los había sacado a todos de su propia mente.

—Ayúdalo, Felícitas —ordenó John tranquilamente. Felícitas llevaba un fardo de ropas en sus manos.

—Se han vuelto locos —afirmó Anna, comenzando a recobrarse—. ¿Realmente creen que pueden venir aquí, a Lubianka, y comportarse así?

—Anna —indicó John—, es un mal momento para que te desahogues. Stalin está muerto.

La boca de Anna formó una pequeña O al mirar a Gregory como buscando confirmación. Pero Gregory continuó mirándola y apuntándole con el revólver; sabía lo peligrosa que ella era, incluso cuando estuviera desconcertada y sin armas.

—De modo que todo el infierno está a punto de soltarse —le expresó John—; si no es que ya se ha soltado. Tú ibas a controlar ese infierno, Anna, pero preferiste tus pequeños juegos.

Anna logró controlar su respiración. Miró a Diana, quien había sido liberada y se estaba reclinando contra Robert, con los ojos fuertemente apretados todavía, al tiempo que Felícitas intentaba colocarle el uniforme de la KGB. Después, volvió la mirada a John.

—¿Así que no estás cumpliendo tus órdenes? —inquirió—. Escúchame: obedece, coopera y enviaré a esta joven a casa. Mañana. Hoy. Te lo juro.

—No hay nada que hacer ni que hablar —señaló John y consultó con su reloj—. Apúrate, Felícitas.

—Ven, Diana —dijo Felícitas—. Ven, pequeña niña. ¿No quieres volver a casa, ahora?

—Jamás podrán salir adelante con esto —advirtió Anna, con una voz que principiaba a gruñir—. Y cuando sean arrestados...

—Tú, por lo menos, no vas a saberlo —declaró John.

Anna lo miró y comprendió la amenaza que había en su voz. Hizo girar su cabeza para ver a Gregory, y desvió la mirada ante la frialdad de los ojos del joven y la dirigió a la carcelera que yacía a sus pies. A continuación, volvió a mirar a Diana. Ya se había puesto la falda y Robert estaba abotonándole la casaca. Luego, la sentaron para ponerle las botas.

—¿Eres real? —murmuró Diana—. ¿Verdaderamente real? —había dejado de llorar, pero, tras mirar fijamente los ojos de Robert por un instante, escondió el rostro en la casaca de él.

—¡Diana! —John se detuvo a su lado—. Ésta es Anna Ragosina. ¿Conoces a Anna Ragosina?

Diana alzó la cabeza y miró a su verduga.

—Sí —asintió—. ¡Oh, sí!, conozco a Anna Ragosina.

—¿Te ha maltratado?

Las fosas nasales de Diana se ensancharon.

—Pimienta —informó—. Ella utilizó pimienta.

John miró a Anna, cuyas fosas nasales también se habían dilatado.

—Ella también es una asesina múltiple, una conspiradora y la mujer más perversa que ha existido alguna vez —explicó John—. Bueno, vamos a asegurarnos de que jamás vuelva a cometer ningún otro crimen. ¿Hay algo que quieras decirle, algo... —respiró profundamente— que desees decirle antes de que muera?

—¿Antes de que muera? —preguntó Anna con voz entrecortada—. ¿Yo? ¿Quieres decir matarme? Tú no puedes hacer eso, John Hayman. Tampoco puedes hacerlo tú, Gregory. Tú, ¿ejecutarme a mí? ¿Cualquiera de ustedes? —miró a Diana cuando ésta se ponía lentamente en pie, y frunció los labios en una cadavérica caricatura de sonrisa—. El uniforme te queda, Diana —observó—. ¿Por qué no te quedas y te conviertes en una de mis ayudantes? Como estas... criaturas.

Pero, súbitamente, se llenó de miedo cuando Diana la miró. En el pasado, le había gustado coquetear con el maltrato, incluso con la muerte; siempre había sido en sus términos, estando ella en posición de poner un alto cuando ya tenía suficiente. Ahora... podía percibir que sus propios músculos se estremecían, sabía que sus labios estaban temblando y los mantenía fuertemente apretados con un mordisco perverso.

No podía creer lo que estaba sucediendo. No podía comprender cómo había ocurrido. Pero, lo que era más importante, sabía que lo mucho que debería estar haciendo, era vital para ella, y para Rusia.

Y, en lugar de hacer algo, ¿iba a morir en una de las celdas de su propia prisión? Eso era imposible. Dos de esos hombres eran hechura suya. Habían dormido con ella, le habían dado culto en el santuario de su belleza. Dos de esos hombres.

Pero estaba frente a las dos mujeres que había atormentado y frente a Robert Loung.

—Me gustaría matarla —aseguró Felícitas y se ruborizó, cuando cayó en la cuenta, sorprendida, de su propio enojo.

Anna inhaló profundamente.

Sin decir nada, John le dio a su hermana la pistola de Anna.

Felícitas la miró con horror, durante varios segundos. Acto seguido, como impelida por una fuerza exterior que no podía resistir, apretó sus dedos sobre la culata.

—No puedes —musitó Anna—. No puedes. Escucha... —sabía que estaba balbuceando—. ¿Desean escapar de Lubianka? ¿De Rusia? No pueden hacerlo, a no ser que yo los ayude. Yo los sacaré de aquí, camaradas... John... —estaba mirando los nudillos de la mano derecha de Felícitas, donde la piel se estaba poniendo blanca.

—No —dijo Diana.

Felícitas volvió la cabeza para ver a su sobrina.

Diana estaba observando a Anna. Ahora podía recordar, con toda claridad, todo lo que Anna le había hecho. Anna era más un demonio femenino que una mujer; a pesar de eso, estaba viva y respiraba. Sin duda, era una asesina, una asesina múltiple, como John lo había mencionado; sin embargo, al final del día, aún podía estremecerse de miedo.

Anna era digna de odio, pero Diana estaba cayendo en la cuenta, de repente, de que ella estaba demasiado alegre para odiar o para querer castigar. Demasiado alegre por estar bien. Poco tiempo después, iba a derrumbarse en medio de lágrimas histéricas. Cuando eso aconteciera, podría odiar de nuevo lo suficiente para matar. Pero, por ahora, sólo sabía que, después de todo, toda su confianza, toda su determinación, no había sido inútil.

¿Cómo podría odiar a esta criatura cuyo único placer era atormentar a otros? ¿Que jamás había estado realmente sobre la cubierta de un yate trasatlántico ni había sentido la brisa sobre su rostro y nunca había empuñado el volante de un Ferrari o sentido el enorme poder bajo sus pies? Tampoco podía aborrecer a la aterrorizada, limitada e inculta mujer que estaba a sus pies. Tal vez había sido una de las que la martirizaron. Diana no podía asegurarlo; pero sabía que matar a cualquiera de ellos no la haría mejor de lo que ellos eran.

—Diana —dijo gentilmente John.

—¿Podemos salir de aquí, tío John? —quiso saber Diana—. ¿Podemos?

—Creo que podremos salir; si nos apresuramos. Pero no con ella tras de nosotros.

—Ella no nos perseguirá. Dejémosla aquí con su amiga. Dejémosla, encerrémosla y arrojemos lejos la llave.

Poco a poco, Anna recobró el resuello. Con un esfuerzo, evitó sonreír. Pero, después de todo, ella era Anna Ragosina. A esta gente le faltaba el valor para matarla.

—Ella debe morir —manifestó Gregory—. No hay otra forma de detenerla. Además, merece morir.

—No —dijo Diana de nuevo—. Sólo déjenla aquí y arrojen lejos las llaves.

—La sacarán de aquí demasiado pronto —le explicó John.

—No importa —respondió Diana—, pero por lo menos una hora o dos estará encadenada a ese muro, con la luz destelleante y la música sonando. Quiero que sienta algo de lo que yo sentí, por un momento. Quiero que piense acerca de eso —miró a la mujer— y deseo que me recuerdes, Anna, y recuerdes que no ganaste. Si estuvieras muerta, no podrías recordarlo.

Lavrenti Beria subió jadeando los escalones y entró en el vestíbulo inferior de la prisión de Lubianka, pasó por alto a los somnolientos empleados nocturnos, que rápidamente se colocaron en posición de firmes, y observó a John Hayman, quien se dirigía rápidamente hacia él.

—¿Ya escuchó usted las noticias? —preguntó.

John se cuadró ante él, como lo hacía todo el personal.

—Ya he escuchado las noticias, camarada comisario.

—¿Y dónde está la coronela Ragosina?

—No lo sé, camarada comisario.

—¡Dios mío! —exclamó Beria—. En un momento como éste, ella ha salido... He estado en su departamento y no está allí. Pero el centinela que está afuera dice que vino para acá...

—Y, en cuanto sé, salió de nueva cuenta, camarada comisario —declaró John—. Entendí que iba a asistir a la reunión del Politburó.

—Ciertamente, se ha convocado a una reunión para las ocho en punto —comunicó Beria—; pero apenas son las tres.

—Sin duda, la coronela Ragosina ha vuelto a casa para prepararse —le indicó John—. Debe haberse cruzado usted con ella en el camino, camarada comisario. Sé que ella pensaba que ustedes dos asistieran a esta reunión, pues allí se van a tomar decisiones trascendentes.

—Pero —Beria miró a su alrededor los escritorios vacíos como esperando ver sobre cada uno de ellos un cadáver.

—No tiene usted nada de qué preocuparse por lo que respecta a ese lugar, camarada comisario —le aseguró John—. Tengo mis instrucciones y sé lo que hay que hacer. Mis hombres también saben lo que hay que hacer. Ésta es una brigada escogida, que he reunido aquí; no le fallaremos. Vaya y prepárese para la reunión, camarada comisario, y déjenos a nosotros los detalles.

Beria lo miró. Podía decirse que el estadounidense estaba en un alto grado de excitación; tenía las mejillas encendidas y respiraba con dificultad. Por otro lado, la gente que tenía detrás de él parecía absolutamente decidida. Había dos hombres, ambos con el rostro inexorable, y dos mujeres, que parecían igualmente decididas. Los cuatro estaban armados. Beria frunció el ceño. Le parecía que las dos mujeres —una era sorprendentemente rubia y la otra tenía el pelo negro, aunque con vetas de canas prematuras en su cabellera— tenían cierto parecido facial con el mismo Hayman. Era evidente que sus ojos le estaban jugando una broma, por el nerviosismo.

Y después recordó que la mujer rubia era en verdad la hermana de Hayman; la había conocido en la estación del tren.

¡Y de los hombres... uno era Gregory Nej!

John había estado observando sus ojos, leyendo sus cambiantes impresiones.

—El capitán Nej es uno de los nuestros, camarada comisario —declaró—. Odia a su padre por el asesinato de su madre. Nos ha solicitado llevar a cabo él mismo la ejecución. La coronela Ragosina ha aceptado esto.

—Sí —murmuró Beria—. Sí —deseaba que Anna lo hubiera mantenido más informado de lo que estaba sucediendo. Pero este Hayman era el ayudante en el que ella más confiaba; y, ciertamente, el individuo había asesinado a su propio tío sin titubear. Además, tenía demasiadas cosas en la mente acerca de la inminente reunión del Politburó que tenía que dominar. Sólo podía pedir que Anna estuviera pensando en asistir. De hecho, debía encontrarla antes—. Bueno... buena suerte, capitán Hayman —dijo—. Le deseo buena suerte. El destino de la Rusia soviética puede estar en sus manos.

Iván Nej abrió la puerta de la oficina de Anna Ragosina, pistola en mano. Pero la oficina estaba a oscuras. Encendió la luz, miró a diestra y siniestra, y enfundó la pistola. Vestía uniforme, aunque aún no había luz natural afuera e, incongruentemente, llevaba una bolsa de papel en su mano izquierda.

—Vacía —dijo.

María Feodorovna Kalinova estaba frente a él. También iba armada y temblaba de excitación.

—Tal vez esté en casa, camarada comisario.

—Ya he estado en su casa, María. No está allí. Tampoco he hallado a Hayman en la suya. Me pregunto si nos ha engañado.

—¿Cómo puede haber hecho eso, camarada comisario? —inquirió María—. Una vez le habló a su padre del complot...

—Es una hechura de Ragosina —aseguró Iván sombríamente—. Pudo haber otro complot del cual él no le haya hablado a nadie. Pueden estar esperando o actuando... Deben localizarse, Kalinova. Ella debe ser encontrada, de cualquier modo. Has trabajado con ella durante años. Debes saber sus hábitos, sus lugares predilectos.

María vaciló; luego, chasqueó los dedos.

—La celda número cuarenta y siete.

Iván arqueó las cejas.

—En la cuarenta y siete hay... hay un prisionero importante —afirmó María, aún indecisa. No podía estar segura de cuál sería la reacción de Iván cuando descubriera de qué prisionero se trataba. Pero ahora estaba comprometida; si él le había dicho la verdad cuando le comentó que estaba en la lista mortal de Anna, no tenía elección. En todo caso, tenía toda la intención de saldar cuentas con la perra, por aquella bofetada.

—¿La mujer enmascarada? —expresó Iván pensativamente—. Sí. ¿Te refieres a que Anna la visitaba a medianoche?

—En algunas ocasiones —informó María.

—¿Y podría estar allá abajo ahora, entreteniéndose, mientras sus planes se desvían? Eso me parecería muy interesante —bajó corriendo las escaleras, llevando todavía su bolsa de papel, con María a sus talones. En el vestíbulo de la sección de mujeres, encontró a la alcaide de la prisión, quien a las claras se veía que acababa de salir de la cama y estaba muy enojada. Con ella estaban dos ayudantes muy preocupadas.

—Camarada comisario —pronunció la alcaide—. Deseo que se me comunique lo que está ocurriendo. Estas chicas me señalan que la vigilante Smislova ha desaparecido mientras estaba desempeñando una misión exclusiva. Y todos estos rumores...

—Todos estos rumores son hechos, camarada —anunció Iván—. Venga conmigo —las llevó a la cámara de observación que dominaba la celda cuarenta y siete.

—Esa muchacha deberá ser azotada —explicó la guardiana en jefe—. Desertar de su puesto. ¿Sabe, camarada comisario, que tenemos treinta y tres prisioneros? ¿Y ella se va y los deja solos? Voy a arrancarle la piel de los huesos.

Iván le hizo una seña con la mano para que se tranquilizara. Quitó el entrepaño y observó a través de la mirilla. Permaneció contemplando durante varios segundos. A continuación, cerró el entrepaño, volvió el rostro hacia las mujeres y sonrió. Instintivamente, María dio un paso atrás; ni siquiera Anna se había visto alguna vez tan malévolamente complacida.

—¿Dónde está la llave de esa celda? —preguntó.

—Yo ya no estoy a cargo de ella —indicó la alcaide, y miró a María—. Camarada Kalinova...

—La coronela Ragosina me la quitó ayer —señaló María.

—¡Ah! —exclamó Iván—. Entonces, romperemos la cerradura. Vengan.

Las llevó escaleras abajo hasta el nivel inferior, sacó su pistola, y disparó seis veces a la cerradura. Las balas zumbaron y rebotaron por el corredor, provocando que las mujeres buscaran el refugio de las escaleras, pero la cerradura cedió. Iván abrió la puerta e hizo entrar a las mujeres en la celda. Miraron a la carcelera que yacía en el rincón con las manos y los pies atados, y a Anna, desnuda y encadenada a la pared, con los audífonos colocados sobre su cabeza y los ojos fijos en los que acababan de entrar.

—Carcelera Smislova —mencionó la carcelera en jefe con voz entrecortada—, ¿qué estás haciendo tirada en el suelo, en ese estado deplorable? Vas a recibir unos azotes.

—Pero, camarada —susurró Smislova.

—Te sugiero que la saquen —propuso Iván. Llévenla arriba y azótenla, o hagan lo que mejor les parezca. Pero sáquenla de aquí de inmediato.

—Suéltenme —Anna estaba berreando—. En este mismo momento. Ahora.

Iván observó a las otras dos mujeres que desataban a Smislova y la ponían de pie. Entre ellas la empujaron a través de la puerta. Smislova se había puesto a llorar.

—Camarada comisario —le gritó a Anna—. Diles lo que ha ocurrido. Dícelo...

—Si no me sueltan en este mismo instante... —gruñó Anna.

Iván desconectó la música, quitó los audífonos y se los dio a María, quien miraba con atención sobre su hombro; pero al igual que él, estaba sonriendo.

—Mi querida Anna —comentó Iván—. Te metes en algunas situaciones curiosas.

—Muy chistoso —dijo Anna—. Quítame estas cadenas, por Dios...

—¿Quién hizo esto?

—¿Quién crees tú que lo hizo, cretino? —aulló Anna—. Tu asqueroso hijo. Es un agente estadounidense. Siempre supe que lo era. Y John Hayman. ¡Por Cristo!, cuando ponga mis manos sobre ellos...

Iván la miró con el ceño fruncido.

—¿Mi hijo?, ¿y Hayman? Hayman, pudiera comprenderlo. Siempre supe que habías cometido una equivocación con él. Pero Gregory... ¿Adónde han ido?

—Quieren huir de Rusia —vociferó Anna—. Tienen con ellos a las mujeres. Suéltame. María, suéltame en este mismo instante.

—¿Abandonar Rusia? —repitió Iván pensativamente—. Me pregunto cómo pretenden lograrlo. ¿En invierno?

—El capitán Nej es un piloto calificado, camarada comisario —refirió María—. Y hay un aeropuerto militar al sur de Moscú, con dos aviones reservados especialmente para uso de la KGB. Si su hijo y Hayman se aparecieran por allí... Es bien sabido que Hayman es ayudante de la coronela Ragosina y que Gregory Nej es su hijo. Nadie pensaría en negarles un aparato.

—Gregory —pronunció Iván, apretando los puños—. Mi propio hijo, traicionándome... —miró a Anna—. ¿Cuánto tiempo llevas aquí?

—¡Oh!, ¿cómo podría saberlo? —le gritó ella—. Tal vez tres horas. ¿Vas a soltarme? Hay mucho que hacer.

—Tres horas —masculló Iván—. Y ahora son las seis en punto. Digamos que una hora para llegar al aeropuerto y hacer que preparen el avión... En este momento, pudieran estar muy cerca de la frontera polaca.

—Jamás podrían llegar a Alemania occidental sin reabastecerse de combustible —hizo notar María—. Son más de veinte mil kilómetros.

Iván la observó pensativamente.

—Entonces lo sabrán. Gregory es mi hijo. Tiene cerebro —Iván chasqueó sus dedos—. Suecia. Está ocho mil kilómetros más cerca. Podrían dirigirse a Suecia; pero será difícil que ya hayan llegado a la costa. Los detendremos. ¡Oh!, los detendremos. Ven conmigo, María Feodorovna.

—¡Iván! —prorrumpió Anna—. Quítame estas cadenas de una vez por todas. Hay muchas cosas que hacer. Si Stalin está muerto, habrá que estar en la reunión del Politburó. Debo estar ahí.

—Stalin está muerto, Anna. Y, ciertamente, va a haber una reunión del Politburó —Iván consultó con su reloj—. Está convocada para las ocho en punto; pero, en realidad, tú no quieres estar allí, Anna. Las reuniones del Politburó son muy aburridas.

—Iván —dijo Anna Ragosina sin gritar ya, pero elevando su voz con tono amenazante—. Si no me sueltas en este mismo instante, te juro, ¡bien lo sabe Dios!, que...

Iván le contestó a Anna que no con el dedo.

—Pareces estar olvidando que no hay Dios, Anna. El Estado al que ambos servimos ha decretado eso. Y así estás manifestando un fondo desviacionista que me parece de lo más inquietante. Considerándolo todo, me parece que estás bien situada donde te hallas —le sonrió, y la golpeó suavemente bajo la barbilla—. Te ves muy hermosa pegada a esa pared. Y, mientras permanezcas allí, no te puedes meter en algún lío; por todos los informes que tengo, recientemente te has estado metiendo en muchos. No te apures, volveré tan pronto como la reunión haya finalizado y te diré exactamente lo que se dijo y lo que se decidió.

—Permítame quedarme con ella, camarada comisario —solicitó María.

Iván la miró, con las cejas levantadas.

María dio una buena razón.

—Yo podría quizá... averiguar algunas cosas que le interesen —insinuó.

—Perra —espetó Anna Ragosina. El esfuerzo que hacía por liberarse de las cadenas hacía que se destacaran todos los músculos y tendones de su cuerpo—. Tú...

Iván estaba sonriendo de nuevo.

—Creo que podría ser una idea estupenda, María Feodorovna; pero, te prometo que tú te harás cargo de interrogar a la coronela Ragosina cuando llegue el momento. Déjala que se quede allí por un tiempo y que reflexione en el futuro. Aunque no te voy a dejar completamente sola, Anna Petrovna. Te he traído alguna compañía, tu compañía favorita. Se dirigió a la puerta, se volvió, y arrojó la bolsa de papel en el regazo de Anna. Del interior de ella rodó al suelo el cuerpo de Tabasco, la gata de Anna.

La pequeña avioneta de dos motores se estremeció cuando una fuerte ráfaga de aire y lluvia la golpeó, al mismo tiempo que un rayo dibujaba su perfil aserrado a través de las oscuras nubes. Era un aparato de seis asientos, y por ese motivo, Gregory lo había preferido al jet incomparablemente más veloz, que sólo podía transportar cuatro pasajeros. Su radio de acción era teóricamente de once mil kilómetros, lo que él había calculado que bastaría para llevarlos a la costa sueca, pero se había visto forzado a volar tan bajo como podía, para quedar fuera del alcance de la mayoría de las pantallas de radar, y ésta era la cuarta tormenta que se habían visto obligados a cruzar. Ahora, estaba lanzando ansiosas miradas a los indicadores de combustible, que indicaban menos de medio tanque.

—¿Crees que lo logremos? —le preguntó John, quien estaba sentado junto a él en el asiento del copiloto.

—He perdido esa conversación —declaró Gregory—. Pero ciertamente están buscando. El mal tiempo está de nuestra parte, suponiendo que aclare antes de que lleguemos a Suecia.

Dio la espalda a los controles y miró a John. No había necesidad de explicarle cuáles eran las opciones: no tenían.

¿Ella necesitaba una alternativa?, se preguntaba Diana. Todo parecía irreal, incluso el hecho de que en realidad era de mañana, aunque no había todavía ni señal de la luz del sol. Pero esto no era más irreal que todo lo demás que había acontecido. Cuando habían subido los escalones en Lubianka —no recordaba haberlos bajado hacia su prisión— y se había encontrado frente a frente con el hombre alto, con cara de luna llena, que se veía preocupado y que John le había explicado más tarde que era la cabeza principal de la KGB, casi había sentido como si fuera a ver una película en la que ella era uno de los personajes. Cuando habían salido al aire helado del patio trasero y sus pulmones lo habían inhalado, tras nueve meses de aire acondicionado, parecía como si fueran a estallar.

Diana había contemplado las luces de Moscú cuando salían de la ciudad, con el brazo de Robert alrededor de sus hombros. Eso sucedió cuando estaban de luna de miel y visitaban teatros y museos, comían en restaurantes... hacía nueve meses, le habían mencionado. Ella se había estremecido y Robert había apretado más su brazo. Gracias a Dios, no había intentado hacer más que eso, ni siquiera la había besado en la mejilla. Ni siquiera sabía si hubiera podido aceptar aun aquello sin estremecerse.

Pero, desde luego, él también había pasado nueve meses dentro de Lubianka, sufriendo al igual que ella, respirando el mismo aire, oliendo los mismos olores. Diana había supuesto que él estaba tratando de reconfortarla, pero, ¿no estaba también buscando su propia comodidad? y ¿podrían consolarse el uno a la otra, alguna vez nuevamente? Diana ni siquiera recordaba con exactitud cómo era él. ¿Ella podría ser todavía su esposa o la de alguien? ¿Podrían vivir juntos, hacer el amor juntos, después de lo que habían soportado? Ella había leído historias de matrimonios durante la guerra, celebrados luego de un noviazgo de horas, seguidos, tal vez después de una luna de miel de un fin de semana juntos, por varios meses de separación, al final de los cuales la pareja había descubierto que ni siquiera se atraían mutuamente, y no habían sufrido necesariamente alguna pena física durante ese tiempo. Ella siempre había sentido eso con respecto a sus novios al cabo de unas cuantas semanas de verlos casi todos los días.

¿Podría Robert ser un poco distinto?

La radio farfulló en el oído de Gregory.

—Ésta es la estación de Control Riga —anunció la voz—. Control Riga. Llamando a la nave aérea sin identificar que vuela hacia el noroeste, a una altura de ochocientos pies. La tenemos en el radar. Identifíquese o será derribada.

Gregory observó a John, quien se encogió de hombros.

—Si estamos dentro de la zona de Control Riga, la costa no puede estar muy lejos —aseguró John. Miró a través del parabrisas. La lluvia había amainado y el viento había cesado de manera momentánea, pero aún estaba todo oscuro cuando volaban entre las nubes que los zarandeaban.

—¿Qué están diciendo? —preguntó Felícitas.

—Quieren que nos identifiquemos —le contestó Gregory—. Pero tendrán que averiguarlo por sí mismos.

Así que ahora era el momento decisivo, pensó Diana. No parecía importarle realmente. Aún estaba pensando en Anna Ragosina. Qué raro, pensó, que no hubiera querido lastimarla. Debe haber sido porque ella había triunfado. Todo su ser, toda su fuerza, la habían encaminado a la sobrevivencia hasta que pudiera ser rescatada y lo había logrado. Anna Ragosina jamás podría ocasionarle algún daño, una vez que ella había alcanzado esa meta. Pero, si alguna vez fuera a ser regresada... irguió la cabeza cuando las nubes repentinamente se dividieron, al mismo tiempo que los primeros perezosos dedos de la aurora asomaban con cautela en el paisaje del norte.

—Casas —indicó John, señalando a la derecha.

—Capitán Gregory Nej —dijo la radio—. Tenemos algún motivo para sospechar que usted está piloteando el avión no identificado en el sector norte. Adelante, capitán Nej.

Diana se inclinó hacia adelante para contemplar el paisaje llano latviano, las distantes techumbres rojas. Robert colocó su mano sobre la de ella y ella instintivamente le apretó los dedos.

—Capitán Nej —repitió la voz—, tenemos un mensaje para usted del comandante de la KGB en Moscú, de su propio padre. El comisario Nej le ordena aterrizar de inmediato y rendirse junto con sus pasajeros.

Gregory miró a John.

John echó una mirada a su reloj. Sólo eran un poco más de las siete; no podía ser posible que la reunión del Politburó ya hubiera tenido lugar.

—Se escucha muy seguro —hizo notar él—. Tal vez ya han lanzado un contragolpe.

—Capitán Nej —resonó la voz—. Si no aterriza su avión en cinco minutos, nuestros cazas interceptores lo derribarán. Tienen órdenes de disparar, capitán Nej. Cinco minutos. ¿Por qué cometer un suicidio, capitán Nej?

Gregory miró a diestra y siniestra a los bancos de nubes que aún revoloteaban a uno y otro lados de ellos.

—Bueno, bendito Dios —expresó John—. Allí está la costa.

Las dos mujeres y Robert estiraron el cuello para echar una mirada a la arena amarilla, al pálido listón de los rompientes y al azul más allá.

—¡Hurra! —gritó Diana. Lo conseguimos.

—Y allí están los cazas —afirmó Gregory, apuntando al banco de nubes que se localizaba al sur, del que tres aviones MIG estaban surgiendo en ese momento.

CAPÍTULO XV

—¡OH, DIOS! —EXCLAMÓ FELÍCITAS.

Por algún motivo, ella jamás había creído que llegaría a esto, pues, desde que Gregory había sido liberado, ella había descubierto una inmensa fe en el futuro, algo que nunca había poseído desde el día en que David había sido declarado desaparecido y dado por muerto. No podía ser posible que fueran derribados ahora, cuando aún tenían la vida por delante.

Diana sintió que los dedos de Robert se apretaban sobre los suyos, al grado de que pensó que le rompería los huesos de la mano; pero no sentía el menor deseo de retirarla.

—El hombre mencionó cinco minutos —comentó John y señaló—. Observa esas nubes.

Aproximadamente a unos cuatro kilómetros a su derecha, había una masa de cúmulos, montón sobre montón de nubes negras y sólidas, que se alzaban a quince o tal vez a veinte mil pies. Gregory tomó aire en sus pulmones. Durante todo el vuelo desde Moscú, había procurado esquivar esas formaciones, y aun así había sentido que el pequeño avión era zarandeado por el viento y la electricidad provocados por esos hongos gigantescos. Pero el viento y aun la electricidad eran preferibles a ser despedazados por el fuego de los cañones.

—Ajústense los cinturones —ordenó e hizo un brusco viraje a la derecha. La avioneta casi se sostuvo en un ala, con el mar Báltico a sólo ciento cincuenta metros abajo de ellos, y los tres jets tres mil pies más arriba acercándoseles con rapidez, antes de enderezarla y hacerla subir casi en forma vertical, cuando Gregory echó para atrás el volante.

Diana sintió que la sangre se le salía del cerebro y aparecieron frente a sus ojos manchas negras. Nada de lo que Anna Ragosina le había hecho había sido tan doloroso como la súbita presión que sintió en los oídos. Aunque tal dolor era aceptable; iba camino a casa.

—Capitán Nej —transmitió la radio —habla el comandante de vuelo Raskov. No sea loco. No puede escapar. Descienda.

Un súbito color gris, casi tan negro como la noche que acababa de terminar. Por un instante, casi parecieron estar sentados en las nubes; después, cruzaron la primera bolsa de aire y cayeron unos cincuenta pies. Una vez más, Gregory los envió vertiginosamente a las tinieblas.

—Adelante, adelante —estaba gritando Raskov—. Control de tierra, infórmeme la posición mediante el radar.

Se percibió el fogonazo de un relámpago y el avión pareció caer sobre su costado y continuar cayendo; el estallido instantáneo del trueno lo hizo traquetear como una vieja lata de aluminio. Diana hundió su cabeza en el hombro de Robert y sintió el brazo de éste alrededor de ella.

—Bueno, ¿qué creen? —preguntó Gregory lleno de asombro—. Nuestros aparatos eléctricos todavía funcionan.

Hubo otra de esas caídas que hacen subir el estómago a la boca, y luego otro ascenso y, con él, un súbito rugido silbante que los arrojó en otra dirección.

—¡Jesucristo! —exclamó John—. Eso fue un MIG.

—He visto al enemigo, comandante —comunicó una voz por la radio.

—¿Dónde? ¿Dónde?

—No lo sé, comandante. Ha desaparecido de nuevo.

—Estúpido —protestó Raskov—. Control de tierra, déme la posición en el radar.

—Ya no puedo decir cuál es el enemigo —se quejó el control de tierra.

Gregory estaba elevándose de nuevo hacia las nubes, obligándolos una vez más a aceptar una inaceptable fuerza de gravedad. Diana jadeó e intentó tragar aire, sin conseguirlo. Pero ya se habían nivelado y miró frente a ellos un trozo de cielo azul, más allá de la nube. Hizo esfuerzos por exhalar y sintió que las lágrimas rodaban por sus mejillas, e hizo otro esfuerzo por tomar aire cuando se percató de que otros tres aviones aparecían en el cielo limpio, en ese mismo segundo, cada uno procedente de una dirección diferente. Dos eran Migs, que se precipitaban el uno hacia el otro a una velocidad promedio de casi mil seiscientos kilómetros por hora. Gregory empujó hacia delante el timón y la avioneta se clavó hacia la masa de nubes que se encontraba bajo ella, mientras balas trazadoras silbaban sobre sus cabezas. El aparato tenía techo de vidrio y todos observaron hacia arriba, con la garganta seca por el terror. El primer caza trató de alejarse del segundo, pero era demasiado tarde: la punta del ala chocó contra la panza del otro. Hubo un gran resplandor de luz y una terrible explosión. La avioneta dio una voltereta y ellos quedaron boca abajo por un instante, colgando de los cinturones de seguridad; después, Gregory pudo volver a controlar la nave, miró el altímetro, que descendía cientos de pies por segundo.

—Comandante, comandante —dijo Control Riga—. Dos de sus aviones han desaparecido.

—¿Desaparecido? —exclamó Raskov—. Repita, repita ¿desaparecido?

Gregory se mantuvo en picada hasta que su altímetro indicó unos cuantos miles de pies; mas aún no podía ver el mar, por lo denso de las nubes.

—Ahora ha desaparecido una tercera nave. Camarada Raskov, ¿está usted allí? Deme su altitud.

—Por supuesto que estoy aquí —vociferó Raskov—. Cinco mil pies.

—Su adversario ha sido derribado, supongo —declaró Control Riga.

—¿Derribado? —inquirió Raskov—. Derribado, ¿dónde?

—Bueno, usted está sobre el mar, ¿no, camarada comandante? —manifestó el control de tierra, bastante molesto—. Se le ordena volver a la base. Enviaremos un barco para recoger los restos del naufragio.

—Pero mi avión —se quejó Raskov—. ¡Mi escuadrón de vuelo! ¿Qué le ha sucedido a mi escuadrón de vuelo?

—¡Allí! —señaló John mirando hacia abajo—. ¡Santo Cristo!

El techo de nubes se estaba abriendo por fin y la gris superficie del mar se ubicaba a no más de doscientos pies bajo ellos. Gregory hizo retroceder el timón hasta su estómago y la nave se niveló.

—Aquí nos quedaremos —anunció.

John apuntó hacia los indicadores de combustible: marcaban menos de un cuarto de su capacidad.

—¿Cuánto nos falta?

—No tengo idea —expuso Gregory—. Mis instrumentos de navegación no funcionan a esta altura —miró sobre sus hombros—. Hay salvavidas bajo sus asientos. Por favor, colóquenselos, pero asegúrense de volver a ponerse después sus cinturones de seguridad.

Robert soltó a Diana, buscó debajo de sus asientos y sacó los chalecos inflables amarillos; Felícitas ya estaba colocándose el suyo.

John observó hacia abajo.

—¿Tienes alguna idea de cuál sea la temperatura de esa agua?

—Bueno —explicó Gregory—, como podemos ver, ahora no se está congelando. Así que yo diría que, si debemos amarar, sobreviviremos cinco segundos.

John lo miró.

—¿Preferirías rendirte? —quiso saber Gregory.

—Si continuamos, estamos muertos —pronosticó Robert al oído de Diana—. ¿Comprendes esto?

—Sí —respondió ella—, lo comprendo.

—Pero, ¿no tienes miedo?

—Sí —asintió ella—. Tengo miedo —volvió la cabeza para verlo a los ojos—. Pero no voy a retornar, Robert.

Él la besó en los labios. Sintió que ella principiaba a retirarse y, a continuación, Diana pareció cambiar de parecer.

—Te amo —declaró—. No sé cómo decir lo apenado que estoy por todo lo que ha sucedido...

—No lo estés —sugirió ella—. Él era mi tío, ¿recuerdas? Sólo era tu jefe. Yo soy la que debería decirte lo apenada que estoy. Pero todo eso ya ha pasado, Robert. Por favor, dime... No sé qué día es hoy, ni siquiera qué mes.

—Hoy es 5 de marzo de 1953 —informó él.

—Bueno —dijo ella—, mañana es mi cumpleaños.

Él le estrechó la mano.

—Lo lograrás, Diana.

Felícitas vio a un lado de la cabeza de Robert el mar, infinito e inmutable frente a ellos, y los indicadores, cuyas agujas iban paulatinamente aproximándose a cero. Sobre el mapa, en el atlas, el mar Báltico jamás había sido más ancho que su dedo. No podría alargarse mucho. Se preguntaba si su compás estaba fallando; mas incluso en el caso de que así fuera, debían alcanzar tierra, alguna vez.

—¡Miren! —gritó ella, señalando frente a ellos tres traineras.

—¿Acuatizamos? —preguntó John.

—No —contestó Gregory.

Pasaron sobre las traineras, casi rozando sus mástiles; contemplaron abajo a los hombres que, a su vez, los miraban a ellos hacia arriba.

—Son suecos —aclaró John, observando las banderas azules con cruces amarillas.

—Si acuatizamos, no viviríamos lo suficiente como para que nos recogieran con vida —le recordó Gregory.

John echó una mirada a los indicadores: uno señalaba que el tanque estaba vacío. Miró hacia adelante. Nada, sino el mar grisáceo. Las traineras se habían perdido de vista atrás de ellos.

El motor de estribor tosió, chisporroteó, volvió a toser y se apagó.

—¡Oh, Dios! —murmuró Felícitas—. ¡Oh, Dios!

La mano de Robert estaba atrás, sobre la de Diana, apretándola cada vez más.

—Allí —gritó John—. ¡Oh, Cristo, allí!

Dunas de arena amarillenta, que brillaban en medio de la niebla matutina, tal vez a unos siete kilómetros de distancia. Siete kilómetros... el pobre motor se sacudía.

—Estén preparados para abandonar —pidió Gregory, con una voz absolutamente tranquila—. Todo el techo puede desprenderse o al menos debería desprenderse. No se quiten los cinturones hasta que el aparato quede inmóvil por completo.

El motor de babor tosió y se apagó.

—Estamos descendiendo —berreó Gregory.

Se levantó una enorme ola de agua, que rompió sobre ellos cuando se estrellaron contra ella, antes de que salieran a la superficie, y los inclinó hacia adelante y los lanzó a derecha e izquierda, conforme tocaban las olas menos profundas.

—Nos hundiremos en veinte segundos —aseguró Gregory y descorrió el techo.

—Quítense los cinturones —ordenó John.

Robert tomó a Diana por los muslos y la impulsó hacia arriba.

Ella avanzó sobre el ala, perdió el equilibrio y cayó al agua. El frío le cortó la respiración, pero descubrió que tocaba fondo. Y el avión no se hundía, pues estaba asentado sobre su base en cuatro pies de agua.

Diana se tomó entre sus propios brazos y éstos se estrecharon el uno al otro; después, se dio cuenta de que sus piernas se estaban entumeciendo. Se dirigieron a la playa chapoteando, donde se encontraron con soldados vestidos de uniforme caqui que habían aparecido de repente. Uno de los hombres se dirigió a ellos en sueco.

Felícitas volvió la mirada hacia donde Gregory estaba llegando a la playa, con el rostro cubierto con la sangre que le bajaba de una herida en la frente. Pero no estaba herido de gravedad, y John y Robert iban a su lado.

Se volvió hacia los soldados y alzó sus brazos.

—Nos rendimos —dijo—. ¿Hay alguno de ustedes que hable inglés? ¿O siquiera estadounidense?

Incluso el último rincón del Aeropuerto Internacional de Idlewild, al que se encaminó el avión militar, parecía estar atiborrado de gente.

—Los periódicos Hayman, como ven —explicó George, quien había tenido el privilegio de acompañar a George hijo a bordo—. Ésta es la noticia del año para ellos. ¿Creen ustedes poder enfrentarlos?

Diana titubeó, miró a las cuatro personas que se habían atrevido a acercársele. ¿Hacía apenas cuarenta y ocho horas? Cuarenta y ocho tumultuosas horas. Desde entonces, no había estado sola excepto para dormir unas cuantas de esas horas y había dormido.

Pero ellos estaban esperándola a ella. Ella era la única persona cuya liberación era la noticia que se había transmitido a un mundo azorado que, hasta ese momento, apenas si se había enterado de su cautiverio. Las otras historias, las de John, Gregory, Felícitas y Robert, importantes en sí mismas, se estaban volviendo intrascendentes comparadas con la de la heroína que había muerto y luego había sido resucitada de una manera milagrosa. La noticia de su regreso parecía casi tan relevante como la de la muerte de Stalin.

Diana dio un profundo suspiro, le sonrió a Robert y asintió con la cabeza. George hijo, tomándola aún de la mano, la condujo al pasillo. Los presentes rompieron en aplausos y los focos de las cámaras fotográficas brillaron deslumbrantes. Diana bajó la escalera y se encontró con los brazos de su madre y con Ilona y Natasha, quienes estaban un poco más allá, sonriendo entre lágrimas.

—¡Oh, Diana! —exclamó Elizabeth—. ¡Oh, Diana! —la apartó de ella cuanto se lo permitieron sus brazos, para mirar las hebras blancas que habían aparecido entre su cabello negro; después, la volvió a acercar a ella—. ¡Oh, Diana!

Abrazo tras abrazo. Janice Corliss y sus padres. Personas a las que Diana nunca antes había visto, pero que ella pensó que eran importantes en el Departamento de Estado. Se volvió para mirar a los demás, que salían de la nave, se soltó y corrió hacia Robert.

—Madre —expresó con voz entrecortada—. Éste es...

—Lo sé —aseguró Elizabeth—. Bienvenido a Estados Unidos, Robert.

John se enfrentó a Natasha, quien le estaba sonriendo entre lágrimas.

—¿Natasha?

—Ya lo sabía —susurró ella, acercándolo a sí—. Ya lo sabía. Allen Dulles se lo comentó a tu padre, y tu padre me lo dijo a mí, John. ¡Oh!, estoy muy orgullosa de ti y muy contenta de tenerte de vuelta en casa.

—¿Capitán Nej? —preguntaron dos hombres de los que tienen la cara chupada. Gregory se había topado con ellos antes; en particular, con uno de ellos.

—Sí —afirmó él con desgano.

—Acompáñenos, por favor.

—Aguarden un segundo —solicitó George, quien había permanecido deliberadamente al lado de Gregory y Felícitas.

—Custodia protectora, señor Hayman —explicó Arthur Garrison—. Puede ser que, en este momento, esta persona no sea un tipo muy popular en Rusia.

—Iré con él —declaró Felícitas—, adondequiera.

Garrison se encogió de hombros.

—Sea usted nuestra huésped, señorita Hayman.

—¿Señorita Hayman? —un reportero, más audaz que sus colegas, se mantuvo al lado de Diana—. Señorita Hayman... quisiera conocer su opinión acerca de Rusia.

Diana lo observó. Y, acto seguido, se colgó del brazo de Robert.

—No puedo decirle nada de Rusia —comunicó—. Estuve en viaje de luna de miel y mi apellido es Loung, no Hayman.

Pero ella sabía que no iba a resultar tan sencillo como eso. No habría sido fácil, incluso sin sus experiencias. Robert no sólo se estaba sintiendo abrumado por Estados Unidos, por Nueva York, por estar expuesto a la atención pública y por la casa en Cold Spring Harbor; sino, además, por la familia.

Había sido decisión de la madre de Diana que aceptaran la invitación de Ilona y se quedaran en Cold Spring Harbor unos cuantos días "hasta que las cosas se calmen", había mencionado Elizabeth. Eso tenía sentido. Sin duda, en los próximos días, habría reporteros y simples mirones rondando el departamento de Nueva York. Cold Spring Harbor era un sitio seguro.

Pero su madre tenía otro motivo: aquí, ella e Ilona podían llegar a conocer a Robert, como lo habían estado haciendo, con incansable determinación, todo el día. Después de una cena temprana, ella y Robert habían sido acompañados a sus habitaciones, como si hubieran contraído un matrimonio en el siglo XVII, con padres y amigos decididos a vigilar la consumación. Luego, los habían dejado solos.

Y, por último, sólo importaba una cosa verdaderamente: no lo que su madre y su abuela pensaran de todo ello, sino lo que ella pensaba de todo ello.

Permaneció junto a la ventana y miró hacia la playa sobre la que había jugado y construido castillos de arena tantas veces en su vida, y más allá, invisible en la oscuridad, hacia la sonda de Long Island, donde había timoneado ese yate que la había mantenido cuerda durante tantas semanas. Todavía no podía asimilar que estuviera en casa. Aun ahora, podía sentir la helada piedra contra la que había estado encadenada; cada vez que se escuchaban pasos en el pasillo exterior, ella se volvía, con el corazón sobrecogido, esperando casi sin respirar, como si por la puerta que se iba a abrir fuera a aparecer la manguera o el látigo. Debía superar dichos temores, se dijo a sí misma. No estaba loca. Era Diana Hayman Loung. Anna Ragosina no había conseguido aniquilarle el espíritu cuando la había tenido prisionera en Lubianka. Sería demasiado ridículo permitir que su espíritu se quebrantara ahora que estaba libre.

Y a salvo. Nadie podía estar más seguro que en Cold Spring Harbor y en la casa de George Hayman, un refugio dentro del refugio que era Long Island, dentro del refugio que era Estados Unidos de América. Aquí, nadie podía tocarla, a menos que ella se los consintiera.

Y ése era su temor principal. Llevaba una bata y nada más. Su madre le había comprado un camisón, pero en una habitación con buena calefacción, ni siquiera se hubiera puesto una bata, de haber estado sola. Ahora se estaba preguntando si no hubiera sido mejor, después de todo, colocarse el camisón.

Se preguntaba cómo la estarían pasando los otros. Gregory, arrestado por el Departamento de Estado, ¿podría siquiera vivir su propia vida sin tener a su lado hombres mal encarados? Pero Felícitas también había estado a su lado y era evidente que tenía la intención de permanecer allí. Gregory y Felícitas jamás habían parecido abrigar alguna duda el uno con respecto a la otra. Asimismo, John había sido llamado a Washington y Natasha se había ido con él, por supuesto; los niños estaban aquí, en Cold Spring Harbor, al cuidado de su abuela. Parecía que Natasha sabía lo que John había estado haciendo y que lo comprendía, y durante su separación, ella había quedado segura y con comodidades.

Ella no había sabido que, precisamente en el otro lado del corredor... Diana se volvió cuando la puerta del baño se cerró. Robert había sido muy cuidadoso en no inmiscuirse de alguna forma en su privacidad y se había cambiado en el baño. Portaba una bata muy parecida a la que ella vestía, como si hubiera sido elegida por su madre. Y él había pasado por alto las pijamas que le habían dejado; debajo de la bata, Diana no veía señal alguna de pantalones.

—Tienes una familia muy grande —advirtió él.

—Uno se acostumbra a ellos —respondió Diana.

—Tu padre me ha ofrecido un trabajo. Yo no sé nada del trabajo periodístico, pero él está convencido de que aprenderé —se encogió de hombros—. Traté de discutir, pero también señaló que no iba a permitir que te le perdieras de vista de nuevo, o por lo menos durante un largo, largo tiempo. Yo no deseo causar ninguna otra crisis familiar.

Ella sonrió.

—Creo que también debo ir a trabajar y a aprender de periódicos.

—Porque algún día tú serás la dueña de Publicaciones Hayman. Es un gran reto.

Robert se sentó sobre la cama y ella se acercó y se sentó junto a él.

—Sí —dijo—. Implicará que nosotros dos dirijamos la empresa.

Él la miró.

—Diana —espetó— si... si quieres una anulación, tomaré mis cosas y desapareceré en la noche...

—¿Porque piensas que no funcionará, Robert?

—Cielos, no. Pero... bueno...

—¿Porque no sabes si puedes hacerlo más? ¿Conmigo?

Robert sonrió amargamente.

—Tal vez con nadie.

—Entiendo —lo tomó por el brazo y lo besó en la mejilla—. Pero yo me casé contigo porque estaba enamorada de ti. ¿Y sabes algo? Creo que continúo enamorada de ti. Y te garantizo que no te irás a ningún lado hasta que lo sepa con toda certeza. Y sólo hay un modo de saberlo.

—¿Quieres decir que quieres, aquí y ahora? —sus ojos comenzaron repentinamente a danzar.

—No —contestó ella seriamente—. En realidad, no lo deseo. Pero estoy absolutamente convencida de que pienso hacerlo, aquí y ahora. Ya después me preocuparé por el deseo.

—Era el mejor plan en todo el mundo —declaró tristemente Allen Dulles— y usted lo echó a perder.

—Fui a Rusia por un solo motivo, señor Dulles, y usted lo sabía perfectamente —alegó John.

—¡Oh!, sí, me parece que... Dios sabe qué vamos a hacer ahora con usted. Va a ser muy difícil conservarle esa imagen de ejecutivo de publicidad. Pero a lo mejor funcione: "Ejecutivo de publicidad invade Rusia para rescatar a su sobrina". Buen titular ése. Está usted completamente listo para ser un héroe nacional. Por lo que respecta a Gregory...

—Él es el verdadero héroe, por habernos sacado a todos vivos de allí —afirmó John.

—De acuerdo. Y como tal está siendo tratado, también. En realidad, como todos suponen que él es el agente secreto, tendremos que darle un trabajo. No sé lo que la familia Hayman opina de la situación...

—Mi familia está preparada para aceptar cualquier situación desde este mismo instante —aseveró John—. Están sencillamente felices de que todos estemos vivos.

—Sí. Bueno, fabuloso. Porque estoy absolutamente seguro de que van a tener que aceptar un matrimonio entre esos dos... Les guste o no... Bueno, de cualquier forma, ya ha pasado todo. Sólo debemos esperar y ver.

—¿Alguna noticia?

—Nada en claro. Beria no asistió al funeral de Stalin. Oficialmente, se divulgó que estaba enfermo. Eso pudiera ser algo concreto. Iván Nej sí estuvo allí. Ha sido designado comandante de la KGB. ¿Piensa usted que eso es positivo?

—No —contestó John—; pero iba a ser él o Anna, y él es el menos peor de los dos males.

—Esperemos que usted tenga razón. Su padre también estuvo en la tribuna; así que pienso que logró superar la transición. Quizá pueda mantener a raya a su hermano.

—El caso es, señor Dulles, que ambos están envejeciendo. Pronto tendrán que doblegarse. Anna aún es lo bastante joven como para ser una amenaza durante años. ¿Alguna noticia de ella?

—También estuvo ausente en el funeral. Pero ella jamás ha tenido la costumbre de asistir a los actos estatales en el pasado, de modo que es difícil evaluar qué importancia tenga su ausencia. Por lo que hemos podido averiguar, Malenkov es el sucesor más probable, pero nuestra gente considera que habrá un sinnúmero de maniobras para apoderarse del poder por algún tiempo. Lo que no es malo. Ahora, dígame: ¿usted cree que haya alguna probabilidad de que Anna, estando un poco molesta por la partida de usted, pudiera delatarlo como uno de nuestros agentes?

—Tendremos que esperar y ver —sugirió John—. Pudiera ser que Anna no estuviera en condiciones de poder denunciar nada.

Iván Nej cerró la ventanilla de observación de la celda número cuarenta y siete. Se veía ligeramente enfermo.

—¿Qué le has hecho? —inquirió. Era la primera vez en nueve meses que había venido a ver a su prisionera.

—No hay una sola marca sobre su cuerpo, camarada comisario —protestó María Feodorovna Kalinova.

—Pregunté qué le has hecho —la voz de Iván aún podía lastimar.

Instintivamente, María Feodorovna Kalinova se puso en posición de firmes ante Iván.

—Utilicé el chorro de agua, camarada comisario.

—Tu especialidad —observó Iván.

—La he perfeccionado, señor —reconoció María, con cierto orgullo—. Es muy efectiva. Destruye a la gente y no deja huellas.

—¿Y jamás pudiste obtener una confesión?

María suspiró.

—No, camarada comisario. Sólo insultos. A mí y a usted. Pero, ¿importa? El camarada Beria confesó.

—No —comunicó Iván—. No importa.

Descendió por la escalera, con María detrás de él, seguidos por la jefa de carceleras y cuatro de sus muchachas. Abrió la puerta y observó a la mujer. ¿La mujer?, se preguntaba. La vieja bruja se aplastaba sobre el suelo. El rostro de Anna se había deteriorado, y su cabello, que él jamás había mirado sin ese espléndido brillo y esa raya inmaculada, era una greña enmarañada. Su piel había adquirido un tono grisáceo. No obstante, no había sucumbido ni había confesado. Solamente había injuriado a quien la torturaba y a él mismo, pues era lo único que él le había enseñado.

—Que la vistan —vociferó él.

—Por supuesto, camarada comisario —replicó María y llamó a las guardianas que esperaban. Soltaron las muñecas de Anna, la separaron de la pared y principiaron a vestirla.

Anna sólo parpadeaba sin comprender, evidentemente, lo que estaban haciendo y, a continuación, localizó a Iván y lo identificó.

—Después de todo —masculló ella—, has venido a liberarme. Me necesitas, Iván. Rusia me necesita.

Iván la miró. La había sacado de un orfanato cuando ella tenía dieciséis años de edad. Ella no había conocido entonces a otro hombre, sino a él. La había hecho como una extensión de él, había descubierto demasiado tarde que ella era aún más cruel, incluso más mortal que él. Pero, ¿adónde la había llevado eso? Ahora, él estaba al mando y ella se había destruido a sí misma. Podía darse el lujo de ser generoso.

—Sí, Anna —respondió—. He venido para ponerte en libertad.

Anna suspiró.

—No estoy bien, Iván, tengo dolores... Mi vientre me molesta todo el tiempo, Iván. En ocasiones, lloro por el dolor. Yo, llorando, ¿podrías creerlo? Pronto estaré bien de nuevo; pero, por ahora, me encantaría tomar un baño caliente. Nada me gustaría tanto en el mundo, y ponerme alguna de mi propia ropa. Y, luego, me agradaría descansar un momento —su mirada se posó en María, quien estaba junto a Iván, y su rostro pareció ensombrecerse, pero sólo por un instante.

Iván la contempló fascinado. La había entregado a esa joven, María Kalinova, adiestrada por la misma Anna. Y María había empleado la manguera. ¿La que ella llamaba el gran pene? No podía imaginarse lo que Anna debió haber padecido, lo que sus intestinos debían haber sentido, después de que María había tomado posesión de ella. Y, pese a ello, podía vivir, estar cuerda y esperar, y creer en el futuro, en su futuro. Ésa era la diferencia entre ella y María, una criatura estúpida en su perversidad.

Iván le sonrió a Anna.

—Vas a descansar por mucho tiempo, Anna —le aseguró—. Disfrutarás de tu descanso.

Ella ya estaba completamente vestida, con su uniforme de coronela de la KGB.

—¿Adónde quieres que vaya primero? —quiso saber Anna.

—Estas jóvenes te lo mostrarán —le indicó Iván—. Irás con ellas.

Anna asintió con la cabeza y se dirigió hacia la puerta.

María Kalinova le sonrió a Iván.

—Le confieso, camarada comisario —expresó ella—, que me sentiré mucho mejor cuando esto haya finalizado. Con Anna Ragosina, jamás se sabe si hay un final.

—Hay un final —refirió Iván Nej—; incluso para Anna Ragosina. Pero considero que también es tiempo de poner fin a todas sus criaturas —chasqueó los dedos y las otras dos mujeres se colocaron junto a María.

La mandíbula de María se abatió.

—No comprendo —dijo—. Camarada comisario, usted prometió...

—Te prometí que interrogarías a Anna Ragosina —evidenció Iván—. Ya has disfrutado de ese privilegio.

—Pero... soy una fiel servidora del Estado —berreó María—. ¡He sido una fiel seguidora suya, camarada comisario!

—Es verdad —dijo Iván pensativamente—; pero jamás podrás sustituir a Anna Ragosina, María. Y, sin embargo, intentaste hacerlo. Ése es el problema, lo intentaste.

Iván salió por la puerta.

La alcaide había entrado en la celda.

—Átenle las manos a la espalda —ordenó.

Anna la miró sin comprender.

—No puedes hacerme esto —María la escupió—. No puedes, yo soy...

La carcelera avanzó y la golpeó varias veces en la cara y en el cuerpo. María jadeó y, a continuación, se dobló por el dolor y casi cayó; las otras mujeres la tomaron por los hombros para levantarla. Anna observaba con especial interés.

—Eres afortunada, María Kalinova —mencionó la guardiana— de que sea ahora. Me hubiera encantado tenerte aquí unos cuantos días, aunque sólo fuera unas cuantas horas. En verdad, eres muy afortunada.

La puerta se abrió y ahora había allí hombres que esperaban por ellas.

—Debes venir con nosotros, camarada Ragosina —notificó el capitán.

Anna empezó a moverse y pareció percatarse, por primera vez, de que tenía las manos atadas por la espalda. Luego, avanzó.

María Kalinova estalló en lágrimas.

—Ustedes no pueden —gemía—. No pueden...

Otra puerta estaba esperándolas para dar paso al patio. De nuevo, era invierno, una mañana de diciembre, y muy fría; estaba cayendo nieve. Pero el patio estaba atestado de hombres armados y otro prisionero se estaba aproximando, proveniente de otra puerta, también con las manos atadas por la espalda, y su gran cabeza calva azulada por el viento frío, y el cuerpo temblando.

Anna lo miró.

—Me fallaste, Lavrenti Pavlovich —reclamó ella.

—Fuiste tú la que me fallaste, perra —vociferó Beria.

Anna se encogió de hombros y se alejó. Dos de los guardias le mostraron dónde debía colocarse y uno de ellos sacó una venda.

—Eso no es realmente necesario —externó Anna—. Yo no voy a morir.

El guardia parpadeó y lanzó una rápida mirada a su superior. El capitán hizo una seña con la cabeza, el hombre se acercó a Beria y le quitó los anteojos.

—No los rompas —pidió Beria—; sin ellos no puedo ver.

El capitán asintió con la cabeza y se le colocó la venda.

—Por favor —suplicó María Kalinova—. Ha habido una terrible equivocación. ¡Por favor! —las lágrimas continuaron escurriendo por debajo de la venda y todo su cuerpo se estremecía.

Anna miró a los soldados que estaban frente a ella, con los rifles preparados, y después vio por encima de ellos hacia la ventana que dominaba el patio y donde estaba Iván.

—Muchacha estúpida —soltó ella—. No vamos a morir; vamos de camino derecho al infierno. Yo estoy segura de que allí me darán la bienvenida. Pero tú... Yo voy a rostizarte, María Feodorovna, por toda la eternidad —volvió a alzar la vista hacia Iván y elevó la voz—. A ti también te estaré esperando, Iván —gritó—. Enviaré por ti tan pronto como llegue allá.

Anna vio que el brazo del capitán se movía, dibujó una sonrisa en su rostro y, de inmediato, sintió el golpe de un millón de martillos.

Catalina Nej le sirvió a Iván un vaso de vodka. A ella le disgustaba el hombrecillo, pero era su cuñado y, esa noche, incluso Michael parecía estar contento de verlo. En realidad, los dos hermanos habían trabajado muy cerca durante los últimos nueve meses. Junto con Molotov, habían formado la vieja guardia, que, cuidadosamente, admitía a integrantes de la nueva guardia en el Poder Ejecutivo. Catalina había estado preocupada; de hecho, había estado aterrorizada. Pero Michael le había explicado que esos hombres de la nueva guardia, como Malenkov, Khrushchev y Bulganin, necesitaban gente como Iván y él mismo para llevar a cabo la transición al poder de una manera ordenada y, como solía suceder, Michael había tenido razón.

Y ahora todo estaba concluido. El último de los juicios estaba finalizado, y el último de aquellos traidores que hubieran trastornado al Estado estaba muerto. Catalina estaba detrás de los dos hombres mientras disfrutaban su vodka y miraban el noticiero nocturno.

—Ahora, por fin —anunció el locutor—, los cabecillas del complot han sido llevados a los tribunales. Esta tarde, en los patios de la prisión de Lubianka, Lavrenti Pavlovich Beria, antiguo comandante de la KGB —la fotografía de Beria apareció en la pantalla, con su cara grande y urbana y los anteojos colocados firmemente sobre su nariz—, su cómplice, Anna Ragosina, una traidora cuyos crímenes son legendarios —el rostro de madona de Anna apareció, mirándolos inocentemente—, junto con su principal ayudante femenino, María Feodorovna Kalinova —no hubo fotografía de María— fueron ejecutados por un pelotón de fusilamiento. Así mueren todos los que se resisten a la voluntad del pueblo soviético, del Estado soviético.

Michael se inclinó hacia adelante y apagó el aparato de televisión. Su vaso estaba vacío y Catalina rápidamente lo volvió a llenar.

—Lamento que mostraran la fotografía de Anna —dijo Iván.

—Debe haber sido tomada hace muchos años —observó Michael.

—Desde luego, pero eso te hace recordar qué mujer tan bella era, Michael.

Michael reflexionó.

—¿Aún estabas enamorado de ella, Iván Nikolaievich?

Iván enrojeció.

—No, por supuesto que no. Pero pude admirar su belleza —suspiró—. Como sabes, creo que ha llegado a su fin toda una época.

—Así es —reconoció Michael—. La era stalinista no terminó con la muerte de Stalin. Sólo podía acabar con la eliminación de los últimos de aquellos que lucharon durante su régimen.

La cabeza de Iván se volvió repentinamente.

Michael sonrió.

—¡Oh!, en eso te incluyo a ti y a mí, Iván; pero nosotros somos viejos. Pronto llegará nuestra hora. Lo único que deploro es que Gregory y John hayan resultado tan mal. Hubiera sido bueno tenerlos aquí ahora.

—¡Bah! —exclamó Iván—. Hayman jamás fue otra cosa que una hechura de Anna. Y Gregory... —suspiró—. Los estadounidenses obviamente lo sobornaron. Estamos mejor sin ellos, Michael Nikolaievich.

—Tal vez —admitió Michael—. Pero continúo creyendo que es una lástima. Por otro lado, ha sido una buena vida, en general, ¿no lo crees así? ¿Quién hubiera pensado, cuando tú limpiabas botas y yo pulía la plata en Puerto Arturo o Starogan, que habríamos podido sentarnos aquí, así, casi cincuenta años después y evocar tantos recuerdos? Cuando pienso...

—En las bombas japonesas que estallaban sobre Puerto Arturo —agregó Iván—. ¿Recuerdas que te refugiaste en el sótano con la vieja condesa Borodina, y con Ilona y Tatiana? ¡Qué miedo tenían!

—Todos lo teníamos —corrigió Michael—. Pero, ¿te acuerdas de Moscú, en 1907? ¿De las reuniones secretas? No, tú no estabas allí. Fue la primera vez que vi a Lenin, entonces pensábamos que la revolución estaba a punto de iniciar.

—La fiesta del cumpleaños de Tattie, en 1914 —mencionó pensativamente Iván—. Las dos niñas Stein estaban allí y, luego, la princesa Irina, la mujer de Peter, vino a casa y se las llevó. Estuve a punto de golpearla; pero tú ya te estabas escondiendo en Suiza, Michael.

—Con Lenin —le recordó Michael.

—Yo recuerdo cuando me fui a la guerra —indicó Iván sombríamente—. Me acuerdo de las ametralladoras alemanas y las bombas y mi rifle de palo —se rió entre dientes—. Pero, también, de cuando volví de nuevo a casa.

—Sí —afirmó Michael. Él no deseaba hacer reminiscencias de la matanza en Starogan.

—Y la guerra contra los blancos —añadió Iván—. Entonces combatimos hombro con hombro, Michael, contra Denikin y Borodin.

Nuevamente, Michael sólo asintió con la cabeza, pues, en aquel entonces, la revolución ya estaba marchando mal. Él sabía eso; lo había sabido entonces. No obstante, había apoyado a Lenin y después a Stalin con toda la lealtad de que era capaz. Su familia había servido siempre; su padre había nacido siervo. Pero había servido a los muy importantes y los había acompañado a las alturas, aunque un paso atrás. Tanto los nobles rusos como los revolucionarios bolcheviques habían sido capaces de cosas infames, cosas que él había reconocido en ese entonces que lo eran; pero había seguido sirviendo. Como había servido a Stalin, incluso en aquellos años cuando las policías de Stalin habían pretendido emplear a gente como Anna Ragosina y al hombre que estaba sentado frente a él. Si hubiera justicia en este mundo, Iván también habría estado contra el paredón esta mañana así como él mismo ya que, por lo menos, era un cómplice. Pero ése era un pensamiento burgués. Habían sobrevivido porque no sólo habían aprendido pronto el arte de la sobrevivencia, sino porque eran importantes. Más importantes que Anna Ragosina o Lavrenti Beria.

—Grandes días aquéllos —consideró Iván—; pero aún quedan algunos. Como sabes, toda mi vida he soñado con dirigir la KGB. Stalin me lo prometió y nunca cumplió con su promesa.

"Porque te conocía y sabía lo que eras", se dijo Michael, pensando en el hombrecillo atemorizado que había ido a buscar a Tomsk. Se preguntaba si a Anna Ragosina no le hubiera convenido más que la hubiera dejado en Tomsk, con sus contrabandistas y sus insurrectos.

—Pero ahora ese puesto es mío —declaró Iván, mientras sus ojos brillaban tras los anteojos—. ¿No dijo alguien que todo le llega a aquel que espera? —se rió—. De modo que tal vez hay un Dios. Pero es un Dios de los fuertes, ¿eh, Michael? Tengo la sospecha de que Anna Ragosina creía en Dios o en el diablo. Catalina, sírveme otro poco de vino. Te lo diré. Tengo ganas de celebrar. Deseo embriagarme. Quiero confesarte que, mientras Anna vivía y respiraba todavía en una celda en Lubianka, no podía alejar de mi pensamiento el temor de que ella, de alguna manera, se levantara y me derrocara una vez más. Incluso, presencié cuando las balas traspasaban su cuerpo y miré la sangre que emanaba de sus heridas. Bajé al patio y permanecí junto a ella durante varios minutos, esperando que volviera a respirar y se levantara y sonriera con esa sonrisa suya y me dijera: "Bueno, Iván, ¿qué es lo siguiente que vas a intentar?" —Iván se estremeció y Catalina volvió a llenar su vaso—. Sus últimas palabras —continuó narrando Iván— fueron que jamás moriría; que estaba siendo trasladada a otra vida en el infierno y que ella enviaría por mí para que me le uniera allá. ¡Vaya monstruo!

—Te pondrás enfermo —aseveró Michael—. Ella está muerta. Ya no puede ocasionarte algún daño. Hay un hecho acerca de los muertos: se han ido para siempre —pero, en vista de la conversación, incluso él se incorporó con cierto sobresalto y con los vellos del cuello erizados cuando se escuchó un toquido en la puerta.

Iván también se estaba incorporando.

—¿Quién podrá ser? —su voz temblaba.

Michael fingió una sonrisa y palmeó a Iván en el hombro.

—Por lo menos sabes que no puede ser Anna Ragosina, Iván Nikolaievich —se levantó, le hizo una seña con la mano a Catalina para que se fuera a la habitación trasera, y se dirigió a la puerta, consciente de que el corazón le estaba latiendo en forma acelerada. Abrió la puerta y observó con el ceño fruncido al hombre que estaba allí. El extraño era un sujeto de mediana edad, bajo de estatura, un poco pasado de peso, y llevaba anteojos de arillo, vestía ropas raídas y sucias, y tenía las uñas mugrosas. Su aspecto descuidado se hacía más evidente por el hecho de que no estaba borracho ni bajo la influencia de alguna gran emoción.

—¿Sí? —preguntó Michael.

—¿No me permites entrar, tío Michael?

El ceño de Michael se hizo más agudo; sin embargo, poco a poco iba identificando el rostro.

—¿Nikolai? —preguntó—. ¿Nikolai Ivanovich? ¡Dios mío! Entra, mi querido amigo, entra —se hizo a un lado, volvió la vista a Iván—. Iván, Nikolai está aquí.

—¿Nikolai? —Iván se puso de pie y se quedó boquiabierto al ver a su hijo mayor—. ¿Nikolai? ¿Qué estás haciendo aquí?

—Vine a verte, padre —contestó Nikolai—. Fui a tu departamento y me informaron que estabas aquí. De modo que vine; también deseaba verte a ti, tío —y miró a Michael.

—Bueno, siéntate, mi querido amigo —solicitó Michael—. Catalina, un poco de vodka para Nikolai Ivanovich. Tú jamás has visto a mi mujer, Nikolai. Catalina, éste es Nikolai, hijo de Iván.

—Nikolai —murmuró Iván, claramente confundido—. Pero... después de todos estos años, ¿has venido a verme?, ¿para qué?

—He venido para matarte, padre —explicó Nikolai sumamente sereno y extrajo el revólver de su bolsillo interior.

—Para... —la voz de Iván se transformó en un grito.

Michael se volvió hacia el muchacho y se encontró con el cañón de la pistola que se movía en dirección de él.

—Por Anna —anunció Nikolai y apretó el gatillo dos veces. Las balas se incrustaron en el pecho de Iván Nej y lo enviaron de espaldas sobre el sofá y después al suelo—. Éramos amantes —comentó Nikolai y volvió la pistola hacia Michael— y tú y mi padre la mataron.

Michael levantó las manos como si pudiera detener la bala; de repente, se quedó sin aliento y descubrió que se encontraba sobre el suelo.

Catalina gritó, Nikolai observó a la mujer durante algunos segundos y luego dijo:

—Adiós, camarada Nej —colocó la boca del revólver en su propia oreja y apretó el gatillo.

Catalina estaba de pie, totalmente inmóvil, cuando la puerta se abrió de manera violenta y hombres y mujeres contemplaron la escena con la boca abierta. A continuación, se arrodilló junto a su esposo.

—Michael —susurró—. ¡Oh!, Michael.

Michael esbozó una sonrisa.

—Del otro lado del sepulcro —musitó—. Ella envió a alguien para buscarnos —y luego murió.

Almuerzo dominical en Cold Spring Harbor. El almuerzo dominguero más numeroso que habían tenido en mucho tiempo, y el más feliz, incluso con Nona Nej, sentada junto a Ilona, o tal vez debido a Nona Nej.

¿Qué sentía ella por la muerte de su padre? ¿Cuánto sabía ella de la vida de su padre y de la de su hermano? Mucho, sospechaba George, y así ella debe haber sabido que, casi siempre, aquellos que a hierro matan, al final, a hierro mueren. Nona había llorado, mas no en exceso, quizá porque ya había decidido no retornar jamás a Rusia.

Por supuesto, su madre sabría la verdad, pues la historia, como fue publicada por la agencia soviética de noticias Tass, era demasiado absurda como para que alguien la creyera. De acuerdo con Tass, Iván y Michael Nej, junto con Nikolai, el hijo de Iván, habían estado bebiendo, se habían emborrachado, habían discutido, y en alguna forma, se las habían ingeniado para dispararse los unos a los otros, de modo que los tres habían muerto. La agencia de noticias había insinuado que ése fue un fin adecuado para los tres integrantes de la vieja guardia.

Lo que significaba, George lo sabía, que sus muertes podían incluso haber sido una ejecución; pero, en cierta forma, él no lo consideraba así. Aunque habían muerto el mismo día en que Anna Ragosina y Lavrenti Beria fueron fusilados. ¿Esto podría haber sido una coincidencia?

George se preguntaba si Catalina guardaría luto por su marido y por su cuñado. Si así fuera, ella y Nona serían las únicas. Observó a John, quien estaba sentado junto a su esposa Natasha, con Alex y Olga jugueteando en torno suyo. John sólo lo había mirado a los ojos y no había hecho algún comentario cuando la noticia había llegado. Su rostro había estado compungido, mas no reflejaba una pena verdadera. John había respetado a su padre, pero nunca lo había amado y, para John, lo que había ocurrido era inevitable y había tardado demasiado tiempo.

Vio a Gregory, sentado junto a Felícitas, una Felícitas que sonreía y reía, como hacía mucho tiempo no la habían visto y durante mucho tiempo habían desesperado de volverla a ver. Mirar a una Felícitas como ésta compensaba muchas cosas. El suyo era un amor absurdo, incluso ilegal en algunos estados. Pero, ¿no era el amor demasiado profundo una emoción que pudiera criticarse en tales términos?

¿Qué opinaba Gregory de la muerte de su padre? Ciertamente, allí no había habido alguna lamentación. ¿Eso era antinatural? George no lo juzgaba así, en las circunstancias especiales que se aplicaban a Gregory. Ahora, él consideraba al joven como un tercer hijo. Estaba muy contento con sus tres hijos.

Miró a George hijo y a Elizabeth. ¡Había felicidad! Pero también había algo más, ya que habían tenido, hasta el momento, una vida demasiado fácil. No era algo que pudiera afirmar a todos los miembros de su familia, pero sabía que era cierto. George hijo había nacido para los millones y Elizabeth Dodge, para la belleza y el talento, y habían llegado a los millones muy pronto. Podían haber vivido toda su vida como dos de esas personas de encumbrada posición para quienes los traumas que la gente común y corriente debe sufrir y a los que debe sobrevivir no tenían significado alguno. Luego, la tragedia les había llegado y los había sacudido con sus dedos glaciales, antes de amainar. No obstante, el toque había sido suficiente, y a causa de él, ambos se convertirían en mejores personas.

¿Y Diana? Lo mismo podía aseverarse de ella, de paso. Pero, pensaba, no hubiera sido verdadero. A diferencia de sus padres, ella había sido consciente de cuán vacía puede ser la vida de una heredera, y había buscado su salvación por caminos poco prometedores antes de ser sorprendida por un descenso hacia el infierno. George la miró, sentada junto a su Robert, ambos tan alegres, como si fueran recién casados. Ella había envejecido prematuramente, pero no había perdido su belleza por ello, al tiempo que la prematura maduración de su mente había creado belleza. De todos ellos, incluido John, era la que se había visto más reflexiva cuando se anunció la muerte de Anna Ragosina. "Merecía morir —había asegurado—. Me pregunto qué pensaba ella al final."

"Nadie sabrá jamás —reflexionó George—, lo que sucedió entre Diana y Anna en aquella celda de la prisión." Miró en el otro extremo de la mesa a Ilona. Como siempre, todo lo que le había ocurrido a uno de los miembros de esta familia le había acontecido a ella. Al principio, había abandonado su casa y su posición para escapar con su amante. Después, habiendo regresado para reconciliarse, había sido sorprendida por el horror de la guerra y la revolución, y de nuevo, había estado frente al padre de su hijo mayor. Tras la guerra, las garras de Iván se habían extendido para hacerla volver, sin éxito.

Su papel durante la Segunda Guerra Mundial había sido más atenuado, pero, luego de eso, se había presentado el problema de Gregory y Felícitas, ahora felizmente resuelto.

Y ahora Michael estaba muerto. Lo mismo que el hermano de Ilona, Peter, asesinado por el hijo de ella. Pero, a diferencia de John, ¿no había sabido ella que tal desenlace era ineludible para ambos? Ella había dicho que ningún integrante de la familia Borodin había muerto en su lecho desde 1905. Eso era cierto; pero ella iba a morir en su cama, George se encargaría de eso.

Como si ella leyera sus pensamientos, captó su mirada en el otro extremo de la mesa y le envió un beso. Cincuenta años y al fin estaban todos juntos. Aquellos que habían sobrevivido.

www.ingramcontent.com/pod-product-compliance
Lightning Source LLC
Chambersburg PA
CBHW070523310726
48976CB00002BA/519